잠들기 전에 읽는
알퐁스 도데

잠들기 전에 읽는

알퐁스 도데

알퐁스 도데 지음 | 이진 옮김

오렌지연필

풍차 방앗간 편지

서두

팡페리구스트 소재 오노라 그라파지 공증인 앞에 출두한 가스파르 미티플로(비베트 코르니유 부인, 시갈리에르 거주)는 본 계약에 동의한 시인 알퐁스 도데(파리 거주)에게 법적 근거 및 법적 사실에 의거하여 본 계약서를 체결함으로써 채무, 특권, 저당 사항 없이 프로방스 중심부 론 계곡에 위치한 풍차 방앗간을 판매 이양하였음.

풍차 방앗간은 소나무와 떡갈나무 숲 사이에 위치해 있으며, 20년 전부터 버려진 상태로 야생 포도나무와 이끼, 로즈메리를 비롯한 온갖 잡초가 무성히 자라 풍차 날개까지 뒤덮고 있는 것이 명백한 만큼, 그 기능을 제대로 발휘할 수 없음.

이러한 사실에도 불구하고 도데 씨는 현재 방앗간의 상태, 즉 파손된 방아 상태와 잡초가 무성히 자라는 바닥의 상태에 만족한다고 의사를 밝혀왔으며, 작품 활동에 하자가 없으므로

건물의 파손 위험을 무릅쓰고서라도 구매에 동의하였고, 풍차 방앗간에 소요되는 수리비용은 판매자에게 청구하지 않을 것에 동의하였음.

본 거래는 일괄 거래로 이루어짐. 구매자 도데 씨는 본 사무소에 현찰을 제출하였고, 판매자 미티플로 씨는 현찰을 수취하였음. 거래는 공증인 및 증인들의 입회 하에 이루어졌으며 거래 서류는 보관됨.

· 작성지 : 팡페리구스트

· 공증인 : 오노라

· 증인 : 프랑세 마마이(직업-피리 연주가), 루이제(직업-교회 십자가 지기)

상기 증인들은 서류 숙독 후 거래 당사자 및 공증인과 서명함.

정착

토끼들이 얼마나 놀랐을까요! 방앗간 문도 오랫동안 굳게 잠겨 있고, 벽과 바닥에 잡초가 무성하니 토끼들은 아마 방앗간 주인들의 씨가 말랐다고 생각했나 봅니다. 토끼들은 이곳을 제일 좋은 장소라고 여겼는지 방앗간을 아예 자기네 사령부인 양 점령해버렸더군요. 내가 도착한 날 밤에는 정말 거짓말 하나 안 보태고 스무 마리 정도가 동그랗게 원을 이루고 앉아 언 발을 녹이기라도 하듯 달빛을 쬐고 있었어요. 내가 문을 빼꼼 열자, 글쎄 후다닥 달아나는 군인들 같더라니까요. 꼬리를 치켜들고 숲으로 달아나는 모양이 마지막까지 남아 있던 경계병들이 줄행랑을 치는 것 같았습니다. 그런데 설마, 이곳에 발을 끊지는 않겠지요?

그런데 나를 보고 놀란 하숙생이 또 있더군요. 바로 이 층에 살고 있던 늙은 부엉이였습니다. 뭔가 골똘히 생각에 잠긴 듯 찌푸린 얼굴을 한 부엉이는 방앗간에 산 지 이십 년이나 된 고참이었죠. 부엉이는 이 층 방에 있었습니다. 벽에서 떨어져나온 흙과 부서진 기왓장 사이에 서 있는 방아 위에 가만히 앉아 있더군요. 부엉이는 잠시 그 동그란 눈으로 나를 쳐다보았습니다. 그러고는 모르는 사람이라 놀랐는지 갑자기 울어대더군요.

"부엉! 부엉!"

그러고는 먼지가 뽀얗게 쌓인 날개를 힘들여 퍼덕였습니다.

이런, 머리 쓰는 것들은 씻을 줄을 모른다니까요. 어쨌든! 그 깜빡거리는 눈, 무엇이 불만인지 잔뜩 찌푸린 이 말없는 하숙생이 나는 바로 마음에 쏙 들었어요. 그래서 당장 하숙방 계약을 연장시켜주었지요. 천장에 난 구멍으로 드나들던 부엉이는 예전처럼 방앗간 위층을 계속 쓰게 되었어요. 그 때문에 나는 아랫방에 자리를 잡았는데, 하얀 회벽에 천장은 낮고 둥글어서 꼭 수녀원 식당 같습디다.

내가 여러분에게 글을 써 보내는 곳도 바로 여기랍니다. 활짝 열어둔 방문 사이로 포근한 햇살이 밀려오고 있네요.

바로 앞에는 아담한 소나무들이 햇살에 반짝이며 산등성이 밑까지 뻗어 있습니다. 알피유산 봉우리들은 하늘과 맞닿아 선명한 지평선을 그리고 있고요. 사방은 쥐죽은 듯 조용합니다. 저 멀리서 피리소리, 라벤더 꽃 사이를 오가는 도요새소리, 길을 가는 당나귀 방울소리만이 간간이 여울져올 뿐이지요. 역시 프로방스의 그림 같은 풍경은 화창한 날에 봐야 제맛이라니까요.

이러니 여러분이 계시는 그 시끄럽고 우중충한 파리가 그리울 리 있겠습니까? 이 방앗간에서 이렇게 잘 지내고 있는데요! 은은한 향기가 풍기는 따사로운 이곳이 바로 내가 찾던 곳입니다. 파리의 시끄러운 신문들이나 북적대는 마차, 우울한 안개에서 멀리 떨어진 이곳이 얼마나 좋은지 모르겠어요. 또 예쁜 것들은 얼마나 많은지! 이곳에 들어온 지 겨우 일주일밖에 안 되었는데도 벌써 소중한 추억을 한 아름 만들었답니다. 엊저녁 만 해도 산등성이 아래에 있는 한 농장에 겨울을 나러 돌아오 는 양떼를 보았습니다. 이렇게 감동적인 장면은 파리에서 열리 는 공연을 죄다 보여준다 해도 바꾸지 않을 겁니다. 정말입니 다. 내 얘기를 들어보시고 한번 생각해보세요.

프로방스에서는 더위가 시작되면 가축을 알프스산으로 보 낸답니다. 양떼와 목동은 아름다운 밤하늘을 지붕 삼아 5, 6개 월 정도 허리까지 자란 풀밭에서 지내지요.

그러다 가을이 되어 찬바람이 불기 시작하면 농장으로 내려 온답니다. 그때부터는 로즈메리 향이 가득 퍼져가는 회색빛 언 덕에서 우아하게 풀을 뜯게 되죠…. 그러니까 어제 내가 본 광 경은 양떼가 농장으로 돌아오는 모습이었습니다. 양떼가 돌아 오는 날이 되면 농장에서는 아침부터 대문을 활짝 열어놓고 우 리에 새 짚단을 깔아놓아요.

"지금쯤이면 에기에르 정도 왔겠군. 지금쯤은 파라두에 와 있겠는걸."

사람들은 이렇게 점쳐보며 양떼를 기다린답니다. 그러다 저 녁이 되면 갑자기 외치는 소리가 들립니다.

"양떼다!"

그러면 당당히 개선하는 병사들처럼 저 멀리서 먼지구름을 일으키며 몰려오는 양떼가 보이지요. 마치 길도 양떼와 함께 움직이는 것 같아요. 늙은 양들이 뿔을 앞세우고 기세등등하게 앞장서고, 그 뒤를 다른 양들이 따릅니다. 지친 기색이 엿보이는 어미 양들과 어미를 졸졸 따르는 새끼 양들도 섞여 있죠. 붉은 털을 자랑하는 암컷 노새는 태어난 지 하루 된 새끼 양을 바구니에 태우고 걸어옵니다. 암컷 노새의 걸음걸이에 새끼 양은 저절로 잠이 들지요. 또 땅에 닿을 정도로 혀를 길게 늘어뜨린 개들이 땀을 뻘뻘 흘리며 그 뒤를 따릅니다. 발목까지 내려오는 붉은 모직 외투로 몸을 감싼 건장한 목동 두 명도 함께요.

이 긴 행렬은 소낙비 같은 발소리를 내며 우리 앞을 씩씩하게 행진하고는 대문 저편으로 사라져버리죠. 농장 안이 얼마나 시끌벅적해지는지…. 새장에 앉아 있던, 망사 모양의 벼슬을

단 커다란 공작새들도 도착한 양떼에 초록색과 금색의 깃털을 활짝 펼치며 멋진 환영의 노래를 선사해주었죠. 꾸벅꾸벅 졸던 닭들도 화들짝 놀라 깨어났고요.

비둘기, 오리, 칠면조, 뿔닭 모두 모두 일어났답니다. 그러면 암탉들은 '또 밤을 지새워야겠군' 하며 이야기를 나누지요. 그야말로 사육장 안이 아수라장이 되었어요. 마치 알프스의 신선한 산 공기가 양털에 배어 실려와 농장 전체를 흥겹게 해주는 것 같았습니다. 이렇게 떠들썩한 분위기에서도 우리 안으로 들어가는 양떼를 보고 있노라면 한없이 즐거워집니다. 늙은 양들은 그동안 비어 있던 여물통을 다시 보자 반가움에 눈시울이 뜨거워집니다. 여행 중 태어나 농장을 한 번도 본 적 없는 아기 양들은 신기한 듯 주위를 둘러보죠.

하지만 그 무엇보다도 내가 감동받은 것은 양떼를 지키는 개들입니다. 양떼를 쫓아 바쁘게 움직이는 늠름한 개들은 농장에 도착한 후에도 잠시도 한눈을 팔지 않죠. 농장을 지키던 개가 보금자리로 불러들이려 해도, 시원한 물이 가득 담긴 물통을 갖다줘도 다 소용없었습니다.

개들은 아무것도 보려고도, 들으려고도 하지 않고 양떼가 모두 우리에 들어갔는지, 작은 울타리 문에 걸쇠가 걸렸는지, 목동들이 아랫방에서 식사를 하려고 자리를 잡았는지 확인합니다. 그리고 나서야 자기들의 보금자리로 들어가죠. 그러고는 사발에 담긴 먹이를 핥으며 농장에 남아 있던 동료 개들에게 산 위에서 벌어진 일들에 대한 이야기보따리를 풀어놓습니다. 늑대가 나타나고 이슬이 가득 맺힌 자줏빛 디기탈리스 꽃이 만발한 미지의 나라에 대해서 말이죠.

코르니유 영감의 비밀

내게 친구가 하나 있었어요. 가끔씩 찾아와 데운 포도주를 마시며 밤새 이야기를 나누곤 했던 피리쟁이 프랑세 마마이 영감이랍니다. 어느 날 저녁, 영감은 내 풍차 방앗간에 얽힌 사연을 이야기해주더군요. 이십 년 전에 있었던 슬픈 이야기였는데, 너무 감동적이어서 여러분과 함께 나누고자 합니다. 그러니 여러분도 그윽한 향기가 진동하는 포도주 단지 앞에 앉아 나이 지긋한 피리쟁이 할아범에게 이야기를 듣고 있다고 상상해보시기를….

지금은 이 고장이 조용하고 활기도 없지만 예전엔 이렇지 않았네. 그때는 방앗간 장사가 한창이었지. 근처 농가에서도 밀을 빻으러 다들 이곳으로 몰려들곤 했으니 말이야.

그야말로 사방 언덕이 풍차 방앗간 천지였다네. 소나무 너머로는 북서풍을 받으며 풍차 날개가 힘차게 돌아갔고, 당나귀들도 자루를 지고 끊임없이 언덕을 오르내렸지. 일주일 내내 당나귀를 재촉하는 채찍소리와 풍차 날개가 바람에 팔락팔락 하는 소리, 방앗간 일꾼들이 부산하게 움직이는 소리가 산 위로 가득 울려 퍼졌다네. 이 소리에 다들 정말 신이 났어. 그래서 일요일만 되면 사람들은 무리 지어 방앗간으로 놀러 왔지. 그러면 방앗간 주인들은 사람들에게 포도주를 대접했어. 또 방앗간 안주인들은 고운 레이스가 달린 전통 모자를 쓰고 금십자가 목걸이로 예쁘게 치장을 했는데, 정말이지 보기만 해도 황홀할 지경이었다네. 나는 항상 피리를 가져갔고, 다들 늦게까지 전통 춤을 추며 놀았다네. 알겠나, 예전에는 이 풍차들 덕분에 이 고장에 기쁨과 부가 넘쳐났다는 말일세….

아, 그런데 그 망할 도시 놈들이 타라스콩으로 가는 길목에 증기 방앗간을 하나 세웠지 뭔가. 그것도 근사하고 완전 최신식으로 말이야! 결국 사람들은 증기 방앗간으로 몰리게 되었고, 풍차 방앗간은 안타깝게도 텅텅 비어버리고 말았지. 처음 얼마간은 나름대로 지지 않으려고 노력도 해봤지만, 다 헛수고였네. 도무지 증기 방앗간을 당해낼 재간이 없었지. 쯧쯧! 그러니 어쩌겠나? 하나둘씩 문을 닫을 수밖에…. 결국 당나귀도 볼 수 없게 되고… 방앗간 안주인들은 금십자가 목걸이를 팔아야 했고…, 포도주도 전통 춤도 모두 자취를 감춰버렸네! 북서풍이 불면 뭐 하나? 풍차 날개는 움직일 생각도 없는데…. 그러자 동네에서는 풍차를 헐어버리고 그 자리에 포도나무와 올리브 나무를 심기 시작했네.

그런데 풍차 방앗간들이 사라져가는 중에도 잘 버텨내던 방앗간 하나가 있었어. 증기 방앗간에 맞서 언덕 위에서 당당하게, 끊임없이 풍차를 돌리던 코르니유 영감의 방앗간이었지. 우리가 지금 이야기를 나누고 있는 바로 이 방앗간일세.

코르니유 영감은 방앗간 일에만 육십 평생을 바친 노인이었다네. 그래서 영감은 증기 방앗간이 들어서자 반미치광이가 되었고, 자신의 처지에 분노했지. 영감은 일주일 동안 온 마을을 돌아다니며 사람들을 불러모으고선 목청껏 소리를 질렀다네.

"그 망할 놈들이 증기 방앗간에서 빻은 밀가루로 프로방스 사람들을 모두 독살하려고 한다니까. 그러니 그런 곳에는 얼씬도 하지 말게들. 그놈들은 증기를 이용해 빵을 만들고 있어. 증기는 악마의 숨결이란 말일세."

그러고는 영감의 풍차 방앗간을 칭찬하는 온갖 미사여구를 늘어놓았지.

"하지만 나는 하느님이 불어주시는 북서풍으로 밀을 빻고 있다네."

하지만 아무도 영감의 말에 귀 기울이지 않았어.

화가 난 영감은 풍차 방앗간에 틀어박혀 성난 짐승처럼 혼자 살았네. 심지어 열다섯 살 난 손녀 비베트도 돌보려고 하지 않았지. 부모님이 세상을 뜬 후 혈육이라곤 영감 하나밖에 없었는데도 말이야.

손녀는 할 수 없이 돈벌이에 나서야 했다네. 농가 이곳저곳을 돌며 추수를 거들고, 누에를 치고, 올리브 열매를 땄지. 그래

도 영감은 손녀를 끔찍이 예뻐하는 것 같더군. 쨍쨍 내리쬐는 햇빛에도 아랑곳없이 먼 길을 걸어 손녀를 보러 농가로 찾아가기까지 했으니까. 손녀가 보이는 곳에 서서 영감은 하염없이 눈물을 흘렸다네.

　마을 사람들은 모두 영감이 돈을 아끼려고 손녀를 집에서 내보낸 것이라고 여겼어. 그러니 손녀가 이 농장 저 농장 전전

하면서 난폭한 농장주들에게 시달리고, 어린 하녀나 겪을 온갖 시련을 다 겪도록 만든 영감이 곱게 보이겠나. 게다가 그때까지 마을 사람들의 존경을 한 몸에 받던 노인이 이제는 떠돌이처럼 누더기에, 맨발에, 해진 모자를 쓰고 마을을 돌아다니는 모습이 마음 편치 않기도 했고…. 영감은 일요일에는 미사를 보러 성당에 나왔는데, 그 꼴은 우리 늙은이들이 보기에도 민망할 정도였다네. 영감도 눈치챘는지 우리와 함께하지 않고, 항상 성수반이 있는 성당 한쪽에 가난한 사람들과 자리를 같이 하더군.

참, 코르니유 영감에게는 한 가지 이해할 수 없는 점이 있었네. 마을 사람들이 영감의 방앗간으로 밀을 빻으러 가지 않은지 한참인데도 영감네 풍차 날개는 예전처럼 계속 돌고 있었거든…. 저녁이면, 밀이 가득 담긴 자루를 짊어진 당나귀를 앞세우고 길을 가는 영감을 볼 수 있었어.

"안녕하세요, 코르니유 영감님."

농부들이 영감에게 인사를 건넸지.

"방앗간은 여전하죠?"

"그렇다네. 정말이지 다행이야. 주문이 끊기는 법이 없으니."

영감은 즐거운 표정으로 대답하곤 했어.

하지만 도대체 어디서 그렇게 일이 들어오느냐고 물으면 영감은 손가락을 입에 대며 심각하게 대답하곤 했지.

"쉿! 외국에 팔 물건들이라네."

이런 대답이니, 사람들이 뭘 더 알 수 있었겠는가.

영감의 방앗간에 발이라도 들여놓으려는 생각은 아예 꿈도 못 꾸었다네. 손녀딸조차 들어갈 수가 없었다니까….

방앗간 앞을 지나치다 보면 문은 항상 굳게 닫혀 있었고, 커다란 풍차 날개는 여전히 돌고 있었네. 노새는 풀을 뜯고 있었고, 크지만 말라빠진 고양이는 창문가에서 햇볕을 쬐며 지나가는 사람들을 심술궂은 표정으로 쳐다보고는 했지.

이 모든 게 왠지 심상찮은 분위기를 풍겨 사람들은 방앗간에 대해 말들이 참 많았다네. 다들 코르니유 영감의 비밀을 나름대로 풀어보려 했지만, 방앗간 안에는 밀 포대보다 돈을 담아놓은 자루가 더 많을 거라는 소문만 무성했지.

하지만 결국 모든 것이 다 밝혀졌네. 어떻게 된 일인지 들어보게나.

내 일이 피리를 불며 젊은이들을 흥겹게 해주는 것 아니겠는가. 그런데 어느 날 내 큰놈하고 영감의 손녀딸 비베트가 사랑에 빠졌다는 것을 눈치챘지. 사실 난 그것이 싫지만은 않았다네. 어찌 됐건 코르니유 가문과 연을 맺는다는 것은 나에게는 영광이었고, 아리따운 비베트가 내 집에서 왔다 갔다 하는 걸 볼 수 있어 즐겁기도 했으니까. 어쨌든 두 사람이 함께 있을 기회가 많으니 행여 사고라도 칠까 봐 어떻게든 빨리 해결을 봐야겠다는 생각이 들었어. 그래서 넌지시 이야기라도 해볼까 해서 영감의 방앗간으로 올라갔다네. 그런데 세상에! 그 영감탱이! 나를 푸대접하지 뭔가! 절대로 문을 열어주지 않는 거야. 문틈으로 여차저차해서 찾아왔다고 간신히 설명을 했지. 그런데 내가 설명하고 있는 동안 그 말라비틀어진 고양이 놈마저 머리 위에서 귀신 같은 숨소리를 내며 날 무시하지 뭔가.

영감은 내 얘기가 끝나지도 않았는데 당장 돌아가라고 무례하게 소리를 지르더군.

"자네 아들 장가보내는 게 급하면 증기 방앗간에나 가서 알아봐!"

이런 악담을 들었으니 피가 거꾸로 솟지 않겠나? 하지만 나니까 참았지 아님…. 미친 영감탱이는 그냥 그 집구석에 내버려 두고 나는 집으로 돌아와 방앗간에서 당한 일을 아들놈과 비베트에게 얘기해주었네.

불쌍한 아이들은 내가 당한 일을 믿지 않는 눈치였어. 두 사람이 함께 방앗간에 올라가 할아버지께 말해보겠다며 내게 애원까지 하더군. 차마 거절할 수가 없었지. 말이 떨어지기가 무섭게 아이들은 후다닥 달려나갔다네.

아이들이 방앗간에 도착했을 때는 때마침 코르니유 영감도 막 외출을 하고 없었지. 문은 이중으로 꼭꼭 잠겨 있었어. 그런데 영감이 사다리를 들여놓는 것을 깜빡하고 나갔지 뭔가. 아이들은 창문으로 들어가 그 대단한 방앗간에 영감이 대체 무엇을 숨겨놓았는지 구경하고 싶어졌지….

그런데 이게 웬일인가! 방앗간 안이 텅텅 비어 있는 게 아니겠는가. 자루 하나도, 밀알 한 톨도 없었다네. 밀가루의 흔적은 벽에서도, 심지어 거미줄에서도 찾아볼 수 없었지…. 풍차 방앗간을 가득 채우던 으깨진 밀알의 훈훈한 냄새도 전혀 느낄 수가 없었어…. 방아에는 먼지가 뽀얗게 쌓여 있었고, 그 위에선 말라빠진 고양이가 졸고 있었다네.

아래층도 폐허 분위기이기는 매한가지였어. 낡은 침대에, 몇 벌 안되는 옷가지, 계단에 굴러다니는 빵 한 조각이 전부였지. 그런데 방 한구석에 놓인 서너 개의 자루에서 자갈과 허연 흙이 흘러내리고 있지 않았겠는가!

이것이 바로 코르니유 영감의 비밀이었던 것일세! 바로 이 허연 흙을 저녁마다 실어 나르면서 방앗간의 명예도 지키고, 사람들에게 방앗간이 계속 돌아가고 있다고 믿도록 할 심산이었던 게야. 불쌍한 방앗간! 가여운 코르니유 영감! 증기 방앗간에 일을 뺏긴 지가 벌써 한참이었던 게야. 풍차 날개는 계속 돌아갔지만 방아는 헛돌고 있었던 게지.

아이들은 눈물을 흘리며 돌아와 그대로 이야기해주었네. 난 아이들의 말을 듣고는 가슴이 찢어질 것 같았지. 한시도 지체

하지 않고 나는 이웃들에게 달려가 그 사실을 털어놓았네. 그러고는 집안에 남아 있는 밀이란 밀은 죄다 코르니유 영감의 방앗간으로 가져가자고 했어. 말이 떨어지기가 무섭게 온 마을 사람들이 밀 자루를 진 당나귀들을 앞세우고 길을 나섰네. 진짜 밀을 가지고 말이야!

도착해보니 방앗간 문은 활짝 열려 있었고, 그 앞에는 코르니유 영감이 흙 자루 위에 주저앉아 머리를 감싼 채 울고 있더군. 집을 비운 사이 누군가가 집 안에 들어왔다 나갔다는 사실을 알고는 자신의 비밀이 탄로되어 슬펐던 게야.

"아이고, 내 신세야! 이젠 죽어야겠구나. 방앗간이 놀림감이 되었으니!"

신세타령을 하던 영감은 보는 이들의 가슴이 찢어지도록 울음을 터뜨렸어. 방앗간이 마치 살아 있는 사람이라도 되는 양 이렇게 저렇게 불러가며 한탄을 늘어놓았지.

바로 그때, 당나귀들이 언덕 위에 도착했네. 우리는 모두 크게 소리를 질렀지. 방앗간이 제철을 누리던 그때 그 시절처럼 말이야.

"어이! 방앗간…! 어이! 코르니유 영감!"

그러고는 곧장 문 앞에 밀 가마니를 쌓았어. 잘 익은 붉은 밀알이 사방으로 떨어지더군.

그러자 갑자기 코르니유 영감은 울음을 멈추고 놀란 눈을 하며 주름투성이 손으로 밀알을 주으며 말했네.

"밀이야…! 이럴 수가…! 이렇게 좋은 밀을! 어디 보자."

어느새 영감의 얼굴에는 웃음꽃이 피었어. 그는 우리를 돌아보더니 말하더군.

"아! 다시 올 줄 알았어. 증기 방앗간은 모두 도둑들이야."

우리는 영감이 너무 자랑스러워 마을로 성대히 모셔가려고 했지.

"아니, 아닐세. 내 방앗간에 먼저 먹을 걸 주어야겠네. 생각해보시게들. 입에 거미줄을 친 지가 너무 오래됐잖은가."

가마니를 열고 방아를 살펴보며 여기저기 부산하게 움직이는 노인장의 모습에 우리는 모두 눈물이 났다네. 드디어 밀알은 으깨지고 고운 밀가루가 천장으로 피어올랐지.

우리는 잘못을 깨닫고 그날부터 영감에게 끊임없이 일감을 주었네. 그러던 어느 날 영감은 세상을 떠났고, 우리의 마지막 풍차 방앗간도 멈추었지. 이번에는 영원히 말이야. 영감이 세상을 뜬 후 그 뒤를 이으려는 사람은 아무도 없었네. 어쩌겠나! 모든 일에는 끝이 있는 법. 론강을 떠다니던 나룻배처럼, 세도 높던 지방 의회처럼, 꽃을 수놓은 재킷이 사라진 것처럼 풍차 방앗간의 시대도 지나간 것을… .

세갱 영감의 염소 이야기
—파리의 서정시인 피에르 그랭고와르에게

그랭고와르! 자네는 늘 그 모양일 걸세. 못난 친구 같으니!

파리의 유명한 신문사에서도 기자로 와달라는데, 그걸 마다하다니. 참 배짱 한번 두둑하구먼…. 제발 자네 그 몰골 좀 보게나, 이 불쌍한 친구야! 구멍 난 윗도리며 해진 바지며…. 배고픔에 찌들어 삐쩍 마른 얼굴은 또 어떤가. 온통 시에만 매달리니 그리된 게지! 지난 십 년간 시에만 전념한 대가가 고작 이건가? 대체 부끄럽지도 않냐 이 말이야?

어서 그 일자리를 받아들이게, 이 친구야! 어리석게 굴지 말고 받아들이라고! 그러면 돈도 잔뜩 벌 수 있고, 일류 레스토랑에서는 자네를 위한 특별석을 마련해둘 걸세. 그리고 연극 공연 첫날에는 모자에 새로운 깃도 꽂아 마음껏 뽐낼 수 있을 테고….

뭐라고? 그러고 싶지 않다고? 끝까지 자유롭게 살겠다 이거 군. 좋네. 그렇다면 내 자네에게 세갱 영감의 염소 이야기를 들려줄 테니 어디 한번 들어보게나. 자기 멋대로 살려고 하면 결국 어떤 대가가 따르는지를 깨닫게 될 걸세.

세갱 영감은 염소 기르는 일에 별로 운이 없었다네. 염소마다 모조리 다 죽어버렸거든. 어느 아침에는 염소들이 고삐를 끊고 산으로 달아났어. 그러고는 늑대의 먹잇감이 되었지. 영감이 아무리 보듬어줘도, 늑대가 아무리 무섭다고 일러줘도 염소들은 도망치기를 멈추지 않았어. 아마 독립심이 대단한 염소들이었나 보네. 숨통이 탁 트이는 자유를 어떻게든 누려보려 했으니 말이야.

세갱 영감은 염소들의 이런 성향을 도무지 이해할 수가 없었기에 화가 치밀었지. 그래서 이렇게 말한 적이 한두 번이 아니었지.

"이젠 끝이야. 내 집에만 오면 염소들이 싫증을 낸다고. 이젠 단 한 마리도 내 집에 들여놓지 않을 테야."

그러고도 영감은 절대 포기하지 않았다네. 매번 같은 식으로 염소를 여섯 마리나 잃고서도 한 마리를 또 사들였지. 그 대신 이번에는 아주 어린 놈으로 골랐다네. 영감이 사는 곳에 익숙해지도록 할 심산으로 말이야.

그랭고와르, 자넨 세갱 영감의 어린 염소가 얼마나 귀여웠는지 모를 걸세. 순진한 눈매하며 앙증맞게 난 수염하며 까맣고 반짝이는 발굽에 주름 잡힌 뿔, 그리고 마치 외투라도 두른 듯 길고 하얀 털이 얼마나 깜찍하던지! 정말이지 에스메랄다의 새끼 염소 뺨쳤다네. 자네도 기억하지? 게다가 순하기도 하고, 붙임성도 있고, 젖을 짤 때도 꼼짝하지 않았어. 우유 통에 발을 집어넣는 일도 없었고 말이야. 정말 사랑스러운 염소였지.

세갱 영감의 집 뒤에는 산사나무 울타리가 처진 마당이 있었네. 염소는 이곳에 보금자리를 틀었지. 영감은 잔디밭 중에서도 가장 좋은 곳에 말뚝을 박고 염소를 묶어놓았다네. 끈을 길게 해주는 정성도 잊지 않았어. 그리고 틈나는 대로 염소가 잘 있는지 살펴보았네. 염소가 매우 행복해 보였고, 신나게 풀을 뜯자 영감도 흐뭇했지.

"이제야 내 집을 싫증 내지 않는 놈을 찾았군."

이 불쌍한 영감은 이렇게 생각했지. 하지만 그건 착각이었네. 사실 염소는 싫증을 내고 있었거든.

어느 날 염소는 산을 바라보며 생각했다네.

'저 산으로 가면 얼마나 좋을까! 목이 떨어져 나갈 것처럼 조이는 이 밧줄 없이 떨기나무를 헤치며 마음껏 뛰놀면 얼마나 신이 날까! 당나귀나 소는 사방이 막힌 이런 울타리에서 풀을 뜯어도 상관없지만…, 우리 염소들은 드넓은 벌판을 뛰어다녀야 하는 법인데!'

이런 생각이 들자 염소는 곧 입맛이 없어졌다네. 이내 모든 게 다 지겨워졌지. 염소는 야위어갔고 젖도 잘 나오지 않게 되었네. 온종일 줄을 있는 대로 잡아당기며 산을 향해 코를 벌름거리면서 슬프게 울어대는 모습이 얼마나 안쓰럽던지….

세갱 영감도 염소가 이상하다고 눈치챘지만 그 이유를 알지는 못했다네. 그러던 어느 날 아침, 영감이 젖을 다 짜고 나자 염소가 갑자기 영감을 돌아보며 말했다네.

"영감님. 여긴 정말 심심해요. 산으로 갈 수 있게 해주세요."

"뭐라고! 이럴 수가… 너마저!"

영감은 깜짝 놀라 소리를 질렀다네. 그 바람에 그만 우유 통을 떨어뜨리고 말았지. 영감은 염소 옆에 앉아 이렇게 말했어.

"이럴 수가, 블랑케트. 이 집을 떠나고 싶은 게냐?"

그러자 블랑케트가 대답했지.

"그래요, 영감님."

"풀이 모자라서 그러니?"

"아뇨."

"끈이 너무 짧아서 그렇구나. 좀 늘여줄까?"

"그럴 필요 없어요, 영감님."

"그러면 어쩌라는 거냐? 원하는 게 뭐니?"

"산으로 가고 싶어요."

"이런, 순진한 것. 산에는 늑대가 있다는 걸 알잖니. 늑대와 마주치면 어쩌려고 그러니?"

"뿔로 받아버리죠, 영감님."

"늑대 놈이 네 뿔 따위를 무서워할 것 같으냐? 너보다 더 힘센 뿔을 가진 염소들도 다 먹어치우는 놈이야. 작년에 내 집에 있던 르노드가 어떤 일을 당했는지 아니? 그놈은 수컷처럼 성질도 사납고 힘도 센 암컷 대장이었어. 그 녀석도 늑대와 밤새도록 싸웠지만 결국 새벽녘에 잡아먹히고 말았단 말이야."

"에구머니, 불쌍한 르노드! 하지만 상관없어요, 영감님. 저를 산으로 가게 해주세요."

"맙소사…!"

세갱 영감은 소리쳤지.

"도대체 내 염소들은 왜 하나같이 이 모양이지? 또 늑대의 배만 채워주게 생겼군. 안 된다, 절대 안 돼…! 네놈이 뭐라고 해도 네 목숨만은 살려야겠다, 이 말썽꾸러기 녀석아! 줄을 끊을지도 모르니 아예 우리에 가둬놓아야겠군. 이제부터 거기서 지내거라."

영감은 햇빛도 들지 않는 우리에 염소를 가두고는 문을 이중으로 꼭꼭 잠가버렸네. 하지만 안타깝게도 영감은 그만 창문 닫는 것을 깜빡했지. 그래서 영감이 나가자마자 염소는 바로 줄행랑을 쳐버렸어.

웃음이 나오나, 그랭고와르? 쳇! 안 봐도 뻔하군. 자네는 염소 편일 게야. 마음 좋은 세갱 영감 편이 아니고…. 다음 얘기를 듣고도 계속 웃을 수 있을지 어디 두고 보세나.

새하얀 염소가 산에 오르자 다들 즐거움으로 북적대기 시작했네. 노송들은 산에 올라온 이 새끼 염소처럼 귀여운 것은 여직 한 번도 본 적이 없어 마치 여왕처럼 대접해주었다네. 밤나무도 몸을 숙여 새끼 염소를 쓰다듬어주었지. 금작화들은 한껏 향기로운 꽃 내음을 뿜으며 염소가 지나갈 수 있도록 길을 열어주었고. 온 산이 그야말로 축제 분위기였지.

말하지 않아도 알겠지, 그랭고와르? 염소가 얼마나 기뻐했는지 말일세! 밧줄도 없고, 말뚝도 없고…. 이제는 마음껏 뛰어다닐 수도 있고 아무 데서나 풀을 뜯을 수도 있었지. 정말 풀다운 풀이 자라고 있었다네! 키도 염소보다 컸고. 맛은 또 어찌나 좋던지! 달콤한 즙에 부드러운 맛, 모양도 빼쪽빼쪽한 각양각색의 풀이 우거져 있었어. 영감네 마당에서 맛보던 풀과는 차원이 달랐다 이 말씀이야. 꽃은 또 어떻고! 파란 초롱꽃, 긴 꽃

받침을 자랑하는 자줏빛 디기탈리스, 취할 정도로 군침이 도는 야생화가 만발해 있었다네.

이러한 것들에 반쯤 취해버린 염소는 꽃에 파묻혀 다리를 허공에 벌리고 드러눕는가 하면, 낙엽과 떨어진 밤송이에 뒤섞여 언덕을 굴러 내려오기도 했지. 그러다 벌떡 일어서서 다시 휙 내달리고. 관목과 회양목 사이로 고개를 들이밀고 산봉우리며 깊은 골짜기며 산 위아래로 훑지 않은 곳이 없었다네. 누가 보면 세갱 영감이 염소 열 마리는 키우는 줄 알았을 걸세.

블랑케트 요 녀석은 겁이라곤 하나도 없는 놈이었다네. 넓은 도랑도 한걸음에 냅다 건너뛰는 바람에 진흙이며 물거품에 온 몸이 다 젖었을 정도거든. 염소는 바위 위에 누워 물이 뚝뚝 떨어지는 몸을 따사로운 햇볕에 말렸다네. 그러던 중 염소는 꽃을 물고 절벽 끄트머리로 다가갔는데, 저 아래 평원에 세갱 영감의 집과 뒷마당이 보이질 않겠나. 이 광경에 염소는 눈물이 쏙 빠질 정도로 크게 웃어댔다네.

"저렇게 작을 수가! 내가 어떻게 저런 곳에서 살았지?"

철딱서니 없는 녀석! 그렇게 위에서 내려다보고 있으니 마치 자기가 세상을 다 쥔 것 같았겠지.

어쨌든 세갱 영감의 염소는 아주 즐거운 하루를 보내고 있었네. 정오 무렵, 염소는 한입 가득 머루를 따먹고 있는 영양떼와 마주쳤네. 새하얀 털을 뽐내는 우리의 주인공은 곧바로 영양들 사이에서 큰 인기를 얻었고, 숫영양들은 머루 따먹기 가장 좋은 자리를 내주는 등 모두 염소에게 잘 보이려고 난리였네. 그랭고와르, 우리끼리 하는 얘기인데, 영양들 중 까만 털이 빛나는 수컷 한 마리에게 블랑케트 요 녀석이 마음을 주었다네. 사랑에 빠진 연인들은 한두 시간 정도 숲속 이곳저곳을 거닐었지. 둘이 무슨 얘기를 나누었는지 궁금하면 푸른 이끼 사이로 보일 듯 말 듯 흐르고 있는 수다쟁이 시냇물한테 물어보게나.

그러다 갑자기 바람이 스산해졌네. 산도 보랏빛으로 물들었고. 저녁이 된 게야.

"아니 벌써!"

염소는 말했네. 그러고는 깜짝 놀라 걸음을 멈췄지.

산 아래쪽 평원이 안개에 뒤덮여버린 게야. 세갱 영감의 울타리도 안개 속에 자취를 감추었고, 보이는 것이라고는 연기가 모락모락 피어오르는 영감의 집 굴뚝밖에 없었지. 산에 풀어놓은 염소들을 불러들이는 종소리가 울려 퍼지자 염소는 갑자기 자신이 처량해졌다네. 게다가 둥지로 돌아가던 매 한 마리가 지나가다 살짝 건드리는 바람에 염소는 소스라쳤지. 그때 산 가득히 울음소리가 울려 퍼졌네.

"우우우… 우우우…."

그제야 문득 염소는 늑대 생각이 난 게야. 종일토록 까불며 노느라 늑대를 까맣게 잊고 있었던 게지. 때마침 계곡 저 밑에서 나팔소리가 들려왔어. 집 나간 염소를 불러들이려는 마음씨 좋은 세갱 영감의 마지막 울부짖음이었지.

"우우우… 우우우…."

늑대는 계속 울어댔고….

"돌아와! 어서 돌아오라고!"

나팔도 소리를 질러댔네.

블랑케트도 한편으로는 집으로 돌아가고 싶은 마음이 든 것도 사실이야. 하지만 말뚝과 밧줄, 울타리를 떠올리니 다시 예전의 생활로 돌아갈 수 없을 것 같아 산에 머물기로 마음먹었지.

이제 나팔도 울음을 멈췄고….

그때였네. 뒤쪽에서 풀잎이 바스락거리는 소리가 들려온 건. 고개를 돌리자 어둠 속에 짧은 귀 두 개가 쫑긋 서 있는 게 아닌가. 번뜩이는 눈동자와 함께 말이지.

바로 늑대가 나타난 것일세.

어마어마한 몸집의 늑대는 엉덩이를 땅에 붙이고 앉아 꿈쩍도 안 했디네. 새하얀 아기 염소를 바라보며 벌써부터 입맛을 다시고 있었지. 먹어치울 수 있다고 자신했는지 서두르지 않았던 게야. 염소가 뒤를 돌아보자 그때야 흉악하게 웃어대기 시작했어.

"호호호! 세갱 영감의 염소 아씨
아니신가."

늑대는 흉측한 입 밖으로 시뻘건
혀를 날름거렸네.

블랑케트는 당황했지. 그러다 갑자
기 밤새도록 늑대와 싸우다가 새벽녘에 잡아먹힌 르노드가 떠
올랐네. 차라리 바로 잡아먹히는 게 더 나을지도 모른다는 생
각이 스쳤지만, 블랑케트는 마음을 고쳐먹고 곧바로 싸울 자세
를 취했네. 자기가 르노드라도 되는 양 뿔을 곤추세우고 머리
를 숙였지. 그렇다고 자기가 늑대를 죽일 수 있다고 생각한 것
은 아니네. 염소가 늑대를 죽인 일은 없었으니까. 블랑케트는
자신도 르노드만큼 오래 버틸 수 있는지 알고 싶었던 걸세.

드디어 늑대가 앞으로 다가왔고 염소도 작은 뿔을 휘둘러대
기 시작했어.

아! 맹랑한 염소 같으니. 그렇게 순진한 생각으로 덤벼들다
니! 그랭고와르, 정말 거짓말 하나 안 보태고 염소가 너무 치열
하게 싸우는 바람에 늑대도 숨을 돌리려고 열 번은 족히 물러
섰다네. 잠시 싸움이 멈춘 동안에도 먹성 좋은 염소는 급히 자
기가 좋아하는 풀을 뜯어 먹었지. 그러곤 다 씹지도 못한 풀을
한입 가득 문 채 다시 싸웠어. 이렇게 싸움은 밤새 계속됐네. 구

름 한 점 없는 하늘에 떠 있는 별을 바라보며 염소는 계속 생각했지.

'아! 새벽까지만 버틸 수 있다면….'

곧 별들이 하나둘 사라지기 시작했네. 블랑케트는 뿔에 더욱 힘을 주어 늑대를 공격했고, 늑대는 이빨의 힘을 배로 늘렸지. 드디어 저 너머 지평선에서 반가운 손님이 모습을 드러내기 시작했네. 바로 빛이었어. 농가에서도 새벽을 깨우는 수탉의 쉰 울음소리가 들려왔다네.

"이제 됐다!"

가여운 염소는 말했지. 염소는 죽기 전, 날이 밝기만을 기다렸던 게야. 결국 염소는 힘을 잃고 쓰러져버렸네. 아름다운 하얀 털을 온통 시뻘건 피로 물들인 채 말이야.

동시에 늑대가 달려들어 염소를 날름 먹어치웠다네.

잘 지내게, 그랭고와르!

이 이야기는 지어낸 것이 아니네. 프로방스 지방에 들를 기회가 생기면, 이곳 농부들에게 염소 이야기를 자주 듣게 될 걸세.

"세갱 영감의 염소가 밤새도록 늑대와 싸우다가 새벽녘에 잡아먹혔어요."

알겠나, 그랭고와르?

"새벽녘에 늑대에게 잡아먹혔다고."

별
프로방스 지방의 어느 목동 이야기

뤼브롱산에서 양을 치던 시절이었습니다. 그때는 몇 주 동안이나 사람이라고는 구경도 못 해보고, 그저 나의 개 라브리와 양떼와 지내는 경우가 많았습니다. 이따금 몽드뤼르산에 은거 중인 산사람이 약초를 캐러 근처를 지나가거나, 피에몽에서 일하는 숯쟁이의 검게 그은 얼굴만 눈에 띌 뿐이었지요. 하지만 그들은 소박한 데다가 말도 통 없었습니다. 다들 외롭게 지내다 보니 말하고 싶다는 생각마저 잃었나 봅니다. 게다가 산 아랫마을에서 벌어지는 일에 대해서도 별 관심이 없었습니다. 그러다 보니 보름마다 음식가지를 싣고 농장에서 올라오는 노새의 방울소리가 들려오거나, 농장에서 잔심부름을 하는 아이의 해맑은 얼굴이나 노라드 아주머니의 붉은 모자가 언덕 너머로 조금씩 보이기 시작하면, 나는 그렇게 기쁠 수가 없었답니다.

그런 날엔 그동안의 마을 소식을 한꺼번에 들을 수 있으니까
요. 어느 집 아이가 세례를 받았는지, 누가 결혼을 했다든지 하
는 거 말이에요. 하지만 나는 무엇보다도 주인집 딸인 스테파
네트 아가씨에 관한 소식을 제일 관심 있게 묻곤 했습니다. 이
고장에선 제일 예쁜 아가씨였죠. 나는 아가씨가 파티나 모임에
자주 나가는지, 아가씨에게 관심을 보이는 청년들이 또 나타났
는지 묻곤 했어요. 하지만 아가씨에 대한 관심을 겉으로 드러
내지는 않았답니다. 하릴없이 산에 죽치고 있는 목동 주제에
웬 관심이냐고 하실지 모르겠지만, 그때는 나도 스무 살 먹은
어엿한 청년이었고, 스테파네트 아가씨는 내가 만난 여자 중
가장 예쁜 여인이었으니 당연한 일이었겠죠?

그 일요일도 보름치 양식을 기다리고 있던 참이었어요. 그날

따라 때가 되도 오지 않는 것이었어요. 아침에는 그냥 단순하게 생각했죠.

'대미사 때문에 늦어지나 보다.'

정오쯤에는 갑자기 소나기가 내렸습니다. 그러니 길이 나빠져서 노새가 출발하지 못했나 보다, 생각했지요. 오후 세 시쯤 하늘이 개고 빗방울이 햇빛을 머금어 온 산이 반짝거리고 있을 때, 풀잎에서 떨어지는 빗방울소리와 서둘러 발길을 재촉하는, 붇은 시냇물의 노랫소리를 뚫고 마침내 노새의 방울이 즐겁게 딸랑딸랑 울려 퍼졌습니다. 마치 부활절에 울리는 큰 종소리 같았어요. 그런데 이게 웬일입니까! 노새를 몰고 나타난 사람은 심부름꾼 아이도, 노라드 아주머니도 아니었습니다. 누구였을까요? 바로… 스테파네트 아가씨였습니다. 진짜 스테파네트 아가씨 말입니다! 허리를 똑바로 펴고 등나무 바구니 틈에 앉아 있는 아가씨의 볼은 빨갛게 상기되어 있었습니다. 아마도 산바람과 소나기가 내린 뒤 서늘해진 공기 때문이었나 봅니다.

스테파네트 아가씨는 노새에서 내리며, 심부름하던 아이는 몸살이 났고, 아주머니도 휴가를 내 가족들을 만나러 갔다고 말해주었습니다. 도중에 길을 잃는 바람에 늦어지게 되었다는 말도 빼놓지 않았어요. 하지만 내가 보기에는 숲속에서 헤맸다기보다는 일부러 늑장을 부린 것 같았습니다. 일요일이라 꽃 리본도 달고 고운 치마도 입고, 레이스도 달아 한껏 예쁘게 치장을 했더라니깐요.

캬! 정말 깜찍했습니다! 아가씨만 쳐다보느라 정신이 쏙 빠질 정도였죠. 이렇게 가까이에서 본 것은 처음이었거든요. 겨울에 양떼를 몰고 산 아래 평원에 내려가 지낼 동안은 농장에서 저녁 식사를 했지만, 빠른 걸음으로 지나치는 모습만 잠깐씩 보았을 뿐이니까요. 아가씨는 하인들에게 좀처럼 말을 거는 일이 없었어요. 항상 경계하는 것 같았고, 어찌 보면 잘난 척하는 것 같기도 했어요. 그런데 아가씨를 이렇게 코앞에서 바라보게 되다니. 그것도 나 혼자! 이러니 제정신이었겠습니까?

스테파네트 아가씨는 바구니에서 먹을거리를 꺼내더니 호기심 어린 눈으로 주위를 살피기 시작했습니다. 행여 더러워지기라도 할까 나들이를 위해 특별히 꺼내 입은 치마를 살포시 들어올리며 산장 안으로 들어가더군요. 내가 어디서 잠을 자는지 궁금했나 봅니다. 짚 위에 양털 이불을 덮은 침대와 벽에 걸어놓은 커다란 망토, 지팡이와 부싯돌을 보고 아가씨는 매우 재미있어 했습니다.

"어머, 이런 곳에서 지내는구나? 가엾기도⋯. 내내 혼자여서 외롭겠다. 뭐 하면서 지내니? 무슨 생각하면서 살아?"

나는 바로 대답하고 싶었습니다.

'아가씨 생각이요.'

거짓말은 아니니까요. 그런데 마음이 너무 울렁거려 한 마디도 할 수 없었습니다. 아가씨도 이런 나를 눈치챘는지 얄밉게 자꾸 짓궂은 농담을 해대며 즐거워했습니다.

"그러고 보니 네 여자 친구는 가끔 여기 올라오니? 여자 친구라면 황금 염소가 맞겠지? 아님 산꼭대기에서만 뛰어다닌다는 요정 에스테렐이든가⋯."

하지만 이렇게 말하고 있는 아가씨의 모습이야말로 정말 요정 같았습니다. 머리를 뒤로 한껏 젖히며 환하게 웃음짓는 아름다운 모습이나, 빨리 돌아가려고 서두르는 모습도 말이죠.

"잘 있어, 목동아."

"살펴가세요, 아가씨."

아가씨는 빈 바구니를 가지고 결국 집으로 향했습니다.

언덕길로 내려가는 아가씨의 모습이 서서히 사라지자, 노새의 발굽에 차이는 돌멩이가 마치 내 심장에 하나하나 꽂히는 것 같았습니다.

나는 이들이 떠나가는 소리를 끝없이, 끝없이 듣고 있었습니다. 그날 저녁까지도 마치 꿈을 꾸는 사람처럼 꼼짝 않고 있었답니다. 움직이면 내 꿈이 날아갈까 봐서요. 골짜기 아래도 어둑어둑해지고 양들도 서로 몸을 비비며 산장으로 돌아올 저녁 무렵, 갑자기 고갯길에서 누군가가 나를 부르는 소리가 들렸습니다. 언뜻 보니 아가씨 같았어요. 조금 전과는 달리 얼굴에 웃음기도 사라지고 대신 온몸이 홈뻑 젖어 추위와 두려움에 덜덜 떨고 있었습니다. 소나기로 불어난 소르그강을 건너려다 물에 빠져 죽을 뻔한 것 같았습니다. 이런 밤늦은 시간에 농장으로 돌아간다는 것은 꿈도 못 꾸었기에 몹시 난처했습니다. 지름길이 있긴 했지만 아가씨 혼자서는 길을 잃을 게 뻔했고, 나도 양떼를 그냥 놔두고 갈 수 없었기에 더욱 애간장이 탔습니다. 산에서 밤을 보내야 한다는 사실에 아가씨는 걱정이 이만저만 아니었습니다. 자기를 걱정하는 가족들 때문에 말이죠. 나야 물론 아가씨를 최대한 안심시키려 했지요.

"7월에는 밤이 짧잖아요, 아가씨…. 조금만 참으세요."

이렇게 말하고서 나는 곧바로 불을 지펴 소르그강에 젖은 아가씨의 발과 치마를 말리기 시작했습니다. 그러고는 아가씨에게 우유와 치즈를 가져다주었지요. 그런데 아가씨는 가엾게도 불을 쬐려고도, 음식에 손을 대려고도 하지 않더라고요. 아가씨 눈에 눈물이 글썽글썽 맺히는 것을 보니 어찌나 마음이 아프던지….

어느새 밤이 오고야 말았습니다. 산꼭대기에는 사라져가는 햇빛이 한 떨기 걸려 있었고, 떨어지는 태양은 붉은 빛만 어렴풋이 내비치고 있었습니다. '아가씨가 산장에 들어가 좀 쉬기라도 하면 좋으련만.' 그래서 짚도 새로 갈고, 한 번도 쓰지 않은 예쁜 양털로 특별한 잠자리를 만들어드린 뒤, 아가씨에게 안녕히 주무시라는 인사를 건네고 나왔습니다. 나야 문간에 나와 앉아 있었죠. 사랑의 불길이 가슴속 깊은 곳에서 용솟음치고 있었지만, 나쁜 생각이라고는 하나도 들지 않았습니다.

하느님은 아실 겁니다. 무엇보다도 양떼가 신기하게 지켜보고 있는 가운데 아가씨가 이 세상에서 가장 고귀하고 뽀얀 양처럼 내가 지키는 산장 한구석에서 잠을 잔다고 생각하니 정말 가슴이 벅차올랐습니다. 오늘밤처럼 하늘이 넓고 깊게 보인 적은 한 번도 없었습니다.

별은 또 얼마나 반짝거리던지…. 그런데 갑자기 산장 문이 열리더니 아름다운 스테파네트 아가씨가 나오는 게 아니겠습니까. 잠이 오지 않는다고 하더군요. 양들이 뒤척이는 바람에 짚이 사그락거렸고, 잠꼬대마냥 울어대기도 했으니 당연한 일이겠죠. 아가씨는 모닥불 옆에 있겠다고 했습니다.

나는 곧바로 아가씨 어깨에 양털 숄을 덮어드리고 불꽃도 키웠지요. 그렇게 아무 말 없이 우리는 나란히 앉아 있었답니다. 한 번이라도 바깥에서 밤을 보낸 적이 있는 사람이라면, 모두가 잠든 밤에는 또 하나의 신비한 세계가 고요와 침묵 속에 눈을 뜬다는 것을 느껴보셨을 겁니다. 시냇물도 한층 맑은 소리로 노래하고, 연못 위에서는 자그마한 불빛들이 장난을 쳐댑니다. 그리고 산속의 정령들이 모두 자유롭게 오가며, 허공에는 들릴락 말락한 바스락거리는 소리가 떠다닙니다. 마치 나뭇가지가 뻗어나는 소리, 풀이 자라는 소리를 듣는 듯하죠. 낮은 인간과 동물들의 세상이지만 밤은 사물들의 세상입니다. 익숙하지 않은 사람에게는 조금 무섭기도 하죠. 아가씨도 두려움으로 몸을 떨더니 조금만 소리가 나도 내게 몸을 바싹 붙여왔습니다. 그러던 중 저 아래 반짝이던 연못에서 출발한 길고도 서글픈 소리가 물결치듯 우리가 있는 곳까지 몰려왔습니다. 바로 그 순간, 예쁜 별똥별이 우리 머리 위를 지나쳐가는 것이 아니겠습니까. 방금 들린 소리가 마치 별똥별을 이끌고 온 것처럼 말이죠.

"저게 뭐야?"

스테파네트 아가씨가 속삭이듯 물었습니다.

"천국으로 가는 영혼이에요, 아가씨."

나는 성호를 그었습니다.

아가씨도 나를 따라 하고는 한참 하늘을 바라보더니 깊은 생각에 잠겼습니다. 이윽고 아가씨가 다시 입을 열었습니다.

"목동들은 다 마법사라던데, 사실이야?"

"아니에요, 아가씨. 아무래도 우리가 별을 가까이서 보고 지내니까 평지에 사는 사람보다 별에 대해 더 잘 알아서 그렇게 생각되나봐요."

아가씨는 턱을 괴고 여전히 밤하늘을 바라보고 있었습니다. 양털 숄을 그렇게 걸치고 있으니 마치 하늘나라의 목동 같더라고요.

"와! 별이 정말 많구나! 어쩌면 저렇게 예쁘지! 이렇게 많은 별을 본 건 처음이야. 너, 저 별들 이름이 뭔지 아니?"

"물론이죠. 자, 우리 바로 위에 있는 별은 성 야곱의 길(은하수)이라는 거예요. 프랑스에서 곧장 스페인으로 향하고 있지요. 용감한 샤를마뉴 대제가 사라센과 전쟁을 하러 갈 때 길을 알려준 사람이 바로 갈리시아의 성 야곱이었죠.

저기 저 별은 영혼의 마차(큰곰자리)랍니다. 눈부시도록 아름다운 네 개의 바퀴를 보세요. 그 앞에 있는 별 세 개는 세 마리 말이고, 세 번째 말 바로 앞에 있는 작은 별이 마부랍니다. 그 주위로 마구 쏟아지는 별들이 보이시죠? 하느님이 천국에 들이지 않는 떠도는 영혼들이에요. 조금 밑에 있는 별은 갈퀴라고도 하고, 세 임금(오리온)이라고도 부르는 별이죠. 우리들에겐 시계 역할을 해주는 별이에요. 보기만 해도 벌써 자정이 넘었구나, 하고 알 수 있거든요. 같은 남중 방향에서 조금 더 밑에 빛나고 있는 별은 밀라노의 요한이죠. 별들의 대장(시리우스)이랍니다. 이 별에 관해서는 전해오는 이야기가 있어요.

어느 날 밤, 밀라노의 요한과 세 임금, 병아리집(묘성)이 친구 별의 결혼 잔치에 초대되었답니다. 병아리집은 바쁜 나머지 제일 먼저 길을 나섰기 때문에 맨 위쪽에 있죠. 저기 저 하늘 위쪽을 보세요. 세 임금이 그다음으로 병아리집을 따라가고 있습니다. 그런데 게으름뱅이 밀라노

의 요한은 늦잠을 자버렸답니다. 그래서 제일 뒤처진 거예요. 화가 난 밀라노의 요한은 두 친구들을 멈춰 세우려고 지팡이를 힘껏 던져버렸죠. 그래서 세 임금을 밀라노의 요한이 던진 지팡이라고도 부르는 거랍니다.

하지만 아가씨, 뭐니 뭐니 해도 별 중에서도 가장 아름다운 별은 바로 우리들의 별, 양치기 목동의 별이랍니다. 새벽녘에 양떼를 몰고 길을 나설 때나 저녁에 돌아올 때 길을 안내해주죠. 목동들 사이에선 아직도 이 별을 마글론느라고 부르곤 한답니다. 칠 년마다 프로방스의 피에르(토성)와 만나 결혼식을 올리는 아름다운 마글론느 말이에요."

"그게 정말이야? 별들도 결혼을 해?"

"그럼요, 아가씨."

별들이 어떻게 결혼하는지 설명해주려고 하던 참이었습니다. 갑자기 상큼하면서도 부드러운 뭔가가 내 어깨에 살포시 내려앉는 것 같았습니다. 그것은 다름 아닌, 졸음을 이기지 못하고 무거워진 아가씨의 머리였지요. 곱슬곱슬한 머리에 매단 리본과 레이스가 앙증맞게 사그락거렸습니다. 아가씨는 그렇게 꼼짝도 하지 않고 밤하늘의 별빛이 엷어지고 급기야는 사라질 때까지 그대로 있었답니다. 나는 아가씨의 잠든 모습을 자꾸만 들여다보았습니다. 가슴이 울렁거리기는 했지만, 맑은 밤하늘 덕택에 아름다운 마음만 간직할 수 있었지요. 우리 주위로는 별들이 마치 순한 양떼처럼 천천히 발걸음을 계속하고 있었습니다. 나는 이런 생각을 했습니다. 이 세상에서 가장 아름답게 빛나는 별 하나가 길을 잃고 내 어깨에 살포시 내려앉아 잠들어 있다고….

아를의 처녀

풍차 방앗간에서 마을로 내려가나 보면, 길 옆으로 팽나무가 길게 늘어서 있는 커다란 마당과, 그 한켠에 농가가 자리하고 있는 게 보입니다. 빨간 기와에 갈색으로 칠해진 건물, 여기저기에 나 있는 창문, 풍향계와 방아를 매다는 도르래가 달려 있는 곳간의 꼭대기, 게다가 삐죽삐죽 나와 있는 건초더미…. 진짜 프로방스의 전통 농가였지요.

왜 이 집이 내 시선을 끌었냐고요? 굳게 닫혀 있는 문에 왜 그리 마음이 쩡했느냐고요? 나도 모르겠습니다. 그저 분위기가 좀 오싹합니다. 집 주위도 너무 적막했고…. 지나가는 사람이 있어도 개는 짖을 줄 몰랐고, 뿔닭들도 소리 없이 도망가기만 합니다. 집 안에서도 쥐새끼소리 하나 들리지 않았어요! 아무 소리도요. 하물며 당나귀 방울소리가 날 턱이 있겠습니까. 창문에 커튼이 없었다면, 굴뚝에서 연기가 나지 않았다면, 사람 사는 집이라고는 도저히 믿기지 않겠더군요.

어제, 정오를 알리는 성당 종소리를 벗 삼아 마을에서 돌아오는 길이었습니다. 따가운 햇살을 피하려고 농장 담장을 따라 팽나무 그늘 밑으로 걸어가고 있었지요. 그러던 중 농장 바로 앞길에서 하인들이 묵묵히 건초를 수레에 담고 있는 모습이 보이더군요. 항상 굳게 닫혀 있던 대문도 활짝 열려 있었습니다. 지나가면서 슬쩍 훔쳐봤더니 한 노인네가 마당 한쪽 커다란 탁자에 턱을 괴고 앉아 있더군요. 큰 키에 백발이 성성한 노인은 짧은 윗도리와 해진 바지를 입고 있었습니다. 나는 걸음을 멈췄어요. 하인들 중 한 사람이 이런 나를 보고 나지막이 말해주더군요.

"쉿! 우리 주인님이십니다. 아드님이 죽은 후부터 쭉 저러신답니다."

바로 그때, 검은 옷차림을 한 부인과 소년 하나가 큰 성경책을 들고 우리 곁을 지나 농장 안으로 들어갔습니다.

하인이 또 내게 말해주었습니다.

"마님과 둘째 도련님이 미사를 보고 돌아오시는 겁니다. 큰 아드님이 자살하고 난 다음부터는 매일같이 성당에 다니시지요. 아! 정말 가여워서 못 보겠어요! 마님은 장례식날 입었던 상복을 아직도 입고 계신다니까요. 통 벗으려고 하질 않으십니다. 워, 워, 이제 그만 가자!"

수레가 막 떠날 참이었습니다. 사연이 궁금하던 나는 수레를 모는 하인에게 같이 타도 되겠느냐고 물었고, 그렇게 건초 더미 속에서 이 슬픈 사연의 전모를 알게 되었습니다.

그의 이름은 쟝이었습니다. 나이는 스무 살에 훌륭한 청년이었죠. 몸가짐도 발랐고 건장한 데다 성격도 쾌활했습니다. 얼굴도 잘생겨서 동네 처녀들의 눈길을 한몸에 받았지요. 하지만 이 청년의 마음속엔 오직 한 명의 처녀만 자리 잡고 있었어요. 아를의 원형경기장에서 딱 한 번 마주쳤던 아를의 처녀. 처음에 농장 식구들 모두는 두 사람의 관계를 못마땅해했습니다. 처녀는 헤픈 여자로 소문이 나 있었고, 처녀의 부모도 이 고장 출신이 아니었으니까요.

하지만 쟝은 아를의 처녀와 기필코 결혼을 해야겠다고 고집을 피웠어요.

"그녀와 결혼시켜주지 않으면 차라리 죽어버리겠어요."

청년은 그렇게 말하고 다녔습니다.

어쨌든 보람은 있었습니다. 결국 추수가 끝나고 혼인 허락이 떨어졌으니까요.

어느 일요일 저녁, 농장 마당에서 식구들이 저녁 식사를 마쳤을 때였습니다. 피로연 분위기였지요. 약혼녀는 함께하지 않았지만, 그녀를 위해 계속 건배를 했어요. 그런데 갑자기 외간 남자가 문 앞에 나타나 떨리는 목소리로 에스테브 씨를 따로 뵐 수 있겠냐고 묻는 게 아니겠습니까. 그러자 노인장은 자리에서 일어나 그 사내에게 다가갔습니다.

찾아온 남자는 이렇게 말했죠.

"에스테브 씨, 아드님이 혼인하려는 여자는 행실이 바르지 않은 여자입니다. 지난 이 년 동안 그 여자는 제 정부였습니다. 제가 말씀드리는 것을 모두 증명할 수 있습니다. 자, 여기 편지들을 가져왔습니다! 그 여자 부모도 저희 관계를 알고 있고, 제게 딸을 주겠노라고 약속까지 했었습니다. 그런데 아드님이 그 여자와 결혼하고 싶다고 하자 그 여자도, 여자 부모님도 더 이상 저를 상대해주지 않더군요. 저와 그렇게 지내놓고 이제 와서 다른 남자의 아내가 된다는 것을 도저히 용납할 수가 없어서 그만…."

에스테브 씨는 사내가 꺼내놓은 편지를 보고 말했습니다.

"알겠소. 들어와서 포도주나 한잔 하고 가시오."

"뜻은 고맙지만 술로 제 아픔을 달랠 수는 없습니다."

사내는 이 한마디를 남기고 떠났습니다.

에스테브 씨는 표정 하나 변하지 않고 자리로 돌아와 앉았습니다. 식사는 즐겁게 끝이 났지요.

그날 저녁, 에스테브 씨는 아들을 데리고 밖으로 나갔습니다. 그러고는 한참 동안 대화를 나눴지요. 집으로 돌아오니 어머니가 두 사람을 기다리고 있었습니다.

에스테브 씨는 아들을 아내에게 맡기며 말했지요.

"여보, 얘 좀 다독거려주시오! 맘이 몹시 상했을 거요."

그날 이후 쟝은 아를의 처녀 얘긴 입 밖에도 꺼내지 않았습니다. 그렇다고 그녀를 사랑하는 마음이 바뀐 것은 아니었어요. 다른 남자의 품에 안겼던 여자라는 사실을 알고 난 후 오히려 그녀를 더 사랑하게 되었습니다. 자존심이 너무 센 나머지 자신의 솔직한 생각을 털어놓지 못했을 뿐이죠. 그래서 그는 결국 자살을 택한 것입니다. 불쌍한 청년 같으니! 아를의 처녀에 대한 과거가 밝혀진 후부터 쟝은 온종일 방 안에 틀어박혀 혼자 지내기도 하고, 화가 난 마음을 밭일에 쏟아버리기도 했죠. 인부 열 사람이 할 일을 혼자 다 할 정도로 말이죠. 저녁이 되면 아를로 가는 길을 따라 걷곤 했습니다. 그러다가 저무는 태양 위로 아를 성당의 첨탑이 눈에 들어오면, 발길을 돌리곤 했죠. 그 이상은 가지 않았답니다.

농장 사람들은 혼자 슬퍼하는 청년을 어떻게 위로해주어야 할지 참으로 답답해했습니다. 무슨 일이라도 저지르지 않을까 내심 걱정스러웠고요. 한번은 식사 시간에 그의 어머니가 눈물을 가득 머금고 말했습니다.

"쟝, 네가 그렇게 원한다면 그 아이와 결혼하거라."

아버지는 수치심에 고개를 떨구었습니다.

하지만 쟝은 괜찮다는 표시를 하고 밖으로 나갔어요.

그날 이후, 쟝은 완전히 달라졌습니다. 부모에게 걱정을 끼치지 않으려고 항상 기분 좋은 척을 했죠. 무도회에도 나가고, 파티에도 나가고, 가축에게 낙인을 찍는 행사에도 모습을 드러냈습니다. 또 퐁비에유에서 투표가 끝나고 벌어진 축제에서는 직접 나서서 전통 춤을 지휘하기도 했습니다.

"이제 다 잊었나 보구려."

아버지는 이렇게 판단했죠. 하지만 항상 근심 걱정이 많던 어머니는 어느 때보다도 아들을 유심히 지켜보았습니다. 쟝은 양잠 농장에서 동생과 함께 잠을 잤는데, 어머니도 아이들의 방 옆에 침실을 만들어 그곳에서 밤을 보냈습니다. 밤중에 누에고치들이 어머니의 따뜻한 손길을 필요로 하듯 말이죠.

그러던 중, 농부들의 수호성인 엘르와를 기리는 축제가 열렸습니다.

농장은 축제 분위기에 휩싸였죠. 샴페인도 넉넉했고 포도주도 넘쳐났습니다. 폭죽도 터지고, 마당에서는 모닥불이 활활

타올랐으며, 팽나무에 걸린 색등도 반짝반짝 빛났죠. 성 엘르
와 만세! 사람들은 지쳐 쓰러질 때까지 춤을 추었습니다. 그러
다 쟝의 동생은 새 작업복을 태워먹었지요. 기분이 좋아 보였
던 쟝은 어머니에게 춤을 추자고 했고, 가여운 어머니는 행복
에 겨워 눈물을 흘렸습니다.

　자정이 되자 사람들은 모두 잠자리에 들었습니다. 다들 피곤
에 지쳐 있었거든요. 하지만 쟝은 아니었습니다. 나중에 동생
이 한 이야기를 들어보니 쟝은 그날 밤 내내 울었더랍니다.

　쯧쯧! 정말 그 여자에게 푹 빠졌던 모양입니다.

　다음 날 새벽, 어머니는 누군가가 복도를 달려가는 소리를
듣고는 곧바로 불길한 예감에 사로잡혔습니다.

　"쟝, 너니?"

　쟝은 대답하지 않았습니다. 그는 이미 층계를 올라가고 있었

어요.

어머니는 허둥지둥 자리에서 일어났습니다.

"쟝! 어디를 가는 게야?"

쟝은 곳간으로 올라가고 있었습니다. 어머니도 그 뒤를 쫓았습니다.

"아이고머니나, 얘야!"

쟝은 문을 잠그고 자물쇠를 채웠습니다.

"쟝, 이 녀석아, 대답 좀 하거라. 왜 이러는 게야?"

어머니는 힘없는 손이 떨리는 것을 참으며 걸쇠를 찾으려 벽을 더듬거렸습니다! 하지만 창문이 열리고 곧바로 무언가가 마당에 떨어지는 둔탁한 소리가 들려왔어요. 그게 끝이었습니다.

가엾은 청년은 이렇게 생각했겠죠.

'그녀를 너무 사랑해요…. 그래서 떠납니다.'

아! 우린 얼마나 연약한 존재인지! 그래도 경멸해야 할 사람을 사랑할 수밖에 없다는 건 좀 이해할 수 없군요!

그날 아침, 마을 사람들은 에스테브 농장에서 누가 그렇게 소리를 질렀는지 알지 못했습니다.

그 사람은 바로 아침 이슬과 피로 물든 석상 앞에서 싸늘한 시체로 변한 아들을 품에 안고 통곡하던, 잠옷 차림의 쟝의 어머니였습니다.

보케르행 역마차

이곳에 도착하던 날, 나는 보케르행 역마차에 몸을 실었습니다. 아주 낡은 마차였는데, 어찌나 느릿느릿 달리는지 종착역까지 먼 거리가 아닌데도, 도착할 무렵이 되자 마치 먼 길을 달려온 것처럼 느껴질 정도였지요. 마차에는 마부를 제외하고 다섯 명이 타고 있었습니다.

그중 카마르그에서 온 경비원이라는 사람은 작달막하고 뚱뚱한 데다 털이 북슬북슬했고, 땀 냄새를 폴폴 풍기고 있었습니다. 게다가 부리부리한 눈은 잔뜩 충혈되어 있었고, 귀에는 은귀고리를 하고 있었지요. 또 보케르에서 온 빵집 주인과 그의 조수라는 사람은 둘 다 붉은 얼굴에 숨을 가쁘게 몰아쉬고 있었는데, 옆모습은 마치 동전에 새겨진 로마 황제처럼 상당히 잘생겼습니다. 그리고 마부 가까이 앉아 있는 사람, 아니 그냥 모자라고 해야 하나, 커다란 토끼 모자는 별말 없이 서글픈 듯 계속 길 쪽으로만 시선을 두고 있더군요.

이 사람들은 모두 서로 아는 사이여서인지 허물없이 큰소리로 떠들어댔습니다. 카마르그 사람은 목동을 쇠스랑으로 때린 일 때문에 판사의 출두명령을 받고 님에 다녀오는 길이라고 하더군요. 카마르그 사람들은 정말 다혈질입니다. 보케르 사람들 또한 만만치 않지요! 보케르에서 온 두 사람도 성모마리아 때문에 서로 치고받을 뻔하지 않았겠습니까. 얘기인즉 이렇습니다. 빵집 주인은 대대로 마리아를 섬기는 교구 사람이었죠. 프로방스 사람들이 '좋은 어머니'라고 불렀던, 아기 예수를 안고 있는 마리아상 말입니다. 그런데 조수는 온화하게 팔을 뻗치고 있는, 그리고 그 손에서 빛이 발하는 아름다운 동정녀 마리아상을 섬기는 교구에 다니는 성가 대원이었습니다. 싸움은 바로 여기서 시작된 거죠. 이 두 독실한 가톨릭 신자가 마리아 때문에 어찌나 신경전을 벌였는지 직접 보셨어야 했는데….

"너네 처녀 참 예쁘더라!"

"그러는 주인님은 그렇게 좋다는 어머니랑 꺼져버려요!"

"그 처녀가 팔레스타인에서 재미 좀 봤다지?"

"주인님네 여자는 어떻고요? 으이그, 못생겨가지고! 그 여자는 깨끗했는지 알 게 뭡니까…. 어디, 요셉한테 한번 물어보세요."

칼자루만 안 쥐었다 뿐이지 마치 나폴리항에 와 있는 것 같더군요. 다행히 마부가 끼어들었기에 망정이지 하마터면 치열한 신앙 격투가 영영 끝장을 보았을 겁니다.

"그놈의 마리아 얘기는 딴 데 가서 알아보쇼. 그런 얘기는 여인네들이나 하는 거지, 사내들은 그런 문제에 관여하는 게 아뇨."

마부는 웃으며 말했습니다.

그리고 자기에겐 신앙 따위는 필요 없다는 듯 채찍질을 하더군요. 결국 다들 입을 다물었지요.

말다툼이 끝났는데도 이미 발동이 걸려버린 빵집 주인은 남아도는 힘을 다 써버려야 했는지 한쪽 구석에 말없이 앉아 있는, 그 서글퍼 보이는 모자 쪽으로 돌아앉아 빈정거리기 시작했습니다.

"어이, 칼갈이, 네 마누라 말이야⋯. 네 마누라는 무슨 교구 소속이냐?"

이 말이 그리도 우스웠을까요. 마차에 있던 사람들이 모두 한바탕 웃어대느라 정신이 없더라고요. 물론 칼갈이만 웃지 않았습니다. 못 들은 척 말이죠. 그러자 빵집 주인이 이번에는 내 쪽으로 돌아앉았습니다.

"이 친구 마누라 모르시죠? 아주 재미있는 신자랍니다. 그렇다마다요. 보케르에서 그 여자만 한 신자는 또 없을 거요."

사람들의 웃음소리가 더 커졌습니다. 하지만 칼갈이는 꿈쩍도 하지 않더군요. 고개도 들지 않고 작은 목소리로 그저 딱 한 마디만 내뱉었어요.

　"입 닥쳐, 빵쟁이."

　하지만 심술궂은 빵집 주인은 아랑곳하지 않고 한술 더 떴습니다.

　"바보 같은 놈! 그런 마누라를 불평하면 안 되지…, 어디 지루해할 틈이 있겠나? 생각해보세요! 육 개월마다 납치당하는 절세미인에다가, 집에 돌아올 때마다 이야기보따리를 한 아름 안고 오고…. 어쨌든, 참 희한한 집구석입니다. 안 그렇습니까? 결혼한 지 일 년도 안 됐는데 여편네가 초콜릿 장수하고 눈이 맞아 스페인으로 달아나버렸거든요. 버려진 남편은 혼자 술만 퍼마시며 눈물의 나날을 보냈고요. 정말 반미치광이 같았어요. 그런데 좀 있으니까 집 나갔던 여자가 스페인 여자처럼 옷을 입고는 작은 북을 들고 다시 나타났더라고요. 그래서 우리가 여자한테 말했죠. '어서 숨어. 남편이 가만두지 않을 테니.' 쳇! 가만두지 않기는요. 아무 일 없다는 듯 둘이 아주 자알 살더만요. 마누라가 남편한테 바스크 지방의 북 치는 법까지 가르쳐주더라니까요."

　마차는 다시 웃음소리로 넘쳐났습니다. 구석에 쭈그리고 있던 칼갈이는 여전히 고개를 숙인 채 중얼거렸습니다.

"입 닥치라니까, 이 빵쟁이야."

빵집 주인은 들은 척도 않고 말을 이었습니다.

"스페인에서 돌아온 다음엔 이 여자가 조용히 지냈을 것 같나요? 하하, 그럴 리 있겠습니까. 남편이 여자를 얼마나 잘 받아들였는데요! 그러다 보니 여자도 다시 일을 저지르고 싶어진 거죠. 스페인 남자 다음엔 장교, 그다음엔 다시 론강의 뱃사람, 그리고 또 음악가, 그다음엔⋯. 저라고 다 어찌 알겠습니까? 하지만 재미있는 건 매번 각본이 똑같다는 겁니다. 부인이 떠나면 남편은 울고, 부인이 돌아오면 남편은 기분이 좋아지고. 여러 남자가 남편한테 부인을 췄다 뺏었다 하는 거죠⋯. 정말 참을성이 대단한 남편이라니까요. 사실 여자도 죽여주게 예쁘지만요⋯. 생기발랄한 데다가 몸매도 끝내주고요. 또 피부도 뽀얗고 그 갈색 눈으로는 남자들을 쳐다보며 항상 꼬리를 쳐댄다니까요. 파리에서 오신 양반, 보케르에 다시 들를 일이 생기걸랑⋯."

"작작 좀 하라니까, 이 빵쟁이 자식아, 제발 좀 닥치라고⋯."

칼갈이는 처절한 목소리로 애원하듯 말했습니다.

바로 그 순간 마차가 멈춰 섰습니다. 앙글로르의 농장에 도착한 것이죠. 보케르 사람들은 이곳에서 내렸습니다. 정말이지 붙잡고 싶지 않은 사람들이었어요. 몹쓸 빵집 주인 같으니! 마차가 출발한 뒤에도 농장 마당에 서서 껄껄대는 빵집 주인의 웃음소리가 들려왔지 뭐예요.

　두 사람이 내리고 나니 마차는 텅 빈 느낌이었습다. 카마르그 사람은 아를에서 내렸고, 마부도 이젠 마차에서 내려 말 옆에 서서 걸어갔어요. 마차 위에는 칼갈이와 나, 이렇게 두 사람이 아무 말도 없이 앉아 있었습니다. 날씨도 더웠어요. 가죽으로 된 마차 덮개가 지글지글 타오르는 것 같았죠. 그러다 보니 자꾸 눈이 감기면서 머리도 무거워진다 싶었지만, 잠을 자지는 않았답니다.

　'작작 좀 하라니까, 제발 좀….'

　속이 상하면서도 차마 화를 내지 못하던 칼갈이의 목소리가 자꾸 귓가에 맴돌았습니다. 그 불쌍한 사람도 잠을 이루지 못하더군요. 돌아앉은 그의 뒷모습을 바라보니 큰 어깨가 들썩들썩하고 창백하고 야윈 손도 떨리고 있었습니다. 그는 울고 있었던 겁니다.

　"다 왔소이다, 도시 양반."

　난데없이 마부가 소리를 질렀습니다. 마부는 채찍을 들어 마치 커다란 나비가 꽂혀 있는 것처럼 보이는, 풍차가 서 있는 푸른 언덕을 가리키더군요.

　나는 내리기 위해 서둘렀습니다. 칼갈이 옆을 지나치면서는 모자 밑에 감춰진 그의 얼굴을 보려고 했죠! 꼭 보고 싶었어요.

그런데 마치 내 생각을 읽기라도 한 듯 그 불쌍한 사람이 갑자기 고개를 드는 게 아니겠습니까? 제 눈을 빤히 쳐다보더니 낮은 목소리로 이렇게 말하더군요.

"잘 봐두시구려. 며칠 후에 보케르에서 무슨 일이 생겼다고 하면 범인이 누군지 안다고 말하시고요."

그 사람의 얼굴에는 살맛을 잃은 슬픈 기운이 역력했고, 눈빛도 흐릿흐릿했습니다. 게다가 눈에는 눈물이 글썽거렸고 목소리는 증오로 가득했어요. 증오란 약한 사람들의 전유물 아니겠습니까! 내가 ㄱ 사내의 안사람이라면 이제 몸조심 좀 할 겁니다.

교황의 노새

프로방스 농부들이 이야기에 흥을 돋우기 위해 사용하는 정 겨운 속담이나 격언 중에 이 속담만큼 생생하면서도 특이한 속 담은 없는 것 같습니다. 내 풍차 방앗간 주변 사람들은, 어떤 일 을 두고두고 마음에 담아두었다가 이를 앙갚음하려는 사람을 가리켜 이런 속담을 쓴답니다.

"그 사람 조심하세요! 칠 년 동안이나 발길질을 참아왔던 교 황의 노새 같은 사람이에요."

도대체 이 속담이 어떻게 해서 생겨난 것인지, 교황의 노새 는 뭐고, 칠 년이나 참았다는 발길질은 또 무엇인지 하도 궁금 해서 여기저기 수소문해보았지만, 이에 대해 아는 사람은 아무 도 없었습니다. 심지어 프로방스에 관한 이야기라면 손바닥 들 여다보듯 훤한 피리쟁이 프랑세 마마이 영감조차 모르더라고 요. 영감은 이 속담이 아비뇽의 역사와 관련된 표현일 거라고만 했을 뿐, 그에 얽힌 사연은 들어본 적이 없노라고 했습니다.

"도서관에서나 찾을 수 있을 걸세."

영감은 웃으며 이렇게 말해주었지요.

좋은 생각 같기도 했고, 도서관도 바로 코앞이라 나는 일주일 동안 도서관에서 거의 살다시피 했습니다.

이곳 도서관은 건축도 빼어나고, 작가들에게 밤낮으로 개방되어 있을 뿐만 아니라 심벌즈를 든 사서들이 음악도 연주해주는 아주 훌륭한 곳입니다. 나는 시간 가는 줄 모르고 도서관에서 몇날 며칠을 보냈어요. 그리고 일주일 만에 드디어 그렇게 찾아 헤매던, 칠 년간 발길질을 참았던 노새 이야기의 유래를 알아냈답니다. 소박하기도 하지만 나름대로 재미있는 이야

기로, 마른 라벤더 꽃향기가 색 바랜 종이 사이로 은은하게 풍기고, 오래된 거미줄이 책갈피마냥 쳐져 있던 책에서 찾아냈지요. 이제 그 이야기를 여러분에게 전해드릴까 합니다.

교황 시대의 아비뇽을 본 적 없는 사람이라면 아비뇽을 안다고 할 수 없습니다. 아비뇽은 생기발랄하며 축제가 끊이지 않는, 항상 즐거움이 넘치는 도시였지요. 아마 이에 대적할 만한 도시는 한 군데도 없었을 겁니다. 아침부터 저녁까지 신자들과 순례자들의 행렬이 끊이지 않았고, 거리는 널리 흩뿌려진 아름다운 꽃들과 고급 양탄자가 수를 놓고 있었습니다. 게다가 론강을 따라 깃발을 휘날리는 휘황찬란한 배를 타고 추기경들이 찾아왔으며, 광장에서는 교황의 수호대가 라틴어로 노래를 불렀고, 헌금을 모으는 신부들은 따르라기를 돌려댔습

죠. 교황의 성 주위로는 언덕 위부터 아래까지 마치 벌들이 벌집 주위를 윙윙거리며 날아다니는 양 집들이 서로 밀어젖히기라도 하듯 몰려 있었습니다. 그 시절엔 아직도 레이스를 짜는 베틀소리도 들을 수 있었고, 사제의 의복에 쓸 금을 짜는 실패의 모습도 볼 수 있었죠. 병에 조각을 새겨넣는 세공사는 작은 망치를 두들겨대고, 바이올린 만드는 사람은 울림통을 다듬고, 베틀 짜는 아가씨들은 찬송가를 흥얼대곤 했지요. 여기에 종소리도 함께 들려오고, 다리 쪽에서는 북소리가 쉼 없이 울려 퍼졌습니다. 이 고장에서는 사람들이 흥이 나면 꼭 춤을 춰야 했습니다. 그리고 이 시절에는 거리가 너무 비좁아 전통 춤을 출 수 없었기 때문에 피리 연주자들과 북치는 사람들은 아비뇽 다리 위에 자리를 잡고 앉아 론강의 시원한 바람을 맞으며 연주를 했답니다. 사람들은 밤이건 낮이건 춤을 췄습니다. 춤을 말이죠…. 아! 정말 좋은 시절이었습니다! 정말 흥겨운 곳이었어요! 무기도 쓸모없었고, 감옥도 포도주 창고로 쓰던 시절이었습니다. 기근도 없고, 전쟁도 없던…. 교황들이 백성들을 얼마나 잘 다스렸는지 잘 알 수가 있죠. 그래서 사람들이 그 시절을 그렇게 그리워하나 봅니다!

교황 중에 보니파스라는 덕망 높고 나이 지긋한 양반이 있었습니다. 쯧쯧! 그가 세상을 떴을 때 아비뇽 사람들이 얼마나 슬퍼했는지 모릅니다! 그는 너무 상냥해서 누구나 친해질 수 있는 교황이었죠! 노새를 타고 사람들에게 웃어주던 모습이란! 일개 군대의 보잘것없는 사수이건 고명한 법관이건, 교황은 누구에게나 정중하게 축복을 내려주곤 했어요! 프로방스의 진정한 교황이었죠. 그의 웃음엔 세련된 기품이 넘쳐 흘렀고, 모자에는 꽃박하 한 송이를 꽂고 다녔으며, 여자에게는 일절 관심을 보이지 않았습니다. 이처럼 선량한 교황의 유일한 위안거리라면 포도밭이었지요. 아비뇽에서 조금 떨어진 샤토네프에 있는, 교황이 직접 가꾼 작은 포도밭 말입니다.

일요일마다 미사를 마치고 나면, 교황은 그토록 애지중지하는 포도밭을 돌보러 갔습니다. 포도밭에 도착하면 노새를 곁에 두고 따스한 햇살을 쬐며 앉아 있었지요. 그를 따라온 추기경들은 포도나무 밑동에 누워 교황 주위에 머물렀고요. 그러면 교황은 포도주 한 병을 땄습니다. 루비 색깔의 탐스러운, 맛있는 포도주를 말이죠. 그 후로 이 포도주를 교황의 샤토네프라고 부른답니다. 교황은 홀짝홀짝 포도주를 마시며 애정 어린 눈길로 포도밭을 바라보곤 했어요. 그러다 술도 떨어지고 날도 저물면 수행 무리를 이끌고 가벼운 발걸음으로 아비뇽으로 돌아가곤 했습니다. 북소리와 전통 춤이 어우러지고 있는 아비뇽 다리 위를 지날 때면 음악소리에 흥이 난 교황의 노새가 가볍게 발을 구르며 재주를 부렸고, 교황도 모자를 가지고 박자를 맞추곤 했습니다. 물론 추기경들은 교황의 행동에 몹시 당황했지만, 사람들은 매우 좋아했답니다.

"와! 정말 멋진 교황님이셔! 와, 우리 교황님!"

교황이 샤토네프 포도밭 다음으로 좋아했던 것은 바로 그의 노새였습니다. 얼마나 좋아했는지 모른답니다. 매일 저녁 잠자리에 들기 전, 교황은 우리 문이 제대로 잠겨 있는지, 먹이통에는 부족한 게 없는지 일일이 확인할 정도였죠. 게다가 노새에게 먹일, 설탕과 향료를 듬뿍 넣은 포도주를 준비하는 것을 직접 확인하기 전까지는 식탁에서 일어나는 일이 없었죠. 추기경들이 다 쳐다보는데도 손수 노새에게 먹이를 가져다줄 정도였습니다. 노새가 귀한 대접을 받는 것도 당연했습니다. 검은 털에 붉은 반점이 있고, 튼튼한 다리와 윤기가 흐르는 털, 엉덩이도 크고 탱탱해 정말 탐스러웠으니까요. 온갖 매듭, 은방울, 장식용 술로 치장한 조그마한 얼굴은 도도해 보이긴 했지만, 아기천사처럼 순하고 눈망울도 천진난만했으며 언제나 쫑긋쫑긋 세우는 기다란 귀를 보면 말 잘 듣는 아이 같기도 했답니다. 아비뇽 사람이라면 누구나 이 노새를 존중해주었습니다. 노새가 길을 나설 때면 다들 예를 갖추었지요. 그도 그럴 것이 그것이 교황의 총애를 받는 가장 좋은 방법이었으니까요. 그 순진해 보이는 교황의 노새 덕택에 부자가 된 사람도 많았답니다.

티스테 베덴느와 그의 기막힌 이야기가 바로 그 증거랍니다.

티스테 베덴느는 못 말리는 말썽꾸러기였습니다. 금 세공사인 아버지 기 베덴느도, 한량짓만 하고 일꾼들을 못살게 굴어 끝내는 일꾼들을 내보내고 만 아들을 견디다 못해 집에서 쫓아낼 정도였지요.

한동안 마을 사람들은 아비뇽에 흐르는 개울가에서, 그리고 특히 교황의 성 근처에서 티스테 베덴느가 어슬렁거리는 것을 볼 수 있었죠. 이 아이는 오래전부터 교황의 노새를 어떻게 해볼 심산이었거든요. 어떻게 꾀를 부렸는지 이제부터 알려드리죠. 어느 날 교황이 노새를 타고 성 주위를 홀로 산책하고 있었습니다. 이때 바로 우리의 티스테가 나타난 거죠. 티스테는 교황에게 다가가 존경해 마지않는다는 듯 두 손을 모으고 말했습니다.

"오! 위대하신 교황님! 노새도 정말 훌륭하군요! 어디 한번 자세히 좀 보게 해주세요…. 아! 교황님, 정말 훌륭한 노새예요! 독일 황제한테도 이런 노새는 없을 겁니다."

그러고는 노새를 쓰다듬으며 마치 처녀를 꾀듯 부드럽게 말했습니다.

"자, 이리 와봐라, 사랑스런 나의 보석, 보물, 진주 같은 녀석…."

이를 보고 매우 흡족했던 교황은 속으로 생각했죠.

'참 기특한 녀석이로군! 노새에게 이렇게 잘 해주다니!'

그리고 그다음 날 무슨 일이 일어났는지 아십니까? 티스테 베덴느가 낡은 노란색 재킷을 벗어버리고 대신 레이스가 화려한 장백의에, 보라색 비단으로 만든 망토, 그리고 번쩍거리는 구두를 신고 나타나, 귀족 가문의 자녀나 추기경의 조카들만 들어갈 수 있다는 교황의 성가대에 들어가지 않았겠습니까. 출세해보려던 그의 속셈이 성공한 것이죠! 그런데도 티스테는 여기서 만족하지 않았습니다.

일단 교황을 모실 수 있게 되자 꾀 많은 티스테는 기가 막힐 정도로 들어맞은 자신의 수법을 계속 써먹었죠. 사람들에겐 함부로 대하면서도 노새에게만은 갖은 정성과 노력을 기울이는 것이었습니다. 티스테는 항상 귀리 한 움큼이나 콩 한 다발을 준비해 가지고 다니다가 마당을 지나칠 일이 생기면, 교황이 있는 발코니를 쳐다보며 다정하게 흔들어보이곤 했습니다.

"이거 누구 갖다줄 거게요?"

마치 이렇게 말하려는 듯 말이죠. 그렇게 해대는데다가, 자신도 이젠 나이가 들었다고 느꼈는지 교황은 노새 우리를 돌보는 일과 노새에게 포도주 가져다주는 일을 티스테에게 맡겼습니다. 당연히 추기경들은 기분 좋을 리 없었지요.

노새도 마찬가지였습니다. 이제는 포도주 마실 시간에 성가대 단원 대여섯 명이 몰려와선 망토와 레이스를 걸친 채 건초 더미에서 장난치는 꼴을 봐야 했으니까요. 그러면 조금 후 맛있는 캐러멜과 따뜻한 향내가 우리 안으로 흘러들어오고, 뒤이어 티스테 베덴느가 조심스럽게 포도주 그릇을 가져옵니다. 불쌍한 노새에게 고문이 시작되는 거죠.

따뜻하게 데운 향포도주를 그렇게 좋아했었는데, 마시면 날아갈 듯했는데, 티스테는 먹이통에 포도주를 갖다주고는 잔인하게 냄새만 맡게 하는 것이었습니다. 포도주 향이 한껏 코를 자극하고 나면, 맛나게 보이는 장밋빛 포도주를 이 장난꾸러기들이 '약오르지롱!' 하며 자기네들 목구멍으로 넘기고 말았습니다. 또 포도주만 훔쳐 먹으면 다행이게요. 이 조그만 성가대 녀석들이 술만 마셨다 하면 작은 악마로 변신까지 하더라고요! 노새 귀를 잡아당기고 꼬리도 잡아당기고…. 키케는 등에 올라타고, 벨뤼게는 자기 모자를 씌워보려고 했어요. 노새의 뒷발질 한 번이면 지구 끝까지 날아가버릴 수 있다는 건 아무도 상상하지 못하는 것 같았어요. 하지만 그럴 수야 있나요! 아무 노새나 교황을 모시겠습니까. 은총과 자애의 노새는 아무나되나요. 아이들이 아무리 고약한 짓을 해도 노새는 성내지 않았습니다. 단, 티스테 베덴느만큼은 원망하고 있었죠. 티스테가 뒤쪽에 서 있으면 뒷다리가 근질근질해 참기가 힘들 정도였어요. 그럴 만도 하죠. 천하의 한량 티스테 때문에 이런 골탕을 먹고 있으니까요! 티스테가 포도주로 얼마나 애간장을 태웠는데요!

어느 날인가는 티스테가 성 가장 높은 곳 중에서도 맨 꼭대기에 있는 성가대 종루에 노새를 끌고 간 게 아닙니까! 지금 말씀드리는 것은 절대 꾸며낸 이야기가 아닙니다. 이십만 프로방스 사람들이 다 지켜봤다니까요. 불쌍한 노새가 얼마나 무서워했을지 한번 짐작해보세요. 한 시간 동안이나 눈을 가린 채, 셀 수 없을 만큼 많은 달팽이 계단을 빙빙 돌아 올라가보니 갑자기 눈부시게 밝은 곳에 서 있고, 발밑으로는 휘황찬란한 아비뇽의 모습이 까마득히 보이는 게 아니겠습니까. 시장 가판대는 호두알만 해 보였고, 막사 앞에 서 있는 교황의 수호대는 마치 불개미 같아 보였죠. 저편에서 흐르는 강물도 한 줄기 은실처럼 보였고, 사람들이 모여 춤추던 다리도 조그맣게 보였습니다. 아! 불쌍한 노새! 얼마나 놀랐을까! 노새가 얼마나 크게 비명을 질렀던지 성의 창문이 흔들릴 정도였습니다.

"무슨 일이야? 노새한테 무슨 짓을 한 게야?"

교황은 발코니로 달려나가며 소리를 질렀습니다.

티스테 베덴느는 이미 마당에 내려와 있었고 울면서 머리를 쥐어뜯는 척했죠.

"이런! 교황님, 어떡하면 좋죠! 노새가…. 세상에! 어쩌면 좋지? 노새가 망루 위로 올라가버렸어요."

"혼자서 말이냐?"

"예, 교황님. 혼자서요…. 저기를 보세요, 저 위를요…. 저기 귀가 조금 삐져나온 게 보이시죠? 꼭 두 마리 제비 같네요."

"이럴 수가!"

티스테가 가리킨 곳을 쳐다보며 교황은 소리를 질렀습니다.

"노새가 미친 것 아닌가! 그러다 죽기라도 하면… 당장 내려오너라, 이 멍청한 노새야!"

쯧쯧! 노새라고 내려가고 싶지 않았겠습니까. 하지만 어떻게 내려가겠습니까? 계단으로는 어림도 없었죠. 올라가는 것은 그렇다 치고 내려갈 때는 넘어져 다리가 부러지기 십상이었으니…. 가엾은 노새는 속이 상해 커다란 눈만 이리저리 굴리며 망루 위를 왔다 갔다 했습니다. 티스테 베덴느를 원망하는 마음을 품고요.

'으이구! 이 자식, 내가 여길 빠져나가기만 해봐라…. 내일 아침에 아주 호되게 발길질을 해주마!'

티스테에게 발길질을 해줘야겠다는 생각이 들자 노새는 마음이 조금 풀어졌습니다. 그마저도 아니었으면 아마 버티지 못했을 거예요. 마침내 사람들이 망루 위에서 노새를 끌어내렸습니다. 하지만 보통 일이 아니었지요. 기중기에 밧줄, 들것을 모두 동원해야 했으니까요. 명색이 교황의 노새인데 그렇게 높이 매달려서 실 끝에 걸린 풍뎅이처럼 버둥대는 꼴을 보여줬으니,

이 얼마나 대단한 망신입니까. 게다가 아비뇽 전체가 그 꼴을 지켜보고 있었으니!

노새는 억울해서 밤에도 눈을 붙이지 못했습니다. 그때까지도 여전히 그 망할 놈의 망루에서 빙빙 돌고 있는 것 같았고, 발밑에서는 온 도시 사람들이 자기를 비웃고 있는 것 같았습니다. 노새는 다시 그 몹쓸 티스테 베덴느를 생각하고, 다음 날 아침 멋지게 발길질을 해주리라 마음먹었습니다. 아! 여러분! 얼마나 엄청난 발길질일까요! 팡페리구스트에서까지 그 연기가 다 보일 겁니다. 그런네 노새가 이렇게 멋진 대접을 준비하고 있는 동안 티스테 베덴느는 무엇을 하고 있었는지 아십니까? 같은 시각 티스테는 교황의 전용선을 타고 노래를 부르며 론강에 몸을 맡기고 있었습니다. 해마다 귀족 가문의 자녀들을 뽑아 외교술과 예절을 가르치기 위해 나폴리의 잔느 여왕에게 보내는 사절단에 뽑힌 것이었지요. 귀족도 아닌 티스테가 이 사절단에 어떻게 뽑혔나고요? 그건 순전히 교황의 특별 배려 때문이었어요. 노새도 정성껏 돌봤고, 특히 노새 구출 작전에서 보여준 노력으로 교황에게 총애를 받았거든요.

그다음 날 노새가 얼마나 실망했게요!

'그 자식! 벌써 눈치챘던 거야!'

노새는 화가 나 방울을 세차게 흔들며 생각했습니다.

'하지만 상관없어. 좋아, 이 나쁜 자식. 돌아오기만 해봐라, 한 방이면…. 넌 내 손에 끝장이야!'

그래서 노새는 티스테를 위해 발길질을 아껴두었습니다.

티스테가 이탈리아로 떠난 후 교황의 노새는 다시 조용한 생활을 되찾았고, 예전의 우아함도 회복할 수 있었죠. 우리에 기웃거리는 키케나 벨뤼게 같은 녀석들도 없었고요. 맛좋은 포도주를 여유롭게 마시던 시절도 되찾았고, 그와 함께 다시 기분도 좋아져 긴 낮잠도 즐겼죠. 그뿐만 아니라 아비뇽 다리를 건널 때면 다시 빠른 걸음으로 음악에 맞춰 재주를 부리곤 했습니다. 하지만 망루 사건이 있은 후, 아비뇽 사람들이 노새를 대하는 태도는 전과 달라졌습니다. 노새가 지나갈라치면 사람들이 수군거리기 일쑤였죠. 노인들은 고개를 저었고, 아이들은 망루를 가리키며 깔깔댔어요. 교황의 신망도 예전 같지 않았고요. 교황은 일요일마다 포도밭에서 돌아오는 길에 노새 등에 앉아 졸다가도 항상 이런 생각을 하곤 했지요.

'이러다 깨어났을 때 망루 위에 올라가 있는 건 아닐까?'

노새도 눈치를 챘지만 아무 변명도 못 하고 울분만 삼켰습니다. 그래서 티스테 베덴느라는 이름만 들어도 그 기다란 귀를 부들부들 떨고 자갈길 위에 발굽을 갈며 회심의 미소를 짓곤 했죠.

이렇게 칠 년이 흘렀습니다. 티스테 베덴느는 나폴리 궁정에서 칠 년을 보내고 돌아왔지요. 이탈리아에서 하던 일이 끝난 것은 아니었지만, 교황의 수석비서가 갑자기 죽었다는 소식을 듣자 그 자리가 탐이 나 후보 자리에 끼려고 서둘러 돌아왔던 것입니다.

음흉한 티스테가 다시 교황의 성에 들어섰을 때, 교황은 몸집이 커진 그를 알아보지 못했습니다. 물론 교황이 나이가 들어 안경을 쓰지 않고는 잘 알아보지 못 하기도 했지만요.

하지만 티스테는 개의치 않았습니다.

"아니! 교황님, 저를 못 알아보시겠습니까? 접니다, 티스테 베덴느."

"베덴느라고?"

"예, 아시겠어요? 노새에게 포도주를 가져다주던…."

"아! 그렇군…. 그래…. 이제 기억이 나는군. 그 착하던 티스테 베덴느로구나! 그런데 오늘은 무슨 일을 부탁하러 왔누?"

"아, 별일 아닙니다, 교황님…. 그저…. 그런데 노새는 여전하나요? 잘 지내요? 아! 정말 다행이네요! 얼마 전 돌아가신 수석비서 자리를 주셨으면 해서 왔습니다."

"자네가 수석비서를? 자네는 너무 젊지 않나. 그러고 보니 몇 살이지?"

"스무 살하고도 두 달입니다, 훌륭하신 교황님. 노새보다 다섯 살 많습니다…. 아! 정말이지 훌륭한 노새입니다! 제가 그

노새를 얼마나 좋아했는지 아마 모르실 겁니다! 이탈리아에서
도 노새가 보고 싶어 혼났습죠! 노새를 보러 가도 될까요?"

"물론이지. 가서 보도록 하게."

교황은 흡족해서 대답했죠.

"그렇게 노새를 좋아한다고 하니, 이제는 떨어져 살지 말게.
오늘부로 자네를 수석비서로 임명하겠네. 추기경들이 들고 일
어서겠지만, 할 수 없지! 한두 번 있는 일도 아닌데…. 내일 미
사가 끝나면 우리에게 오게나. 참사회 앞에서 수석비서 임명장
을 하사할 테니. 그리고…, 내 직접 자네를 노새에게 데려다주
지. 함께 포도밭으로 가세… 허허! 이제 그만 가보게."

큰 홀을 나서던 티스테 베덴느는 매우 만족했지만, 그다음
날 있을 예식 때문에 얼마나 애가 탔는지 말하지 않아도 아실
겁니다. 그런데 성안에서 티스테보다 더 행복하고 더 조바심
내는 것이 있었으니… 바로 노새였죠. 티스테가 돌아온 순간부
터 흥분에 찬 노새는 그다음 날 미사가 있을 때까지 끊임없이
귀리를 먹어대고 뒷발로 벽을 차댔습니다. 노새 녀석도 예식을
준비하고 있었던 거죠.

다음 날, 미사가 끝나자 티스테 베덴느는 교황의 성 마당에
입장했습니다. 고위 성직자들이 모두 나와 있었지요. 붉은 옷
을 입은 추기경들, 검은 옷을 입은 인사 담당 사제, 작은 관을
쓴 수도원장들, 생-아그리코의 교구 재산관리 위원들, 보라색

망토를 입은 성가대원들은 물론 하위 성직자들과 예복을 갖춘 교황 수호대, 세 군데의 고행 수도자 회원들, 무서운 얼굴을 한 방투산의 수도사들, 작은 종을 들고 뒤에 자리 잡은 사동들, 허리까지 맨살을 드러낸 고행 수도사들, 예복을 화려하게 차려입은 성의 관리자들도 참석했습니다. 이 외에도 성수를 나눠주는 사람, 불을 켜는 사람, 불을 끄는 사람 할 것 없이 모두 참석했죠. 정말이지 빠진 사람이 하나도 없을 정도였어요. 아! 굉장히 성대한 취임식이었습니다! 종소리가 울려 퍼지고 불꽃도 터지고, 햇빛도 찬란한 데다 음악까지 연주되었죠. 언제나 그렇듯이 정신없이 울려 퍼지는 북소리가 아비뇽 다리 위에서 또다시 춤을 이끌었습니다.

티스테가 나타나자 위풍당당한 그의 준수한 외모에 사람들은 감탄을 연발했습니다. 금발의 곱슬머리를 늘어뜨린 잘생긴 프로방스 청년의 얼굴에는 복슬복슬한 턱수염이 나 있었습니다. 금 세공가인 아버지가 쓰던 끌에서 떨어진 얇은 금속 조각을 갖다 붙인 듯했죠. 소문에 의하면, 잔느 여왕이 이 청년의 금발 수염을 만지작거리곤 했다 하더군요. 티스테는 역시 여왕의 총애를 입은 남자들마냥 자신만만한 태도를 과시했고 눈빛 또한 거만했죠. 이날 티스테는 자신의 고향을 기리기 위해 나폴리에서 입던 옷을 벗어버리고 프로방스 전통의 장미꽃이 수놓인 재킷을 입었습니다. 그리고 모자에는 카마르그 따오기의 큰 깃털이 흔들리고 있었죠.

신임 수석비서는 들어서자마자 정중하게 인사를 올렸습니다. 그러고는 수석비서의 상징인 노란 회양목 스푼과 사프란으로 물들인 노란 옷을 하사하려고 기다리고 있는 교황을 접견하기 위해 계단 위로 올라갔습니다. 한편, 노새는 몸치장을 끝내고 포도밭으로 떠날 채비를 모두 갖춘 후 계단 밑에서 티스테를 기다리고 있었습니다. 노새 옆을 지나가던 티스테 베덴느는 함박웃음을 지으며 멈춰 서서 노새의 등을 한두 번 다정하게 두들겨주었습니다. 물론 교황이 자기를 쳐다보고 있는지 한쪽 눈으로 훔쳐보면서 말이죠. 정말 딱 좋은 위치였습니다. 노새는 드디어 폭발하고 말았죠.

"야! 받아랏, 이 나쁜 놈아! 내가 너 때문에 칠 년이나 참았다!"

노새의 발길질이 너무나, 너무나 거센 바람에 팡페리구스트에서도 연기를 볼 수 있을 정도였답니다. 노란 연기 소용돌이 속에는 따오기의 깃털이 빙글빙글 돌아갔습니다. 티스테 베덴느의 흔적을 알아볼 수 있는 것이었죠!

노새의 발길질은 원래 그렇게 강력하지 않습니다. 하지만 이 노새는 교황의 노새가 아닙니까. 게다가 한번 생각해보세요. 칠 년이나 참은 발길질이니 오죽했을까요. 성직자가 원한을 품으면 얼마나 무서운지 보여주는 좋은 예가 아닐까요.

상기네르의 등대

그날 밤 나는 잠을 이룰 수가 없었습니다. 북서풍이 얼마나 화가 났는지 아우성을 쳐대는 통에 뜬눈으로 밤을 지새워야 했죠. 돛대가 바람에 끼익대듯 부러진 풍차 날개가 삐걱삐걱 돌아가는 바람에 방앗간 전체가 무너져내리는 줄만 알았습니다. 허물어져가는 지붕의 기왓장도 날아가버렸고, 저 멀리 언덕 위의 무성한 소나무도 어둠 속에서 몸을 흔들며 윙윙 소리를 질러댔습니다. 마치 바다 한가운데에 표류하고 있는 기분이었죠.

그런데 이런 상황이 삼 년 전 코르시카섬 아작시오만 입구에 있는 상기네르의 등대에서 지낼 때와 똑같더군요.

그곳 또한 홀로 공상에 잠길 수 있는 나만의 멋진 보금자리였습니다.

온통 벌그스름하고 거친 모습의 섬을 그려보세요. 그리고 한쪽 끝에는 등대가, 반대쪽에는 오래된 탑이 하나 서 있는 모습을 상상해보세요. 내가 살던 시절에는 이 탑에 독수리 한 마리가 살고 있었습니다. 아래쪽 해안 가까이에는 폐허가 된 채 잡초가 무성한 나병원이 있었고요. 그리고 그 중간쯤에는 협곡과 관목, 커다란 바위들이 어우러져 있고, 야생 염소들이나 갈기를 휘날리며 바람을 가르는 코르시카 조랑말들이 있었습니다. 그리고 물새떼가 원을 그리며 빙빙 돌고 있는 저 위, 저 꼭대기에는 바로 등대가 서 있었죠. 하얀 받침돌 위에선 등대지기들이 망을 보며 왔다 갔다 했고, 문은 초록색 아치모양으로 되어 있었고요. 또 주철로 된 작은 탑 위에는 커다란 등이 햇빛에 반짝거리고 있었습니다. 꼭 낮에도 불을 밝히고 있는 듯 말이죠. 이것이 바로 소나무가 윙윙대며 바람에 흔들렸다는 그날 밤 내가 다시 떠올린 상기네르의 모습이랍니다. 풍차 방앗간에서 지내기 전에는 신선한 공기나 고독이 그리워질 때면 이 신비한 섬을 찾아가곤 했죠.

거기서 무엇을 했냐고요?

이곳에서 하는 일들과 다를 게 없었어요. 어쩜 아무 것도 안했을지도 모르고요. 북서풍이 세게 불어델 때면 해안의 큰 바위틈에 앉아 갈매기나 티티새, 제비 들과 벗 삼아 지내곤 했죠. 요동치는 바다를 바라보는 감미로운 떨림과 압도감을 즐기며 온종일 시간 가는 줄 모르고 그곳에 앉아 있었습니다. 영혼이 도취되는 듯한 기분을 느껴보신 적 있나요? 아무 생각도, 아무런 공상도 하지 않는, 영혼이 몸을 빠져나가 자유롭게 날아다니다 흩어지는 것 같은 상태 말이에요. 영혼은 먹이를 잡으러 바다로 곤두박질치는 갈매기가 되기도 하고, 햇빛을 받으며 떠다니는 파도의 물거품, 멀어지는 유람선이 내뿜는 하얀 연기, 붉은 돛을 매단 작은 산호잡이 배, 진주 같은 물방울, 한 움큼의 안개도 되죠. 나 자신만 빼고 말입니다. 아! 그 섬에서 느꼈던 달콤한 백일몽과 영혼의 자유로움! 정말 근사했습니다!

바람이 강하게 불어서 파도가 너무 심하게 치면 나병원 뜰에 가 있곤 했습니다. 로즈메리와 야생 쑥향이 그윽한, 운치 있는 자그마한 뜰이었지요. 낡은 벽에 등을 기대고 웅크리고 앉아, 오래된 무덤처럼 입을 벌리고 있는 방실 안으로 감도는 햇빛 속에 떠다니는 체념과 슬픔의 희미한 향기에 조금씩 몸을 내맡겼습니다. 이따금 문이 흔들리는 소리나 풀이 가볍게 흔들리는 소리가 들렸죠. 바람을 피해 풀을 뜯으러 온 염소 때문이었습니다. 나를 보자 염소는 들어오지는 못하고 내 앞에 서서 뿔을 높이 세우고 천진난만한 눈으로 나를 물끄러미 바라보았습니다.

오후 다섯 시쯤 되면 등대지기가 저녁 식사를 하라고 확성기로 나를 불렀습니다. 그러면 해안으로부터 가파르게 이어져 있는 좁은 관목 오솔길을 따라 올라가 천천히 등대로 돌아오곤 했죠. 올라갈수록 점점 넓어지는 거대한 수평선을 한 걸음 한

걸음 디딜 때마다 돌아보면서 말이죠.

등대 안은 매우 낭만적이었습니다. 넓은 타일 바닥에 떡갈나무로 장식한 운치 있는 식당과 식당 한가운데서 김이 모락모락 피어나던 생선수프, 활짝 열린 문으로 보이는 하얀 테라스, 그리고 그 사이로 스며들던 저녁 노을빛이 생각납니다. 등대지기들은 내가 자리할 때까지 기다리고 있었습니다. 마르세유 출신한 사람과 코르시카섬 출신 두 사람, 이렇게 세 명이었는데 모두 키가 작고 수염을 길렀습니다. 구릿빛으로 그은 얼굴 피부는 꺼칠했으며, 염소털로 만든 짧은 윗옷을 입고 있었죠. 외모는 같아도 행동이나 성격은 서로 정반대였습니다.

등대지기들이 생활하는 모습만 봐도 두 지역 사람들의 차이점을 바로 알 수 있었죠. 마르세유 사람은 부지런하고 활기가 넘치며 항상 바빠 보였습니다. 아침부터 저녁까지 정원도 가꾸고 가래질도 하며 섬 안을 온통 휘젓고 다녔으니까요. 새알을 주우러 다니거나 관목에 숨어 있다가 지나가는 염소의 젖을 짜기도 했죠. 또 항상 마늘을 첨가한 마요네즈 요리나 생선수프를 준비하고 있었고요.

반면 코르시카섬 사람들은 일단 자기 일이 끝나면 다른 일에는 전혀 신경을 쓰지 않았습니다. 자신들을 공무원이라고 여겨서인지 종일토록 부엌에 앉아 계속 스코파 놀이를 해댔답니다. 심각한 표정으로 파이프 담배에 불을 붙이거나 커다란 초록 담뱃잎을 가위로 자를 때에나 놀이를 멈출 뿐이었죠.

어쨌든 마르세유 사람과 코르시카섬 사람 들은 모두 소박하고 순진한, 또 손님인 나에게 공손한 좋은 사람들이었습니다. 그들에게는 물론 내가 이상한 사람으로 보였을 테지만요.

생각해보세요! 등대에 처박혀 지내는 걸 좋아하는 사람이 있다니, 그들이 이해할 수 있었겠습니까! 등대를 지키는 하루하루가 너무 길게 느껴지고, 육지에 나갈 차례가 되면 너무나 기뻐하는 사람들인데 말이에요. 날씨가 좋은 계절에는 이 기쁨을 매달 맛볼 수 있었습니다. 삼십 일 동안 등대를 지키고 그 대가로 열흘 동안 육지에 나가는 것이 정해져 있었죠. 그래도 겨울이 오거나 폭풍이 몰아치면 규칙도 다 소용없었습니다. 바람이 세차게 불고 파도가 크게 치면 상기네르섬은 온통 흰 파도 거품으로 뒤덮이고, 보초를 서던 등대지기는 두세 달 동안이나 섬에 그대로 갇혀 지내야 하기도 했으니까요. 때론 심각한 상황이 생기기도 했지요.

어느 날 저녁 식사 도중 등대지기 바르톨리 영감이 이야기를 해주었습니다.

"제가 겪었던 일입니다. 그러니까 오 년 전의 일입죠. 그 겨울 저녁, 지금처럼 식사를 하고 있던 참이었습니다. 등대에는 저와 체코라는 동료만 있었습죠. 다른 등대지기들은 몸져누웠거나, 휴가, 뭐 그런 이유들로 육지에 나가고 없었어요. 그런데 갑자기 동료 녀석이 식사를 하다 말고 이상한 눈으로 저를 쳐다보는 것이었습니다. 그러더니 '콰당!' 식탁 위로 팔을 뻗치며 엎어지는 게 아니겠습니까. 동료에게 다가가 그를 흔들며 이름을 불렀어요.

'이보게, 체코! 이봐, 체코!'

아무 대답이 없더군요. 죽어버렸던 거죠. 얼마나 놀랐는지 모릅니다. 시체 앞에서 손도 못 쓰고 벌벌 떨면서 한 시간도 넘게 있었죠. 그러다 문득 생각이 미쳤습니다.

'등대!'

램프가 있는 곳으로 올라가 불을 켰을 때는 이미 밤이었습니다. 얼마나 지독한 밤이었는지 모릅니다! 파도소리도, 바람소리도 평소 같지 않았죠. 내내 누군가가 계단에서 저를 부르는 것 같았습니다. 그 때문에 열도 나고, 또 갈증은 어찌나 심하던지! 하지만 무슨 일이 있어도 아래로 내려가지 않았습니다. 정말 무서워 죽는 줄만 알았죠. 새벽이 되어서야 어느 정도 용기가 나더군요. 그래서 동료의 시체를 침대로 옮기고 담요로 덮어준 후 기도를 해주었어요. 그러곤 재빨리 다시 등대로 올라갔습니다.

안타깝게도 파도가 너무 높았죠. 아무리 도움을 청해도 저를 구하러 와주지 않았어요. 결국 가엾게 죽은 체코와 단둘이 등대 안에 남게 되었죠. 앞으로 얼마나 더 그 상태로 있어야 할지도 몰랐고…. 배가 도착할 때까지 시체를 곁에 두고 싶었죠! 하지만 사흘이 지나자 정말 어쩔 수가 없더군요. 이런 상황에서 어떻게 해야 할까요? 시체를 바깥으로 치워야 하나요, 아니면 땅에 묻어줘야 하나요? 어쨌든 땅을 파기에는 바위가 너무 단단했고 섬 주위를 맴도는 까마귀도 너무 많았습니다. 그래도 독실했던 친구를 그렇게 내버려 두고 싶지는 않더군요. 그래서 나병원으로 옮기는 게 어떨까 하고 생각했죠. 그러느라 오후 내내 땀을 뻘뻘 흘렸습니다. 그것도 얼마나 마음을 다잡아 먹고 한 일인지 몰라요. 지금도 바람이 부는 오후에 그쪽으로 내려갈 때면 시체를 짊어지고 있는 기분이 든다니까요."

불쌍한 바르톨리 영감! 그때 일을 떠올리는 것만으로도 영감의 이마에는 식은땀이 줄줄 흐르더군요.

우리는 식사를 하면서 한참 동안 얘기를 주고받았습니다. 등대와 바다, 침몰한 배, 코르시카섬의 도적 떼…. 그러다 땅거미가 내리면 보초를 서는 등대지기는 작은 램프에 불을 붙이고 파이프와 물병, 그리고 상기네르섬에 있는 유일한 책인 빨간 표지의 두꺼운 플루타르코스의 《플루타크 영웅전》을 들고 구석으로 사라졌습니다. 그러면 잠시 후에 등대 안에는 체인과 도르래, 커다란 시계추 올라가는 소리가 울려 퍼지지요.

　등대지기가 일하는 동안 나는 테라스로 나가 자리를 잡고 앉습니다. 벌써 고개를 숙인 태양은 수평선도 끌어내리려는 듯 바다 너머로 점점 더 빨리 저물어요. 그러면 바람이 선선해지고 섬 주위가 온통 보랏빛으로 물들지요. 하늘에서는 큰 새가 낮게 날며 제 곁을 스쳐가고요. 반대편 탑으로 돌아가는 독수리죠. 바다에는 안개가 서서히 피어오릅니다. 그러고는 얼마 지나지 않아 섬 주위로는 마치 레이스처럼 둘린 하얀 물거품만이 보이는 거예요. 갑자기 머리 위로 부드러운 광채가 쏟아지기 시작합니다. 등대가 불을 밝힌 것이지요. 섬에는 온통 어둠이 깔리고, 등대의 밝은 불빛만 먼바다로 퍼져나가요. 눈이 부시지 않을 정도의 커다란 등대 불빛이 돌아가고, 나는 어둠 속에 몸을 내맡깁니다. 하지만 바람이 더 차가워지면 어쩔 수 없이 안으로 들어가야 했죠. 손을 더듬어 문을 닫고 걸쇠로 문을 잠갔습니다. 그러곤 밟을 때마다 흔들리고 소리가 나는 작은 철계단을 조심조심 올라가 등대 꼭대기에 들렀습니다. 여기엔 항상 불빛이 환했죠.

어마어마한 6촉짜리 카르셀등을 상상해보십시오. 커다란 크리스털 렌즈를 끼워둔 벽과 불이 바람에 꺼지는 것을 막기 위해 고정해둔 큰 유리 쪽으로 나 있는 벽이 번갈아 등 주위를 돌아가는 모습을…. 이곳에 들어서면 눈이 부셨죠. 구리와 주석, 흰 금속 빛이 나는 반사경, 푸르스름한 큰 원을 그리며 돌아가는 둥근 크리스털 벽, 이 모두가 눈부셔서 잠깐 어지러움을 느끼곤 했습니다.

그러다가도 조금씩 불빛에 눈이 익숙해졌습니다. 졸릴까 봐 램프 아래에서 큰소리로 《플루타크 영웅전》을 읽고 있는 등대지기 옆에 가서 자리를 잡고 앉았죠.

밖에는 밤이 깊어가고 있었습니다. 유리창 주위의 작은 발코니에서는 거센 바람이 마치 미친 듯 울부짖었습니다. 등대도 삐걱삐걱 소리를 냈고, 바다도 으르렁댔습니다. 섬 끝에 있는 방파제에 부딪히는 파도소리는 마치 대포소리 같았죠. 가끔 보이지 않는 손이 창문을 두드리기도 했습니다. 빛을 보고 날아와 크리스털에 머리를 부딪친 밤새였을 겁니다. 뜨겁게 밝혀진 램프 안에는 불빛이 타오르는 소리와 기름이 타들어가는 소리, 체인 감기는 소리만 들려왔습니다. 그리고 데메트리오스 팔레레우스의 인생을 낭송하는 단조로운 목소리만이 울려 퍼졌습니다.

자정이 되면 등대지기는 마지막으로 등불을 살폈고, 우리는 함께 내려왔습니다. 내려가다 계단에서 교대하기 위해 눈을 비비며 올라오는 다른 등대지기와 마주쳤죠. 이때 그에게 불병과 책을 건네줬고요. 그리고 잠자리에 들기 전에 우리는 구석방에 잠깐 들어갔습니다. 체인, 커다란 추, 주석 보관통, 밧줄이 꽉 들어찬 방에서 등대지기는 항상 펼쳐져 있는 등대일지에 기록을 했죠.

자정. 파도 높음. 폭풍우. 먼바다에 배가 보임.

세미앙트호의 최후

지난밤 북서풍이 우리를 코르시카섬으로 이끌었으니, 그곳 어부들이 밤을 지새울 때 나누곤 하는 비극적인 이야기를 들려드릴까 합니다. 이 사연은 정말 우연히 듣게 되었죠.

그러니까 이삼 년 전의 일이었어요.

나는 세관 선원 예닐곱 명과 함께 배를 타고 있었습니다. 처음 배를 타보는지라 얼마나 힘이 들었는지 모릅니다! 삼월이었지만, 화창한 날씨를 한 번도 본 적이 없어요. 동풍은 쉴 새 없이 우리를 괴롭혔고, 성난 바다도 지칠 줄을 몰랐죠.

어느 날 저녁, 폭풍을 피해 보니파시오 해협 입구의 작은 섬들 사이에 배를 정박했습니다. 특별할 것이라고는 없는 평범한 곳이었죠. 약쑥이나 유향나무가 군데군데 나 있을 뿐, 이렇다 할 풀도 없는 커다란 바위섬 위를 새떼가 뒤덮고 있었고, 여기저기 물이 고인 곳에서는 나뭇가지들이 썩고 있었습니다. 그래도 넓은 갑판이나, 바닷물이 제집처럼 드나드는 낡은 배의 선실보다는 이곳이 밤을 지새우기에 더 나아 그나마 만족해야 했지요.

배에서 내리자마자, 선원들이 생선수프를 끓이려고 불을 지피는 동안 선장이 나를 부르더군요. 그러더니 섬 끝쪽에 안개에 파묻혀 희미하게 보이는 하얀 돌로 된 작은 울타리를 가리키며 내게 물었습니다.

"묘지에 함께 가시겠소?"

"묘지라뇨, 리오네티 선장님? 대체 여기가 어딥니까?"

"라베지섬입니다. 세미앙트호에 탔던 육백 명이 묻힌 곳이지요. 십 년 전 이곳에서 군함이 침몰했어요. 불쌍한 사람들! 찾아오는 사람도 별로 없고, 기왕 이곳에 왔으니 인사라도 하는 것이….″

"물론 그래야죠, 선장님."

세미앙트호의 무덤은 정말 적막했습니다! 낮고 작은 담장과 녹슬어 잘 열리지도 않던 철문, 고요했던 교회당과 잡초 속에 숨겨진 수백 개의 검은 십자가가 아직도 눈에 선합니다. 에델바이스 한 송이도, 고인을 기리는 기념품도 하나 없더군요! 아무것도요…. 아! 마치 무덤에서 내내 추위에 떠는 것이 당연하다는 듯 아무도 돌보지 않는 불쌍한 영혼들!

우리는 그곳에서 무릎을 꿇고 한참 동안 있었습니다. 선장은 큰 소리로 기도를 했죠. 유일하게 묘지를 지키고 있는 커다란 갈매기들이 우리 위를 빙빙 맴돌며, 울부짖는 파도소리에 맞춰 울어댔습니다.

기도를 마친 우리는 서글픔을 안고 배를 대놓은 곳으로 돌아왔습니다. 우리가 자리를 비운 사이에도 선원들은 시간을 낭비하지 않았더군요. 바위 근처에는 모닥불이 활활 타오르고 있었고, 냄비에서도 김이 모락모락 피어오르고 있었거든요. 다들 둥그렇게 모여앉아 모닥불에 발을 쬐었습니다. 곧 소스를 가득 바른 검은 빵 두 조각이 담긴 빨간 사기그릇을 무릎에 하나씩 받았습니다. 식사 중 입을 여는 사람은 아무도 없었어요. 온몸이 비에 흠뻑 젖은 데다가 허기져 있었고, 또 묘지가 바로 옆에 있었으니…. 그래도 그릇을 다 비우고 나자, 파이프 담배에 불을 붙이고 나서는 잡담을 나누더군요. 자연히 이야기의 방향은 세미앙트호로 흘러갔지요.

"도대체 어떻게 된 일이었습니까?"

나는, 머리를 손으로 감싸 쥐고 깊은 생각에 잠긴 표정으로 타오르는 불꽃을 바라보고 있던 선장에게 물었습니다.

"어떻게 된 일이냐고요?"

리오네티 선장은 크게 한숨을 내쉬며 말했습니다.

"휴! 글쎄, 그 사연은 아무도 모른답니다. 그저 크리미아 원정대를 태운 세미앙트호가 침몰 전날 저녁, 악천후를 무릅쓰고 툴롱을 출발했다는 것밖에는요. 밤에는 날씨가 더 나빠졌죠. 바람에, 비에, 성난 파도에…. 그런 날씨는 처음이라고 하더군요. 아침이 되자 바람은 조금 잠잠해졌지만 파도는 여전히 거셌다고 합니다. 게다가 한 치 앞을 분간할 수 없을 정도로 짙은 안개까지 끼었고…. 그런 안개는요, 얼마나 위험한지 모릅니다. 어쨌건 제 생각에는 오전에 이미 세미앙트호의 방향키가 없어진 게 분명합니다. 왜냐하면 안개가 끼면 배는 항상 어디라도 파손을 입게 마련이거든요. 그러니까 선장도 일부러 이곳까지 와서 배가 부서지게 하지는 않았을 거란 말이죠. 우리가 다 알고 지내던 아주 억센 함장이었거든요. 코르시카 기지를 삼 년 동안이나 지휘했었고, 이곳 해안도 저만큼 훤히 꿰뚫고 있었고요."

"세미앙트호가 몇 시쯤 침몰했다고 생각들 하죠?"

"정오쯤일 겁니다. 그래요, 한낮이었죠…. 하지만 달리 방법이 있었겠습니까! 정오라도 바다 안개 때문에 여우굴처럼 컴컴해 칠흑 같은 밤만도 못했을 텐데요. 한 세관원이 해준 얘기인데요, 그날 열한 시 반쯤에 덧문을 닫으려고 집을 나왔다가 바람에 모자가 날아가는 바람에, 파도에 쓸려갈 위험을 무릅쓰고 해안가를 기어갔다고 하더군요. 이해되십니까? 세관원들은 워낙 살림살이가 넉넉지 못하다 보니, 모자 하나라도 아껴야 하는 형편이었지요. 어쨌든 달려가던 세관원이 순간 고개를 들어보니 커다란 배가 안개에 파묻힌 채 바로 자기 곁으로 스쳐가더랍니다. 돛도 올리지 않았는데 라베지섬을 향해 바람 따라 미끄러져 갔다는군요. 배의 속도가 너무 빨라 세관원도 자세히 볼 수 없었다지만, 모든 정황으로 미루어 세미앙트호가 확실합니다. 삼십 분쯤 후에 섬에 있던 양치기가 바위 위에서 소리를 들었다고 했거든요···. 저 사람이 바로 그 양치기랍니다. 직접 얘기를 들어보세요. 어이, 팔롱보! 이리 와서 불 좀 쬐게나. 겁내지 말고.”

모자를 푹 눌러쓰고 얼마 전부터 모닥불 주위를 맴돌던 사람이 겁을 집어먹은 듯 쭈뼛쭈뼛 다가왔습니다. 이 섬에 양치기가 살고 있었는지 몰랐으니 그가 선원이라고만 생각했었죠.

자세히 보니 그는 늙은 나병 환자였습니다. 지능이 떨어져 보였고, 무슨 괴혈병에라도 걸린 듯 두터운 아랫입술은 보기에도 흉측했죠. 우리가 뭘 묻고 있는지 겨우겨우 이해시켰답니다. 그랬더니 늙은이는 아픈 입술을 손가락으로 들어올리며 우리에게 그날 일을 설명해주었습니다. 그러니까 그날 정오에 양치기는 오두막집에서 무언가가 바위에 크게 부딪히는 소리를 들었다는 것입니다. 섬 전체가 물에 잠겨 바로 나가보지는 못했고, 다음 날 문을 열어봤답니다. 그런데 웬일입니까! 해안가에 바다가 뱉어놓은 배의 잔해와 시체 들이 여기저기 굴러다녔다지 뭡니까. 기겁한 양치기는 곧장 그 길로 배를 타고 사람들에게 알리기 위해 보니파시오로 향했던 거고요.

말을 너무 많이 하는 바람에 힘이 빠졌는지 양치기는 자리에 앉았고, 선장이 다시 말을 이었습니다.

"그렇습니다. 이 죄 없는 노인이 우리에게 소식을 알리러 왔었죠. 겁에 질려서 미쳐 있었어요. 그 일 때문에 그 후로 정신을 놓버렸죠. 그럴 만도 했죠…. 모래사장에 육백 구나 되는 시신이 부서진 나무판자랑 떨어진 돛 조각과 함께 여기저기 나뒹굴고 있었으니…. 비운의 세미앙트호! 파도가 한방에 배를 으깨버린 것이었죠. 아주 산산조각이 나버려서 양치기가 울타리 만드는 데 쓸 나뭇조각 하나 건지기도 힘들었다니까요. 시체는 모두 알아보기 힘들 정도로 일그러진 데다 사지가 절단된 모습이라니, 정말 참혹했습니다. 시체가 그냥 줄줄이 얽혀 있는 광경이 얼마나 처참했던지…. 시체 가운데서 제복 차림의 함장과 목도리를 두른 군속 사제도 발견했죠. 한구석에 있던 바위틈에서는 어린 선원을 발견했어요. 눈을 뜨고 있더군요. 마치 산사람 같았어요. 하지만 웬걸요! 한 사람도 목숨을 부지할 수 없었답니다…."

그러더니 선장이 갑자기 말을 멈추고 소리를 질렀습니다.

"정신 차려, 나르디! 불이 꺼지잖아."

나르디는 모닥불에 나무 두세 조각을 던져넣었고, 이내 불이 타오르자 리오네티 선장은 다시 말을 이었습니다.

"그런데 기막힌 것은 말이죠…. 사고가 나기 삼 주 전에 세미앙트호처럼 크리미아로 원정을 떠나던 작은 군함 역시 마찬가지로 거의 같은 장소에서 난파되었다는 사실입니다. 그래도 그때는 승무원들과 배를 탔던 보급 부대병 스물을 구할 수 있었죠. 참 불쌍한 군인들입니다. 엉뚱한 곳에 도착했으니 말이에요! 우리는 군인들을 보니파시오로 이송해서 이틀간 우리 해병대에 머물게 했습니다. 그들은 기운을 회복한 후에는 잘 있어라, 행운을 빈다며 툴롱으로 돌아갔지요. 그런데 이 군인들에게 다시 크리미아 원정 명령이 내려진 겁니다. 그런데 무슨 배를 타고 가야 했는지 아십니까? 바로 세미앙트호였습니다. 군인 스무 명을 하나도 남김없이 그 시체 속에서 발견했지요. 여기 이곳에서 말이에요. 그때 저희 집에 묵으면서 우스운 이야기로 우리를 그토록 즐겁게 해줬던 얇은 콧수염을 기른 파리 출신의 멋쟁이 기병을 제 손으로 직접 찾아냈습니다. 그 사람을 보자 정말 가슴이 찢어지는 것 같았어요…. 아! 하느님…."

말을 마친 리오네티 선장은 마음이 아팠는지 담뱃재를 털더니 잘 자라는 인사만을 남기고 외투를 몸에 돌돌 말고 돌아누웠습니다. 선원들도 얼마간은 작은 소리로 얘기를 나누었지만, 곧 담배 파이프의 불이 하나둘씩 꺼지기 시작했죠…. 말소리도 더 이상 들리지 않았습니다. 늙은 양치기도 집으로 돌아갔고요. 잠든 선원들 틈에 끼여 나 혼자 몽상에 잠겼답니다.

　방금 들었던 우울한 이야기의 여운이 가시기 전에, 난파된 군함과 갈매기들만이 유일하게 목격한 난파 장면을 머릿속으로 다시 생각해보았습니다. 그런데 몇몇 인상적인 부분이 떠오르더군요. 정복을 갖춰 입은 함장과 사제의 목도리, 그리고 보급 부대병 스무 명에 힌트를 얻어 나는 비극적 사건의 전말을 상상해볼 수 있었습니다. 우선 한밤에 툴롱을 출발하는 군함이 보입니다. 배는 항구를 빠져나옵니다. 파도는 기세게 몰아치고 바람도 무섭게 불어댑니다. 하지만 용감한 함장이 승선해 있으니 배를 탄 사람들은 아무 근심 걱정이 없습니다.

　아침이 되자 바다에 안개가 끼기 시작합니다. 이제 슬슬 걱정되기 시작하지요. 승무원 전원이 갑판 위에 대기합니다. 함장도 뱃머리 갑판을 떠나지 않습니다. 군인들이 있던 중갑판에는 빛 한 점 들지 않습니다. 안은 후텁지근하고요. 군인 몇 명은 뱃멀미 때문에 짐에 기대어 누워 있습니다. 배는 심하게 흔들리고 서 있기조차 힘이 듭니다. 군인들은 무리 지어 바닥에 앉아 의자를 꼭 부여잡고 얘기를 나눕니다. 목청을 높여야 겨우 알아들을 수 있습니다. 겁을 먹은 군인들도 생겼습니다. 이것 봐, 이 부근에서 배가 자주 침몰한다지. 지난번에 사고를 당했던 군인들이 얘기를 해줍니다. 그러니 더욱 안심이 되지 않습니다. 특히 농담을 좋아하던 파리 출신의 기병은 여전히 소름 끼칠 정도로 무서운 이야기를 농담 삼아 합니다.

"난파 말인가! 배가 난파되면 얼마나 재미있는데 그러나. 얼음물에 목욕 한 번 하고 나면 그만이야. 그러고 나면 리오네티 선장 집에서 새 구이를 맛보게 해주려고 사람들이 보니파시오까지 데려다주지."

그러면 사고를 당했던 군인들의 웃음소리가 들립니다.

그런데 갑자기, 삐걱거리는 소리…. 뭐지? 무슨 일이야?

"방향키가 빠져버렸어!"

중갑판을 가로지르며 뛰어가던 선원 한 명이 온몸이 흠뻑 젖어 소리를 지릅니다.

"잘 가라!"

눈치 없는 기병이 또 한 번 농담을 걸어보지만 이제 웃는 사람은 아무도 없습니다.

갑판에서는 한바탕 소동이 일어납니다. 안개 때문에 사람들은 서로 알아보지도 못합니다. 선원들은 겁에 질려 더듬거리며 왔다 갔다 합니다. 방향키도 없이! 이제 배를 조정할 수 없게 됩니다. 방향을 잃은 세미앙트호는 빠르게 물결을 가릅니다. 바로 그때 세관원이 배를 목격한 것입니다. 시각은 열한 시 삼십 분. 군함 앞쪽에서는 대포가 터지는 듯한 굉음이 들려옵니다…. 암초다! 암초다! 그러곤 모든 것이 끝. 살아날 가능성은 이제 없습니다. 아무도 해안까지 살아갈 수 없습니다. 함장은 지휘실에서 내려옵니다. 정복을 갖춘 함장은 뱃머리에 섭니다. 멋지게 죽고 싶었던 겁니다.

중갑판에서 두려움에 떨던 군인들은 말없이 서로 쳐다보기만 합니다. 아파 누워 있던 사람들은 몸을 일으키려 합니다. 농담을 좋아하던 기병의 얼굴에서도 웃음이 사라집니다…. 바로 이때, 문이 열리고 목도리를 두른 사제가 현관에 나타납니다.

"모두 무릎을 꿇읍시다, 형제들이여!"

다들 사제의 말을 따릅니다. 찌렁찌렁 울리는 목소리로 사세는 죽어가는 사람들을 위해 기도를 읊습니다.

갑자기 엄청난 충격, 그리고 비명. 단 한 마디의 큰 비명과 허공으로 벌린 팔, 다시 모아진 손, 번개처럼 스쳐가는 죽음의 환영을 본 초점 없는 시선들….

오, 신의 자비를!

나는 이렇게 십 년 전 이곳에 잔해를 남기고 떠난 가여운 배의 영혼을 불러보며 밤새 몽상에 잠겼습니다. 먼바다에서는 아직도 큰 폭풍우가 계속되고 있었습니다. 야영지의 불도 바람에 몸을 맡기었고, 바위 밑에서는 배가 춤을 추듯 흔들거리고, 배를 묶어놓은 밧줄은 끽끽 소리를 내었습니다.

고셰 신부의 영술

"마셔보고 어떤지 말해주게."

그라브종의 신부는 내게 보석 상인이 진주알을 세듯 조심조심 한 방울 한 방울 주의를 기울여 에메랄드빛이 도는 따뜻하고 맛있는 음료를 주었습니다. 배 속이 편안해지더군요.

"프로방스의 기쁨과 건강을 유지시켜주는 고셰 신부의 영술이지."

신부는 내게 자랑스럽게 설명해주었습니다.

"풍차 방앗간에서 팔 킬로미터 떨어진 곳에 있는 프레몽트레 사원에서 만든다네. 샤르트르회에서 만든 술보다 훨씬 낫지 않은가? 이 영술에 얽힌 이야기가 또 얼마나 재미있는 줄 아나! 내 들려줌세."

이렇게 아무런 악의 없이 신부님은 다소 믿기 어렵고 조금은 불경스러운 이야기를 마치 에라스무스의 이야기라도 하듯

들려주었습니다. 예수의 고난길 그림이 벽에 걸려 있고, 사제
복처럼 풀을 먹인 밝은색 커튼이 예쁘게 걸려 있는 조용하고
소박한 사제관의 식당에서였습니다.

이십 년 전 프레몽트레, 아니 프로방스 사람들이 '하얀 신부
들'이라고 불렀던 수도사들은 가난하게 살고 있었네. 그때 수
도원이 어떤 모습이었는지 보면 마음이 아플 걸세.

큰 벽과 탑도 조금씩 부서져 흔적이 사라지고 있었지. 울타
리에는 잡초가 무성했고, 작은 기둥들에는 금이 가고, 성인들
의 석상도 부스러졌다네. 창문 하나, 문짝 하나 제대로 된 게 없
었지. 안마당과 예배당은 바람이 새어 들어와 꼭 카마르그 벌
판에 나와 있는 듯했고. 바람 때문에 촛불도 꺼지고, 창문 틀도
부서지고, 성수반에 고여 있는 물에 물결까지 일었어. 개중 빈
비둘기 집처럼 조용한 수도원의 종루가 제일 애처로웠다네. 신
부들이 종을 새로 마련할 돈이 없어서 편도나무로 만든 짝짜기
로 새벽기도를 알려야 했거든!

불쌍한 하얀 신부들! 조각조각 기운 망토를 입고 창백한 낯
빛에 과일만 먹고 지내 여윈 몸으로 성체 축제 행렬에 참가한
모습이란 처량하기 그지없었네. 행렬 맨 뒤에 선 사제는 금장
이 다 벗겨진 막대기와 좀이 슨 흰 양모 모자를 바깥 사람들에
게 보여주는 것이 창피해 머리를 숙이고 따라갔지. 행렬에 참

가한 교구 여성들은 수도사들이 불쌍해 눈물을 글썽였고, 뚱뚱한 기수들은 행렬에 끼여 가여운 수도사 행세를 하며 낮은 목소리로 비웃었지.

"찌르레기도 무리 지어 다닐 때에는 깡말라 보여."

초라한 신세의 수도사들도 차라리 다른 나라로 제 갈길을 찾아 자신만의 교구를 만드는 것이 더 낫겠다는 생각을 할 정도였다네.

어느 날 이 문제에 대해 참사회에서 논의를 하고 있었는데, 고셰 수도사가 할 얘기가 있다고 수도원장에게 알려왔다네. 참고로 말하자면 고셰 수도사는 수도원에서 소치는 일을 맡아했던 사람이었어. 그러니까 온종일 마당 이 구석 저 구석을 돌아다니는 게 전부였지. 갈라진 길 사이를 뚫고 자라난 잡초나 찾아다니는 말라비틀어진 소 두 마리를 몰고 말일세. 보 지방에 사는 어떤 미친 할멈이 그를 맡아 열두 살까지 키워주었다지. 베공이라는 할멈이었는데, 그 후로는 수도원에서 그를 맡아 키웠지. 가엾게도 고셰 수도사가 배운 일이라고는 소 모는 일과 천주경을 암송하는 것뿐이었다네. 게다가 천주경을 프로방스어로밖에 할 줄 몰랐지. 고집도 센 데다가 녹슨 칼처럼 무딘 사람이었거든. 어쨌든 신앙심만은 대단했지. 신비주의적인 면이 약간 있었고 고행 채찍도 달갑게 받았지. 자기 훈련에는 엄청난 확신을 가지고 있었고, 또 힘은 얼마나 셌는지!

참사회실에 들어서서 무릎을 굽혀 인사하는 수도사의 모습이 너무 소박하고 우둔해 보여 수도원장과 참사회원들, 재무관이 모두 웃음을 터뜨렸지. 희끗희끗한 머리에 염소 수염, 광기 어린 눈망울이 어디를 가든 사람들에게는 똑같은 반응을 불러일으켰거든. 그 바람에 이젠 고세 수도사도 그런 반응에 개의치 않게 되었고.

"존경하는 신부님들."

고세 수도사는 올리브씨로 만든 묵주를 돌려가며 호탕한 목소리로 말했네.

"빈 통이 가장 소리가 잘 난다고 하는 옛말이 하나도 틀리질 않습니다. 속이 텅텅 빈 제 머리를 굴리다 보니 어떻게 하면 수도원이 잘살 수 있는지 생각나더라니까요.

그게 뭔지 말씀드리죠. 신부님들 모두 베공 아주머니를 잘 아실 겁니다요. 제가 어릴 적에 돌봐주신 대단한 아주머니지요(하느님 맙소사, 되바라진 할망구였지! 술을 퍼마시곤 음탕한 노래를 마구 불러댔거든). 베공 아주머니가 살아 계셨을 적 야생풀에 관해서는 코르시카의 늙

110

은 티티새보다 더 잘 알고 있었답니다. 돌아가시기 얼마 전에
는 알피유산에서 함께 캐온 약초 대여섯 가지를 섞어서 맛좋은
영술을 만들었다니까요. 벌써 오래전 일이죠. 하지만 아우구스
티누스 성인의 축복과 원장님의 허락만 있다면 열심히 노력해
서 이 신비한 영술을 만드는 비법을 알아낼 수 있을 것 같습니
다. 술을 만들기만 하면 병에 담아 조금 비싸게 팔면 되고, 그러

면 트라피스트 수도원과 그랑드 수도원처럼 우리 수도원 살림도 조금씩 나아질 겁니다."

고세 수도사는 미처 말을 끝내지 못했네. 수도원장이 자리에서 벌떡 일어나 형제를 얼싸안았기 때문이지. 참사회원들도 형제의 손을 잡았고, 재무관은 누구보다도 기뻐하며 가장자리가 해진 형제의 두건에 존경 어린 입맞춤까지 했다네. 그리고 다시 모두 자리에 돌아와 의논을 했지. 참사회는 고세 수도사가 몰던 소를 트라지뷜르 수도사에게 맡기기로 했고 고세 수도사는 영술을 만드는 일에 전념하도록 결정했지.

고세 수도사가 어떻게 베공 아주머니의 술 만드는 비법을 알아냈을까? 얼마나 노력을 기울였을까? 얼마나 많은 밤을 지새웠을까? 거기에 대해서는 전해지지 않는다네. 다만 분명한 것은 반 년 후 하얀 신부들의 영술은 주민들에게 인기가 높았다는 것이지. 마을뿐만 아니라 아를 지방 전체에서도 포도주병과 작은 올리브 열매를 담아놓은 병 사이에 영술을 담은 작은 갈색 병을 보관해놓지 않은 농장이 없었으니까. 프로방스 문장으로 봉인하고, 은빛 상표에는 술에 흥건히 취한 수도사의 모습이 그려져 있었지. 영술이 사람들에게 인기를 얻은 덕택에 프레몽트레 수도원은 빨리 재산을 모을 수 있었다네. 탑도 다시 세웠고 수도원장은 모자를 새것으로 바꿀 수 있었지. 예배당에는 공들여 만든 유리를 멋지게 새로 달기도 했고. 종루에 달아놓은 화려한 레이스 장식이 나부끼고 온갖 크기의 종들이 부활절 아침에 힘차게 울려 퍼졌다네.

그러면 고셰 수도사는 어떻게 되었을까? 보잘것없는 조수 사에다 너무 촌스러워 참사회를 웃음바다로 만들었던 수도사의 모습은 더 이상 수도원에서 문제되지 않았다네. 모두 그를 존경스러운 고셰 신부로 받들었지. 이제는 박식한 신부로 수도원의 힘들고 많은 일을 다루느라 사람들도 만나지 않고 일만 했다네. 수도사 서른 명이 신부에게 가져다줄 향풀을 찾느라 온 산을 헤매고 다닐 동안 신부는 증류소에서 온종일 연구에만 몰두했지. 증류소는 참사회원들의 정원 맨 구석에 있는, 쓰지 않던 옛 예배당을 개조한 것이었는데, 수도원장도 함부로 들어가지 못했다네. 착한 신부들의 너그러움 덕택에 예배당은 신비하고도 진기한 장소가 되었지. 어쩌다가 겁 없고 호기심 많은 어린 수도사가 포도 덩굴을 타고 창문까지 기어올라가곤 했는데 손에는 주정계를 들고 가마에 몸을 숙인 채 마술사 같은 수염을 달고 있는 고셰 신부를 보고 놀라 금방 내려와버렸다네. 신부 주위에는 분홍색 도기로 만든 작은 증류기며 어마어마하게 큰 증류기, 크리스털로 된 나선관들이 이상하게 얽히고설켜 유리창의 붉은 빛을 받으며 주술에 걸린 듯 빛나고 있었으니까.

해가 질 무렵, 마지막 삼종 미사를 알리는 종소리가 울리면 이 신비한 장소의 문이 조심스럽게 열리고 신부는 저녁 미사에 참석하러 예배당으로 향했다네. 신부가 지나갈 때 주위의 반응이 얼마나 대단했는지! 신부가 지나가는 길에서 형제들은 울타리처럼 서 있었지. 그러곤 이렇게 소곤거렸다네.

"쉿! 비법을 알고 계신 분이셔."

재무관은 신부 뒤를 따라다녔고 신부에게 말을 할 때는 머리를 조아릴 정도였지. 사람들이 굽신거리는 속에서 신부는 챙이 긴 삼각모를 무슨 후광이라도 되는 양 뒤로 넘겨쓰고 이마를 닦으면서 우쭐해져서는 주위를 둘러봤지. 큰 마당에는 오렌지나무도 있었고 파란 지붕에는 새로 마련한 바람개비가 힘차게 돌아가고 있었지. 흰 칠이 눈부신 담장 안에는 우아하면서도 화려한 기둥 사이로 참사회원들이 새옷을 입고 둘씩 짝지어 걸어가고 있었고, 모두 아무 걱정 없어 보였다네.

'이게 다 내 덕분이지!'

신부는 속으로 생각했어. 그리고 이런 생각을 할 때마다 자만심도 더 커져갔지. 하지만 결국 신부는 벌을 받고 말았네. 무슨 벌을 받았는지 한번 들어보게나.

어느 날, 저녁 미사를 보고 있는데 고세 신부가 엄청나게 흥분한 상태로 예배당에 들어왔지 뭔가. 얼굴은 벌겋게 되어 숨은 헐떡거리면서 옷은 옆으로 틀어진 채 성수반에서 성수를 묻히는 데 너무 흥분한 나머지 옷소매까지 모두 적시고 말았다네. 처음에는 신부가 미사에 늦어서 그런 줄로만 알았는데 신부가 제단이 아닌 파이프 오르간과 회랑을 향해 절을 하고는 바람처럼 예배당을 가로질러 성가대 앞에서 자기 자리를 찾으려고 한 오 분 동안이나 돌아다니질 않겠나. 또, 자리에 앉아서는 바보 같은 표정으로 웃으면서 좌우로 몸을 움직였다네. 그러자 신자석에서는 다들 놀라 웅성거렸고 속삭임은 조금씩 번져갔지.

"고셰 신부님이 왜 저러실까? 도대체 왜 저러시지?"

어쩔 줄 몰랐던 수도원장도 지팡이를 두 번이나 내리치면서 모두 조용히 하라고 했다네. 저 구석 성가대에서는 아직도 성가를 부르고 있었고. 그런데 답가를 하는 사람들은 모두 얼이 빠져 있었지.

한참 성가를 부르고 있는데 느닷없이 고셰 신부가 의자를 넘어뜨리며 일어나 우렁찬 목소리로 노래를 부르기 시작했어.

파리에 하얀 신부가 있었다네
울랄라 울랄리 얄랄리 얄랄라.

사람들은 모두 경악했지. 다들 자리에서 일어났다네. 그러곤 외쳤지.

"데려가시오. 악마에게 씌었소!"

참사회원들은 성호를 그어댔고 수도원장은 지팡이를 계속 두들겨댔네. 하지만 고셰 신부는 아무것도 듣지도, 보지도 못 했지. 힘센 수도사 두 명이 신부를 성가대 출입문으로 끌고 가야 했다네. 신부는 귀신 들린 사람처럼 몸부림을 쳤고, 울랄라 얄랄라 하면서 더 큰소리로 노래를 불러댔지.

다음 날 새벽, 불쌍한 신부는 수도원장의 기도실에 무릎을 꿇고 닭똥 같은 눈물을 흘리며 고해를 했지.

"영술 때문입니다, 원장님. 영술이 저를 그렇게 만든 겁니다."

고셰 신부는 가슴을 치며 말했다네.

너무나 후회하고 회개하는 신부의 모습을 보자 마음 좋은 수도원장도 가슴이 찡했다네.

"자, 자, 고셰 신부, 진정하게. 아침 햇빛에 이슬 마르듯 소문도 다 잠잠해질 걸세. 게다가 생각만큼 소문이 크게 난 것도 아니고. 흠흠! 노래가 좀 민망하긴 했지만…. 수련생들이 듣지 않았기만을 바랄 수밖에…. 자, 이제 어떻게 된 영문인지 좀 말해 보게. 영술을 먹다가 그렇게 된 게 틀림없지? 많이 마셨을 게야. 그래, 그래, 내 다 이해하지. 화약을 발명한 슈바르츠 박사와 같은 신세로군. 자기가 발명한 것의 희생자가 된 게지. 그 영술을 그렇게도 마셔보아야 했나?"

"불행히도 그렇습니다, 원장님. 술의 강도와 도수는 시험관에서 실험만으로도 알 수 있지만 끝맛과 부드러운 맛은 제 혀를 따라올 수 없거든요."

"아하! 그렇군. 그래도 내 말을 좀 따라보게. 꼭 필요해서 영술을 마시더라도 그게 좋은 일이라고 생각하는가? 술을 마셔서 쾌락을 느끼는가?"

"휴! 그렇습니다, 원장님."

고셰 신부는 얼굴을 붉히며 대답했지.

"이틀 연속 새로운 맛을 찾아냈답니다! 하지만 틀림없이 악마의 장난일 겁니다. 이젠 시험관만 쓰기로 굳게 결심했습니다. 술맛이 떨어지더라도 할 수 없지요. 완벽하지 않더라도…."

"앗, 그건 안 되네."

수도원장이 갑자기 말을 막았다네.

"손님들을 실망시켜서는 안 되지 않나. 이제 이유를 알았으니 조심하기만 하면 되지 싶네. 자, 어느 정도면 되겠나? 열다섯 방울? 아니면 스무 방울? 그래, 스무 방울로 하지. 스무 방울로 악마가 자네를 다시 유혹하기는 쉽지 않을 걸세. 또, 다시는 추한 일이 벌어지지 않도록 예배당에 나오지 않도록 해주겠네. 저녁 미사는 증류소에서 보도록 하게. 이제 마음 편히 먹게, 신부. 그리고 특히… 술 양을 잘 세도록 하고."

쯧쯧! 불쌍한 고셰 신부. 방울을 세면 뭐하나. 이미 악마가 신부를 손에 꽉 쥐고 놓아주질 않았으니 말이야.

희한한 저녁 기도는 증류소가 다 듣게 되었지 뭔가!

낮 동안에는 아무 일도 벌어지지 않았네. 고셰 신부는 비교적 조용히 지낼 수 있었지. 풍로와 증류기를 준비하고 약초를 정성껏 가려냈다네. 얇은 풀, 회색 풀, 톱니모양 풀, 햇빛을 가득 머금은 향풀 들 말일세. 그런데 저녁이 되어 약초의 즙을 내고 붉은 구릿빛 용기에서 영술이 미지근하게 데워지면 불쌍한 고셰 신부의 고문이 시작되는 것이었지.

"열일곱 방울… 열여덟 방울… 열아홉… 스무 방울!"

대롱에서 떨어진 술방울이 붉은 잔에 고였지. 신부는 단숨에 스무 방울을 다 마셔버렸는데 거의 아무런 느낌이 없었다네. 그래서 한 방울 더 맛보고 싶어 안달이 났지. 아! 스물한 번째 방울! 유혹을 뿌리치려고 신부는 증류소 구석에 무릎을 꿇고 앉아 기도에 열중했지. 하지만 따뜻한 술에서 올라오는 김이 온갖 향을 뿌리면서 신부 주위를 맴돌았고, 신부는 쭈뼛쭈뼛 결국 술통으로 다가갔다네. 술 색깔은 초록빛과 금빛이 도는 것이 아주 아름다웠지. 그 위에 몸을 숙이고 콧구멍을 잔뜩 벌린 신부는 대롱으로 천천히 술을 저었다네. 에메랄드빛 술이 출렁대면서 반짝이는 것이 신부에게는 베공 아주머니의 눈빛으로 보였어. 아주머니가 신부를 바라보면서 깔깔거리며 흥분해 말하는 것 같았지.

"까짓 거! 한 방울 더!"

한 방울, 두 방울, 더하다 보니 못난 신부는 결국 잔을 넘치도록 채웠다네. 힘이 든 신부는 커다란 소파에 누워 눈을 반쯤 감은 채 홀짝홀짝 술을 마셔댔지. 감미로운 죄책감을 느끼며 작은 소리로 중얼거리면서 말일세.

"아! 내 죄로소이다. 내 죄로소이다."

더 기가 막힌 것은, 악마 같은 영술을 마시자 무슨 귀신이 곡할 노릇인지 글쎄 베공 할멈이 부르던 음탕한 노래를 신부가 다 기억해냈다는 걸세. '세 명의 대모가 파티를 연다고 하네' 하는 노래 아니면, '앙드레 영감의 베르쥐레트가 혼자 숲으로 간다네', 그것도 아니면 울랄라 얄랄라 하는 그 문제의 하얀 신부들의 노래였지.

다음 날 옆방 사람들이 신부에게 넌지시 던지는 말 때문에 신부가 얼마나 당황했을지 생각해보게.

"어이! 어이! 고세 신부님. 어제 저녁 잠자리에 매미가 머리에 붙어 있었나 봐요."

그 소리에 신부는 눈물을 흘리고 절망을 했지. 금식을 한다, 채찍으로 때린다, 자기 훈련을 한다는 둥 하고 말이야. 하지만 영술의 악마를 당할 자는 없었네. 매일 저녁, 같은 시간에 신부는 마귀에게 홀렸거든.

그러는 와중에도 영술 주문은 끊이지 않아 수도원으로서는
큰 축복이었네. 님, 엑상프로방스, 아비뇽, 마르세유 할 것 없이
주문이 몰려들었지. 수도원은 점점 술 제조공장처럼 변해갔네.
포장을 하는 형제들, 상표를 붙이는 형제들도 있었고, 글씨를
쓰거나 운반을 하는 형제들도 생겼지. 하느님을 모셔야 할 수
도사들이 가끔씩 종 치는 일도 빼먹을 정도였네. 그래도 이 지
방 사람들이 잃은 것은 없다네. 그건 확실하지.

어느 화창한 일요일 아침, 재무관이 참사회 회의 도중 연말
결산 기록을 읽고 있었고, 참사회원들은 초롱초롱한 눈빛으로
재무관의 목소리를 들으며 미소를 짓고 있었지. 그런데 갑자기
고셰 신부가 뛰어들어와 소리를 질렀지 뭔가.

"이젠 끝났소. 더 이상은 안 되겠소. 내 소나 돌려주시오."

"무슨 일이오, 고셰 신부?"

어떤 영문인지를 조금은 눈치챈 수도원장이 물었지.

"무슨 일이냐고요, 원장님? 화염과 악마의 삼지창을 영원히
겪을 준비를 하고 있어요. 주정뱅이처럼 술을 부어라 마셔라
하고 있습니다."

"술 방울을 꼭 세라고 하지 않았소."

"아! 그렇지요, 술 방울을 세는 것 말씀입니까! 이젠 술잔으

로 세어야 할 처지가 됐습니다. 예, 신부님들, 내 꼴이 그렇게 됐습니다. 하룻밤에 유리병으로 세 병씩 마셔대죠. 왜 이젠 더 이상 버틸 수 없는지 이유를 아시겠습니까. 이제 영술 만드는 일은 알아서 아무에게나 시키십시오. 내가 다시는 손을 대나 봐라! 하느님이 천벌을 내리시지!"

참사회에서는 아무도 웃지 않았네.

"아니, 우리를 쫄딱 망하게 할 참인가!"

재무관이 두꺼운 회계 장부를 들이밀면서 외쳤지.

"내가 지옥으로 떨어져야 속이 시원하겠소?"

그때, 수도원장이 일어섰다네.

"신부님들."

번쩍거리는 반지를 낀 하얗고 매끄러운 손을 내밀며 원장은 말했네.

"다 방법이 있소. 악마가 유혹해오는 것은 저녁이지 않소, 신부?"

"그렇습니다, 원장님. 하룻밤도 빠지지 않고요. 이제 밤이 되기만 하면 매를 기다리는 당나귀처럼 식은땀이 흐른답니다."

"아, 그렇다면 안심하시오. 이제부터 매일 저녁 미사에서 신부를 위해 죄를 면죄해주는 성 아우구스티누스의 기도를 암송해주리다. 그러면 어떤 일이 닥치든 신부는 죄를 씻게 될 것이오. 죄를 지으면서 바로 사면을 받게 되는 게지."

"아! 그렇다면 정말 감사합니다, 수도원장님!"

고셰 신부는 입을 닫고 종달새마냥 즐거운 마음으로 다시 증류기를 돌보러 갔지.

그리고 매일 저녁 기도가 끝날 무렵 미사를 주관하는 신부는 잊지 않고 말했다네.

"우리의 불쌍한 고셰 신부를 위해 기도합시다. 신부님은 우리 수도원을 위해 자신의 영혼을 희생하고 있습니다. 다같이 기도합시다."

신자석에 엎드린 하얀 수도복 위로 기도문이 눈발을 날리는 바람처럼 스치고 지나갈 때, 수도원 구석 끓고 있는 증류기 뒤에서는 고셰 신부가 목청껏 노래를 부르고 있었지 뭔가.

파리에 하얀 신부가 있었다네
울랄라 울랄리 얄랄리 얄랄라
파리에 하얀 신부가 있었다네
비구니들을 춤추게 했네
랄랄라 정원에서
춤추게 했네.

여기서 고셰 신부는 깜작 놀라 말을 멈추었지.

"이런 세상에! 우리 교구 사람들이 이 노래를 들었으면…!"

황금 뇌를 가진 사내 이야기
_재미있는 이야기를 부탁한 부인에게

부인, 보내주신 편지를 읽고 난 뒤 얼마나 죄송했는지 모릅니다. 제가 지금까지 전했던 이야기들이 하나같이 너무 처져 있더군요. 그저 제 자신이 원망스러울 따름입니다. 그래서 오늘만큼은 아주 즐거운, 배꼽이 빠질 정도로 재미난 얘기를 해드려야겠다고 마음먹었었습니다.

생각해보니 제가 왜 기분이 처져 있었는지 모르겠더군요. 파리의 숨 막히는 안개를 벗어나 춤과 포도주의 고장, 그것도 햇빛 찬란한 언덕 위에 살고 있는데 말입니다. 제 주위에는 따사로운 햇살과 감미로운 음악이 넘쳐흐릅니다. 저를 위해 도요새는 연주를 하고 깨새는 합창을 하죠. 아침에는 마도요의 노랫소리, 정오에는 매미의 울음소리가 제게 손짓한답니다. 게다가 목동들도 피리를 불어주고, 포도밭에서는 어여쁜 처녀들의 웃음소리가 저를 흥겹게 해줍니다. 서글픈 생각에 빠져 있기엔 참으로 즐거운 곳이지요. 이곳 분위기를 전해드리려면, 부인께 장밋빛 시 한 수나 로맨틱한 이야기를 한 바구니 가득 담아 보내야 할 것 같네요.

그런데 그러질 못하는군요. 아직도 파리의 분위기에서 벗어나지 못했나 봅니다. 파리의 우울함이 여기 소나무 숲까지 매일 잔영처럼 밀려오니까요. 사실 지금 이 글을 쓰고 있는 동안 샤를르 바르바라가 비참한 죽음을 맞았다는 소식을 들었습니다. 이 슬픈 소식에 풍차 방앗간은 깊은 슬픔에 빠졌답니다. 도요새야, 매미야, 이젠 안녕! 지금은 무엇을 하든 즐겁지 않단다. 그러니 부인, 원래 해드리려고 마음먹었던 우스갯소리는 그만두고, 오늘도 할 수 없이 슬픈 이야기를 전하겠습니다.

옛날에 황금 뇌를 가진 사람이 살았습니다. 그렇습니다, 부인. 머리가 온통 황금으로 되어 있었지요. 이 친구가 태어났을 때, 의사들은 아기의 머리가 너무 무겁고 크기도 엄청나 제대로 살 수 없겠다고 판단했습니다. 하지만 아이는 살아서, 태양을 한껏 받고 자라나는 올리브나무처럼 씩씩하게 자랐지요. 하지만 그 무거운 머리가 항상 문제였답니다. 걸을 때마다 사방 곳곳에 머리를 박곤 했으니 보는 것만으로도 참 딱했지요. 넘어지는 데도 선수였답니다. 그날도 계단 위에서 굴러떨어져 이마를 계단 모서리에 부딪히고 말았죠. 그때 그 친구의 머리에서 텅, 하는 쇠붙이 부딪는 소리가 났습니다. 사람들은 아이가 죽은 줄만 알았지요. 그런데 일으켜보니 다행히도 조그만 상처만 입었는데, 황금 조각이 두서너 개 붙어 있더랍니다. 그제야 그 부모는 아이가 황금 뇌를 가졌다는 사실을 알게 되었습니다.

하지만 이 일은 비밀에 부쳐두기로 했어요. 가엾은 아이조차 자신의 비밀을 눈치채지 못했죠. 그저 왜 이제부턴 예전처럼 동네 아이들과 함께 밖에서 뛰놀 수 없는지 궁금할 따름이었습니다.

"널 훔쳐 갈까 봐 그러지, 귀여운 내 보물단지야!"

어머니는 이렇게만 대답했습니다.

그러자 아이는 누가 자기를 잡아갈까 봐 겁에 질려버렸습니다. 그래서 아무 말 없이 그 무거운 머리를 이끌고 이 방 저 방을 왔다 갔다 하며 혼자 놀았지요.

열여덟 살이 되어서야 부모는 운명의 장난 같은 그 엄청난 비밀을 아이에게 이야기해주었습니다. 그러고는 지금까지 먹이고 입혀줬으니, 그 대가로 금을 조금만 떼어달라고 했지요. 아이는 망설이지 않았습니다. 그 자리에서 바로 금 한 덩어리를 머리에서 떼어주었어요. 어떻게 떼어냈냐고요? 글쎄요, 그 부분에 대해선 전해 내려오는 바가 없군요. 어쨌든 아이는 호

두알 크기만 하게 금을 떼어내 의기양양하게 어머니의 무릎에
던졌습니다. 엄청난 재산이 자기 머릿속에 들어 있다는 생각에
아이는 너무도 황홀했습니다. 욕망과 자신이 가진 힘에 취해버
린 아이는 부모 집을 떠나 바깥세상에서 금을 마구 써대며 살
았습니다.

금을 물 쓰듯 펑펑 써대며 화려한 생활을 하는 이 사내를 본
사람이라면, 그의 뇌는 닳지도 않는가 보다 생각했을 겁니다.
히나 사실 그의 뇌는 조금씩 작아지고 있었지요. 사내의 눈빛
은 점점 흐리멍덩해졌고, 볼도 움푹 패여갔습니다. 어느 날 흥
청망청 밤을 지새운 후, 불빛도 희미한, 어지러운 파티장의 뒷
자리에 홀로 남은 그는 자기 머리에 커다랗게 구멍이 난 것을
알고는 경악을 금치 못했죠. 이제 이런 생활도 집어치워야 할
때가 온 것이었습니다.

이때부터 사내의 생활은 몰라보게 달라졌습니다. 황금 뇌를
가진 사내는 사람을 멀리하기 시작했습니다. 손수 벌어먹었고,
의심도 많아진 데다 겁도 많아졌습니다. 어쩔 수 없이 가지고
태어난 재산에 더 이상 손을 대기도 싫었고, 이젠 모두 잊으려
노력했죠. 그러나 안타깝게도 고독하게 사는 사내의 뒤를 밟은
친구가 있었습니다. 이 친구는 황금 뇌의 비밀을 모두 알고 있
었지요.

어느 날 밤, 황금 뇌를 가진 사내는 머리가 깨질 것 같은 엄청난 고통 때문에 잠에서 깨어났습니다. 정신없이 자리에서 일어났는데, 달빛에 비친 친구의 모습이 눈에 들어오는 게 아니겠습니까. 외투 속에 뭔가를 감춘 채 허둥지둥 달아나고 있는 친구의 모습 말입니다.

황금 뇌를 뜯긴 것이었습니다!

얼마 후 사내는 사랑에 빠졌습니다. 파멸로 향하는 사랑이었죠. 속이라도 다 빼줄 것처럼 사랑했던 여인은 금발의 아가씨였습니다. 물론 이 아가씨도 그를 사랑했지만, 숄이며 하얀 깃털, 금박 장식이 박힌 구두 등 화려한 것들을 더 사랑하는 여자였죠.

하는 일 없이 치장하기만 좋아하던 이 아리따운 아가씨의 손에 금 조각이 남아나지 않는 것을 보아도 사내는 마냥 즐거웠습니다. 게다가 아가씨는 변덕도 죽 끓듯 했는데, 사내는 그녀의 말이라면 거절하는 일이 없었습니다. 하지만 사내는 아가씨가 불안해할까 봐 자신의 돈이 어디서 나오는지는 끝까지 말해주지 않았답니다.

"우리 부자죠?"

그녀는 이렇게 묻곤 했습니다.

그러면 사내는 대답했죠.

"무… 물론이지! 부자야…. 부자고말고!"

아무것도 모르고 자신의 뇌를 야금야금 먹어 들어가고 있는 어여쁜 아가씨에게 사내는 미소를 지었습니다. 하지만 가끔 사내가 두려움에 젖어 다시 황금을 아껴볼까 하는 생각을 하고 있자면, 그럴 때마다 아가씨가 깡충깡충 귀엽게 뛰어와서는 말했지요.

"여보, 당신 돈 많잖아요. 나 비싼 서 하나 사줘요."

그러면 사내는 또다시 그녀의 청을 들어주었습니다.

이렇게 이 년이 흘렀습니다. 그러던 어느 날 아침, 아가씨가 갑자기 세상을 떠났습죠. 이유는 알 수 없었습니다. 황금도 이제 바닥을 보이고 있었습니다. 하지만 홀아비가 된 사내는 남아 있는 금으로 부인의 장례식을 성대히 치렀습니다. 은은히 울려 퍼지는 종소리, 검은 휘장을 두른 커다란 마차, 화려하게 치장한 말, 비로드 천에 별처럼 새겨넣은 은장식. 그렇지만 그 무엇도 사내의 성에 차지 않았습니다. 이제 금이 무슨 소용일까요? 사내는 금을 교회에 기부하기도 하고 상여꾼이며 꽃을 파는 아낙에게도 나눠주었습니다.

결국 묘지를 나서는 그의 뇌에는 아무것도 남지 않았습니다. 두개골 여기저기에 황금 조각이 조금씩 달라붙어 있었을 뿐이지요.

사내는 술 취한 사람처럼 손을 쳐들고 비틀거리며 멍하니 거리로 나섰습니다. 저녁이 되어 상점에 불이 켜지기 시작한 시각, 그는 커다란 진열장 앞에 멈춰 섰습니다.  멋진 천과 장신구들이 불빛에 화려하게 번쩍이고 있었죠. 사내는 그중 백조 깃털로 장식해놓은 파란 구두를 한참 동안 바라보았습니다.

'이 구두를 신겨주면 얼마나 좋아할까.'

사내는 입가에 미소를 머금으며 생각했습니다. 그러고는 부인이 죽은 것도 잊은 채 구두를 사러 가게 안으로 들어섰죠.

창고에 있다가 누군가가 크게 부르는 소리에 가게 안으로 뛰어가던 여주인은 사내를 보고 깜짝 놀라 뒤로 흠칫 물러섰습니다. 사내는 계산대에 기댄 채 반쯤 정신 나간 표정으로 그녀를 바라보고 있었습니다. 한 손에는 백조 깃털로 장식된 파란 구두를 쥐고 있었고, 다른 한 손은 온통 피투성이였습니다. 손톱 밑에는 두개골에서 긁어낸 금 부스러기가 묻어 있었고요.

부인, 이것이 황금 뇌를 가진 사내의 이야기입니다.

꾸며낸 것 같겠지만 이 이야기는 실화랍니다. 이 세상에는 자신의 가장 소중한 것을 잃어가며 살아갈 수밖에 없는 불쌍한 사람들이 있거든요. 하찮은 물건이라도 그것을 얻기 위해서는 온갖 희생을 치러야 하는 거죠. 매일매일 겪는 엄청난 고통이랍니다. 그러다 그 고통이 더 참을 수 없게 되면….

세관 선원들

라베지섬으로 우울한 여행길에 올랐을 때의 일입니다. 포르토베키오에서 배편을 이용했는데, 그 배는 에밀리라는 낡은 세관선이었습니다. 갑판이 배의 절반을 차지하고 있었기에 바람이나 파도, 비를 피할 곳이라고는 타르가 잔뜩 묻은 자그마한 선실이 전부였습니다. 선실은 탁자 하나와 작은 침대 두 개가 들어가면 꽉 찰 만큼 비좁았습니다. 그러니 날씨가 험악할 때도 선원들은 갑판에 나와 있기 일쑤였죠. 얼굴에선 빗방울이 흘러내리고, 흠뻑 젖은 작업복에서는 삶고 있는 속옷처럼 김이 모락모락 피어오르고요. 한겨울에는 낮뿐만 아니라 밤에도 건강을 해치는 습한 공기를 마셔가며 축축한 의자에 앉아 벌벌 떨며 지내야 하는 것이 이 불쌍한 선원들의 신세랍니다. 추워도 배에서는 불을 지필 수가 없었고, 그렇다고 배를 뭍에 대기도 힘들었고…. 그런데도 다들 불평 한마디 않더군요. 악천

131

후에도 선원들은 모두 조용했고, 즐거운 기분으로 일했답니다. 하지만 세관 선원들의 생활이라는 것이 얼마나 애달프던지…!

선원들은 결혼한 사람들이 대부분이라 아내와 자식들을 뭍에 두고 몇 달 동안이나 위험천만인 해안을 누벼야 하잖아요. 먹을 것이라고는 곰팡이 슨 빵이나 양파가 고작이었죠. 술 한 잔, 고기 한 점 먹는 경우가 없답니다. 일 년에 버는 돈이 오백 프랑이니까요! 고작 오백 프랑이라니, 이게 말이나 됩니까! 어두컴컴한 해안 움막과 맨발로 뛰어다니는 아이들을 불쌍해하시겠죠! 하지만 웬걸요!

다들 행복해 보인답니다. 배 뒤쪽 선실 앞에는 선원들이 빗물을 가득 받아 마시곤 했던 커다란 나무통이 있었습니다. 그런데 마지막 남은 한 모금을 꿀걱 삼키고 "캬!" 하며 만족해하는 표정으로 컵을 흔드는 선원들의 모습은 재미있기도 하지만 참 애처롭더군요.

선원들 가운데 가장 명랑하고 긍정적인 사람은 보니파시오 출신으로, 땅딸막하고 피부가 보기 좋게 그은 팔롱보라는 사람이었습니다. 팔롱보는 거센 폭풍우 속에서도 노래를 흥얼거리던 사람이었지요. 파도가 거세지거나 먹구름이 낮게 잔뜩 낀 하늘에서 우박이 내리면, 우리는 모두 촉각을 곤두세우고 두려운 마음으로 곧 불어닥칠 폭풍우를 기다렸죠. 모두 말없이 불안해하며 앉아 있으면 갑자기 팔롱보의 조용한 노랫소리가 들려옵니다.

주인님 안 돼요.
너무 과분해요.
리제트는 착해~요.
마을에서 기다려~요.

폭풍우가 불어와도 계속됐고, 선구가 흔들려도, 배가 요동
치고 파도가 들이쳐도 멈춤이 없었습니다. 팔롱보의 노랫소리
는 물머리에 끄떡없이 앉아 있는 갈매기처럼 올라갔다 내려갔
다 하며 계속되었습니다. 바람이 너무 세게 불 때는 가사가 잘
들리지 않았지만 몰아치는 파도와 파도 사이, 바닷물이 갑판을
씻어내리는 틈으로 후렴구만은 항상 들려왔죠.

리제트는 착해~요.
마을에서 기다려~요.

하지만 바람도 거세고 비도 억수로 내리던 어느 날, 아무 소
리도 들을 수 없었습니다. 너무 의아한 일이라 선실 밖으로 머
리를 내밀며 물었지요.
"어이, 팔롱보! 노래는 이제 그만두었나?"

그런데 대답이 없더라고요. 팔롱보는 의자에 누워 꿈쩍도 안 했습니다. 다가가 보니 이를 부딪칠 정도로 부들부들 떨고 있는 것이 아니겠습니까. 고열로 온몸을 덜덜 떨고 있었던 겁니다.

"푼투라에 걸렸네요."

동료들이 속상해하며 말했습니다.

푼투라란 늑막염을 이릅니다. 납빛 하늘과 파도에 시달린 배, 그리고 비에 젖어 바다표범 가죽처럼 번들거리는 낡은 고무 망토로 몸을 감싼 채 고열에 시달리는 가엾은 선원. 제 평생 이보다 더 우울한 광경은 본 적이 없습니다. 날씨가 더 쌀쌀해지고, 바람도 거세지고 파도도 심해지자 병세는 더욱 악화됐습니다. 고열 때문에 헛소리까지 하기 시작했어요. 빨리 배를 뭍으로 대지 않으면 안 되었죠.

온갖 고초를 겪은 후 저녁이 다 되어서야 우리는 작고 조용한 항구에 배를 댈 수 있었습니다. 새 몇 마리만이 항구 주위를 맴돌고 있었죠. 해안에는 깎은 듯한 높은 바위들이 서 있었고, 사계절 내내 변함없이 우중충한 녹색을 띤 풀들이 관목과 뒤얽혀 있었습니다. 섬 아래쪽 바닷가에는 회색 덧문이 달린 작고 하얀 건물이 있었습니다. 세관소였죠. 인적 없는 이곳에 유니폼처럼 번호가 매겨져 있는 정부 건물은 뭔가 음울한 느낌이었습니다. 그런 곳에 아픈 팔롱보가 내렸으니…. 환자가 지내

기에는 정말 쓸쓸한 피난처였죠! 세관원은 불가에서 아내, 아이들과 함께 저녁 식사를 하고 있었습니다. 그런데 얼굴이 모두 노랗게 떠 지쳐 보였고, 눈도 퀭하고 열 때문에 더 심각해 보이더군요. 아직 젊어 보이는 아내는 갓난아이를 안고 있었고, 우리에게 말하는 동안에도 내내 몸을 떨었습니다.

"아주 지독한 곳이랍니다. 이 년마다 세관원을 다른 곳으로 발령시켜줘야 하죠. 말라리아열 때문에 배겨나질 못하거든요."

감찰관이 설명해주었습니다.

어쨌건 의사를 빨리 불러야 했습니다. 그런데 사르텐느, 그러니까 삼십 킬로미터를 더 가야 의사를 찾을 수 있다는 것입니다. 어쩌면 좋을까요? 선원들은 지칠 대로 지쳐 있었습니다. 아이 중 누구 하나를 보내려 해도 거리가 너무 멀었지요. 그러자 부인이 밖을 내다보며 누군가를 부르더군요.

"세코! 세코!"

그랬더니 키 크고 건장한 청년 하나가 들어왔습니다. 갈색 양모 모자를 쓰고 염소털 망토를 걸친 모습이 마치 밀렵꾼이나 도적 같았습니다. 조금 전 배에서 내릴 때 청년의 모습을 보긴 했습니다. 붉은 파이프를 물고 총자루를 무릎에 낀 채 문 앞에 앉아 있더군요. 그런데 무슨 이유에서인지 우리가 다가가자 자리를 피했었죠. 우리 무리에 경관이 끼어 있다고 생각했던 모양입니다. 청년이 들어오자 부인은 조금 얼굴을 붉히더군요.

"제 사촌입니다…. 숲에서 길을 잃을 염려는 없는 사람이랍니다."

부인은 이렇게 설명했습니다.

그러더니 청년에게 환자를 보여주며 나지막이 말하더군요. 청년은 아무 말 없이 인사를 꾸벅하더니 밖으로 나갔고, 휘파람으로 자기 개를 불러 길을 나섰습니다. 어깨에는 총자루를 멘 채 긴 다리로 바위 위를 훌쩍훌쩍 건너뛰면서 말이죠.

감찰관 때문에 잔뜩 겁을 집어먹었던 아이들은 그동안 저녁 식사로 준비된 밤과 흰 치즈를 다 먹어치웠습니다. 식탁 위에는 물 말고는 내놓은 것이 없더군요! 아이들이 포도주 한 잔이라도 곁들인 식사를 할 수 있었더라면 얼마나 좋았을까요. 아! 불쌍한 사람들! 부인은 아이들을 침실로 올려보냈고, 세관원은 등불을 밝히고 해안을 순찰하러 나갔습니다. 우리는 불 가에 앉아 환자를 돌보았죠. 환자는 아직도 파도에 흔들리는 바다 한가운데에 있는 것처럼 침상에서 몸을 뒤척여대더군요. 고통을 좀 진정시키려고 우리는 자갈과 벽돌을 데워 옆구리에 놓아주었습니다. 나도 한두 번 침상에 다가갔었는데, 환자가 나를 알아보았는지 내게 감사의 표시를 하기 위해 힘들게 손을 내밀더군요. 크고 거친 손이 마치 방금 불에서 꺼낸 돌처럼 뜨거웠습니다.

정말 슬픈 밤이었습니다! 해가 저물고 다시 날씨가 나빠지는 바람에 바깥에서는 파도 부서지는 소리, 우르르대는 소리, 포말이 용솟음치는 소리, 바위와 파도가 격렬하게 맞서는 소리만 들렸지요. 게다가 먼바다에서부터 밀려온 바람이 해안을 지나 우리가 있던 건물까지 닿더군요. 바람에 갑자기 불꽃이 타오르면서 선원들의 침울한 얼굴을 비추었습니다. 난로 주위에 모여앉아 불을 들여다보는 그들의 얼굴에는 망망대해와 넓은 수평선으로 길들여진 평온함이 서려 있더군요. 팔롱보가 가끔 신음성을 냈습니다. 그러면 모두 한쪽 구석에서 가족과 멀리 떨어져 제대로 치료 한번 받아보지 못하고 죽어가고 있는 불쌍한 동료를 돌아보았습니다. 선원들은 숨을 깊게 들이마시고 깊은 한숨을 내쉬었죠. 인내심 많고 순하기만 한 바다 일꾼들이 자신들의 인생이 왜 이렇게 불쌍한지 한탄하는 방법은 그게 다였습니다. 그들에겐 반항도 없고 파업도 없죠. 그저 깊은 한숨. 그게 다였습니다! 아니, 그게 다는 아니었습니다. 불에 나뭇조각을 던지며 내 앞을 지나가던 선원 한 명이 풀 죽은 목소리로 낮게 말하더군요.

"보셨죠, 선생님…. 이 직업에도 가끔 힘든 일이 생긴답니다!"

퀴퀴냥의 신부

해마다 성촉절이 되면, 프로방스 지방의 시인들은 아비뇽에 모여 아름다운 시와 감동적인 이야기로 가득 찬 조그맣고 예쁜 책자를 펴냅니다. 방금 올해 출간된 책자가 도착했어요. 읽다 보니 아주 마음에 드는 이야기가 있어 여러분에게 간단하게나마 소개해보고자 합니다. 파리에 계신 여러분, 이야기 바구니를 내밀어보세요. 이번에는 프로방스의 최고급 밀가루를 한 아름 안겨드릴 테니까요….

마르탱은 퀴퀴냥의 신부였습니다.

털털하고 사람 좋기로 소문난 신부는 퀴퀴냥 사람들을 친자식처럼 사랑했지요. 퀴퀴냥 사람들이 조금만 더 신부에게 만족을 주었다면, 그는 퀴퀴냥을 지상천국이라고 여겼을 겁니다. 그러나 안타깝게도 고해실에는 거미줄만 늘어갔고, 부활절에도 신도들에게 나눠주는 성체의 빵은 성합에 고이 담겨 있기만 했지요. 독실했던 신부는 마음이 무너지는 것 같았고, 길 잃은 양떼를 집으로 데려오기 전까지는 절대 자기를 하늘나라로 데려가면 안 된다고 기도를 올렸습니다.

하느님이 신부의 기도를 어떻게 들어주셨을까요?

일요일 미사 시간. 복음서 낭독이 끝난 후 마르탱 신부는 교단으로 올라갔습니다.

"형제들이여, 제 말씀을 들어보세요. 며칠 전, 이 불쌍한 죄인이 천국 문 앞에 서 있는 꿈을 꾸었습니다.

제가 문을 두드리자 성 베드로께서 문을 열어주는 것이 아니겠습니까!

'아! 당신이군요, 마르탱 신부. 어쩐 일로 여기까지? 도와드릴 일이라도?'

이렇게 저를 맞이해주더군요.

'성 베드로시여, 천국의 명부와 열쇠를 쥐고 계시니 실례가 안된다면 천국에 퀴퀴냥 사람이 얼마나 있는지 알려주실 수 있을까요?'

'못할 것도 없죠, 마르탱 신부님. 여기 앉으세요. 어디 한번 봅시다.'

그리 말하고는 성 베드로는 안경을 쓰고 명부를 펼치더군요.

'어디 봅시다. 퀴퀴냥이라고 하셨죠? 퀴… 퀴… 퀴퀴냥이라. 아, 여기 있군요. 퀴퀴냥… 이런! 마르탱 신부님, 백지로군요. 영혼이 하나도 없습니다…. 퀴퀴냥 사람은 아예 흔적조차 없는데요.'

'뭐라고요? 퀴퀴냥 사람이 하나도 없다고요? 아무도요? 그럴 리가! 다시 한 번 봐주십시오.'

'하나도 없다니까요. 내 말을 못 믿겠다면 직접 한번 보세요.'

'제가 어찌 감히!'

저는 발을 동동 구르고 손을 모아 신의 자비를 구했죠. 그리자 성 베드로께서 말씀하셨어요.

'제 말을 믿으세요, 신부님. 그렇게 흥분하시면 안 됩니다. 심장에 무리가 올지도 모릅니다. 게다가 신부님 잘못도 아니잖습니까. 퀴퀴냥 사람들 말인데요, 틀림없이 연옥에서 고생 좀 하고 있을 겁니다.'

'오! 제발 자비를 베풀어주세요, 성 베드로시여! 제가 그들을 만나서 위로의 말이라도 할 수 있도록 해주십시오.'

'음! 그러시죠. 자, 길이 좋지 않으니 이 신발로 갈아 신으세요. 이제 됐군요. 이제 앞으로 곧장 걸어가십시오. 저 끝에 돌아가는 길이 보이시죠? 거기 보면 검은 십자가가 촘촘히 박힌 은빛 문이 있을 겁니다. 오른손으로… 문을 두드리면 열릴 겁니다. 그럼 이만! 진정하시고, 용기 잃지 마세요.'

✝

그래서 저는 길을 가고 또 갔습니다! 얼마나 힘이 들었는지!
생각만 해도 소름이 끼칩니다. 사방이 온통 가시투성이에 이글
이글 타오르는 빨간 숯들, 쉭쉭 소리를 내는 뱀들이 우글거리
는 오솔길을 따라 드디어 은빛 문에 도착했습니다.

'탕! 탕!'

'누구요?'

짜증 섞인 쉰 목소리가 들려왔어요.

'퀴퀴냥의 신부입니다.'

'어디요?'

'퀴퀴냥이요.'

'아! 들어오시오.'

안으로 들어가자 밤보다 까만 날개를 달고 낮보다 찬란한
옷을 입은 아름답고 훤칠한 천사가 허리에는 다이아몬드 열쇠
를 차고 성 베드로의 명부보다 더 두꺼운 책에 뭔가 적어 내려
가고 있었습니다.

'무슨 일로 오시었소?'

천사가 물었습니다.

'아름다운 천사시여, 제가 너무 호기심이 많은 것인지는 모
르겠습니다만, 이곳에 퀴퀴냥 사람들이 있는지 알고 싶습니다.'

'누구요?'

'퀴퀴냥 사람들이요. 퀴퀴냥에 살던 사람들 말입니다. 제가
그 사람들의 신부랍니다.'

'아, 그렇다면 마르탱 신부님이십니까?'

'그렇습니다, 천사시여.'

'퀴퀴냥이라….'

천사는 손가락에 침을 묻혀가며 책장을 넘겼습니다.

그러더니 한숨을 푹 내쉬더군요.

'퀴퀴냥…. 신부님, 연옥에는 퀴퀴냥 사람이 한 명도 없는
데요.'

'오, 예수님, 마리아님, 하느님! 연옥에도 퀴퀴냥 사람이 아
무도 없다고요? 오, 하느님 맙소사! 그럼, 이 사람들이 도대체
어디에 있는 걸까요?'

'하하! 신부님, 다들 천국에 있겠지요. 아니면 어딜 가겠습
니까?'

'아닙니다. 제가 지금 천국에서 오는 길인 걸요….'

'천국에 들르셨다고요? 그런데요?'

'거기에도 없더라고요. 오, 마리아님!'

'뭘 그리 놀라십니까, 신부님! 천국에도 없고 연옥에도 없다
면, 그 중간이라는 것은 없으니까 그들이 있는 곳은….'

'이런! 오, 예수님! 그게 정말인가요? 성 베드로께서 거짓말

이라도 한 걸까요? 하지만 닭이 우는 소리도 안 들렸는데….
아! 불쌍한 우리 신세! 퀴퀴냥 사람들이 아무도 없다면 제가 어
찌 천국에 들어갈 수 있겠습니까?'

'참, 딱하시군요, 마르탱 신부님. 그렇게 전후 사정을 하나하
나 알고 싶어 하시니 제가 알려드리죠. 오솔길을 따라 쭉 가보
십시오. 달릴 수 있으면 달려가십시오. 그러면 왼쪽에 커다란
문이 보일 겁니다. 거기서 한번 알아보세요. 하느님께서 직접
가르쳐주실 테니까요!'

이 말을 하고 천사는 문을 닫았습니다.

✞

저는 빨간 숯이 깔린 긴 오솔길을 따라갔습니다. 술에 취한
듯 몸이 비틀거렸고 걸음을 뗄 때마다 넘어질 뻔했죠. 온몸이
흠뻑 젖었어요. 마치 온몸에 땀 구슬이 돋아난 것 같았답니다.
게다가 목도 타 혁혁댔고요. 그래도 성 베드로께서 빌려준 신
발 덕택에 그나마 발은 데지 않았지요.

한참을 걸어가다 보니 왼쪽으로 문…, 정말 커다란 문이 마
치 큰 가마뚜껑이 열린 듯 양쪽으로 입을 벌리고 있었습니다.
아! 여러분, 정말 끔찍한 광경이었어요! 거기에서는 제가 누구
인지 묻지 않았고 명부도 없었습니다. 활짝 열린 문으로는 마
치 일요일에 무도회장에 입장하듯 여러 명이 한꺼번에 들어가

고 있더군요.

땀이 비 오듯 쏟아졌지만 오히려 오싹한 한기가 느껴졌어요.
머리카락도 쭈뼛쭈뼛 서고요. 그런데 뭔가 타는 냄새, 마치 살
이 타는 냄새가 나더군요. 퀴퀴냥의 대장장이 엘로이가 징을

박으려고 늙은 당나귀의 발굽을 지질 때 나는 냄새 같았어요.
매캐한 냄새 때문에 숨이 막힐 지경이었죠! 이어서 소름 끼치
는 비명과 신음, 울부짖음과 욕설이 사방을 가득 메웠어요.

　'이것 봐, 들어올 거야, 나갈 거야?'

갈퀴로 저를 찍어대며 뿔 달린 악마가 물었습니다.

'저 말입니까? 안 들어갑니다. 저는 하느님의 친구입니다.'

'하느님의 친구? 하! 이 대머리…! 그럼, 여긴 뭣하러 왔어?'

'그러니까…. 아! 말도 마세요, 이놈의 다리가 더 버텨내지 못할 것 같습니다…. 아주… 아주 먼 길을 왔거든요…. 죄송하지만 말씀 좀… 혹시… 여기 혹시… 쿼퀴냥 사람이….'

'아! 답답해 미치겠군! 당신, 바보 아냐? 여기가 바로 쿼퀴냥이잖아. 왜 모르는 척하는 게야? 못난 까마귀 같은 양반 같으니라고! 어서 한번 둘러봐. 딩신이 그렇게 찾아 헤매는 쿼퀴냥 사람들을 우리가 어떻게 요리하고 있는지….'

✛

그러자 무섭게 활활 타오르는 불꽃 속에 사람들이 보이더군요.

여러분도 다 아시는, 매일 술에 취해 불쌍한 클레롱을 패곤 하던 코크 갈린느가 보였어요.

또 그 콧대 높은 매춘부 카타리네도 보이고…. 기억 안 나세요? 헛간에서 혼자 잠을 자던 여자 말입니다. 아이고, 괴짜 신도들! 여하튼 넘어갑시다. 말이 너무 길었군요.

줄리앙의 올리브로 마음대로 기름을 짜버린 파스칼 드와드프와도 봤고.

또 이삭을 더 많이 줍는다고 광에서 짚단을 한 움큼씩 빼내던 바베도 눈에 띄더군요.

자기 손수레 바퀴에만 기름칠을 멋지게 하던 그라파시 영감도 마찬가지였고요.

우물물을 그토록 비싼 값에 팔던 도핀도 만났지요.

성체를 지고 가는 저를 만나면 모자를 쓰고 파이프는 입에 문 채, 무슨 개라도 만난 듯이 거만한 태도로 내빼던 토르티야르도 말이죠.

제트와 함께 있는 쿨로, 쟈크, 피에르, 토니…."

자기 아버지나 어머니, 할머니에 누나, 동생까지 모두 지옥에 있다는 얘기를 들은 신도들은 겁에 질렸습니다.

마르탱 신부는 다음 말을 이었습니다.

"이런 일이 계속되어서는 안 되겠죠? 저는 여러분의 영혼이 구원받도록 애쓰는 사람입니다. 여러분은 지금 지옥문에 머리를 들이밀고 계십니다. 저는 그런 여러분을 구하고 싶습니다. 내일부터 저는 행동에 나설 것입니다. 당장 내일부터요. 해야 할 일이 너무 많습니다. 모든 일에는 순서가 있는 법이니 이제부터 하나하나 설명해드리지요.

내일, 월요일에는 노인분들의 고해성사를 하겠습니다. 그리 어려운 일이 아닙니다.

화요일에는 아이들 차례입니다. 금방 끝날 겁니다.

수요일에는 처녀 총각들이고요. 이날은 좀 길어질 수도 있겠군요.

목요일에는 남자 신도들 차례고요. 시간 끌지 않을 겁니다.

금요일에는 여자 신도들이 오십시오. 쓸데없는 소리는 사양하겠습니다.

토요일에는 방앗간 주인 차례입니다! 이 신도는 혼자라도 하루가 모자랄 지경입니다!

이렇게 해서 모든 것이 다 끝나면, 일요일에는 우리 모두 기분 좋게 모일 수 있을 겁니다.

신도 여러분! 밀도 익으면 추수를 해야 하고, 포도주는 뚜껑을 따는 즉시 마셔야 하는 법입니다. 더러운 속옷이 있으면 당장 빨아야 하죠. 아주 깨끗하게요.

여러분에게 하느님의 축복이 함께하시길, 아멘!"

사제의 말은 그대로 이루어졌습니다. 영혼을 세탁한 것이죠.

이 중요한 일요일 사건 이후, 퀴퀴냥 사람들의 덕망에 관한 소문이 인근으로 퍼져 나갔습니다.

그리고 독실한 마르탱 신부는 마냥 행복하고 즐거웠답니다.

어느 날 밤 꿈속에서 신부는 자신의 양떼를 몰고 찬란한 행렬을 이루며, 불 켜진 커다란 양초들 사이로 은은한 향기를 맡으며, 성가대 어린이들이 감사의 성가를 합창하는 가운데, 하느님의 성전으로 향하는 빛나는 길을 올랐습니다.

여기까지가 퀴퀴냥 신부의 이야기였습니다. 루마니아의 떠돌이가 자기도 좋은 친구에게서 들은 이야기라면서 여러분에게 들려주라고 해준 이야기랍니다.

노부부

"편지입니까, 아장 아범?"

"예, 선생님…. 파리에서 온 건데요."

아범은 편지가 파리에서 왔다고 매우 자랑스러워했습니다. 하지만 나는 아니었습니다. 이유는 모르겠지만, 책상 위에 놓여 있는 편지가 나의 하루를 앗아갈 것 같다는 생각이 들었거든요.

'파리의 장자크에서 이렇게 이른 시간에 편지가 도착하다니, 왠지 예감이 좋지 않은데.'

내 생각은 틀리지 않았습니다. 이 편지를 한번 읽어보세요.

자네가 나를 도와줘야겠네, 친구. 방앗간을 하루만 비워두고 바로 에기에르로 가줄 수 있겠나. 자네 방앗간에서 십오 킬로미터 정도 떨어진 곳에 있는 큰 마을인데, 금방일 걸세. 에기에르에 도착하거

든 고아 소녀들의 기숙사를 찾게. 수녀원 바로 다음에 회색 덧문이 달리고 아담한 뒤뜰이 있는 자그마한 집 한 채가 보일 걸세. 문은 두드릴 필요 없으니 그냥 들어가게나. 항상 열려 있거든. 그리로 들어가서 크게 외치게나.

'안녕하세요, 저는 모리스의 친구입니다.'

그러면 두 노인, 아주 늙어 빠진 노인들이 커다란 소파에 앉아 팔을 벌려줄 걸세. 이 노인들에게 내 안부 좀 전해주고 자네 친지들한테 하듯 성심껏 대해주게나. 그리고 함께 얘기도 좀 나눠주고. 두 분은 오로지 나에 대해서만 말씀하실 걸세. 우스꽝스러운 얘기를 많이 하실 테니 듣다가 웃지나 말게나. 웃지 않겠다고 약속하지? 두 분은 내 조부모님이시네. 두 분에겐 내가 전부지. 못 뵌 지 벌써 십 년이 다 되었다네. 십 년, 정말 긴 세월이지! 하지만 어쩌겠는가, 파리에서 할 일들이 내 발목을 잡고 있으니. 그분들은 연세 때문에 움직이기 힘드시고…, 너무 연로하셔서 나를 만나러 오시다가는 몸이 상할 게 분명하네. 자네가 그 근처에 살고 있어서 얼마나 다행인지 모르겠어. 두 노인이 자넬 보면 마치 날 만난 것처럼 기뻐하실 걸세. 자네에 대해서, 그리고 우리의 우정에 대해서 여러 번 말씀드렸었거든.

망할 놈의 우정! 오늘 아침, 가뜩이나 날씨가 화창했는데…. 하지만 길을 나설 만큼은 아니었어요. 북서풍도 세고, 햇볕도

쨍쨍한 것이 전형적인 프로방스의 날씨였지요. 이 골치 아픈 편지가 도착했을 때, 나는 이미 바위틈에 쉴 곳을 봐두고 도마뱀처럼 온종일 그곳에서 꼼짝 않은 채 일광욕을 즐기고, 소나무의 노랫소리를 벗 삼아 지내려는 생각이었는데… 하지만 어쩌겠습니까? 나는 투덜거리며 방앗간 문을 잠그고, 열쇠는 비밀장소에 보관했습니다. 그러고는 파이프를 입에 문 채 지팡이를 들고 길을 나섰지요.

에기에르에 도착하니 두 시쯤 되었더군요. 사람들은 모두 밭에 나가 일하는지 마을은 텅 비어 있었습니다. 거리에 우두커니 서 있던, 먼지가 뽀얗게 쌓인 느릅나무에서는 매미들이 울어댔어요. 시청 광장에서는 당나귀가 햇볕을 쬐고 있었고, 성당 분수 위로는 비둘기들이 날아다녔지만, 고아원으로 가는 길을 일러줄 사람은 흔적조차 없었습니다. 다행히도 자기 집 문 앞에 쪼그리고 앉아 실을 잣고 있던 할머니가 요정처럼 갑자기 눈에 들어왔습니다. 그래서 길을 물었지요. 그랬더니 이 신통한 할머니 요정이 토리를 쳐들기만 했는데, 마치 마술처럼 고아 소녀들의 기숙사가 바로 눈앞에 나타나는 것 아니겠습니까. 기숙사는 크고, 온통 검은빛으로 물들어 음울한 자태를 뽐내고 있었습니다. 아치 모양의 문 위에는 붉은 십자가가 자랑스럽게 걸려 있었고, 십자가 주위에는 라틴어로 뭔가가 씌어 있었지요. 드디어 기숙사 옆의 작은 집이 보였습니다. 회색 덧문과 뒤

뜰…. 바로 이 집이라는 생각이 들어, 문을 두드리지 않고 곧장 안으로 들어갔습니다.

산뜻하고 조용했던 긴 복도와 분홍빛 벽, 밝은 커튼을 통해 살짝살짝 비치던 뒤뜰, 색 바랜 꽃과 바이올린이 그려진 판자들의 모습을 나는 결코 잊지 못할 겁니다. 마치 18세기 대법관의 저택에 와 있는 듯했다니까요. 복도 끝 왼쪽에는 반쯤 열린 문틈으로 커다란 회중시계소리와 어린아이의 음성이 들려왔습니다. 더듬더듬 책을 읽고 있는 학생의 목소리 같았죠.

"그…때…성…이레나…에우스…가…소리…쳤…습니…다…나…는…하느님…의…밀…알이…니…이…짐…승의…이빨…로…나…를…부…쉬주…세요…."

나는 살금살금 문으로 다가가 안을 들여다보았습니다.

조용하고 어둑어둑한 조그만 방 안에는 붉은 얼굴에, 온몸이 주름투성이인 노인이 소파에 앉아 졸고 있었습니다. 노인은 손을 무릎에 얹은 채 입을 벌리고 자고 있었고, 노인의 발치에서는 고아원 원복으로 보이는 커다란 파란 망토와 작은 모자를 쓴 소녀가 자기 몸집보다 더 큰 책을 펼치고 성 이레나에우스의 일생에 관한 내용을 읽고 있었습니다. 소녀의 책 읽기가 온 집 안에 놀라운 효력을 발휘했더군요. 노인은 소파에 앉아서, 파리는 천장에 붙어서, 카나리아는 창문에 놓인 새장에서 졸고 있었죠. 커다란 회중시계도 째깍째깍 코를 골고 있었고요. 이

방 안에서 깨어 있는 것이라고는 닫힌 덧문 사이를 비집고 안으로 스며든 커다란 빛줄기밖에 없었습니다. 빛은 살아 움직이듯 반짝이는 것들과 미세한 먼지들의 왈츠로 가득했지요. 이렇게 나른함이 감도는 방 안에서 아이는 혼자 심각하게 계속 책을 읽고 있었습니다.

"곧…두…마…리…사자…가…덤…벼…들더니…그…를… 통…째로…잡아…먹…어버…렸…습…니다…."

바로 그 순간, 나는 방 안으로 들어갔습니다. 이레나에우스를 잡아먹은 사자가 방에 들어섰다 해도 이만큼 소녀를 놀라게 했을까요. 얼마나 극적인 장면이었던지! 아이는 비명을 지르고, 책은 떨어지고, 카나리아와 파리도 잠에서 깨어났지요. 동시에 시계는 울려대고 노인도 깜짝 놀라 자리에서 일어났답니다. 나도 조금 당황한 나머지 문간에 멈춰 선 채 큰 소리로 말했습니다.

"안녕하십니까. 저는 모리스의 친구입니다."

아! 할아버지의 반응이 어떠했는지 보셨어야 했는데! 말이 떨어지자마자 내게 팔을 벌려 끌어안고, 악수를 하고, 방 안을 이리저리 뛰어다니시며 소리를 지르던 그 모습!

"오, 이럴 수가! 이럴 수가!"

할아버지의 얼굴에 자글자글하던 주름이 일시에 펴지는 것 같았습니다. 얼굴은 빨갛게 달아올랐고, 말도 더듬거렸지요.

"아! 그러니까 자네가… 아! 그러니까 자네가…."

그러더니 누군가를 부르며 구석으로 가시더군요.

"마메트!"

그러자 문이 열리며 마치 쥐가 뛰어다니는 듯한 발소리가 복도에서 들려왔습니다. 바로 마메트 할머니였죠. 리본 달린 모자를 쓰고 갈색 드레스를 입은 노숙녀의 모습은 아름다움 그 자체였어요. 옛날식으로 인사하려고 손에는 수를 놓은 손수건을 들고 계시더군요. 내 마음을 울렸던 점은 이 부부가 많이 닮았다는 것이었습니다. 할머니처럼 목도리를 두르고 노란 리본을 달았으면, 할아버지를 마메트라고 불러도 될 정도였다니까요. 다른 점이라면 평생을 슬퍼하며 지내셨는지 마메트 할머니가 할아버지보다 주름이 더 많다는 것이었어요. 할머니 옆에도 고아원에서 온 여자아이가 따라다녔습니다. 파란 옷을 입은 소녀는 늘 할머니 곁을 떠나지 않았지요. 두 고아 소녀가 지켜주는 노인들의 모습이 얼마나 감동적이었는지 모릅니다.

문에 들어선 마메트 할머니가 나를 보자마자 격식을 차려 인사를 하려는데 할아버지가 한마디로 잘라버리시더군요.

"모리스의 친구라는구먼…."

그 말이 떨어지기가 무섭게 할머니는 몸을 떨며 눈물을 흘리시다가 손수건을 바닥에 떨어뜨렸습니다. 할머니의 얼굴빛이 빨갛게 달아올랐죠. 할아버지보다 더 빨갛게요…. 노인들이란! 몸속에 피 한 방울밖에 남지 않았을 텐데도 조금만 감정이 격해지면 금세 얼굴이 벌겋게 달아오른답니다.

"빨리, 빨리, 의자를⋯."

할머니는 소녀에게 말했습니다.

"덧문을 열어다오."

할아버지도 다른 소녀에게 말했어요.

그러더니 두 분이 각자 내 손을 하나씩 부여잡고 창문 쪽으로 종종걸음을 치며 데려가더군요. 활짝 열어젖힌 창문 옆에서 내 모습을 좀더 자세히 보시겠다면서요. 의자를 끌어다 앉으시고, 나는 두 분 사이의 접이의자에 앉았습니다. 소녀들은 뒤쪽에 서 있었고, 이렇게 심문이 시작되었죠.

"모리스는 잘 지내는가? 무슨 일을 하며 지내나? 왜 이곳에 들르지 못한다던가? 마음 편히 지낸다던가⋯?"

이러쿵저러쿵⋯. 이렇게 몇 시간이 흘렀습니다.

나는 최선을 다해 모든 질문에 답해드렸지요. 친구에 대해 알고 있는 모든 것을 시시콜콜하게 말씀드렸고, 또 모르는 일은 어떻게든 머리를 쥐어짜 설명했답니다. 모리스의 집 창문이 잘 닫히는지, 방의 벽지 색깔이 무엇인지 신경 써본 일이 없다는 말은 일절 하지 않으려고 조심하면서 말이지요.

"방 벽지요! 파란색입니다, 할머니. 꽃장식이 들어간 밝은 파란색이죠⋯."

"정말인가?"

손자의 소식에 마음이 약해진 할머니는 남편을 돌아보며 덧붙였습니다.

"정말 대단한 아이예요!"

"물론이지! 대단한 아이고말고!"

할아버지도 흥에 겨워 맞장구를 쳤습니다.

내가 말을 하는 동안 내내 두 분은 서로 고개를 끄덕이기도 하고 작게 웃기도 하고, 윙크를 하거나 '그럼 그렇지' 하는 모습을 보이셨죠. 어떤 때는 할아버지가 내게 몸을 기울이고 말씀하셨어요.

"조금 더 크게 말해주게… 할멈이 귀가 잘 안 들려서 말이지."

그러면 할머니는 이렇게 말씀하셨죠.

"조금 더 크게 말해주게… 할아범이 귀가 잘 안 들려…"

내가 목소리를 높이자, 두 분은 내게 미소로 화답해주었어요. 나는 두 노인의 희미한 웃음 속에서 모리스의 얼굴을 찾아보려 했습니다. 두 분의 얼굴에서 마치 안개 속 저 멀리서 내게 웃어 보이듯 아주 희미하고, 잡을 수 없을 정도로 어렴풋한 친구의 모습이 보이자 나는 감동에 사로잡혔습니다.

갑자기 할아버지가 자리에서 일어났습니다.

"여보, 생각해보니… 아직 식사도 하지 않았겠구려!"

화들짝 놀란 할머니도 팔까지 걷어붙이며 말했어요.

"밥을 안 먹었다니! 에이구머니나!"

나는 두 분이 또 모리스에 대해서 말하는 줄 알고, 손자가 늦어도 정오 전에는 식사를 한다고 대답하려 했죠. 그런데 그게 아니었습니다. 두 분이 말한 사람은 바로 나였습니다. 내가 아직 식사를 못 했다고 하자 두 분이 얼마나 소란을 피우셨는지 모릅니다.

"얘들아, 빨리 상을 차려라! 식탁은 방 가운데로 옮기고, 식탁보도 새것으로 준비하고, 꽃접시를 내도록 해라. 자, 웃지 말고…! 어서 서두르자."

소녀들이 정말 서두른 모양이었습니다. 눈 깜짝할 사이에 식사가 준비되었더라고요.

"맛있는 식사를 준비했다네!"

할머니가 나를 식탁으로 안내하며 말씀하셨죠.

"그런데 혼자 들어야겠네. 우리는 아침 식사를 했거든."

가엾은 노인들! 언제 만나도 늘 배가 부르다는 말씀만 하시는 양반들!

할머니가 정성스럽게 준비해주신 식사에는 우유 조금과 대추, 배 모양의 비스킷이 있었습니다. 할머니와 카나리아가 일주일 먹을 분량은 되었죠. 그런데 내가 그 식량을 다 먹어치웠으니! 식탁에서는 곧이어 분노가 폭발했어요! 파란 옷을 입은 소녀들은 팔꿈치로 서로를 치며 조그만 소리로 속삭였고, 저쪽 새장에서 카나리아도 불평을 하는 것 같더라고요.

"이런! 비스킷을 혼자서 다 먹어치우다니!"

비스킷을 혼자 다 먹어치운 것은 사실입니다. 고풍스러운 소품들이 마치 향기처럼 떠다니는 이 밝고 평온한 방 안에서 주위를 쳐다보느라 정신이 팔려 나도 모르게 그만…. 나는 특히 두 개의 자그마한 침대에서 눈을 떼질 못했습니다. 마치 아기 요람 같은 침대였어요. 나는 두 노인이 커다란 술이 달린 커튼 밑 침대에 파묻혀 있는 새벽 광경을 그려보았습니다. 시계가 새벽 세 시를 알립니다. 두 노인이 잠이 깰 시간이죠.

"할멈, 자고 있소?"

"아뇨."

"우리 모리스, 참 대단한 아이 아니오?"

"아, 당연하지요. 얼마나 대단한 아이인데요."

나란히 놓인 노부부의 작은 침대 두 개만을 보고 이렇게 상상해보았습니다.

내가 이렇게 상상에 잠겨 있는 동안 방 저편에 놓여 있던 장

앞에서는 놀라운 일이 벌어지고 있었습니다. 지난 십 년간 맨위 칸에서 모리스를 기다려온 체리주를 나를 위해 꺼내 열려는 것이었습니다. 할머니가 말리는데도 할아버지는 끝내 직접 병을 내리겠다고 고집을 부렸죠. 할머니가 공포에 가까울 정도로 떨고 있는 그 모습 앞에서 할아버지는 의자에 올라가 높은 곳에 있는 병을 집으려 했어요. 그림이 그려지나요? 할아버지는 벌벌 떨면서 몸을 뻗치고 있고, 아래에서는 두 소녀가 의자를 붙들고 있는 모습 말이에요. 또 할머니는 할아버지 뒤에서 숨가빠하며 팔을 뻗치고 있고요. 그리고 열린 찬장과 그 안에 개어둔 붉은 행주 더미에서 피어나는 은은한 베르가모트 향기⋯. 정말 정겨운 모습이었습니다.

천신만고 끝에 할아버지는 결국 술병과 울퉁불퉁한 낡은 은잔을 꺼냈습니다. 모리스가 어렸을 때 쓰던 잔이었죠. 잔이 넘치도록 체리를 가득 채워주시더군요. 모리스가 이 체리를 얼마나 좋아하는데! 체리를 주시면서 할아버지는 내 귀에다 대고 입맛을 다시듯 말씀하셨습니다.

"체리를 먹을 수 있으니 얼마나 좋은가! 할멈이 직접 담근 게야⋯. 맛이 괜찮을 걸세."

하지만 웬걸요! 할머니가 손수 담그다가 설탕 넣는 것을 깜박하셨나 봅니다. 하지만 어쩌겠습니까! 나이가 들면 자꾸 깜빡깜빡하는 걸요. 할머니, 할머니가 담그신 체리주, 정말 엉망이었습니다. 하지만 나는 눈썹 한 번 찡그리지 않고 끝까지 먹었답니다.

식사가 끝나고 나는 그만 돌아가려고 자리에서 일어섰습니다. 두 분은 손자 얘기를 더 듣고 싶어 내가 더 있었으면 하는 바람이었겠지만, 해도 저물고 있었고 갈 길도 머니 이제 그만 작별을 고할 시간이었죠.

할아버지는 나와 함께 자리에서 일어났습니다.

"할멈, 내 옷 좀 주시오! 광장까지라도 바래다주고 와야겠소."

물론 할머니는 광장까지 나가기에는 밖이 좀 춥다고 생각하셨겠지만, 어쨌든 그 마음을 밖으로 드러내지는 않았습니다. 다만 할아버지가 진주 단추가 달린 멋진 스페인식 옷을 입는 것을 도우면서 할아버지에게 조그맣게 속삭이시더군요.

"너무 늦지는 마시우, 알았죠?"

할아버지는 장난스러운 말투로 대답하셨어요.

"아하! 나도 모르겠소. 아마…."

그러더니 두 분은 서로 마주 보며 웃음을 터뜨리셨고, 소녀들도 두 분이 웃는 걸 보고는 함께 웃었죠. 카나리아도 분위기를 맞추듯 함께 웃어댔고요. 우리끼리 얘긴데, 체리주 향 때문에 다들 취한 것 같았습니다.

할아버지와 내가 집을 나섰을 때는 이미 깜깜한 밤이었습니다. 할아버지를 집으로 모셔가기 위해 소녀 하나가 우리 뒤를 멀찌감치 따라오고 있었죠. 그런데 소녀가 따라오는 것을 눈치 못 챈 할아버지는 사내답고 씩씩하게 걸으셨습니다. 고운 할머니도 문간에서 이런 모습을 지켜보셨고요. 우리를 쳐다보면서 고개를 끄덕이고 계시더군요. 마치 이렇게 말씀하듯이요.

"우리 양반…. 아직 정정하시다네."

산문시

　오늘 아침 문을 열어보니, 방앗간 주위에 새하얀 서리가 마치 양탄자처럼 덮여 있더군요. 풀잎은 반짝반짝 빛나면서 마치 유리처럼 부서졌고, 산 전체가 추위에 떨었습니다. 오늘만큼은 나의 사랑스런 프로방스가 추운 나라로 변신했네요. 하얀 얼음 레이스로 치장한 소나무와 크리스털처럼 반짝이는 라벤더 꽃망울 틈에서 독일풍의 환상시 두 편을 지어보았습니다. 글을 쓰는 동안 발밑의 서리는 눈부시게 반짝였고, 높은 하늘에서는 하이네의 나라에서 큰 삼각 대열을 그리며 날아온 황새들이 소리를 지르며 카마르그를 향해 내려오는 듯했습니다.

　"날이 너무 추워요…. 아이, 추워…."

1
황태자의 죽음

황태자 아기씨가 아파요, 황태자 아기씨가 돌아가실 거예요. 황태자의 회복을 기원하기 위해 왕국의 모든 교회에서는 밤이건 낮이건 성체를 꺼내놓고, 큰 양초도 켜두었습니다. 옛 주택가의 거리들은 쓸쓸하고 조용했으며, 성당의 종은 더 이상 울리지 않았어요. 지나는 마차도 발걸음을 재촉하지 않았죠. 성 주위에서는 소식을 궁금해하는 귀족들이 성문 안을 기웃거렸습니다. 궁정 마당에는 금색 제복을 입은 근위병들이 근엄한 자세로 이야기를 나누고 있었고요.

온 성안이 걱정에 휘말렸습니다. 시종과 급사 들이 대리석 계단을 달리다시피하며 오르내렸고…, 회랑에는 시종들과 비단옷을 입은 궁인들이 빽빽이 들어차 이 무리, 저 무리로 옮겨 다니며 낮은 소리로 새로운 소식을 알아보고 있었답니다. 넓은 계단 위에서는 시름에 젖은 궁중 시녀들이 수를 놓은 예쁜 손수건으로 눈을 훔치면서 서로 인사를 나누었습니다.

별채에서는 가운을 입은 의사들이 많이 모여 있었지요. 창문 너머 의사들은 길고 검은 소맷자락을 흔들어대고 잘난 척하며 가발 쓴 머리를 끄덕이곤 했어요. 황태자의 가정교사와 마술교

관은 의사들의 결정을 기다리며 문 앞에서 안절부절못했지요. 그 옆을 지나치는 심부름꾼들은 인사도 하지 않더군요. 마술교 관은 마구 욕을 해댔고 가정교사는 호라티우스의 시를 읊고 있었습니다. 그런데 저 아래쪽 마구간에서 속상한 듯한 말 울음소리가 길게 들려왔습니다. 마부가 잊고 먹이를 주지 않은 통에 빈 먹이통 앞에서 울부짖는 황태자의 밤색 말이었죠.

그렇다면 왕은? 우리의 왕은 어디에 있는 것일까요? 그는 성 맨 끝 방 안에 홀로 틀어박혀 있었습니다. 눈물을 흘리는 모습을 보이기 싫었던 것입니다. 왕비는 물론 달랐습니다. 황태자의 침대 머리맡에 앉은 왕비의 얼굴은 눈물로 얼룩져 있었으며 왕비는 남의 시선도 아랑곳하지 않고 장사꾼처럼 큰소리로 흐느꼈습니다.

화려한 레이스로 장식된 침대에는 황태자가 이불보다 더 하얀 얼굴을 한 채, 눈을 감고 누워 있었습니다. 마치 자고 있는 듯했지요. 그러나 황태자는 깨어 있었습니다. 울고 있는 어머니를 보고 황태자가 말했습니다.

"어마마마, 왜 우십니까? 제가 정말로 죽을 거라고 생각하세요?"

왕비는 대답을 하려 했지만 울음이 터져 말을 잇지 못했습니다.

"그러니 그만 울음을 그치세요, 어마마마. 저는 황태자 아닙니까. 황태자가 이렇게 죽을 수는 없습니다."

이 말에 왕비는 더 크게 울음을 터뜨렸고 황태자는 겁을 집어먹었습니다.

"아! 죽음의 사자가 나를 잡아가지 않았으면…. 여기까지 들어오지 못하게 하는 방법이 있긴 하지…. 여봐라! 당장 아주 힘센 용병 사십 명을 불러 이 침대 주위를 망보도록 하라! 바깥에는 큰 대포 백 개를 장전해 밤낮으로 경계를 늦추지 말라! 죽음의 사자여, 가까이 오기만 해봐라, 큰일이 날 것이다!"

황태자의 비위를 맞추려고 왕비는 황태자의 말대로 하라는 신호를 보냈습니다. 곧바로 마당에서는 큰 대포가 운반되는 소리가 들렸고, 건장한 용병 사십 명이 창을 들고 방을 경비했습니다. 희끗희끗한 콧수염을 기른 나이 많은 용병들이었죠.

황태자는 용병들을 보고는 박수를 쳤습니다. 그중 한 용병을 알아보곤 불렀죠.

"로랭! 로랭!"

용병은 침대 앞으로 한 걸음 다가왔습니다.

"내가 로랭을 얼마나 좋아하는데…. 네 커다란 칼 좀 보여다오. 만약 죽음의 사자가 나를 데리러 오거든 물리쳐줘야 해, 알았지?"

로랭이 대답했죠.

"그러겠습니다, 황태자님."

용병의 거무스름한 얼굴에 닭똥 같은 눈물이 주르륵 흘렀습니다.

그때 신부가 황태자에게 다가가 십자가를 보여주며 작은 소리로 한참을 말했습니다. 황태자는 깜짝 놀란 표정으로 듣고 있더니 갑자기 사제의 말을 가로막았습니다.

"무슨 말씀이신지 잘 알았습니다, 신부님. 그런데 제 대신 제 친구 베포가 죽을 수는 없나요? 충분히 사례하겠습니다."

신부는 낮은 소리로 계속 말을 했고 황태자는 점점 더 공포에 질려갔습니다.

신부가 말을 끝내자 황태자는 큰 한숨을 쉬며 말했습니다.

"정말 슬픈 말씀만 하시는군요, 신부님. 그래도 한 가지 위안이 된다면 별들의 천국에서도 제가 여전히 황태자일 수 있다는 거예요. 하느님은 내 사촌이시니 내 신분에 맞게 대접해 주시겠죠."

그러곤 왕비를 돌아보며 덧붙였습니다.

"제일 예쁜 옷을 가져다주세요. 담비 윗도리하고 비로드 신발도요! 천사들에게 늠름하게 보이도록 황태자의 복장으로 천국에 들어가고 싶어요."

그러자 또 사제가 황태자에게 몸을 기울여 낮은 목소리로 한참을 말했습니다. 황태자는 성을 내며 사제의 말을 가로막았지요.

"그러면, 황태자라는 건 아무짝에도 쓸모가 없잖소!"

그러곤 더는 말을 들으려 하지 않고 쓸쓸히 벽 쪽으로 돌아누운 채 흐느꼈습니다.

2
숲속의 군수

군수는 이동 중이었습니다. 마부를 앞세우고, 사동을 뒤세우고, 군청의 사륜마차에 올라 콩브-오-페(요정의 계곡)에서 열리는 농업박람회에 참가하기 위해 나선 참이었죠. 오늘처럼 특별한 날을 기리기 위해 군수는 예쁘게 수놓은 옷을 꺼내 입고, 원통 모양의 작은 모자도 눌러쓰고, 은띠가 박힌 달라붙는 바지에, 진주 손잡이가 달린 검까지 찼지 뭡니까. 군수는 무릎에 올려놓은 바둑판 모양의 커다란 가죽 가방을 슬픈 눈으로 바라보고 있었습니다.

군수는 바둑판 모양의 커다란 가죽 가방을 슬픈 눈으로 바라보고 있었어요. 사실은 조금 후 콩브-오-페 주민들 앞에서 할 연설을 생각하고 있었던 것이죠.

"친애하는 군민 여러분…."

하지만 금발 구레나룻을 꼬아봤자, 같은 말을 스무 번이나 반복해보았자, 모두 소용없었습니다.

"친애하는 군민 여러분…."

그다음 말은 전혀 생각나질 않았습니다.

그다음 말이 생각나질 않았죠. 이놈의 마차 안은 왜 이리 더운지! 콩브-오-페로 가는 먼지 쌓인 길은 남부의 태양 아래 끝없이 펼쳐져 있었습니다. 공기는 후텁지근했고…. 길가의 어린 느릅나무에는 먼지가 뽀얗게 쌓여 있었죠. 수천 마리의 매미가 서로 화답하듯 울어댔고요. 갑자기 군수는 소스라치게 놀랐습니다. 저 멀리 언덕 아래 작은 초록 떡갈나무 숲이 자기를 보고 손짓하는 게 아닙니까.

작은 초록 떡갈나무 숲이 군수에게 손짓을 하고 있었죠.

"이리로 오세요, 군수님. 나무 밑에서라면 연설이 더 잘 떠오를 거예요."

마음이 동한 군수는 마차에서 뛰어내리더니 사람들에게 기다리라고 말했습니다. 초록 떡갈나무 숲에서 연설을 준비할 거라면서요.

작은 초록 떡갈나무 숲에는 새도 지저귀고 오랑캐꽃도 피어 있고, 푸른 풀잎 밑으로는 시냇물이 흐르고 있었죠. 멋진 바지를 입고 가죽 지갑을 든 군수를 본 새들은 겁이 나 노래를 멈췄고, 시냇물도 숨죽여 흘렀습니다. 오랑캐꽃도 풀 사이로 숨어 버렸죠. 숲속 작은 세상은 한 번도 군수를 본 적이 없었죠. 그래서 은빛 바지를 입고 거니는 이 멋진 신사가 누구인지 서로 속삭이며 물었습니다.

숲속 작은 세상은 은빛 바지를 입고 있는 이 멋진 신사가 누구인지 작은 소리로 서로 물었답니다. 한편 숲속의 고요함과 신선한 산 내음에 만족한 군수는 옷자락을 펼치고, 모자를 풀 위에 던져놓으며 어린 떡갈나무 밑동 이끼 위에 앉았습니다. 그는 무릎에 놓은 가죽 지갑을 열어 커다란 종이 한 장을 꺼냈

습니다.

"화가인가 봐!"

꾀꼬리가 말했습니다.

"아니야, 은색 바지를 입은 걸 보니 화가는 아니야. 왕자 같
은걸."

피리새가 지저귀었습니다.

"왕자가 틀림없어."

피리새가 다시 말했습니다.

"화가도 아니고, 왕자도 아니란다."

군청 정원에서 여름 내내 노래를 불렀던 늙은 나이팅게일이
끼어들었죠.

"난 누군지 알지. 바로 군수님이셔!"

그 말에 숲속 전체가 속삭이기 시작했습니다.

"군수님이시다! 군수님이시래."

"어머, 머리 빠진 것 좀 봐!"

종달새가 큰 오디새에게 말했습니다.

오랑캐꽃들도 참견했습니다.

"위험해요?"

"위험해요?"

오랑캐꽃들도 물어보았답니다.

늙은 나이팅게일이 대답했죠.

"아니, 전혀!"

이 말에 안심한 새들은 다시 노래를 시작했고, 시냇물들도 졸졸 흘러갔지요. 오랑캐꽃들도 다시 마음껏 향기를 내뿜었어요. 군수가 있다는 사실에는 이제 아랑곳하지 않는 듯이 말이에요…. 주위에서 일어난 작은 소동에도 불구하고 군수는 마음속으로 가만히 농부들을 위한 시적 영감을 얻으려 했죠. 곧 연필을 들고 경건한 목소리로 읊기 시작했습니다.

"친애하는 군민 여러분…."

"친애하는 군민 여러분…."

경건한 목소리로 군수는 말했습니다.

그러다 갑작스러운 웃음소리에 군수는 말을 멈추었죠. 돌아보니 청딱따구리 한 마리가 군수가 던져놓은 모자 위에 앉아서 군수를 쳐다보며 웃고 있었습니다. 군수는 어깨를 들썩이곤 다시 연설을 계속하려 했죠. 하지만 이번에도 청딱따구리가 군수의 말을 가로막으며 멀리서 외쳤습니다.

"무슨 소용 있나요?"

"뭐라고? 무슨 소용 있나니?"

이렇게 말하는 군수의 얼굴이 벌게졌습니다. 그러나 곧 이 염치없는 새를 쫓아버리고 더욱 크게 말했죠.

"친애하는 군민 여러분…."

"친애하는 군민 여러분…."

군수는 더 힘주어 말했어요.

그런데 이번에는 작은 오랑캐꽃들이 가지를 쭉 뻗쳐 군수에게로 향하더니 부드럽게 속삭였습니다.

"군수님, 우리 향기가 얼마나 좋은지 느껴보셨어요?"

이끼 밑으로 흐르는 시냇물도 경이로운 음악을 연주하고, 군수의 머리 위 나뭇가지에서는 꾀꼬리들이 가장 예쁜 목소리로 노래했습니다. 작은 숲속 전체가 나서서 군수가 연설 쓰는 것을 방해했지요.

작은 숲속 전체가 나서서 군수가 연설 쓰는 것을 방해한 거예요. 꽃향기와 감미로운 음악에 취해버린 군수는 또 다른 유혹을 뿌리치려 애썼지만 소용없었죠. 결국 잔디 위에 팔꿈치를 대고 누운 군수는 옷의 단추를 모두 풀어헤친 채, 두세 번 다시 더듬거렸죠.

"친애하는 군민 여러분…. 친애하는… 친애….''

그러더니 군민은 안중에도 없이 사라져버렸습니다. 이제 농부들을 위한 시상도 사라져버렸고요.

농부들을 위한 시상이여, 사라져라! 그로부터 한 시간 후, 군수를 걱정한 사람들이 작은 숲속으로 찾아왔습니다. 숲속에서 벌어진 광경이 너무 놀라워 사람들은 흠칫 뒤로 물러설 수밖에 없었죠.

군수는 떠돌이처럼 옷을 다 풀어헤친 채 풀밭 위에 엎드려 누워 있었습니다. 군수는 옷을 벗어버리고, 오랑캐꽃을 질겅질겅 씹으면서 시를 읊고 있었답니다.

빅시우 영감의 가방

파리를 떠나기 며칠 전, 10월의 어느 아침이었습니다. 내가 아침 식사를 하고 있던 참에 한 노인이 집에 찾아왔습니다. 더러운 누더기를 걸친 이 노인은 다리도 굽었고 허리도 굽어 깃털 뽑힌 학처럼 긴 다리를 떨고 있었습니다. 이 노인은 바로 빅시우였습니다. 예, 파리에 계신 여러분, 고약하면서도 밉지 않은 빅시우 영감 말입니다. 십오 년 동안 세태를 풍자하는 글과 그림으로 여러분을 즐겁게 해주었던 신랄한 만평가 말입니다. 아! 불쌍한 양반, 얼마나 힘들었을까요! 들어오면서 지어 보이던 찌푸린 얼굴이 아니었다면 알아보지도 못할 정도였다니까요.

고개를 숙인 채 지팡이를 클라리넷 불듯 입 밑에 대고 있던 이 유명한 만평가는 침통한 얼굴을 한 채 방 가운데까지 걸어오더니 내 식탁 앞으로 와 불만 가득한 목소리로 말했습니다.

"이 불쌍한 장님을 제발 가엾게 여겨주게!"

영감이 장님 흉내를 너무 잘 내서 나는 웃음을 참지 못했죠. 그에 아랑곳하지 않고 영감은 매우 냉정하게 말했습니다.

"내가 장난치는 줄 아는가? 이 눈을 좀 보게."

영감은 초점 없는 커다란 두 눈을 허옇게 드러냈습니다.

"그렇다네, 난 장님이야. 영원히 앞을 못 보지…. 황산으로 글을 쓴 대가라네. 이 잘난 직업 덕택에 눈알을 태워 먹은 게야. 아주 바싹 타버렸지. 촛농 녹듯이!"

속눈썹 한 가닥 남아 있지 않은 타버린 눈꺼풀을 보여주며 영감이 말했죠.

나는 너무 놀라 무슨 말을 해야 좋을지 몰랐습니다. 내가 가만히 있자 영감도 걱정된 듯 말을 이었습니다.

"일하는 중이었는가?"

"아닙니다, 영감님. 식사 중이었습니다. 같이하시겠습니까?"

영감은 대답하지 않았습니다. 하지만 영감의 콧구멍이 가볍게 떨리는 것을 보니 내 청을 받아들이고 싶어 죽을 지경임을 알 수 있었죠. 그래서 나는 영감의 손을 잡아 내 옆에 앉혔습니다.

음식이 나오는 동안 불쌍한 영감은 미소를 머금고 코를 벌름거리며 냄새를 맡았습니다.

"냄새가 기가 막히는군. 아주 포식하겠어. 아침을 굶은 지가 너무 오래됐다네! 아침마다 정부 부처를 돌아다니며 먹는 싸구려 빵 한 조각이 전부지…. 아시겠나, 요즘 내가 정부 부처를 찾아 뛰어다닌다네. 이게 요즘 유일한 내 소일거리야. 담뱃가게나 하나 내보려고 하고 있지. 뭐, 어쩌겠나! 입에 풀칠은 해야 하지 않겠나. 이젠 그림도 그릴 수 없고, 글도 쓸 수 없으니…. 구술을 해주면 되지 않느냐고? 뭘 읽어주겠나? 머릿속에 든 게 하나도 없는데. 지어낼 재간도 없고 말이야. 내가 했던 일이라곤 파리 사람들의 찡그린 표정을 보고, 나도 찡그린 얼굴을 했던 세 고작일세. 이젠 그럴 수도 없지…. 그래서 담뱃가게를 생각해낸 거라네. 물론 큰 대로변에야 낼 수 없겠지. 잘나가는 발레리나의 엄마도 아니고, 최고위 장교의 미망인도 아니니 말일세.

아니고말고! 난 그저 저 멀리 보쥬 지방 어딘가에다 조그맣게 하나 내고 싶을 뿐이네. 도자기로 만든 근사한 파이프도 팔걸세. 이름도 에르크만 샤트리앙에 나오는 한스나 제베데로 바꿀 거라네. 동료들의 책을 찢어 그 종이로 담배나 말면서 붓을 꺾게 된 내 신세나 위로해야지.

내가 원하는 것은 그뿐일세. 대단할 것 없지 않은가? 그런데 그걸 가지기가 이리도 힘이 드니…. 사실 나를 도와줘야 할 사람들이 많아야 하는데 말이지. 나도 예전에는 잘나갔었지. 제독이나 왕자, 장관 댁에 드나들며 저녁 식사를 했었으니까. 모두 나를 원했었지. 내가 있으면 재미있어하기도 했고, 또 무서워하는 사람들도 있었으니까. 지금이야 누가 나를 두려워하겠나. 휴, 내 눈! 이 불쌍한 눈! 이젠 아무도 나를 초대하지 않는다네. 식탁에 장님이 앉아 있다는 게 얼마나 우울한 일인가. 빵 좀 건네주시오, 라고 일일이 말해야 하니. 에이! 몹쓸 사람들, 그놈의 담뱃가게 때문에 애를 먹게 하고 있어. 육 개월 전부터 청원서를 들고 온 청사를 다 드나든다니까. 아침 준비를 위해 냄비를 데우고 장관님의 말들을 마당 모래밭에서 산책시킬 시간에 도착해서 해가 지고 나서야 돌아간다네. 커다란 램프가 하나둘 켜지고 부엌에서 좋은 냄새가 풍기기 시작할 때 말이야….

대기실 나무의자에 앉아 허송세월을 하고 있는 거지. 집달관들까지 나를 안다니까! 내무부에서는 나를 보고 이렇게 부르지.

'맘씨 좋은 양반!'

그러면 나도 도움을 좀 받아볼까 해서 농담을 하든가, 종이에다 수염을 단숨에 그려주어 사람들을 즐겁게 해주지. 이십 년 동안 남부럽지 않은 성공을 거두고 남은 게 고작 이런 생활이라네. 예술가의 말로가 바로 이런 것이지! 그런데 이런 직업을 열망하는 인간들이 사만 명이나 된다니! 매일 지방에서 올라오는 기차가 문학과 인쇄소리에 굶주린 바보 같은 인간들로 인산인해를 이룬다니! 아, 시골에 사는 문학도들이여! 이 빅시우의 좌절을 보고 배울 수만 있다면!"

이렇게 말하고 난 영감은 이내 접시에 코를 박고 게걸스럽게 먹어대기 시작했습니다. 한마디도 하지 않고 말이죠. 그 모습을 보니 애처롭더군요. 줄곧 빵이나 포크가 어디 있는지 몰라 헤매고, 잔도 더듬거리며 찾곤 했죠. 불쌍한 양반! 아직 앞이 보이지 않는다는 사실에 익숙지 않았던 것입니다.

조금 후 영감은 말을 이었습니다.

"내가 참을 수 없는 일이 뭔지 아나? 신문을 더 이상 읽지 못한다는 사실이야. 나와 같은 일을 했던 사람들은 이 말뜻을 이해할 걸세. 가끔 저녁에 집에 들어가는 길에 신문 하나를 사지. 축축한 종이 냄새와 갓 나온 새로운 소식들을 느껴보고 싶어서 말이야. 얼마나 냄새가 좋은지 모르겠네! 그런데 신문을 읽어줄 사람이 없지 뭔가! 안사람이 해주면 좋으련만 읽고 싶지 않다는구면. 사회면 기사에 난 낯뜨거운 사건들 때문이라나…. 아! 애인들도 일단 결혼만 하고 나면 요조숙녀가 되어버린다니까. 마누라도 결혼하고 나니까 요조숙녀가 따로 없더군. 하지만 정도껏 해야 말이지! 살레트에서 가져온 물로 내 눈을 씻으려 하질 않나, 성빵에, 헌금에, 고아원 기부에, 중국 어린애들을 위한 헌금에, 정말 끝도 없다네. 자선 활동에 아주 치어 살지. 나한테 신문 읽어주는 것도 자선활동이 될 텐데 말이야. 그

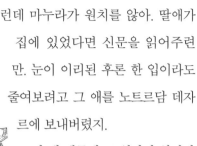

런데 마누라가 원치를 않아. 딸애가 집에 있었다면 신문을 읽어주련만. 눈이 이리된 후론 한 입이라도 줄여보려고 그 애를 노트르담 데자르에 보내버렸지.

이 애 때문에 또 얼마나 살판났는지! 세상에 나고 아홉 살도 채 안 되었는데 벌써 병이란 병은 다 앓은 아이라네. 얼마나 우울하고 못생겼는지! 아마 나보다 더 못생겼을 거야. 괴물 같다니까! 어쩌겠나! 할 줄 아는 게 짐을 쌓는 일밖에 없는걸. 그야 그렇고, 나는 참 집안일 얘기하는 데는 재능이 있다니까. 하지만 자네야 무슨 상관이겠나? 자, 어디 술 좀 더 줘보게. 기운 좀 내야겠네. 조금 있다가 교육부에 들어가봐야 하는데 그곳 집달관들 기분 맞추기가 영 쉽질 않거든. 모두 교사 출신들이지.”

나는 영감에게 술을 따라주었어요. 영감은 애처로운 모습으로 홀짝홀짝 술을 마셨지요. 그런데 갑자기 무슨 기발한 생각이 났는지, 영감은 술잔을 들고 일어나 눈먼 독사 같은 얼굴을 잠시 술잔 주위로 돌리더니 곧 연설을 시작하려는 연사가 지을 법한 상냥한 미소를 지었습니다. 그러곤 이백 명이나 참석한 파티에서 연설이라도 하는 것처럼 귀청이 떨어져 나갈 듯한 목소리로 외쳤죠.

"예술을 위하여! 문학을 위하여! 언론을 위하여!"

그러곤 한 십여 분간 건배를 했습니다. 만평가의 머리에서 나온 가장 기발하면서도 훌륭한 즉흥 연설이었지요.

연말에 나오는 〈올해의 문학 비평〉이라는 잡지가 있다고 상상하면 될 겁니다. 우리의 그 잘난 문학 모임과 모여서 나누는 수다, 언쟁, 이 희한한 세상의 갖은 우스꽝스러운 일들, 먹물쟁이들, 서로 목 조르고, 배를 가르고, 서로 끌어내리고, 부르주아들보다 더 심하게 이자 놀이나 돈 얘기를 하는, 고상할 것 없는 지옥과 같은 세상, 그렇다고 굶어 죽어나는 사람이 없는 것도 아닌 이 세계, 우리 작가들의 비열함, 비참함, 푸른 옷을 입고 쪽박을 찬 채 튈르리 정원에 가서 '궁시렁… 궁시렁…'대는 늙은 T남작, 올해의 부고, 장례식 광고, 어떤 의원의 항상 똑같은 추도사, 무덤을 만들 경비도 대주지 않으면서 '우리의 친애하는 고인! 가여운 고인!'이라는 추도사를 받는 불쌍한 작가, 자살한 인간들, 머리가 돌아버린 인간들. 이 모두를 천재적인 익살가가 흉내까지 내가면서 자세하게 얘기를 들려준다고 생각해보십시오. 그러면 빅시우의 즉흥 무대가 어떨지 짐작할 수 있을 겁니다.

건배도 끝나고 술잔도 다 비자, 영감은 시간을 묻고는 작별 인사도 하지 않은 채 고약한 표정을 짓고는 가버렸습니다. 오늘 아침 들렀다는 내무부의 집달관들은 어땠는지 모르겠지만, 이 고약한 장님 영감이 가버리고 난 후 나는 그 어느 때보다도 슬프고 착잡했답니다. 잉크병만 봐도 구역질이 나고 펜도 혐오감을 주더군요. 멀리 떠나고 싶었습니다. 먼 곳으로 달려가 나무도 보고 무언가 좋은 내음을 만끽하고 싶었습니다. 얼마나 큰 증오를 품고 있는지요! 속은 오죽이나 뒤틀려 있겠습니까! 모든 일에 참견하고 싶고 욕을 해야만 분이 풀리지요. 아! 불쌍한 영감….

영감이 딸 이야기를 하면서 불결하다는 듯 냈던 비웃음소리가 아직도 들리는 듯해 나는 화가 나서 방을 왔다 갔다 했습니다.

그런데 갑자기 영감이 앉았던 의자 근처 바닥에 무언가가 떨어져 있는 게 보였습니다. 몸을 숙여보니 영감의 가방이더군요. 겉은 매끌매끌하고 테두리는 헐어버린 큰 가방. 항상 지니고 다니던 이 가방을 영감은 독가방이라고 부르며 웃곤 했었지요. 영감의 이 가방은 우리 세계에선 지라르뎅의 그 유명한 서류함만큼이나 정평이 나 있었답니다. 이 가방 속에 무시무시한 것들이 들어 있다는 거지요. 그 소문을 확인해볼 절호의 기회였습니다. 그런데 가방이 낡은 데다 든 것도 너무 많아 찢어지고 말았지요. 가방이 바닥에 떨어지면서 종이들은 양탄자 위로 모두 흩어져버려서 한 장씩 한 장씩 주워야 했습니다.

꽃무늬 종이에 쓴 편지 다발이 들어 있었는데 모두 이렇게 시작되더군요.

'사랑하는 아버지'

그리고 서명은 이렇게 되어 있었습니다.

'셀린느 빅시우, 마리아의 자녀'

소아병 치료를 위한 옛날 진단서들도 있었습니다. 후두염, 경련, 성홍열, 홍역…. 불쌍한 아이 같으니라고, 한 가지도 빼먹지 않았더군요.

그리고 굳게 봉한 커다란 봉투가 있었습니다. 봉투 밖으로는 어린 여자아이의 모자에서 삐져나온 듯한 금발 곱슬머리 두세 움큼이 나와 있었습니다. 그리고 겉에는 떨린 손으로 쓴, 장님이 쓴 듯한 글씨가 커다랗게 적혀 있었습니다.

셀린느의 머리카락. 아이가 저세상으로 간 5월 13일에 자름.

빅시우 영감의 가방에 들어 있던 것은 바로 이것이었던 거죠.

파리에 계신 여러분, 여러분도 모두 다 똑같은 인간입니다. 혐오와 모순, 끝없는 비웃음, 몰인정한 농담들…. 그리고 이렇게 끝나는 거죠. 셀린느의 머리카락. 5월 13일에 자름.

시인 미스트랄

지난 일요일 아침, 잠이 깼을 때 나는 파리의 포부르 몽마르트 거리에서 일어난 듯한 착각에 빠졌습니다. 비가 오고 있었고 하늘은 잔뜩 찌푸려 있었으며 풍차 방앗간 분위기도 우울했죠. 비가 주룩주룩 내리는 쌀쌀한 하루를 집에서 보내기 싫어 프레데릭 미스트랄에게 찾아가 몸을 좀 녹이고 싶은 마음이 간절했어요. 미스트랄은 소나무 숲에서 십 킬로미터 떨어진 마이얀느라는 작은 마을에서 살고 있었습니다.

생각난 김에 아예 길을 나섰습니다. 도금양 지팡이와 몽테뉴 책, 그리고 담요 한 장을 챙겨서 바로 출발했죠!

들판에는 인적이 없었습니다. 믿음이 강한 우리의 아름다운 프로방스 지방에서는 주일에 땅이 휴식할 수 있답니다. 집에는 강아지만 남아 있고 농장 문도 굳게 닫혀 있습니다. 저 멀리로 흥건히 젖은 덮개를 씌우고 지나가는 짐마차랑 소매 없는 황갈색 망토를 입고 두건을 두른 할머니가 보였습니다. 푸른색과 하얀색 휘장을 두르고 빨간 술과 은빛 종을 달아 화려하게 차린 암노새는 미사를 보러 가는 농장 사람들을 태운 작은 마차를 끌고 타박타박 걸어가고 있었습니다. 또 저쪽 안개 너머로는 운하에 뜬 고깃배와 서서 투망을 던지는 어부의 모습이 보였습니다.

이런 날 길을 가면서 책을 읽기란 어렵지요. 비는 억수로 쏟아지고, 거세게 불어닥치는 북풍 때문에 얼굴에 내리치는 비는 마치 물통으로 쏟아붓는 듯했지요. 나는 서둘러 길을 재촉했습니다. 세 시간 정도 길을 걷고 나자 작은 사이프러스 숲이 나타났고, 그 한가운데에 마이얀느 마을이 바람을 피해 둥지를 틀 듯 자리하고 있었습니다.

마을에는 쥐 한 마리 얼씬거리지 않았습니다. 모두 대미사에 참석했거든요. 성당 앞을 지나칠 때 오르간이 울려 퍼졌고 성당의 스테인드글라스를 통해 촛불이 반짝이는 것을 볼 수 있었습니다.

시인의 집은 마을 반대편에 있어요. 생레미로 가는 길 왼편 마지막 집이었습니다. 앞쪽으로 뜰이 있는 작은 이 층짜리 집이었죠. 나는 조심스럽게 들어갔습니다. 그런데 집에 아무도 없는 게 아닙니까! 거실 문도 닫혀 있었고요. 그런데 뒤쪽에서 걸음소리와 크게 말하는 소리가 들리더군요. 발소리와 목소리를 들어보니 낯익은 사람이었습니다. 나는 하얗게 석회를 칠한 좁은 복도에 서서 초인종에 손을 대고는 설레는 마음으로 잠시 서 있었습니다. 심장이 뛰더군요. 그가 있었던 것입니다. 시를 짓고 있었습니다. 이 시구가 끝나기를 기다려야 할까요? 에이, 모르겠습니다. 들어가보자 했지요.

아! 파리에 계신 여러분, 마이얀느의 시인이 파리에 〈미레이유〉를 발표하기 위해 여러분 집에 머물렀을 때를 기억하십니까? 여러분의 거실에서 봤던 시인은 도시 사람처럼 차려입고 딱딱한 셔츠에 명성만큼이나 거북해했던 커다란 모자를 쓴 차림새였습니다. 여러분은 그 사람이 바로 미스트랄이라고 생각하시죠? 아닙니다, 그 사람은 미스트랄이 아니었습니다. 이 세상에 미스트랄은 딱 한 사람, 바로 내가 지난 일요일에 마이얀느에서 예고 없이 방문한 그 사람이었습니다. 머리에는 펠트 두건을 쓰고 조끼도 없이 재킷만 걸치고 허리에는 프로방스 특유의 붉은 허리띠를 맨 미스트랄 말입니다. 눈은 초롱초롱하고, 볼은 시적 영감이 활활 타오르는 듯 매끄럽고, 선한 웃음은 그리스 동상처럼 우아했습니다. 손은 주머니에 꽂고 성큼성큼 걸으며 시를 짓고 있었지요.

"이런! 자네가 웬일인가!"

미스트랄은 나를 얼싸안으며 좋아했습니다.

"나를 보러 와주다니! 오늘 마침 마이얀느에 축제가 있다네. 아비뇽의 전통 음악도 들을 수 있고, 황소 떼와 신도들의 행렬, 전통 춤도 구경할 수 있다네. 아주 재미있을 거야. 곧 어머니가 미사에서 돌아오실 테니 식사를 하고 출발하세! 아리따운 아가씨들이 추는 춤도 볼 수 있을 걸세…."

미스트랄이 말을 하는 동안 나는 밝은색 양탄자가 깔린 작은 거실을 감흥에 젖어 둘러보았습니다. 이곳에서 즐거운 시간을 보낸 지 꽤 되었거든요. 모든 것이 그대로더군요. 노란 줄무늬가 들어간 긴 의자와 짚단으로 만든 의자 두 개, 팔 없는 비너스상, 벽난로 위에는 아를의 비너스상이 그대로 놓여 있고, 에베르가 그린 미스트랄의 초상화와 에티엔느 카르쟈가 찍어준 사진도 걸려 있었습니다. 그리고 초라하고 작은 세금 수납원의 책상도 방 한구석에 자리하고 있었고, 그 위에는 고서와 사전들이 쌓여 있었지요. 책상 가운데에는 큰 노트가 펼쳐져 있었습니다. 노트에는 미스트랄의 신작시 〈칼랑달〉이 적혀 있었는데, 연말 크리스마스 무렵에 발표될 예정이었지요. 작가가 칠 년 동안 공들인 그 시는 마지막 구절을 완성하기까지 육 개월 가까이 걸렸답니다. 그런데도 그만하면 됐다는 생각이 들지 않나 보더군요. 작가들이란 이렇답니다. 끝까지 시구를 다듬고 더 좋은 운율을 찾아보려 애쓰고…. 미스트랄은 프로방스어를 사용한다는 것에 전혀 개의치 않았습니다. 누구나 프로방스어를 읽어주고 성실한 글쟁이의 노력을 알아주어야 한다고 확신하고 있지요. 아! 정말 대단한 시인입니다. 몽테뉴가 살아 있었다면 미스트랄에 대해 이렇게 말했을 겁니다.

"알아주는 이 거의 없는 예술을 위해 그토록 피땀을 흘리는 이유를 물었을 때, '알아주는 사람이 적어도 괜찮습니다. 단 한 사람이라고 해도 괜찮습니다. 그 한 사람마저 없어도 괜찮습니다'라고 대답한 사람을 기억하시오."

나는 〈칼랑달〉이 적힌 노트를 손에 들고 감격하며 페이지를 넘겼습니다. 그때 갑자기 창문 아래 길거리에서 피리와 북소리가 들려왔습니다. 미스트랄은 곧장 찬장으로 달려가 술잔과 술병 몇 개를 꺼내고 거실 중앙으로 테이블을 옮겨놓더니 연주자들에게 문을 열어주었습니다. 그러고는 내게 말했죠.

"웃지 말게나. 내게 아침 음악 연주를 해주러 오는 거니까. 내가 시의원 아닌가."

작은 거실이 이내 사람들로 북새통을 이루었습니다. 의자

에 북을 내려놓고 한쪽 구석에는 낡은 깃발도 세워놓았고요. 포도주 잔이 돌기 시작했답니다. 미스트랄의 건강을 위해 건배하며 술 몇 병을 비우고 축제에 대해 진지하게 논했지요. 전통 춤이 작년처럼 화려할지, 황소들이 말썽을 부리지는 않을지 얘기하고 있을 때, 연주자들은 자리를 떠서 다른 의원 댁으로 연주를 하러 가버렸습니다. 바로 그때 미스트랄의 어머니가 도착했지요.

순식간에 식탁이 차려졌어요. 새하얀 식탁보와 두 명분의 식기가 놓였지요. 나는 이 집안의 가풍에 익숙하답니다. 미스트랄이 손님을 맞을 땐 어머니는 함께 자리하지 않으시죠. 나이드신 양반이 프로방스어밖에 할 줄 모른다고 표준말을 쓰는 사람들과 말을 나누는 데 불편해하시거든요. 또 부엌에서도 어머니의 일손이 필요하고요.

아! 새끼 염소 구이 한 조각과 산에서 만든 치즈, 포도잼, 무화과, 사향 포도로 차린 그날의 산뜻한 아침 식사를 잊을 수가 없습니다. 잔에 따르면 예쁜 선홍빛을 띠는 맛좋은 샤토네프도 함께 곁들였지요.

디저트를 먹을 때, 나는 노트를 들고 와서 미스트랄 앞에 놓았습니다.

"밖으로 나가자고 했던 것 같은데."

미스트랄이 웃으며 말했습니다.

"아니! 안 돼! 〈칼랑달〉을 읽어주게! 〈칼랑달〉!"

체념한 듯, 미스트랄은 손으로 박자를 쳐가며 부드럽고 리듬 있는 목소리로 시구를 읽기 시작했습니다.

"사랑에 빠져버린 소녀에 대하여
그 슬픈 사연을 말해주겠노니
하늘이 원한다면 카시스의 아이에 대해 노래하리.
가엾은 멸치잡이."

밖에서는 성당의 종소리가 미사를 알리고 광장에서는 불꽃이 터졌습니다. 피리 연주자들이 북 연주자들과 함께 거리를 왔다 갔다 했고요. 사람들이 내몬 카마르그 황소들의 울음소리도 들려왔습니다.

나는 식탁 위에 팔을 괴고 눈에는 눈물을 글썽인 채 불쌍한 프로방스 어부의 사연을 들었지요.

칼랑달은 바로 어부였습니다. 사랑으로 그는 영웅이 되죠. 사랑하는 에스테렐의 마음을 빼앗기 위해 기적 같은 일을 해내고요. 칼랑달에 비하면 헤라클레스의 열두 가지 업적은 아무것도 아닙니다.

한번은 부자가 되기로 마음먹고 기막힌 낚시 도구를 발명해 바다에 사는 고기를 모조리 잡아 왔습니다. 또 한 번은 올리올

협곡의 악명 높은 도적 세베랑 백작을 부하들과 정부들이 보는 곳까지 몰아세웠답니다. 정말 대단한 사나이죠! 어느 날엔가는 생트-봄므에서 두 패로 나뉜 장인들을 만났습니다. 솔로몬 신전의 뼈대를 제작한 프로방스의 목수 쟈크 영감의 무덤에서 사생결단을 내기 위해 무기를 냅다 휘둘러댔지요. 이때 바로 칼랑달이 살육전에 뛰어들어 말로써 장인들을 진정시켰답니다.

초인적인 행동은 계속 이어졌습니다! 뤼르 바위산 위에는 사람이 접근하기 힘들어 나무꾼늘도 올라갈 엄두를 내지 못하는 삼나무 숲이 있었습니다. 그런데 칼랑달은 아랑곳하지 않고 숲으로 들어가 한 달 동안 혼자 지냈답니다. 나무 밑동에 박히는 도끼소리가 한 달 내내 울려 퍼졌다죠.

숲 전체가 울어댔답니다. 어마어마한 고목들이 하나둘씩 쓰러져 절벽 밑으로 굴러떨어졌습니다. 결국 칼랑달이 숲에서 내려왔을 때 산 위에는 나무가 한 그루도 남아 있지 않았다죠.

마침내 멸치잡이 어부는 수많은 공로를 세운 대가로 에스테렐의 사랑을 얻었고 카시스 주민들에 의해 행정관으로 선출되었습니다. 하지만 칼랑달이 중요하겠습니까? 이 시에서 무엇보다 중요한 것은 바로 프로방스입니다. 바다 내음 가득한 프로방스, 푸른 산이 우거진 프로방스, 프로방스의 역사와 풍습,

전설, 자연경관, 그리고 이 모든 것이 사라지기 전에 위대한 시인을 낳은 순박하고 자유로운 프로방스 사람들…. 어디 한번 철도를 놓아보고, 전신주를 세우고, 학교에서 프로방스어 시간을 없애보라지요! 프로방스는 〈미레이유〉와 〈칼랑달〉 안에서 영원히 살아 있을 겁니다.

"이제 시는 그만하지!"

미스트랄이 책을 덮으며 말했습니다.

"축제나 보러 가세."

우리는 집을 나섰습니다. 온 마을 사람들이 거리에 나와 있더군요. 한바탕 불어닥친 북풍이 하늘의 구름을 말끔히 씻어냈고 화창하게 빛나는 하늘 밑으로는 빨간 지붕들이 비에 젖어 있었습니다. 우리는 신자행렬이 성당으로 들어가는 시간에 딱 맞추어 도착했습니다. 한 시간 동안 두건 달린 외투를 입은 고행 신자들, 하얀 옷, 파란 옷, 회색 옷을 입은 고행 신자들, 베일을 쓴 소녀 신자들, 금빛 꽃무늬가 박힌 분홍 휘장, 네 명이 어깨에 메고 가는 나무 성인상, 손에 큰 꽃다발을 든 채색된 도자기 성녀상, 사제복, 성합, 초록 비로드 닫집, 하얀 비단으로 가장자리를 두른 십자가가 끊이지 않고 이어졌습니다. 이 모든 것이 촛불과 햇빛 속에서, 그리고 성가와 연도, 장엄하게 울려 퍼지는 성당의 종소리 속에 바람 따라 물결쳤습니다.

행렬이 모두 끝나고 성인상들도 교회당 안에서 제자리를 찾자, 우리는 황소들을 보러 갔습니다. 경기장에서 벌어진 시합과 격투, 삼단뛰기를 구경하고 프로방스의 축제 분위기를 한껏 즐겼지요. 마이얀느에 돌아오자 벌써 밤이더군요. 그날 저녁 친구인 지도르와 함께 시합을 벌일 광장 카페 앞에서 우리는 커다란 기쁨의 불꽃을 키웠습니다. 전통 춤이 시작되었고, 종이로 만든 램프가 사방에서 어두운 곳을 밝혀주었습니다. 젊은이들이 광장을 메웠고, 이어서 북소리에 맞추어 모닥불 주위로 사람들이 큰 원을 그리며 떠들썩하게 춤을 추어댔지요. 춤은 밤새 계속됐답니다.

야참을 먹은 후 또다시 거리로 나서기 싫어 아예 미스트랄의 방으로 들어왔습니다. 큰 침대 두 개가 놓인 평범한 농부의 방이었지요. 벽에는 벽지도 발리지 않았고, 천장에는 나무 기둥이 그대로 드러나 보였습니다. 사 년 전 아카데미에서 〈미레이유〉에 대해 삼천 프랑을 부상으로 주었을 때, 미스트랄의 어머니는 돈 쓸 곳을 생각해두었습니다.

"네 방 벽하고 천장에 도배를 하는 게 어떨까?"

어머니는 아들에게 물었죠.

"안 돼요, 안 돼!"

미스트랄이 대답했지요.

"그 돈은 시인들의 돈이라고요. 한 푼도 손댈 수 없어요."

그래서 미스트랄의 방은 그 상태로 남았습니다. 그 대신 돈이 떨어질 때까지 미스트랄은 집을 방문한 사람 모두에게 지갑을 열었지요.

나는 〈칼랑달〉이 적힌 노트를 방으로 들고 와서 잠들기 전 다시 한 번 듣고 싶다고 청했습니다. 미스트랄은 도자기에 관한 이야기를 골랐지요. 간단히 소개하면 이렇습니다.

어느 성대한 저녁 식사 자리였습니다. 근사한 도자기 식기가 식탁 위에 차려져 있었지요. 접시에는 파란 에나멜로 그린 프로방스에 관한 그림이 그려져 있었습니다. 프로방스 지방의 역사가 모두 그 안에 담겨 있었지요. 얼마나 많은 애정을 쏟아부으면서 이 아름다운 도자기에 대한 찬사를 했는지 모릅니다. 도자기 접시 하나마다 한 절구씩 해서 테오크리토스의 그림처럼 소박하면서도 격조 있는 단시들이 탄생한 것입니다.

미스트랄이 맛깔스러운 프로방스어로 시를 읽어주었지만 대부분 라틴어로 되어 있고 과거 여왕들이 했던 말, 이제는 목동들만 이해할 수 있는 말이어서 알아들을 수가 없었죠. 하지만 마음속 깊이 미스트랄을 존경하지 않을 수 없었습니다. 사라져가는 언어를 되살려 승화시킨 것을 보니 알피유산에서 볼 수 있었던 보 지방의 유서 깊은 궁전이 떠오르더군요. 지붕도 무너지고, 계단 난간도 없고, 창문 유리도 다 부서진 궁전 말입니다. 아치문은 부서져 있고, 왕가의 문장에도 이끼가 끼어 있으며, 궁전 앞뜰에서는 암탉들이 먹이를 쪼아대고 있지요. 얇은 회랑 기둥 밑에는 돼지들이 뒹굴고 있고, 잡초가 우거진 교회당에서는 당나귀가 풀을 뜯고 있습니다. 빗물이 고인 성수반에서 비둘기들이 목을 축이고, 폐허 속에서 농부 가족들이 오두막을 짓고 살았지요.

어느 날 농부의 아들이 폐허가 된 궁전의 옛 아름다움에 반해 궁전이 그렇게 모욕당하는 것에 분개했습니다. 재빨리 궁전 앞뜰에서 동물들을 몰아냈고 숲속의 요정들도 그를 도왔습니다. 농부의 아들은 혼자서 화려한 계단을 만들고, 벽의 나무 장식도 다듬고, 창에 새 유리도 끼웠습니다. 탑을 다시 세우고 왕실에 금박 장식도 해서 예전에 교황과 황후가 머물렀던 장엄한 궁전을 부활시킵니다.

재건된 궁전은 바로 프로방스어랍니다.

농부의 아들은 바로 미스트랄이고요.

세 차례의 자정미사
_크리스마스 이야기

1

"가리구, 송로를 넣은 칠면조 두 마리라고 했냐?"

"맞습니다, 신부님. 송로를 가득 넣은 토실토실한 칠면조 두 마리입죠. 칠면조 속에 송로를 넣을 때 도와줘서 제가 안다니까요. 속을 어찌나 꽉 채웠던지 구울 때 껍질이 터질 것 같더라니까요."

"그래? 내가 송로를 얼마나 좋아하는데! 어서 사제복을 주게, 가리구⋯. 그래, 칠면조 말고 부엌에 또 뭐가 있더냐?"

"아! 맛깔스러운 것들이 가득했죠. 오늘 낮부터 꿩이며 오디새, 들꿩, 야생 닭털을 뽑느라 난리였다니까요. 깃털이 온 사방에 날아다녔어요. 저수지에서도 뱀장어랑 황금 잉어, 송어도 잡아 왔고요. 또….”

“얼마나 큰 송어더냐?”

“이만큼 큰놈입니다, 신부님…. 엄청나게 큰놈이에요!”

“아! 하느님! 눈에 선하구나…. 포도주는 병에 담아두었
느냐?”

“예, 신부님. 병에 담아두었습죠. 자정미사를 끝내고 마실 포
도주에는 비할 바가 아니죠. 성의 식당에서 그 모습을 보셨어
야 했는데. 가지각색의 포도주가 가득 담긴 병들…. 또 은식기
와 화려한 꽃병, 아름다운 꽃과 촛대도요! 이렇게 성대한 크리
스마스 이브 만찬은 다시 없을 겁니다. 후작님이 가까이 사는
귀족들을 모두 초대했다니까 식탁에 앉으면 대법관님하고 서

기를 빼더라도 적어도 마흔 명은 족히 될 겁니다. 아! 그 자리에 참석하시다니 얼마나 좋으시겠습니까, 신부님! 칠면조 냄새만 겨우 맡았을 뿐인데 송로 냄새가 아직도 떠나질 않는군요. 흠흠!"

"자, 자, 예수님이 탄생하신 날 밤인데 식탐의 죄를 짓지 말자꾸나. 양초에 불을 켜고 미사를 알리는 종이나 울려라. 자정이 가까웠으니 더 이상 지체하면 안 되겠다."

서기 16XX년 되는 해 크리스마스 이브 밤에 발라게르 신부와 그의 사동 가리구가 이렇게 대화를 나누고 있었습니다. 신부는 성바오로회 구회원이었으며 지금은 트랭크라쥬 영주의 전속 사제였지요. 그런데 신부가 자기의 사동이라고 믿었던 가리구는 사실 그날 저녁, 어린 사동의 동그란 얼굴과 특징 없는 모습으로 변신한 악마였습니다. 신부를 유혹해서 끔찍한 식탐의 죄를 짓게 만들려는 속셈이었지요. 그러니까 그 가리구가 (에헴!) 영주의 교회당 종을 힘껏 울리고 있을 동안, 사제는 성안에 있는 작은 제의실에서 옷을 갈아입었습니다. 맛난 음식에 대한 얘기를 한참 들은 터라 마음이 들떠 사제는 옷을 입으며 되뇌었습니다.

"칠면조 구이…. 황금 잉어…. 엄청나게 큰 송어!"

바깥에서 부는 밤바람은 성당 종소리를 흩뿌리고 있었고, 방투산 기슭 어둠 속에서는 하나둘 불이 밝혀졌습니다. 산 정상

에는 트랭크라쥬 영주의 고탑들이 우뚝 서 있었습니다. 소작
농가 사람들도 영주의 성에서 열리는 자정미사에 참석하러 왔
습니다. 대여섯씩 짝을 지어 노래를 부르며 산등성이를 올라오
고 있었지요. 손에 등불을 켠 가장이 앞장서고 커다란 갈색 망
토를 두른 여자들과 그 품 안에 옹기종기 싸여 아이들이 뒤따
랐습니다. 춥고 늦은 시간인데도, 미사가 끝나면 예년처럼 부
엌 한구석에 소작농을 위한 식탁이 차려진다는 생각에 다들 기
분 좋게 길을 갔습니다. 가파른 언덕길에는 가끔 횃불을 든 하
인을 앞세운 귀족의 마차가 밝은 달빛에 반사된 유리창을 반짝
이며 지나가기도 했고, 노새가 방울을 흔들어대며 타박타박 걸
어가기도 했습니다. 안개 속에서 희미하게 비치는 등불에 소작
농들은 법관을 알아보고 인사를 했지요.

"안녕하십니까, 아르노통 법관님!"

"안녕들 하시오, 여러분!"

맑게 갠 밤하늘에는 별들이 싸늘한 밤공기에 정신을 차린
듯 반짝이고 있었습니다. 바람은 매섭게 불어대고, 옷이 젖지
않게 미끄러져 떨어지는 가는 싸락눈이 화이트 크리스마스의
전통을 지켜주고 있었지요. 산꼭대기에는 영주의 성이 마치 골
문처럼 나타났습니다. 어마어마한 성루와 지붕, 검푸른 밤하
늘로 뻗은 성당의 종루가 보이고, 창문마다 자그마한 불빛들
이 반짝거리며 이 방 저 방을 왔다 갔다 하는 모습이 캄캄한 건

물을 배경으로 마치 타들어가는 종이 주위에 흩날리는 불꽃 같아 보였습니다. 성당으로 가려면 다리와 샛문을 지난 다음 첫 번째 마당을 가로질러야 했습니다. 마당에는 벌써 마차와 하인들, 가마들이 북새통을 이루고 있었고, 횃불과 식당에서 나오는 불빛으로 대낮처럼 환했습니다. 꼬치 요리 굽는 기계가 돌아가고 냄비가 부딪히는 소리, 식탁을 차리느라 크리스털 잔과 은쟁반들이 부딪히는 소리가 들려왔습니다. 이런 소리들을 뚫고 올라오는 뜨거운 김은, 구수한 고기 익는 냄새와 복잡한 소스에 넣은 강한 향풀 냄새를 풍겼고, 냄새를 맡은 사람들은 소작농, 법관, 서기 할 것 없이 모두 흐뭇해했습니다.

"미사가 끝나면 근사한 크리스마스 이브 만찬이 기다리겠군!"

2

딸랑딸랑! 딸랑딸랑!

드디어 자정미사가 시작되었습니다. 선이 우아하게 겹쳐진 둥근 천장과 벽 전체를 덮은 떡갈나무 장식이 화려한 성당은 큰 예배당을 축소시켜놓은 듯했습니다. 성당 안에는 양탄자가 깔려 있었고 촛불도 환하게 밝혀놓았지요. 사람들도 참 많았고요! 또 얼마나 멋들어지게들 꾸몄는지 모릅니다! 성가대를 둘러싸고 있는 성직자 석에는 호박색 옷을 멋지게 차려입은 트랭크라쥬 영주와, 초대되어 온 귀족들이 배석해 있었습니다. 맞은편 비로드로 장식한 기도대에는 미망인이 된 늙은 후작부인이 빨간색 드레스를 입고 앉아 있었고, 젊은 트랭크라쥬 부인은 요즘 파리 왕실에서 유행하는 레이스를 이용한 올림머리를 하고 있었습니다. 좀더 아래쪽에는 커다란 가발을 쓰고 검은 옷을 입고 면도를 말끔히 한 토마 아르노통 법관과 앙브르와 서기가 앉아 있었지요. 화려한 비단옷과 고급 옷 사이에서 두 사람의 검은 옷이 더 눈에 띄었습니다. 그다음 칸에는 뚱뚱한 급사장과 시동, 조마사, 집사, 얇은 은판에 열쇠를 가득 달아 옆에 찬 바르브 부인이 자리를 했습니다. 구석에 놓인 긴 의자는 하급석으로 하녀들과 가족을 대동한 소작농들이 앉았지요. 그리고 저쪽 문 바로 반대편에서는 요리 조수들이 조심스럽게 드나들면서 식사를 준비하는 동안 잠깐씩 미사를 보러 왔습니다. 촛불로 따사해져 축제 분위기에 젖은 성당 안으로 잔치 음식 냄새가 함께 풍겨왔지요.

요리 조수들의 하얀 모자 때문에 미사를 드리던 신부의 주의가 산만해진 것일까요? 혹시 가리구가 울리던 종소리 때문은 아니었을까요? 제단 안에서 끊임없이 빠르게 흔들리며 이렇게 속삭이는 듯한 종소리 말입니다.

"서두르세요, 서두르세요. 일찍 마칠수록 빨리 먹을 수 있어요."

악마의 작은 종이 울릴 때마다 신부는 만찬에만 정신이 팔렸습니다. 신부의 눈앞에는 부산하게 움직이는 요리사들과 벌겋게 불이 타오르고 있는 화덕, 반쯤 열린 뚜껑 사이로 피어오르는 김, 그리고 뿌연 김 사이로 송로를 잔뜩 넣어 터질 듯 탱탱하게 익고 있는 먹음직스러운 칠면조가 보일 뿐이었습니다.

또 시동들이 군침 돌도록 김이 모락모락 나는 요리를 나르는 모습이 보이기도 했고, 시동을 따라 성대한 만찬이 차려진 홀로 들어가는 자신의 모습이 보이기도 했습니다. 식탁 위에는 정말 맛있는 것들만 가득합니다! 어마어마한 식탁 위에 화려한 음식들이 가득 차려져 있습니다. 깃털로 장식한 공작새 요리와 노릇노릇 익은, 날개를 쫙 벌린 꿩 요리가 있었고, 포도주병은 루비색으로 반짝입니다. 탐스러운 과일들은 초록 가지를 군데군데 넣어 피라미드 모양으로 쌓아올렸고 가리구가 (아! 그럼 그렇지, 가리구!) 침이 마르게 설명하던 생선은 회향을 깐 접시 위에 놓여 있습니다. 방금 물에서 잡아 올린 듯 싱싱한 비늘이 은빛으로 반짝였고 커다란 콧구멍에는 향기 나는 풀이 잔뜩 들어 있습니다.

맛있는 음식들의 모습이 너무 생생해서 발라게르 신부는 제단 위를 덮어놓은 자수천 위에 엄청난 음식들이 전부 차려져 있는 것 같은 착각에 빠지고 말았지 뭡니까. 그래서 두세 번이나 '주가 너와 함께 하실지어다!'를 '주여, 감사히 먹겠습니다'로 말하고는 스스로 놀랐다니까요. 하지만 이런 가벼운 실수를 제외하곤 한 줄도 잊지 않고, 한 번의 기도도 잊지 않고 미사를 매우 정성 들여 이끌어나갔습니다. 첫 번째 미사가 끝날 때까지는 모든 것이 그럭저럭 잘 진행되었습니다. 아시다시피 크리스마스에는 한 신부가 세 번의 미사를 모두 주관하게 되어 있지 않습니까.

'자, 이제 하나는 끝났고!'

안도의 한숨을 내쉬며 신부는 생각했습니다. 한시도 지체하지 않고 신부는 사동, 아니 사동이라고 생각하고 있는 사람에게 신호를 보냈습니다.

딸랑딸랑! 딸랑딸랑!

이제 두 번째 미사가 시작되었습니다. 미사가 시작되자마자 발라게르 신부는 죄를 지었죠.

"빨리, 빨리, 서두릅시다."

가리구의 작은 종소리는 날카롭게 울리며 여전히 이렇게 말하는 듯했지요. 식탐의 악마에게 완전히 유혹당한 신부는 식욕에 눈이 어두워 너무 흥분한 나머지 미사 경본을 움켜잡고 몇 장씩 건너뛰며 읽기 시작했습니다. 정신 나간 사람처럼 몸을 숙였다가 일으켰다가, 성호를 그었다가, 무릎을 꿇었다가 하면서 미사를 얼른 끝내려고 모든 동작을 빨리했습니다. 복음서에 손을 뻗치는가 하면 바로 고해의 기도를 하며 가슴을 쳤습니다. 사동과 신부는 누가누가 더 빨리 말하나 시합이라도 하는 것 같았지요. 성경 구절과 답송이 서로 먼저 나오려고 뒤죽박죽이었습니다. 입도 크게 벌리면 그만큼 시간이 걸리니 대충대충 발음해 무슨 말인지 알아들을 수 없는 속삭임이 되어버렸지요.

"기도를… 합… ㅅ…"

"고해를… 합… ㅅ…"

포도주를 만들려고 포도를 발로 밟을 때 서두르는 인부들처럼 사동과 신부는 사방에 침을 튀겨가며 미사에 쓰이는 라틴어를 중얼거렸습니다.

"Dom… scum!"

신부가 읊조리면 가리구는 답송을 했습니다.

"Stutuo!"

그러는 동안에도 악마의 종소리는 내내 울려대 귀를 간지럽혔습니다. 마치 전속력으로 달리게 하려고 말의 목에 달아주는 방울처럼 말이죠. 이 속도로 미사가 진행되었다고 생각해보세요.

"자, 두 번 끝났고!"

신부는 숨이 찼지만 쉬지도 않은 채, 땀을 뻘뻘 흘리며 시뻘건 얼굴로 제단의 계단을 뛰어내려왔습니다.

딸랑딸랑! 딸랑딸랑!

드디어 세 번째 미사가 시작되었습니다. 이제 식당으로 가려면 몇 발짝 남지 않았습니다. 쯧쯧! 만찬이 가까워질수록 발라게르 신부는 점점 조급해졌고 식욕의 노예가 되어갔습니다. 환영도 더 심해졌습니다. 황금 잉어와 칠면조 구이가 바로 눈앞에 놓여 있었으니까요. 손으로 만질 수 있을 정도였습니다. 손으로…. 오! 하느님! 요리에서는 따뜻한 김이 모락모락 피어오르고 포도주 향도 기가 막힙니다. 바짝 열이 오른 듯, 작은 종은 울리면서 이렇게 소리치고요.

"빨리, 빨리, 더 빨리!"

하지만 어떻게 더 빨리요? 신부의 입술은 거의 움직이질 않았습니다. 말을 더 이상 할 수 없었지요. 하느님을 완전히 속여넘기고 미사를 대충대충 끝내는 수밖에요. 결국 이 못난 신부가 일을 저지르고 말았습니다! 유혹에 점점 빠지면서 성경 구절을 하나둘씩 빼먹기 시작하더니, 사도서가 너무 길다고 미처 다 끝내지도 않고 복음서도 대충대충 낭독했습니다. 사도신경은 그냥 넘어가고 주기도문은 빼먹고 서송은 바라보지도 않고 홀쩍홀쩍 건너뛰어서 영벌 부분에 이르렀습니다. 물론 저주받을 가리구는 (사탄아, 사라져라!) 이런 신부를 놀라울 정도로 잘 도와주었습니다. 사제의를 들어주고 책장도 두 장 세 장씩 넘겨주고 경본대를 밀어버리고, 포도주 병을 쓰러뜨렸지요. 그러면서도 작은 종을 흔드는 것은 잊지 않았어요. 오히려 더 빨리, 더 세게 흔들어댔습니다.

미사에 참석한 사람들의 표정이 어땠겠습니까! 신부의 동작을 따라서 미사를 봐야 하는데 신부의 말소리가 전혀 들리지 않으니 일어서는 사람이 있는가 하면 무릎을 꿇는 사람이 있고, 자리에 앉는 사람이 있는가 하면 그냥 서 있는 사람들도 있었습니다. 이 희한한 미사가 진행될수록 미사에 참석한 사람들의 동작은 각양각색이 될 수밖에 없었지요. 작은 마구간으로 향해 가는 크리스마스 별도 이런 큰 혼동을 보면 아마 놀라서 새파래질 겁니다.

"신부님이 너무 서두르시는군요. 따라갈 수가 없네요."

늙은 미망인이 정신없이 머리를 흔들며 중얼거렸습니다.

커다란 안경을 코에 건 아르노통 법관은 도대체 미사경본 어디를 읽고 있는지 열심히 찾았고요. 그래도 마음속으로는 다들 만찬을 생각하고 있었기 때문에 미사가 이렇게 빠르게 진행되는 데에는 별 불만이 없었습니다. 발라게르 신부가 환한 얼굴을 하고선 사동을 돌아보며 힘껏 소리쳤습니다.

"미사가 끝났다."

그러자 성당 안에서 가리구의 목소리만 울려 퍼졌습니다.

"주님의 축복이 있기를!"

그 목소리가 어찌나 즐겁고 사람의 마음을 끄는지, 벌써 만찬 테이블에서 첫 건배를 하는 기분이었답니다.

3

잠시 후, 영주와 귀족들은 커다란 홀에 자리를 잡았고, 그 가운데에 신부가 앉았습니다. 구석구석 환하게 밝혀진 성안에서는 노랫소리와 외치는 소리, 웃음소리와 떠드는 소리가 울려 퍼졌습니다. 존엄한 발라게르 신부는 들꿩 날개에 포크를 꽂으면서 넘쳐나는 포도주와 개운한 고기 국물에 자신의 죄에 대한 뉘우침을 씻었습니다. 그러나 술을 마셔대고 음식을 먹어대던 이 못난 신부는 그날 밤 심장마비로, 회개할 시간도 없이 세상을 뜨고 말았지요. 아침이 되어 신부는 밤새 치러진 만찬에 대한 소문이 돌고 있는 천국에 당도했습니다. 이곳에서 어떻게 신부를 대접했는지는 여러분의 상상에 맡기겠습니다.

"내 눈 앞에서 썩 없어져버리게, 이 악한 신도!"

우리 모두의 주인이신 최고의 심판관 하느님이 말씀하셨지요.

"네 죄가 너무 커서 평생 쌓은 선행을 모두 백지로 만들어버렸구나. 아! 나를 위한 미사를 망쳐버리다니…. 그 대가로 너는 삼백 번의 미사로써 갚아야겠다. 너 때문에 죄 지은 자들과 함께 네 성당에서 크리스마스 미사 삼백 번을 드려야만 천국에 들어갈 수 있을 것이야."

이것이 바로 올리브의 고장, 프로방스에 전해 내려오는 발라게르 신부에 관한 실제 이야기입니다. 지금은 트랭크라쥬 성이 없어져버렸지만 성당은 방투산 정상 떡갈나무 숲속에 아직도 우뚝 서 있답니다. 바람이 불면 아귀가 맞지 않는 문이 덜컹거리고 잡초가 우거져 문 앞을 막아버렸지요. 제단 모서리와 이미 오래전에 스테인드글라스가 떨어져 나간 십자형 유리창에는 새가 둥지를 틀었답니다. 그런데 매년 크리스마스에는 폐허가 된 이 성당 안에 이상한 빛이 보인답니다. 미사와 만찬에 참석하는 농부들은 눈이 오나 바람이 부나 꺼지지 않는 촛불로 밝혀진 성당의 모습을 목격하고요. 여러분은 웃을지 모르겠지만 가리구의 후손으로 보이는 가리그라는 이름의 포도주 장사

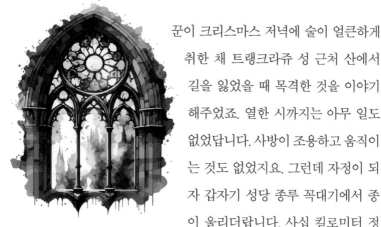

꾼이 크리스마스 저녁에 술이 얼근하게 취한 채 트랭크라쥬 성 근처 산에서 길을 잃었을 때 목격한 것을 이야기 해주었죠. 열한 시까지는 아무 일도 없었답니다. 사방이 조용하고 움직이는 것도 없었지요. 그런데 자정이 되자 갑자기 성당 종루 꼭대기에서 종이 울리더랍니다. 사십 킬로미터 정도 떨어진 곳에 있는 듯한 아주 오래된 종이시요. 이내 오르막길에서 가리그는 흔들리는 불빛과 형체가 불분명한 그림자들이 움직이는 것을 보았답니다. 성당 문 앞에서는 사람들이 걷고 속삭이는 소리가 들려왔고요.

"안녕하십니까, 아르노통 법관님!"

"안녕들 하시오, 여러분!"

사람들이 모두 안으로 들어가자 배짱 두둑한 가리그가 조심스럽게 다가가 부서진 문틈으로 안을 들여다보았습니다. 안에서는 희한한 광경이 벌어지고 있었지요. 성당 안으로 들어간 사람들 모두 폐허가 된 성당 중앙 성가대 주위에 의자도 없이 앉아 있었습니다. 레이스로 머리 장식을 하고 화려한 옷을 입은 아름다운 부인들과 머리부터 발끝까지 요란하게 꾸민 귀족들, 우리 할아버지들이 입었을 법한 꽃무늬 재킷을 입은 농부들이 모두 늙고, 먼지투성이에 윤기 없고 피곤한 얼굴을 하고 있었습니다. 가끔 성당의 주인 노릇을 하는 밤새들이 환한 불빛에 잠이 깨어, 얇은 천에 가려진 촛불처럼 희미한 빛을 발하는 촛대 주위를 맴돌았습니다. 가리그가 매우 재미있어했던 것은 커다란 안경을 쓰고 높은 검정 가발을 연신 흔들어대고 있는 어떤 사람의 모습이었습니다. 가발 위에는 새 한 마리가 발이 걸렸는지 소리 없이 날개를 퍼덕이고 있었습니다.

구석에는 어린애만 한 늙은이 한 명이 성가대 가운데에서 무릎을 꿇고 앉아 방울이 없어 소리도 나지 않는 종을 끊임없이 흔들어대고 있었고, 색 바랜 금색 옷을 입은 사제는 제단 앞을 오가며 들리지도 않는 소리로 기도문을 읊조리고 있었지요. 짐작하셨겠지만 이 사람이 바로 세 번째 미사를 드리고 있던 발라게르 신부였답니다.

오렌지
_판타지

　파리의 오렌지는 나무에서 떨어져 아래에 널브러져 있는 과일 같은 싱싱함과는 거리가 멉니다. 은은한 맛의 고장에서, 윤기 나는 껍질과 독한 향을 자랑하던 오렌지는 비가 축축이 내리거나 쌀쌀한 한겨울에 파리에 도착할 즈음이면 이상하게 변해버려요. 마치 여기저기 굴러다니다 온 것처럼요. 안개 낀 저녁, 길가에 세워진 작은 수레 위에 아무렇게나 쌓여 있는 오렌지는 붉은 가로등의 퀴퀴한 불빛에 애처로워 보이기까지 합니다. 힘없이 가냘픈 상인의 목소리만이 오렌지들의 벗이 되어주고, 그나마도 마차가 달리는 시끄러운 소리에 덮여버리지요.

　"발렌시아 오렌지 두 푼이요!"

　대부분의 파리 사람에게는 먼 곳에서 딴 이 둥그런 과일이 특별하지 않습니다. 오렌지나무의 흔적이라고는 끝에 조그맣게 남은 파란 꼭지밖에 없어서 그저 단것이나 잼을 만드는 데 사용하는 과일 이상의 의미가 없을 테고요. 과일을 싼 포장지 혹은 축제 때면 항상 등장하는 과일이라는 이미지 때문에 더욱 그런 생각이 들지도 모르겠네요. 특히 1월이 다가와 길가 여기 저기에 수천 개의 과일이 진열될 때면, 진흙탕에 뒹구는 오렌 지 껍질들은 마치 엄청나게 큰 전나무를 흔들어 파리에 장난 감 과일을 뿌려놓은 듯 보이지요. 오렌지가 안 보이는 골목이 없을 정도라니까요. 상인들은 오렌지를 정성 들여 골라 포장해 깨끗한 진열대에 놓기도 하고, 과자봉지나 사과 더미와 함께 쌓아 감옥이나 병원 입구에서 팔기도 하지요. 무도회장 입구나 주말 공연장 앞에서도 볼 수 있어요. 하지만 오렌지 향은 가스 냄새와 바이올린의 깽깽대는 소리, 극장 구석 자리의 먼지와 섞여버립니다. 오렌지는 나무에서 난다는 사실조차 잊어버리 는 경우가 많지요. 오렌지가 상자에 꽉꽉 채워져 남부지방에서 파리까지 올라오는 반면, 겨울을 온실에서 나는 동안 다듬어진 나무는 노천 공원에 잠깐 모습을 비출 뿐이니까요. 오렌지를 제대로 알려면 발레아레스 군도나 사르디니아, 코르시카, 알제 리 같은 본고장에 가보아야 합니다. 파란 하늘에 태양이 금빛 으로 작열하는 지중해의 따뜻한 공기 속에 자라는 오렌지 말입 니다. 블리다항구에서 보았던 작은 오렌지나무 숲이 기억나는 군요. 그곳 오렌지가 정말 탐스러웠지요! 매끈매끈 윤이 나는 짙은 나뭇잎 사이로 오렌지가 색유리처럼 반짝였고, 귀여운 꽃을 예쁘게 감싸는 화려한 색채로 주위를 온통 금빛으로 물들였지요. 여기저기 나뭇가지 사이로는 아담한 도시의 성벽이 엿보였고요. 회교 사원의 첨탑과 사원의 둥근 지붕 너머로는 웅장한 아틀라스산맥이 모습을 드러냈습니다. 산 밑은 나무가 우거져 짙푸르렀지만 정상에는 눈이 쌓여 복슬복슬한 하얀 목도리를 걸친 듯했답니다.

한번은 이곳에 머물던 어느 날 밤, 무슨 이유에서인지 삼십 년 만에 처음으로 된서리와 찬 공기가 고이 잠든 도시를 엄습했습니다. 블리다는 하얀 소금이 뿌려진 듯 완전히 변해버렸지요. 가볍고 깨끗한 알제리의 날씨 때문에 쌓인 눈은 마치 진주 가루를 뿌려놓은 듯했습니다. 흰 공작새의 깃털처럼 눈이 부셨지요. 무엇보다 오렌지 숲이 가장 황홀했습니다. 단단한 나뭇잎 위에 쌓여 딱딱해진 눈은 자개 쟁반에 놓인 셔벗 덩어리 같았고, 눈가루를 맞은 오렌지는 번쩍번쩍 빛나는 금을 새하얀 천으로 가려놓은 듯 수줍게 빛나고 있었답니다. 마치 성당의 축제 때 신부가 입는 붉은 사제복에 덧댄 하얀 레이스나 제단의 금박 장식에 덮어놓은 레이스 같았지요.

오렌지에 대한 가장 좋은 기억은 아작시오에 있는 큰 공원 바르비카글리아에서 더위를 피해 낮잠을 청하려 할 때였습니다. 이곳에 있는 오렌지나무 숲은 블리다보다 더 높고 더 커서 길가까지 뻗어 있었지요. 길과 공원을 구별해주는 것은 밝은색 울타리와 파인 도랑뿐이었습니다. 길 바로 너머는 바다지요. 파란 대해…. 이 공원에서 얼마나 좋은 시간을 보냈는지 모릅니다! 머리 위로는 오렌지꽃과 열매가 강한 향을 풍기고 있었습니다. 어쩌다 보면 무르익은 오렌지 하나가 갑자기 나무에서 떨어집니다. 꼭 더위를 먹고 늘어진 듯, 털썩하고 육중한 소리를 내며 바닥에 떨어지곤 하지요. 저야 손만 뻗으면 그만이었습니다. 속이 발갛게 잘 영근 오렌지는 정말 맛있었습니다. 맛도 시원했고 또 저 멀리 수평선도 너무나 아름다웠지요! 나뭇잎 사이로 보이는 파란 바다는 깨진 유리 조각이 반짝이는 것처럼 눈부실 정도로 아름다웠습니다. 저 멀리 대기를 뒤흔들며 파도가 밀려오고, 배를 탄 듯 규칙적인 파도소리는 잠을 불러오며, 따뜻한 공기와 오렌지 냄새는…. 아! 바르비카글리아 공원은 낮잠 자기엔 안성맞춤이었지요!

한참 낮잠을 즐기고 있을 때 난데없는 북소리 때문에 잠에서 깨어난 적이 몇 번 있습니다. 저 아래 길가에서 북치는 소년들이 연습을 하러 온 것이었죠. 울타리 사이로 북이나 붉은 바지 위에 덧입은 커다란 하얀 앞치마도 볼 수 있었습니다. 길에서 나는 먼지와 눈부신 햇빛 때문에 차마 눈을 뜰 수 없어 그곳을 피하기 위해 불쌍한 소년들은 공원 울타리의 얼마 안되는 그늘에 자리를 잡은 것이었지요. 얼마나 북을 쳐대던지! 또 얼마나 더웠겠습니까! 나는 최면에 걸린 듯한 졸음을 애써 쫓아 손에 잡히는 탐스러운 오렌지 몇 개를 소년들에게 던지며 장난을 치곤 했습니다. 오렌지에 맞은 북은 잠시 멈췄습니다. 소년은 잠시 머뭇거리며 발밑 구덩이에 굴러떨어진 오렌지가 어디서 날아왔는지 보려고 주위를 두리번거렸지요. 그러더니 냉큼 오렌지를 주워 껍질도 벗겨내지 않고 한입 가득 베어 물어버렸답니다.

바르비카글리아 공원 바로 옆에는 낮은 담 하나를 사이에 둔 아주 자은 뜰이 있었습니다. 제가 있던 곳에서 내려다볼 수 있었던 이 뜰은 참으로 기묘했습니다. 마당 한쪽에 마련된, 상류층 냄새가 물씬 풍기는 작은 뜰이었지요. 모래로 만든 길 옆으로는 초록으로 물든 회양목이 늘어서 있었고, 출입문에는 사이프러스나무 두 그루가 서 있어 마르세유의 전형적인 작은 별장의 모습을 하고 있었습니다. 그늘진 곳은 찾아볼 수가 없었지요. 마당 안쪽에는 하얀 돌집이 보였고, 건물 아랫부분에는 지하실 창문이 나 있었습니다. 처음에는 그저 별장이라고 생각했는데 자세히 보니 지붕 위에 십자가가 보이더군요. 정확히 보이지는 않았지만 돌에 무언가 써 있는 것으로 보아 코르시카식 가족 무덤이라는 것을 알 수 있었습니다. 아작시오에는 죽은 이들을 추모하는 예배당이 많이 있답니다. 이렇게 뜰 한가운데에 지어놓았지요. 주일이면 가족들이 고인을 기리기 위해 이곳을 방문해요. 이렇게 예배당을 방문하면 묘지를 방문할 때보다 죽음이 덜 음산하게 느껴지겠지요. 사람들의 다정한 발걸음만이 침묵을 깨우겠고요.

조용한 발걸음으로 분주히 왔다 갔다 하는 노인의 모습도 보였습니다. 하루 내내 가지치기를 하고, 삽질하고, 물을 뿌리고, 시든 꽃들을 조심스레 뽑더군요. 해가 저무니 노인은 친지들이 잠들어 있는 작은 예배당으로 들어갔습니다. 삽과 써레, 커다란 물뿌리개를 모아서 정리도 하면서 경건하게 일하는 묘지기처럼 숙연하게 움직였지요. 노인이 의식하고 있는지 모르겠지만 누구를 깨울까 봐 조심이라도 하듯 소리 죽여 움직이고, 지하실 문도 매번 살금살금 닫는 것이 마치 묵상을 하는 것 같았습니다. 편안한 고요 속에서 작은 정원을 보살피는 노인의 몸놀림은 새 한 마리도 놀라게 하지 않았고, 또 주변 분위기도 전혀 서글프지 않았습니다. 바다의 모습만이 더 커 보이고 하늘은 더 높았습니다. 생명력이 넘쳐흘러 주체할 수 없는 자연속에서 끝도 없이 밀려오는 낮잠이 영원한 휴식의 느낌만을 전해줄 뿐….

두 여인숙

어느 7월의 오후, 님에서 돌아오던 길이었습니다. 푹푹 찌는 더운 날씨였지요. 하늘을 가득 메운 은빛 태양 아래, 올리브나무와 작은 떡갈나무 사이로 끝도 없이 펼쳐진 하얀 길에는 먼지가 일고 있었습니다. 그늘진 곳 하나 없고 바람 한 점 불지 않더군요. 길에선 아지랑이만 피어오르고, 날카로운 매미의 울음소리가 바쁜 길을 재촉이라도 하듯 귀 아프게 울어대고 있었습니다. 이글거리는 태양의 소리 같달까요. 나는 두 시간 전부터 황량한 길을 걷고 있었습니다. 그런데 갑자기 뿌연 먼지 속에서 커다란 집들이 허옇게 모습을 드러내는 게 아니겠어요. 생 뱅상이라고 부르는, 말을 갈아타는 역이었습니다. 대여섯 채의 농가에는 붉은 지붕의 긴 헛간이, 말라빠진 무화과나무 틈 속에는 빈 물통이 있었습니다. 길 끝에는 두 채의 여인숙이 마주 보고 서 있었고요.

여인숙 주변은 어쩐지 재미있는 구석이 있었습니다. 한쪽에는 새로 지은 큰 여인숙이 있었는데 활기가 넘쳐흘렀지요. 문도 활짝 열어놓았고, 문 앞에는 역마차가 한 대 서 있었습니다. 마구를 벗긴 말들의 땀에 젖은 몸에서는 김이 모락모락 피어오르고, 마차에서 내린 여행객들은 담장 밑 얕은 그늘에서 서둘러 한잔 기울이고 있었습니다. 마당에는 노새와 마차가 꽉 들어차 있었고 서늘해질 때를 기다리는 짐마차꾼들은 헛간 밑에 들어가 누웠습니다. 외치는 소리와 욕지거리, 테이블을 내려치는 주먹소리에 유리잔 부딪히는 소리, 당구공소리, 레몬주스 병뚜껑이 열리는 소리가 섞여 들려왔고, 이 소란 통에도 유리창이 흔들릴 정도로 크게 노래하는 즐거운 목소리가 들려왔지요.

아름다운 마르고통

해 뜨면 일어나

은빛 물병을 들고

샘으로 갔다네.

반면 맞은편 여인숙은 빈집처럼 조용했습니다. 문간에는 잡초가 들쑥날쑥 자라고, 덧문은 부서진 데다가, 문에는 썩은 작은 나무판자가 낡은 깃 장식처럼 매달려 있었습니다. 문 앞 계단도 길에서 주운 돌로 괴어놓았을 뿐이었고요. 그 모습이 너무 초라하고 비참해서 이곳에 들러 한잔한다는 것 자체가 큰 동정을 베푸는 것이나 다름없을 것 같았습니다.

여인숙에 들어서자 황량하고 음울한 분위기의 기다란 홀이 나왔습니다. 커튼도 없는 커다란 세 개의 창문으로 들이닥치는 눈부신 햇살이 방 안의 분위기를 더욱 음울하게 만들었지요. 삐걱대는 테이블 위에는 먼지가 잔뜩 낀 유리잔이 굴러다녔고, 낡아빠진 당구대에는 네 개의 구멍이 쪽박처럼 입을 벌리고 있었습니다. 누런 소파와 낡은 계산대가 불쾌하고 칙칙한 공기 속에 잠들어 있었고요. 그리고 또 그놈의 파리들! 파리들이 얼마나 많던지요! 그렇게 많은 파리를 본 것은 난생처음이었어요. 천장과 창문에 다닥다닥 붙어 있었고, 심지어 유리잔 안에까지 무리를 지어 있더군요. 문을 열자 파리가 붕붕대며 날아다니기 시작했습니다. 파리 날개가 쉴 새 없이 퍼덕이는 것이 마치 벌집에 들어온 느낌이었다니까요.

홀 안쪽 창문 앞에서는 한 여자가 서서 바깥을 내다보느라 정신을 팔고 있었습니다. 나는 여자를 두 번이나 불렀지요.

"여기요! 주인 아주머니!"

천천히 몸을 돌린 여주인의 얼굴은 가난한 농부의 아내처럼 주름투성이에 거칠거칠하고 얼굴빛도 흙빛이었습니다. 우리고장에서 할머니들이 쓰는 것과 비슷한 길고 붉은 레이스 두건으로 얼굴을 감쌌더군요.

그런데 여주인은 늙은 할머니가 아니었습니다. 눈물을 흘리고 있어 늙어 보였던 것입니다.

"무슨 일이시죠?"

눈물을 훔치며 여주인이 물었습니다.

"목 좀 축이면서 쉬어가려고요."

여주인은 매우 놀란 듯 나를 쳐다보았습니다. 영문을 모르겠다는 듯 자리에서 꿈쩍도 하지 않았지요.

"여기 여인숙 아닙니까?"

여주인은 한숨을 내쉬었습니다.

"맞지요…. 여인숙 맞습니다. 그치만 다른 사람들처럼 앞쪽으로 가보지 그러셨수? 그쪽 분위기가 더 좋은데…."

"저한테는 너무 밝은 분위기라서요. 이곳이 더 좋습니다."

나는 여주인의 대답도 기다리지 않고 자리를 잡았습니다.

내가 농담을 하는 게 아님을 깨달은 여주인은 분주하게 서두르기 시작했습니다. 부엌 서랍을 열고 술병을 꺼내고 잔을 닦고 파리를 쫓으면서 말이죠. 단 한 명의 손님을 대접하는 일에 온갖 부산을 떤다는 것을 알 수 있었지요. 가끔 불쌍한 여주인은 일손을 멈추고 잘 해낼 수 없다고 절망하는 듯 걱정을 했습니다.

그러곤 구석방으로 가더군요. 큰 열쇠 꾸러미가 흔들리는 소리와 자물쇠에 힘들게 열쇠를 맞추는 소리, 빵 반죽 통을 뒤지는 소리, 후후 불어 먼지를 날리는 소리, 접시를 닦는 소리 들이 들려왔지요.

그 소리에 섞여 크게 한숨 쉬는 소리와 숨죽여 흐느끼는 소리도 들리더군요.

십오 분 정도 부산을 떨더니 여주인은 건포도 한 접시와 오래돼서 돌처럼 단단한 보케르 빵, 막포도주 한 병을 내놓았습니다.

"드세요."

이 이상한 여주인은 말했습니다. 그러곤 조금 전 서 있던 창가 자리로 급히 돌아가버리더군요.

나는 포도주를 마시며 여주인에게 말을 붙이려 했습니다.

"손님이 별로 많지 않나 봅니다?"

"휴! 무슨 말씀을요. 아예 없지요…. 하지만 이 지방에서 여인숙이 우리 집 하나였을 때는 달랐답니다. 우리 여인숙에서 말을 갈아탈 수 있었고, 검둥오리 사냥철에는 사냥꾼들이 여기서 식사를 했죠. 일 년 내내 마차가 끊이지 않았고요. 그런데 앞에 여인숙이 생기고 나서는 완전히 망했답니다. 손님들은 앞집에 가는 것을 더 좋아하죠. 우리 여인숙은 분위기가 너무 죽는다고…. 사실 이곳이 그리 유쾌한 곳은 아니지요. 주인인 저는 못생겼고 열병을 앓아 허약하고요. 두 딸도 저세상으로 갔답니다. 그런데 앞집에서는 웃음이 끊이질 않더라고요. 주인이 아를에서 온 예쁜 여자인데 레이스 장식에, 굵은 금 목걸이에 화려하지요. 마부가 애인이어서 역마차를 항상 앞집으로 대지요. 종업원들도 하나같이 손님들에게 친절하답니다. 그래서 단골손님들이 많은 거라고요! 브주스, 르드상, 종키에르의 젊은이들은 모두 이곳 단골들이죠. 마부들도 꼭 저 여자 집으로 가려고 일부러 길을 돌아갈 정도고요. 저는 손님 한 명 없이 속상해하면서 하루를 보내며 산답니다."

여전히 창밖을 내다보며 이런 이야기를 하는 여주인의 말투는 아무렇지도 않은 듯 무관심하게 들렸습니다. 앞쪽 여인숙 때문에 뭔가 걱정이 있었던 게지요.

그때 갑자기 길 반대편에서 큰 소란이 일었습니다. 역마차가 먼지 속에 떠날 채비를 하는 것이었죠. 채찍소리와 마부가 부는 나팔소리, 문간으로 달려드는 여자 종업원들의 소리가 들리더군요.

"안녕히 가세요! 안녕히 가세요!"

그리고 아까보다 더 아름답게 노래하는 목소리가 들려왔습니다.

은빛 물병을 들고

샘으로 갔다네

거기서 보았지

세 명의 기사를….

이 소리에 여주인은 몸서리를 치더니 나를 돌아보았습니다.

"들리세요? 제 남편 목소리예요. 노래 참 잘하지요?"

그녀는 낮은 목소리로 말했습니다.

나는 깜짝 놀라 주인을 쳐다보았지요.

"뭐라고요? 남편이라고요! 그럼 당신의 남편도 맞은편 여인숙에 간다는 말씀입니까?"

여주인은 속상하지만 침착하게 말했습니다.

"어쩌겠습니까? 남자들이란 다 똑같은걸요. 눈물 흘리는 꼴을 참아주질 못해요. 저세상으로 먼저 떠난 딸들 때문에 제가 매일 울음으로 지새우거든요. 사람도 없는 이 큰 집이 무척 서글픈 것도 사실이고요. 그래서 남편은 너무 지겨우면 앞집에 한잔 걸치러 가는 것이랍니다. 목소리가 좋으니까 저 집 주인이 노래를 시키는 거고요. 쉿! 다시 시작하네요."

손을 앞으로 내민 채 온몸을 떨면서 여주인은 황홀경에라도 빠진 듯 창문 앞에 꼼짝 않고 서 있었습니다. 여주인의 눈에서 주르륵 흘러내리는 눈물은 그녀의 얼굴을 더욱 추하게 만들었지요. 그녀는 자신의 남편이 아를 출신의 여주인에게 불러주는 노래를 넋을 잃은 듯 듣고만 있었습니다.

첫 번째 기사가 말했죠.

"안녕, 아름다운 아가씨!"

밀리아나에서
_여행 노트

오늘은 풍차 방앗간으로부터 팔백에서 천이백 킬로미터 떨어진 알제리의 작고 아담한 마을로 여러분을 모시고 갈까 합니다. 북소리나 매미소리 나는 이곳을 탈출해 분위기를 바꿔줄 겁니다.

비가 오려는지 하늘은 찌푸렸고 자카르산 봉우리도 안개에 파묻혀버렸다. 쓸쓸한 일요일이다. 작은 호텔방에서 창문을 열어젖히고 아랍식 성벽을 내다보며 담배를 물고 기분을 풀어보려 했다. 호텔 측은 소장도서 전부를 내가 볼 수 있도록 해주었다. 자세한 칙령 기록서와 폴 드 코크의 소설 몇 권 사이에서 몽테뉴 전집 중 한 권을 발견했다. 이리저리 책을 들추다가 라보에시의 죽음에 관한 편지를 다시 한 번 읽게 되었다. 그러다

보니 어느 때보다 생각에 잠기며 우울해져버렸다. 벌써 비 몇 방울이 떨어진다. 창틀에 떨어지는 빗방울 하나하나가 작년에 내린 비로 생긴 먼지 자국에 다시 흩어지면서 큰 별 모양을 그리고…. 손에 쥐고 있던 책을 놓고 나는 슬퍼 보이는 유리창의 별을 한참 쳐다본다.

시내의 시계탑이 두 시를 알린다. 옛 회교도 성자의 묘로 호텔 방에서도 묘의 허연 벽이 보였다. 불쌍한 성자의 묘! 삼십 년 전만 해도 가슴 한가운데에 시계를 달아놓을 줄 알았겠는가. 매주 일요일 두 시만 되면 밀리아나에 있는 성당들을 위해 미사 시간을 알리게 될 줄 알았겠는가. 땡그렁! 또 종소리가 울린다! 저렇게 한참 울어댈 것이다. 이 방은 정말 우울하다. '철학자'라고 부르는 큼지막한 아침 거미가 거미줄을 쳐놓지 않은 구석이 없다. 밖으로 나가보자.

광장에 도착했다. 내리는 비에도 굴하지 않고 제3연대의 군악대가 대장 주위로 정렬했다. 연대 건물의 창에는 장군이 여자들에게 둘러싸여 모습을 드러냈다. 광장에는 군수가 판사의 팔을 잡고 이리저리 거닐고 있었다. 광장 한구석에는 대여섯 명의 아이가 윗옷도 입지 않은 채 큰소리를 질러가며 구슬놀이를 하고 있다. 저쪽에서는 누더기를 걸친 한 유태인 노인이 어제 햇볕을 쬔 자리를 다시 찾아왔다가 비 소식에 놀란 눈치다.

"하나, 둘, 셋, 시작!"

군악대는 옛 마주르카를 연주한다. 작년 겨울 내 집 밑에서 풍금으로 연주되던 음악이다. 그때는 듣기 싫더니 오늘은 눈물 날 정도로 감동적이다.

아! 음악을 연주하는 제3연대 군인들은 얼마나 행복할까! 십육분음표를 뚫어지게 바라보며 리듬과 선율에 취해 박자 맞추는 데 온 신경을 쓰고 있다. 군인들의 영혼은 모두 손바닥만 한 크기의 악보 종이 한 장에 들어가 있는 것이다. 악기 끝에 구리 집게로 고정해둔 악보가 가볍게 떨리고 있다.

"하나, 둘, 셋, 시작!"

군인들에게는 그것으로 끝이다. 국가를 연주할 때 이들은 고향에 대한 향수를 느끼지 않는다. 휴! 그런데 음악가도 아닌 나는 음악을 들으면서 마음 아파하고 있다. 다른 곳으로 피해야지.

찌뿌드드한 일요일 오후를 어디서 보낼 수 있을까? 할 수 없지! 시드오마르의 가게가 문을 열었군. 가게로 들어가보자.

시드오마르는 가게를 갖고 있긴 하지만 그렇다고 장사치는 아니다. 그는 순수한 혈통의 왕자로 터키 군대에 목 졸려 살해당한 옛 알제 군주의 아들이다. 부친이 죽자 시드오마르는 극

진히 모시던 어머니와 몸을 피해 밀리아나로 들어와 살았다. 사냥개와 독수리, 말과 여자들을 벗 삼아 위대한 철학자로서 몇 년을 보냈다. 그 시절 동안 오렌지나무와 예쁜 분수가 가득한 아름다운 성에 기거했다. 그 후 프랑스인들이 등장했다. 처음 시드오마르는 프랑스 군대에게는 적이었다. 회교도의 수장 아브델카데르의 동맹자였던 그는 결국 수장과 사이가 틀어져 프랑스에 투항했다. 복수에 나선 수장은 시드오마르가 집을 비운 사이 밀리아나로 쳐들어와 성을 쑥밭으로 만들고 오렌지나무도 모조리 베어버렸으며 말과 여자들을 데려갔다. 게다가 커다란 금고 뚜껑으로 어머니의 목을 내리쳐버렸다. 시드오마르의 분노는 무시무시했다고 한다. 수장을 상대로 한 전쟁이 끝날 때까지 프랑스 군대에서 그처럼 훌륭하면서도 사나운 군인은 다신 없었다고 하니까. 전쟁이 끝나자 시드오마르는 밀리아나로 돌아왔다. 지금까지도 아브델카데르의 얘기를 들으면 시드오마르의 얼굴은 창백해지고 눈에서는 불이 난다고 한다.

시드오마르는 올해 예순 살이지만 나이 들고 병에 시달렸어도 그의 얼굴은 여전히 아름답다. 짙은 속눈썹에 여성스러운 눈빛, 매력적인 미소는 가히 왕자의 모습답다. 전쟁통에 많은 재산을 잃은 그에게는 이제 셸리프평원에 있는 농장 하나와 밀리아나에 있는 집이 전부다. 이곳에서 그는 세 명의 아이들을 낳고 그나마 부유하게 살고 있다. 밀리아나를 다스리던 사람들은 시드오마르를 대단히 존경한다. 문제가 발생하면 다들 시드오마르가 중재를 나서주기 바라고, 또 시드오마르의 결정이 곧법이 되는 경우가 대부분이었다. 시드오마르는 바깥 출입을 잘하지 않는다. 오후에는 항상 집에 딸려 있는 가게에 나와 있다.가게는 길 쪽으로 나 있고 안에는 가구가 별로 없다. 석회로 바른 하얀 벽에 동그란 나무 의자, 쿠션, 긴 담뱃대, 그리고 화로두 개가 전부다. 이곳에서 시드오마르는 심문을 하고 판결을내린다. 가게주인 솔로몬 대왕이라고나 할까.

　　오늘은 일요일이어서인지 사람도 많다. 외투를 걸친 십여 명의 지도자가 가게 안에 빙 둘러앉아 있었다. 모두 큰 담뱃대와예쁘게 세공된 받침 위에 작은 커피잔을 옆에 두고 있었다. 내가 들어갔지만 아무도 움직이지 않았다. 시드오마르는 내게 매력적인 미소를 보내주었고 자기 옆자리에 있는 커다랗고 노란비단 방석에 와서 앉으라고 손짓을 했다. 그리고 손가락을 입에 대며 잘 들어보라는 시늉을 했다.

　　오늘의 사건은 바로 이렇다. 베니주그주그의 지방 관리와 이스카리오트라는 밀리아나의 한 유태인이 조그만 땅덩어리를 놓고 몇 가지 의견 대립이 있었다. 양측은 시드오마르에게 찾아가기로 했고 그의 결정에 따르자고 합의했다. 그날 바로 약속이 잡혔고 증인들도 불러들였다. 그런데 갑자기 유태인이 생각을 바꾸고 증인 없이 혼자 와서는 시드오마르보다는 프랑스인들을 위한 치안판사에게 판결을 받고 싶다고 말한 것이다. 내가 도착했을 때 사건은 여기까지 진행된 상태였다.

흙빛 수염에 갈색 윗옷과 파란 바지, 비로드 모자를 쓴 유태인 노인은 하늘을 올려다보며 애원하는 마음이 간절한 눈을 굴려댔다. 시드오마르의 신발에 입을 맞추고 머리를 조아리며 무릎을 꿇고 두 손을 모았다. 나는 아랍어를 할 줄 몰랐지만 유태인의 몸짓과 '치안판샤, 치안판샤'라는 말이 자꾸 되풀이되는 것을 듣고 내용을 모두 이해할 수 있었다.

"시드오마르님의 능력을 의심하는 것은 아닙니다. 시드오마르님은 지혜로우시고 정의로우십니다. 다만 치안판샤가 저희 문제는 더 잘 해결해줄 것 같습니다."

청중은 분노했지만 아랍인들이 늘 그렇듯 겉으로 드러내지는 않았다. 쿠션에 몸을 눕히고 담배물부리를 입에 문 채 멍한 시선으로 바라보던 시드오마르는 아이러니의 대가답게 유태인의 설명을 들으며 빙그레 웃고만 있었다. 유태인이 한참 설명을 하고 있는데 갑자기 튀어나온 욕설 때문에 말을 멈추고 말았다. 동시에 아랍인의 증인으로 왔던 스페인 출신의 사람이 자리에서 일어나 유태인에게 다가와 욕설을 퍼부어대기 시작했다. 온갖 언어의 욕설을 한 바구니 쏟아내는데, 차마 입에 담지 못할 프랑스어 욕도 있었다. 프랑스어를 이해했던 시드오마르의 아들은 아버지 앞에서 그런 말을 들었다는 것이 부끄러워 가게를 나가버렸다. 아랍인들의 이런 교육은 배워야 할 것이다. 어쨌든 청중은 잠잠했고 시드오마르는 웃고만 있었다. 유태인은 자리에서 일어나 뒷걸음질치며 문 쪽으로 향했고, 너무 무서워 온몸을 떨고 있었다. 하지만 '치인판샤, 치인판사'라는 말은 계속 중얼거렸다. 결국 유태인은 밖으로 나갔다. 화가 난 스페인 사람은 따라나가 길거리에 유태인을 세워놓고 퍽, 퍽, 얼굴을 두 번 쳤다. 이스카리오트는 무릎을 꿇었고 팔로 얼굴을 가렸다. 스페인 사람은 자신도 창피했는지 가게 안으로 들어가버렸다. 그러자 곧바로 유태인이 일어나 주위를 둘러싼 사람들을 째려보기 시작했다. 가지각색의 사람들이 다 있었다. 말트 사람, 마혼 사람, 아프리카 흑인들, 아랍인들. 모두 유태인을 증오해서 유태인이 괴롭힘을 당하는 걸 보고 즐거워할 사람들이었다. 이스카리오트는 잠시 주저하다가 아랍인의 옷소매를 부여잡고 말했다.

"아크메드, 너 봤지? 그 사람 봤지? 너 여기 있었잖아. 그 기독교 놈이 나를 쳤어. 내 증인이 되어줘…. 그래…. 그래…. 내

증인이 될 거야."

아랍인은 잡힌 옷소매를 빼내며 유태인을 밀쳤다. 그는 아무
것도 모른다고, 아무것도 보지 못했다고 말했다. 중요한 순간
에 고개를 돌려버렸다고….

"그럼, 카두르, 너는 봤지. 그 기독교 놈이 나를 때리는
걸…."

불쌍한 이스카리오트는 선인장 열매를 벗기고 있는 뚱뚱한
흑인을 보고 말했다.

흑인은 경멸한다는 듯 침을 뱉고 가버렸다. 그도 아무것도
보지 못했단다. 까만 눈을 매섭게 빛내던 작은 말트인도 아무
것도 못 봤다고 하고, 붉은 얼굴을 한 마혼 여자도 아무것도 못
봤다며 머리에 석류 바구니를 이고는 낄낄대며 가버렸다.

아무리 유태인이 소리치고 기도하고 날뛰어도 소용없었다.
증인은 단 한 명도 없었다! 본 사람이 아무도 없었다. 다행히
그 시각 유태인 두 명이 길을 지나가고 있었다. 두 명 모두 기
가 죽은 사람처럼 벽에 딱 달라붙어 길을 걷고 있었다. 이스카
리오트는 두 사람을 불렀다.

"빨리, 빨리, 형제들! 빨리 그 사업가한테! 빨리 치안판사한
테! 여러분도 봤지요, 이 불쌍한 늙은이를 치는 걸 똑똑히 보셨
지요!"

그 사람들이 보았을까! 그랬다고 믿어야겠지.

시드오마르의 가게 안은 시끌벅적해졌다. 커피잔에는 커피가 가득 채워지고 담뱃대에 불도 켜졌다. 사람들은 수다를 떨기 시작했고 마음껏 웃어댔다. 유태인을 때려주는 건 이들에게 정말 재미있는 일이었으니까! 시끄러운 말소리와 매캐한 담배 연기 속에 나는 슬그머니 문 쪽으로 향했다. 이스카리오트의 형제들은 노인이 당한 일을 어떻게 보고 있는지, 이스라엘 사람들이 살고 있는 곳으로 가보고 싶었던 것이다.

"오늘 저녁이나 들러 오시오, 선생."

시드오마르가 내게 큰소리로 말했다.

나는 청을 받아들이고 답례를 한 후 밖으로 나왔다.

유태인 구역에서는 모두 흥분해 있었다. 벌써 사건에 대한 소문이 한 바퀴 돌았다. 가게에 남아 있는 사람은 아무도 없었다. 자수 놓는 사람, 재단사, 마구제조상 할 것 없이 이스라엘 전체가 거리로 나선 것이다. 비로드 모자를 쓰고 파란 양모바지를 입은 유태인들은 몇 명씩 모여 손짓발짓을 해가며 시끄럽게 떠들고 있었다. 창백하고 부은 얼굴에 나무조각처럼 뻣뻣한 여자들은 납작한 금빛 천을 댄 치마를 입고 얼굴에는 검은 리본을 둘러매고 이 무리 저 무리 옮겨다니며 앵앵거렸다. 내가 도착했을 때 사람들 사이에 동요가 일었다. 바쁘게 움직이는 모습이었다. 오늘 사건의 주인공인 이스카리오트가 증인들을 옆에 끼고, 두 줄로 늘어서서 소리치는 유태인들 사이를 지나갔다.

"형제여, 복수해라. 우리를 위해 복수하고, 유태인을 위해 복수해라. 겁내지 마라. 법은 네 편이다."

그때 송진과 낡은 가죽 냄새를 고약하게 풍기는 못생긴 난쟁이가 불쌍한 표정으로 내게 다가오더니 큰 한숨을 쉬었다.

"이해하겠소. 불쌍한 유태인들이 어떤 취급을 받고 사는지! 노인네 아니오! 저 모습 좀 보시오. 반 죽여놓지 않았소."

실제로 이스카리오트의 모습은 시체보다도 못했다. 초점 없는 시선에 일그러진 표정을 하고 내 앞을 지나가던 이스카리오트는 걷고 있는 게 아니라 끌려가고 있는 듯했다. 큰 보상을 받아야만 이스카리오트를 살릴 수 있을 것 같았다. 그래서 병원에 데려가지 않고 대리인에게 데려가는 것이었다.

알제리에는 대리인이 메뚜기떼만큼이나 흔하다. 돈벌이가 되는 직업인 듯하다. 적어도 손쉽게 될 수 있었으니까. 시험도 없고, 등록비도, 교육도 없었다. 파리에서 문인들이 쉴 새 없이 배출되듯 알제리에서는 대리인이 끊임없이 나오는 것이다. 프랑스어, 스페인어, 아랍어만 조금 할 줄 알면 되었고, 주머니에 법전만 갖고 다니면 그만이었다. 무엇보다 적성이 맞아야 했다.

대리인의 일은 매우 다양하다. 변호사, 소송대리인, 중개인, 회계사, 통역관, 부기사, 대행업자, 대필업자 등 말하자면 알제리의 샤크 영감 격이다. 아르파공에게는 샤크 영감 한 사람뿐이었고 알제리에는 필요 이상으로 많을 뿐이다. 밀리아나에만도 대리인이 열두 명이나 된다. 대부분 임대료를 아끼려고 광장 카페에서 고객을 만나고 술과 포도주를 탄 커피를 시켜놓고는 상담을 해준다. 상담을 제대로 해주기는 하는 걸까?

증인을 양 편에 세우고 이스카리오트가 향하는 곳도 광장의 카페다. 따라가시 말사.

유태인 구역을 나오면서 아랍 사무국 건물 앞을 지나왔다. 슬레이트 지붕이나 그 위에 펄럭이는 프랑스 국기를 보면 프랑스의 시청 건물이라고 착각될 정도였다. 이곳 통역관과 알고 지내는 사이이니 함께 담배나 한 대 태우러 가야겠다. 한 개비씩 피다 보면 칙칙한 일요일에 시간 죽이기에는 안성맞춤일 것이다.

사무실 앞마당에는 누더기를 걸친 아랍인들로 장사진을 이루었다. 외투를 걸치고 벽을 따라 쭈그리고 앉아 대합실마냥 기다리고 있는 사람이 오십여 명은 되었다. 사막 지방에서 온 아랍인들로 가득한 마당은 야외였는데도 땀내가 진동했다. 빨리 지나가자. 사무실에 들어가보니 통역관은 실오라기 하나 걸치지 않고 더러운 담요만 걸친 채 소리를 질러대는 두 사람에게 잡혀 있었다. 화가 난 몸짓으로 무슨 염주를 도둑맞았다는 것 같았다. 나는 구석에 깔린 돗자리에 앉아 구경하기 시작했다. 통역관 유니폼은 굉장히 멋지다. 이 통역관에게는 특히 아주 잘 어울렸다! 꼭 맞춤 양복 같다. 양복은 하늘색이었고 검은 장식 단추와 금단추가 반짝거렸다. 통역관은 금발의 곱슬머리에 홍안이었다. 유머와 상상력이 넘치는 잘생긴 기병이다. 조금 수다스럽기도 했지만. 할 줄 아는 언어는 또 얼마나 많던지! 다소 회의적이기도 한 그는 동양학교에서 르낭을 알고 지냈다고 한다! 열렬한 스포츠 애호가에 아랍 야영지든 군수 부인이 주최하는 저녁 파티에서든 어디에 데려다놓아도 잘 어울리는 사람이다. 누구보다도 마주르카를 잘 추며 쿠스쿠스 요리도 따라올 자가 없다. 한마디로 세련된 파리 사람이었다. 여자들이 군침을 흘리는 것도 무리는 아니다. 세련되기로 치자면 라이벌이 딱 한 사람 있다. 바로 아랍 사무국의 중사다. 하늘하늘한 천으로 만든 윗옷을 걸치고 진주 단추로 장식한 각반을 찬 그의 모습은 연대 전체의 절망이자 부러움의 대상이었다. 아랍 사무국에 파견 근무를 나온 중사는 노역을 면제받아 언제나 길거리에서 그의 모습을 볼 수 있었다. 하얀 장갑을 끼고 방금 다듬은 듯한 머리에 팔에는 두꺼운 장부를 끼고 가는 모습이 보일라치면 사람들은 감탄하기도 하고 동시에 두려워하기도 한다. 그는 카리스마가 있는 사람이다.

염주 도난 사건에 관한 이야기가 너무 길어질 것 같다. 안녕히 계시오! 나는 이야기를 다 듣지 않고 나와버렸다.

나가는 길에 보니 대합실이 되어버린 마당이 시끌벅적했다. 키가 크고 얼굴빛이 창백한 어떤 사람을 둘러싸고 사람들이 모여 있었다. 그 사람은 검은 외투를 입고 있었으며 얼굴에는 자랑스러워하는 표정이 역력했다. 일주일 전에 자카르에서 표범과 싸웠다는 바로 그 사람이었다. 표범은 죽었지만 남자도 팔이 반쯤 불려버렸다. 아침저녁으로 사무국에 와서 붕대를 갈고 있는데, 매번 사람들이 불러세워 이야기를 해달라고 조른다. 그는 아름다운 목소리로 천천히 말했다. 외투를 벌려 핏자국으로 물든 왼쪽 팔을 잠깐씩 보여주기도 했다.

거리로 나서자마자 거센 비바람이 몰아친다. 비, 천둥, 번개, 바람…. 빨리 몸을 피하자. 아무 문이나 열고 들어갔는데 집시 가족들이 무어식 마당의 둥근 지붕 밑에 모여 있었다. 이곳은 밀리아나의 회교 사원에 붙어 있는 마당으로 이슬람교도 중 가난한 사람들이 모여 있는 곳이다. 그래서 이곳을 '빈자의 마당'이라고 부른다.

몸에는 벼룩이 득실득실한 말라깽이 사냥개가 사나운 표정을 지으며 내 주위를 어슬렁거렸다. 마당 기둥에 등을 대고 서서 나는 침착해지려고 애를 썼다. 아무에게도 말을 걸지 않고 그저 마당에 깔린 갖가지 색깔의 타일에 떨어지는 빗방울만 쳐다보았다. 집시들은 여러 명이 모여 맨바닥에 누워 있었다. 내 옆에는 젊은 여자가 있었는데 아름다워 보였다. 목과 다리를 다 드러낸 여자는 쇠로 만든 큰 팔찌와 발찌를 하고 있었고, 슬프면서도 이상한 노래를 콧노래로 부르고 있었다. 노래를 부르면서 여자는 맨살인 아기에게 젖을 물리고 있었다. 아이의 피부는 붉은 청동빛이었다. 다른 한쪽 팔로는 그릇에 담긴 보리를 찧고 있었다. 지독히 불어대는 바람 때문에 빗물이 엄마의 다리와 아기의 몸까지 적셨다. 그런데도 여자는 아랑곳하지 않고 비바람 속에서도 노래를 부르며, 동시에 보리를 갈고, 아이에게 젖을 물리고 있는 것이다.

비바람이 잦아들었다. 잠잠해진 틈을 타 나는 서둘러 이 빈자의 마당을 나와 시드오마르의 집으로 저녁을 먹으러 갔다. 시간이 되었으니…. 광장을 가로지르다 다시 유태인을 만나게 되었다. 그는 자신의 대리인에게 기대어 걸어가고 있었고, 증인들도 신나게 걸으며 뒤에서 쫓아오고 있었다. 못돼 보이는 유태인 아이들도 주위에서 뛰어다니고 있었다. 얼굴들이 모두 밝았다. 대리인은 사건을 맡은 모양이었다. 재판소에 손해배상 이천 프랑을 청구한다고 했다.

시드오마르의 집에서 먹은 저녁은 매우 훌륭했다. 식당은 우아한 무어식 마당 쪽에 있었고 마당에는 두세 개의 분수가 즐겁게 노래하고 있었다. 매우 맛있는 터키식 식사로, 미식가 브리스 남작에게 권할 만했다. 무엇보다도 아몬드를 곁들인 닭고기 요리, 바닐라 향을 첨가한 쿠스쿠스, 위에 부담이 가긴 하지만 맛이 탁월한 거북 요리, 내가 '재판관의 파이'라고 부르는 꿀 비스킷의 맛이 훌륭했다. 술은 샴페인밖에 없었다. 이슬람 율법으로는 술을 금하고 있지만 시드오마르는 술을 조금 한다. 물론 하인들이 안 보는 틈에 마시는 것이지만…. 식사가 끝난 후 우리는 시드오마르의 방으로 들어가 잼과 커피를 마시고 담배를 피웠다. 방은 매우 소박했다. 긴 소파와 돗자리 몇 개가 전부였고, 안쪽에 놓인 높은 침대 위에는 금실로 자수를 놓은 붉은 쿠션 몇 개가 살포시 놓여 있었다. 벽에는 하마디라는 어떤 제독의 업적을 그린 오래된 터키식 그림이 걸려 있었다. 터키에서는 그림을 그릴 때 한 가지 색깔만 사용한다고 한다. 이 그림은 초록색으로 그려졌다. 바다, 하늘, 배, 하마디 제독 모두 초록색이다. 하지만 색이 참 아름답지 뭔가!

초대되었을 때 늦게까지 머물지 않는 것이 아랍인들의 관습이다. 커피를 마시고 담배를 다 태운 후 나는 주인에게 잘 자라는 인사를 하고 주인을 여자들의 품에 맡기고 나왔다.

어디서 밤을 보내야 할까? 잠을 자기에는 너무 이른 시간이고 흑인 보병의 귀영 나팔도 아직 울리지 않았다. 더구나 시드 오마르의 금빛 쿠션이 내 주위에서 멋진 프로방스 전통 춤을 추는 통에 더 잠이 오질 않는다. 그래서 다다른 곳이 극장 앞이다. 잠깐 들어가보자.

밀리아나의 극장은 예전에 말먹이 가게였는데 공연장으로 그럭저럭 개조를 해놓았다. 막간에 기름을 다시 넣어줘야 하는 커다란 아르간 등이 극장의 샹들리에를 대신한다. 일 층 뒷좌석은 입석이고 오케스트라 단원들도 긴 의자에 앉아야 하는 신세다. 관람석에 앉은 사람들은 그나마 짚으로 만든 의자가 있어 뿌듯해한다. 공연장 주위에는 마루도 깔지 않은 길고 어두운 복도가 있다. 더도 말고 덜도 말고 딱 거리에 나앉은 줄 알겠다. 내가 도착했을 때는 이미 공연이 한창이었다. 배우들의 연기가 엉망이지 않아 내심 놀랐다. 남자 배우들 말이다. 열심이고 활기에 넘친다. 배우들은 대부분 아마추어나 제3연대 군인들이다. 연대에서도 좋아해 매일 저녁 응원하러 와준다.

그런데 여자 배우들은…. 휴! 지방 소극단에서 늘 볼 수 있는 여배우들과 다를 바 없었다. 잘난 척에, 과장된 거짓 연기…. 그러나 그중에서도 관심을 끄는 여배우들이 있었다. 밀리아나에 사는 유태인 소녀들로 연기는 처음인가 보다. 극장에 나와 있는 부모들은 흥분한 것 같았다. 딸들이 배우가 되어 억만금을 벌 것이라고 확신하는 모양이다. 이스라엘 출신의 배우이자 백만장자인 라셸의 전설이 이곳 유태인들 사이에도 퍼졌다.

무대에 선 이 두 유태인 소녀가 얼마나 우습기도 하고 애처로웠는지…. 진하게 화장을 하고 속살을 다 드러내는 의상을 입은 채 무대 한구석에 부끄러워 어쩔 줄 모르고 서 있는 소녀들의 몸은 뻣뻣하게 굳어 있었다. 춥기도 하고 창피하기도 한데다 무슨 뜻인지도 모르고 대사 한마디씩 중얼거리고, 대사를 하는 동안에도 소녀들은 커다란 눈으로 극장 안을 놀란 듯 쳐다보았다.

나는 극장을 나섰다. 주위로는 어둠이 내려앉았고 광장 한구석에서 외치는 소리가 들렸다. 분명히 칼을 들고 실랑이를 벌이는 말트 사람들일 것이다.

나는 성벽을 따라 걸으며 천천히 호텔로 돌아왔다. 들판에서는 오렌지나무와 측백나무가 은은한 향기를 내뿜고 있었다. 공기는 따사했고 하늘은 참 맑았다. 저 길 끝에는 옛 사원의 흔적으로 남은 벽이 유령처럼 서 있었다. 이 벽은 신성한 것으로 매일 아랍 여인들이 천조각과 은실로 묶은 붉은 머리, 옷조각 같은 봉납물을 걸어놓는다. 따스한 밤바람이 불면 은은한 달빛을 받으며 봉납물들이 나부낄 것이다.

메뚜기떼

알제리에 대한 추억 한 가지만 더 소개하고 다시 풍차 방앗간으로 돌아오겠습니다.

사헬 지방의 농장에 도착한 날 밤, 나는 잠을 이룰 수가 없었습니다. 낯선 곳이고 먼 여행길을 온 데다, 승냥이의 울음소리, 찌는 듯한 더위로 숨이 막힐 지경이었으니까요. 모기장 구멍으로 바람 한 점 통하지 않는 것 같았습니다. 새벽에 창문을 열어보니 여름 안개가 무겁게 내려앉아 있었습니다. 가장자리가 검고 붉게 물들어 천천히 움직이고 있는 것이 마치 전쟁터에서 나는 화약 연기 같았어요. 나뭇잎 하나도 움직이지 않았습니다. 아래쪽에는 아름다운 정원이 펼쳐져 있었고요. 눈부신 태양 아래 달콤한 포도주를 만들어낼 포도나무가 경사진 언덕에 일정한 간격으로 심겨 있었고, 정원 한구석 그늘진 곳에는 유럽산 과실수들이, 그리고 오렌지나무와 귤나무가 촘촘히 심겨 있었습니다. 하지만 폭풍우를 기다리는 나뭇잎들의 정적과 함께 정원의 풍경은 음울할 따름이었습니다. 거대한 초록 갈대 같은 바나나나무도 바람이 불면 가는 잎사귀를 이리저리 흔들 곤 했는데, 지금은 미동도 하지 않고 딱딱한 부챗살처럼 가만 히 서 있습니다.

나는 잠시 멋진 정원의 모습을 쳐다보았습니다. 전 세계 모든 나무가 모여 제철이 되면 꽃도 피우고 열매도 맺어 이국적인 느낌을 주지요. 밀밭과 코르크나무 덤불 사이에는 시냇물이 흘러 숨막힐 듯한 아침 공기를 그나마 시원하게 해주있습니다. 무어식 아케이드가 근사한 아름다운 농장과 새하얗게 빛나는 새벽의 테라스, 주위에 옹기종기 모여 있는 마구간, 곳간 등 풍족하고 질서정연한 이 모든 것을 감탄 어린 시선으로 바라보면서 나는 이십 년 전, 주인 내외가 이곳 사헬의 한 골짜기에 어떻게 자리를 잡았을까 하고 생각해보았습니다. 그때는 도로 공사 인부들이 쓰던 불편한 집 한 채와 키 작은 야자수, 유향나무가 군데군데 자란 척박한 땅뿐이었을 겁니다. 모든 것을 새로 만들고 지어야 했지요. 아랍인들의 반항도 끊이지 않았습니다. 쟁기 대신 총을 잡아야 했지요. 그러곤 전염병이나 눈병, 열병에 시달리고, 추수를 놓치거나 경험 부족으로 인한 실수, 꽉 막힌 데다 변덕스럽기까지 한 행정관들과의 싸움까지, 얼마나 노력을 했는지 모릅니다! 또 얼마나 고생스러웠는지요! 한시도 한눈을 팔 수 없었지요!

어려운 시절도 다 지났고 고생 끝에 재산도 모았지만 지금도 부부 내외는 농장에서 가장 일찍 일어난답니다. 아침 이맘때 일 층에 있는 식당에서, 일꾼들에게 줄 커피 끓이는 일을 둘러보느라 바쁘게 움직이는 부부의 발소리가 들립니다. 곧 종이 울리고 잠시 후 일꾼들이 길로 나섭니다. 부르고뉴 지방의 포도밭 일꾼들, 붉은 모자를 쓰고 남루한 옷을 걸친 카빌리아의 노동자들, 다리를 다 드러낸 마혼 출신의 토목 인부들, 말트 사람들, 뤼크 사람들…. 너무 가지각색이라 다루기도 힘듭니다. 문 앞에 선 농장 주인은 한 사람 한 사람에게 그날 할 일을 짤막하고도 엄하게 설명해주었습니다. 인부들을 모두 보내자 주인은 고개를 들더니 근심 어린 표정으로 하늘을 살폈습니다.

창가에 서 있는 나를 발견하곤 말했지요.

"농사짓기 힘든 날씨지요. 이곳에서 부는 열풍이랍니다."

그러고 보니 태양이 높아질수록 숨이 턱턱 막히는 뜨거운 공기가 남쪽에서 불어왔습니다. 마치 뜨겁게 달군 오븐을 열었다 닫았다 하는 것 같았지요. 어디에 몸을 두어야 할지, 어떻게 될지 알 수가 없었습니다. 이렇게 아침나절이 다 흘러갔습니다. 우리는 회랑에 깔아놓은 돗자리 위에서 말 한마디 하지 않고, 손가락 하나 까딱하지 않고 커피만 마셨습니다. 시원한 타일 바닥에 배를 깔고 누운 개들도 축 늘어져 있었습니다. 점심을 먹고 조금 기운을 차렸지요. 푸짐하고 특별한 식사였는데 잉어와 송어, 멧돼지, 고슴도치, 버터, 크레시아 포도주, 바나나 등 이국적인 음식들이 우리를 둘러싸고 있는 자연만큼이나 복잡해 보였습니다. 식사를 마치고 막 자리에서 일어나려는 참이었어요. 갑자기 크게 외치는 소리가 들렸습니다. 화덕같이 뜨거운 정원의 열기를 막으려고 닫아놓은 문 쪽에서 나는 소리였지요.

"메뚜기다! 메뚜기다!"

천재지변이라도 난 듯 주인의 얼굴은 백지장처럼 창백해졌습니다. 우리는 급히 밖으로 나왔어요. 조금 전까지만 해도 그렇게 조용하던 농장에서는 한 십 분 동안 난리였습니다. 잠에서 막 깬 사람들의 빠른 발소리와 분명치 않은 목소리가 들려왔습니다. 현관 그늘에서 잠을 자던 하인들은 밖으로 뛰쳐나가 막대기나 쟁기, 도리깨, 손에 잡히는 대로 들고 나온 금속 식기, 구리 냄비, 큰 냄비, 작은 냄비를 두들겨 소리를 내기 시작했습니다.

양치기들도 나팔을 불어댔지요. 바다 고동이나 사냥 나팔을 부는 사람들도 있었습니다. 서로 제각각 울려대는 소리가 소름 끼칠 정도로 소란스러운 데다가 이웃 부락에서 달려온 아랍 여자들이 '휘이! 휘이! 휘이!' 하며 지르는 소리는 더 날카로웠습니다. 아마 이렇게 큰소리를 내어 공기를 떨게 하면 메뚜기떼를 쫓아버리거나 땅에 내려앉지 않도록 할 수 있나 봅니다.

그런데 메뚜기떼는 대체 어디 있다는 것일까요? 열기 때문에 이글거리는 하늘에 보이는 것이라곤 저 너머 지평선에 붉은 구름 한 점뿐이었습니다. 우박을 동반한 먹구름에 거센 바람이 숲속 나뭇가지 수천 개를 한꺼번에 뒤흔드는 소리가 들렸지요. 바로 메뚜기떼였습니다. 길고 딱딱한 날개를 서로 비벼대며 떼를 지어 날아왔습니다. 아무리 소리를 지르고 애를 써도 메뚜기떼 구름은 평원에 커다란 그림자를 만들며 계속 다가왔습니다. 금방 우리 머리 위까지 날아왔지요. 가장자리에 있던 메뚜기들이 잠시 흩어지더군요. 처음 떨어지는 우박 몇 개처럼 붉은 메뚜기 몇 마리가 무리에서 떨어져나왔습니다. 그러더니 갑자기 메뚜기떼 구름이 갈라지면서 엄청난 소리를 내며 무더기로 떨어지는 것이었습니다. 끝없이 펼쳐진 밭은 온통 메뚜기 천지가 되었습니다. 손가락만큼 큰 메뚜기였지요.

이내 메뚜기 살육 작전이 시작되었습니다. 메뚜기들을 밟자 짚단 꺾이듯 징그러운 소리가 났습니다. 쇠스랑, 곡괭이, 쟁기를 들고 꿈틀꿈틀대는 땅을 휘저었지요. 하지만 죽이면 죽일수록 메뚜기는 더 늘어났습니다. 긴 다리가 얼기설기 얽힌 채, 층층이 쌓여 우글우글댔지요. 위에 있던 메뚜기들은 힘겹게 뛰어올라 메뚜기 사냥 때문에 동원된 말들의 콧등에 달라붙었습니다. 밭에 풀어놓은 농장과 이웃 부락의 개들은 메뚜기떼에 달려들어 사납게 물어 으스러뜨렸습니다. 그때 마침 저격병 두 부대가 나팔을 앞세우고 도와주러 왔습니다. 살육 작전은 백팔십도 변했지요. 군인들은 메뚜기를 밟아 죽이지 않고 화약을 길게 뿌린 후 불을 질렀지요.

메뚜기를 죽이는 데도 지치고 냄새도 고약해 나는 집 안으로 들어왔습니다. 하지만 농장 안에도 바깥만큼 메뚜기가 많았지요. 문이나 창문, 벽난로 굴뚝으로 들어온 것입니다. 나무 가구 끝이나 벌써 다 갉아먹어버린 커튼 속에서 기어다니거나 바닥으로 떨어지거나 날아다녔습니다. 하얀 벽을 기어 올라가니 큰 그림자가 지는 게 더 징그러워 보였지요. 지독한 냄새는 계속 났습니다. 저녁 식사 때는 물을 마실 수 없었습니다. 저수통이나 물탱크, 우물, 양어장 할 것 없이 모두 메뚜기투성이였으니까요. 저녁에 방에 들어와보니 그렇게 많이 죽였는데도, 가구 밑에서 아직까지도 메뚜기들이 우글대는 소리가 들리더군요. 벌레들 소리가 마치 뜨거운 태양에 콩깍지가 터지는 소리 같더군요. 그날 밤에도 나는 잠을 이룰 수가 없었습니다. 더군다나 농장에서도 자는 사람이 없었지요. 평원 이쪽 끝에서 저쪽 끝까지 불꽃이 일고 있었으니까요. 군인들은 계속 메뚜기 죽이는 데 여념이 없었습니다.

다음 날 아침, 전날처럼 방 창문을 열었습니다. 메뚜기떼는 가고 없더군요. 하지만 메뚜기떼가 휩쓸고 지나간 자리의 광경은 정말 처참했습니다! 꽃 한 송이 풀 한 포기 남아나질 않았지요. 온 사방이 검게 타버렸습니다. 바나나나무, 살구나무, 배나무, 귤나무를 구별할 수 있는 것은 메뚜기들이 갉아먹다 남은 나뭇가지뿐이었습니다. 더 이상 아름다운 모습은 찾아볼 수 없고, 나무의 생명인 잎들이 한들거리는 모습도 없었습니다. 사람들은 우물이나 저수통을 청소했습니다. 밭 여기저기에서 일꾼들은 메뚜기들이 까놓은 알을 죽이려고 흙을 갈아내고 있었습니다. 흙덩이마다 뒤집어서 정성 들여 으깨놓았지요. 이 비옥한 땅을 헤집어 허옇게 드러난 뿌리들을 보니 한창 물이 올랐을 텐데 하는 생각에 정말 마음이 아팠습니다.

카마르그에서

1
출발

동네가 온통 떠들썩했습니다. 방금 심부름꾼이 사냥터지기의 말을 프랑스어와 프로방스어를 섞어 전해주었습니다. 오리와 도요새 떼가 벌써 두세 차례 지나갔고, 철새들도 적지 않다는 것입니다.

"함께 가시지요!"

다정한 이웃들이 내게 메모를 보내왔습니다. 오늘 새벽 다섯 시경, 사람들은 대형 마차에 총과 사냥개, 음식가지를 싣고 나를 데리러 언덕 밑에서 기다리고 있었습니다. 이렇게 해서 우리는 12월의 아침, 약간은 건조하고 헐벗은 아를행 도로를 달리게 되었지요. 올리브나무의 잎들도 색이 바래 거의 구분을 할 수 없었고, 떡갈나무 잎사귀들도 너무 추워 보여 마치 인공적으로 보이더군요. 마구간에서는 말들이 깨어나 움직이기 시작했고, 날이 밝기도 전에 농장 창문에 불이 밝혀져 사람들이 깨기 시작했다는 것을 알 수 있었죠. 옛 잔재만 남은 몽마쥬르 수도원의 창문에는 잠이 덜 깬 흰꼬리수리가 날개를 퍼덕이고 있었습니다. 그래도 작은 나귀를 몰고 장으로 가기 위해 벌써 집을 나선 노파들의 모습이 보였습니다. 빌데보에서 오는 것이었지요. 이십오 킬로미터를 쉬지 않고 걸어와 생-트로핌므 시장에 자리 잡은 후 산에서 캔 약초를 파는 것은 고작 한 시간뿐이랍니다!

이제 아를의 성벽을 지나칩니다. 낮고 총안이 뚫려 있는 성벽인데, 창 던지는 병사들이 키보다 작은 구릉에 서 있는 모습을 그린 옛날 그림 같았지요. 우리는 힘차게 말을 몰아 프랑스에서 가장 운치 있는 이 아름다운 작은 도시를 지나갔습니다. 아를에서는 갖가지 장식과 부드러운 선을 자랑하는 발코니들을 볼 수 있습니다. 좁은 골목길을 꽉 채울 정도로 앞으로 나와 있었지요. 오래된 검은 집에는 첨두식의 낮고 작은 문이 나 있어 8세기 기윰 쿠르-네와 사라센 시대를 떠올리게 합니다. 이 시간 밖에 나와 있는 사람은 없더군요. 론강 둑에만 활기가 넘쳤습니다. 카마르그로 가는 증기선이 시동을 걸어놓고 출발할 준비를 하고 있었습니다. 붉은 양모 윗도리를 걸친 농부들과 농장에 날품팔이를 하러 가는 라로케트의 여인네들이 우리와 함께 갑판으로 올랐습니다. 자기들끼리 얘기를 하며 웃어대더군요. 오전의 싸늘한 공기 때문에 덮어 쓴 긴 갈색 두건 사이로 아를 여인들의 올린 머리가 우아하면서도 아담해 보였습니다. 뻔뻔스러워 보였지만 밉지 않았고 한바탕 웃어버리거나 장난을 걸고 싶어 하는 모습이 엿보였습니다. 이윽고 종이 울리고 배가 출발했습니다. 론강의 물살과 배의 추진기, 그리고 북동풍에 힘입어 배가 앞으로 나아가면시 강둑의 모습이 펼쳐졌습니다. 한쪽은 척박하고 돌투성이의 자갈밭 평원이었고, 다른 쪽은 풀밭과 갈대밭이 해안까지 뻗어 있는 카마르그였습니다.

배는 잠깐씩 양쪽 부교에 멈추곤 했지요. 중세 시대 아를 왕국이 번창할 당시에는 양쪽 부교를 '제국'과 '왕국'이라고 불렀고, 요즘도 론강의 늙은 뱃사공들은 그렇게 부르고 있답니다. 부교에는 하얀 농가 한 채가 서 있고 나무가 우거져 있습니다. 일꾼들은 도구를 담아내리고, 아낙네들은 바구니를 끼고 꼿꼿이 서서 지나갑니다. 제국을 거쳐 왕국으로 가는 사이 승객들이 하나둘씩 배에서 내렸고, 마드지로 부교에서 우리가 내릴 때에는 남아 있는 사람들이 몇 없었습니다.

마드지로는 바르뱅탄느 영주들이 사용하던 낡은 농장으로 사냥터지기가 우리를 찾으러 오기로 되어 있는 곳이었습니다.

부엌에서는 막일꾼, 포도 재배 일꾼, 양치기 등 농장에서 일하는 남자 일꾼들이 모두 식탁에 둘러앉아 심각한 분위기 속에서 아무 말 없이 천천히 식사를 하고 있었습니다. 남자들이 식사를 끝내면 그제야 식사 차례가 되는 여자들이 시중을 들고 있었지요. 이윽고 사냥터지기가 작은 마차를 타고 나타났습니다. 페니모어의 작품에나 나올 법한 인물로 땅이든 물이든 가리지 않는 사냥꾼이자 낚시터와 사냥터 감시인이었습니다. 이 지방 사람들은 이 사람을 '배회꾼'이라고 부른다는군요. 새벽 안개 속이든 해질 무렵이든, 갈대밭에 숨어 있거나 작은 배 안에서 움직이지 않고 저수지나 운하에 쳐놓은 통발을 감시하고 있는 모습을 볼 수 있었기 때문이었지요. 항상 감시를 하는 직업 탓이었을까요? 사람이 아주 조용하고 집중력이 뛰어나더군요. 그래도 총과 바구니를 실은 작은 마차를 앞에서 몰고 가며 사냥에 대한 소식이나 새들이 지나간 횟수, 철새가 내려앉은 장소 등에 대해 얘기해주었습니다. 이렇게 얘기를 나누며 카마르그로 들어갔지요.

경작지를 지나자 야생 상태의 카마르그에 이르렀습니다. 끝없이 펼쳐진 평원 군데군데에 저수지며 운하가 빛을 받아 반짝였습니다. 위성류와 갈대밭이 조용한 바다 위에 떠 있는 자그마한 섬들 같았지요. 키 큰 나무가 없어 평원 전체가 한결같이 탁 트여 보였습니다. 저 멀리 가축들을 가둬놓은 우리의 낮은 지붕이 거의 땅바닥에 붙어 있는 것처럼 보이기도 했고요. 소금기를 머금은 풀을 뜯거나 붉은 망토를 입은 양치기 주위에서 몸을 부대끼며 걸어가고 있는 양떼가 여기저기서 보였지만, 탁 트인 하늘과 맞닿아 끝도 없는 파란 지평선을 그리는 평원의 고요한 모습을 방해하지는 않았습니다. 파도가 밀어닥쳐도 한결같은 바다처럼 이 평원에서도 고독함과 거대한 느낌이 뿜어져나왔습니다. 게다가 장애물도 없이 쉬지 않고 불어대는 북동풍에 이런 느낌이 더해졌습니다. 큰 숨처럼 불어오는 북동풍 때문에 평원이 더 평평해지고 더 커지는 듯했지요. 바람 앞에서는 모든 것이 몸을 숙였습니다. 아주 작은 풀포기 하나도 북동풍이 지나간 자국을 선명히 드러내고 있더군요. 영원히 도망치려는 듯 남쪽으로 향한 채 쓰러져 있었으니까요.

2
오두막

갈대로 이은 지붕, 말려서 노랗게 색이 바랜 갈대로 만든 벽. 이것이 오두막이었습니다. 사냥 약속장소를 우리는 오두막이라고 불렀지요. 카마르그 지방의 전통 양식으로 지어진 오두막은 천장이 높고 공간이 넓었습니다. 창문이 없어서 유리문을 통해 햇빛이 들어오고 저녁이면 덧문을 닫아버립니다. 석회로 하얗게 한 번만 칠한 벽에는 연장걸이가 박혀 있어 총과 사냥 망태기, 장화를 기다리고 있습니다. 구석에는 돛대를 바닥에 심어놓아 지붕까지 받치고 있었고, 대여섯 개의 그물침대가 걸려 있었답니다. 밤에 북동풍이 불어오고, 사방에서 삐걱대는 소리가 들려오는 데다가 바람에 밀려오는 먼바다의 파도소리까지 들리면, 마치 배의 선실에 누워 있는 듯한 착각이 들기도 한답니다.

무엇보다도 오두막이 정겨워 보이는 것은 오후랍니다. 남부 지방 특유의 겨울날이면 위성류 뿌리 몇 개가 타고 있는 키 높은 벽난로 옆에서 혼자 보내기를 좋아합니다. 북풍이 불면 문짝이 덜컹거리고 갈대밭에서도 윙윙대는소리가 들려오지요. 바람에 흔들리는 소리는 제 주위를 둘러싼 자연이 포효하는 소리의 작은 메아리에 불과합니다. 거센 바람에 채찍이라도 맞은 듯 겨울 해는 흩어졌다가 다시 모였다가 이내 다시 사라져버립니다. 눈부시게 파란 하늘에는 커다란 구름들이 그림자를 만듭니다. 햇빛은 나타났다 사라졌다 하고 소리도 마찬가지입니다. 갑자기 어디선가 양들을 불러모으는 나팔소리가 들렸다가 바람소리에 묻혀 잊을 만하면 덜컹거리는 문소리와 함께 반가운 후렴구처럼 다시 들려옵니다. 사냥꾼들이 도착하기 바로 전인 황혼녘은 그야말로 가장 달콤한 시간입니다. 그때가 되면 바람도 잠잠해지지요. 그러면 나는 잠시 밖으로 나갑니다. 붉고 커다란 해가 천천히 내려앉는 것이 보입니다. 열을 내지 않고 타고 있는 듯합니다. 밤이 내리면 축축한 검은 날개가 몸을 스친 듯 쌀쌀해집니다. 저쪽 지평선 근처에는 총이 발사되면서 생긴 붉은 별빛이 주위에 깔린 어둠 때문에 더욱 선명해 보입니다. 아직 남아 있는 햇빛 속에 살아 있는 것들은 발길을 재촉합니다. 오리들은 땅에 내려앉을 것처럼 낮게 긴 삼각형을 그리며 날고 있습니다. 그러다 등불이 켜져 있는 오두막 때문에 갑자기 오리 떼는 멀어져가지요. 행렬을 지휘하던 오리가 얼굴을 들어 높이 날기 시작하면 뒤에 따라오던 오리들은 거친 울음소리를 내며 더 높이 날아오릅니다.

곧이어 빗소리 같은 후드득거리는 소리가 가까이서 들려옵니다. 목동이 불러들인 수천 마리의 양들이 개의 감시 속에 목장으로 돌아오는 것이지요. 이리저리 뒤섞인 발소리와 헐떡거리는 숨소리가 들려옵니다. 겁을 집어먹었어도 말은 잘 듣지 않는 양들이 이렇게 목장으로 귀가합니다. 나는 곱슬곱슬한 양털과 양들의 울음소리에 섞여 어쩔 줄을 모르지요. 그 모습이 진짜 파도 같아서 목동들도 넘실넘실대는 파도에 밀려가는 것처럼 보인답니다. 양떼가 지나가고 나면 낯익은 발소리, 즐거운 목소리가 들려옵니다. 오두막은 사람들로 꽉 차고 시끌벅적해집니다. 포도나무 가지가 벽난로에서 타고 있고요. 힘든 만큼 웃음도 많이 납니다. 기분 좋게 피곤함을 만끽하는 것이지요. 총은 한구석에 세워두고 장화는 아무 곳에나 대충 벗어던지고, 빈 망태 옆에는 피가 묻은 붉은색, 금색, 초록색, 은색 깃털들이 놓여 있습니다. 곧이어 식탁이 차려집니다. 맛있는 뱀장어수프에서 나는 김에 모두 입을 다뭅니다. 왕성한 식욕 탓에 다들 말없이 먹기만 합니다. 문 앞에서 사발을 핥고 있는, 사납게 으르렁대는 개의 소리만이 침묵을 깰 뿐입니다.

밤은 짧게 끝날 모양입니다. 불 가까이 있는 사람은 사냥터지기와 나뿐이었지만 사냥터지기도 벌써 깜빡깜빡 졸고 있습니다. 우리는 얘기를 나누었지요. 그러니까 이곳 농부들이 하듯이 가끔 한마디씩 툭툭 던지곤 했다는 것입니다. 타고 있는 포도나무 가지의 마지막 불꽃처럼 금방 사라져버리는 이 지방 특유의 짧은 어법이지요. 결국 사냥터지기도 일어나 램프를 켜들고 자리를 떴습니다. 나는 어둠 속에 사라지는 그의 무거운 발소리를 듣고만 있었지요.

3
기다림(매복)

기다림! 매복, 사냥꾼의 잠복이라는 말보다 얼마나 운치 있는 말입니까. 내내 기다려야만 하는, 정해진 것이라곤 없는 시간들, 낮과 밤 사이에서 갈등하는 시간들 말입니다. 아침 매복은 동트기 바로 전에 서고, 저녁 매복은 황혼녘에 선답니다. 특히 낮에 받은 햇빛을 오래도록 간직하고 있는 늪지대가 많은 이 고장에서는 저녁 매복이 더 좋더군요.

사냥꾼들은 가끔 용골이 없고 좁은데다가 조금만 건드려도 흔들리는 작은 배에서 매복을 하는 경우가 있습니다. 갈대에 몸을 숨기고 배에 엎드려 오리를 감시하는 것이죠. 모자챙과 총부리, 불어오는 바람에 코를 대고 냄새를 맡으며 모기들을 덥석덥석 물어대는 개의 얼굴만 겨우 보일까 말까 합니다. 개가 큰 발로 배를 한쪽으로 누르면 배에 물이 차기도 하지요. 이렇게 매복하는 것은 너무 힘겨워서 미숙한 나로서는 아직 역부족입니다.

그래서 나는 주로 가죽으로 만든 커다란 장화를 신고 늪 한가운데를 철벅거리면서 걸어다닙니다. 진흙에 발이 빠질까 봐천천히, 조심해서 걷는답니다. 짭짤한 소금 냄새 가득한 갈대를 벌리며, 튀어오르는 개구리를 피해가며 걷지요.

다행히 위성류가 무성한 조그만 섬을 찾았습니다. 나는 마른땅 한구석에 자리를 잡았습니다. 사냥터지기는 나를 배려한다고 자기 개를 선뜻 빌려주었지요. 하얀 털이 난 피레네산 품종으로 땅에서건 물에서건 최고의 사냥개였습니다. 하지만 개가 옆에 있으니 좀 불편하더군요. 쇠물닭이 사정거리에 들어오자, 사냥개는 눈을 가릴 정도로 출렁출렁 늘어진 긴 귀를 마치예술가들처럼 뒤로 넘기더니 나를 비웃는 듯한 표정으로 쳐다보더라고요. 그러더니 준비 자세를 하고 꼬리를 좌우로 흔드는것이 내게 무슨 말이라도 하려는 듯 바쁜 모습이었습니다.

"쐬…. 빨리 쏘라니까!"

총을 쐈습니다. 빗나가버렸지요. 그러자 몸을 쫙 펴 눕고는하품까지 하더니 피곤하고 지친 듯 기지개를 펴는 모습이 버릇없어 보이기까지 하더군요.

하지만 뭐 어쩌겠습니까. 나도 압니다. 내가 형편없는 사냥꾼이라는 것을요. 내게 있어 사냥 매복의 의미는 해가 지는 시간, 잦아들어 물 속에 숨어버리는 햇빛, 은빛으로 빛나는 저수지, 어두운 하늘의 색채에 있습니다. 이 물 냄새와 갈대밭에서 바스락거리는 이름도 알 수 없는 곤충들, 자그마하게 떨리는 기다란 잎사귀들을 사랑하는 것입니다. 가끔 바닷고동소리처럼 슬픈 선율이 하늘에 메아리칩니다. 해오라기가 물고기를 잡으려고 부리를 물 속에 박고 부우우우 하며 소리를 내는 것이지요! 두루미들도 머리 위로 날아갑니다. 깃털이 부스럭거리는 소리, 청명한 바람 속에 헝클어진 솜털소리, 너무 세게 날아 뼈가 뚝뚝거리는 소리까지도 들을 수 있답니다. 새들도 지나가고 나면 사방이 고요합니다. 밤이 된 것이죠. 물 위에 빛이 조금만 남아 있는 깊은 밤이 된 것입니다.

그러다가 갑자기 소름이 끼쳤습니다. 등 뒤에 누가 서 있기라도 한 것처럼 신경이 곤두섰지요. 뒤돌아보니 아름다운 밤의 동반자, 달이 떠 있었습니다. 천천히 떠오르는 커다란 보름달은 처음에는 빨리 올라오는 듯하더니 지평선에서 멀어질수록 속도가 느려졌습니다.

벌써 내가 있는 곳까지 선명한 달빛이 비추었습니다. 조금 더 떨어진 곳도 밝아오는군요. 이제 늪지대 전체가 달빛으로 환해졌습니다. 풀 한 포기에도 그림자가 생길 정도가 되었습니다. 이제 매복은 끝났습니다. 새들이 우리의 모습을 볼 수 있으니까요. 이제 돌아갈 시간이 되었습니다. 파랗고 먼지처럼 가벼운 달빛을 한껏 받으며 우리는 함께 걸었습니다. 늪과 운하에 발을 담그자 수많은 별과 달빛이 물을 건너 저 멀리까지 이르는 듯했습니다.

4
좌익과 우익

우리가 머물던 오두막 바로 옆에 또 한 채의 오두막이 있었습니다. 모양은 비슷하지만 더 시골 분위기가 났습니다. 이곳에서 사냥터지기는 부인과 두 아이와 함께 살고 있었습니다. 사냥꾼들의 식사를 준비하는 딸은 그물망을 손질하고 있었고, 아들은 아버지와 함께 통발을 거두어들이고 저수지의 수문을 감시하는 일을 도왔습니다. 셋째와 넷째 아이는 아를에 있는 할머니 댁에서 지내는데 글을 깨우치고 첫 영성체를 할 때까지 그곳에 머물 예정이랍니다. 이곳에서는 성당과 학교가 너무 멀고, 카마르그의 공기도 어린아이들에게 좋을 것이 없었지요.

여름이 되면 늪지대가 마르고 운하의 허연 바닥도 여름의 더운 열기에 갈라지기 때문에 살 곳이 못 됩니다.

한번은 8월에 물오리 사냥을 하러 왔다가 완전히 타들어간 이곳의 모습이 너무나 슬프고 적막해서 잊을 수가 없었습니다. 늪마다 태양열을 받아서 커다란 양조통처럼 연기를 뿜고 있었죠. 그래도 늪 바닥에는 생명을 유지하려는 도롱뇽, 거미, 물파리 들이 축축한 곳을 찾아 우글거렸습니다. 공기는 매캐했고, 썩는 냄새가 무겁게 떠다니는데다가 헤아릴 수 없는 모기떼가 윙윙대고 있었습니다. 사냥디지기 가족들은 모두 몸을 떨었고 열이 났지요. 노랗게 뜬 초췌한 얼굴과 퀭한, 유난히 큰눈을 보고 있자니 마음이 아프더군요. 혹독하게 내리쬐는 태양 아래에서 삼 개월 내내 오한에 떨며 지내야 하는 신세니 말입니다. 카마르그 사냥터지기의 생활이 얼마나 서럽고 힘든지 모릅니다! 그래도 이 사냥터지기는 부인과 자식이 함께 살고 있기라도 하지요. 이곳에서 팔 킬로미터 떨어진 늪지대에는 말지기가 살고 있는데 일 년 내내 혼자 외롭게 지내야 해서 그야말로 로빈슨 크루소의 생활이 따로 없다니까요. 자신이 직접 지은 갈대 오두막에, 갖추어놓은 살림살이도 그의 손을 거치지 않은 것이 없습니다. 버들가지로 짜 만든 그물침대에서부터 아궁이로 쓰려고 가져다놓은 검은 돌 세 개, 위성류를 다듬어 만든 사다리, 그리고 이 희한한 집을 잠그려고 흰 나무로 만든 자물쇠와 열쇠까지 말입니다.

말지기도 그의 집만큼이나 희한한 사람이지요. 은둔자처럼 조용한 철학가 같고 덥수룩하게 난 짙은 속눈썹에는 의심 많은 농부의 모습도 보입니다. 들판에 나와 있지 않을 때에는 문 앞에 앉아 있는 것이 눈에 띕니다. 말에게 쓸 약병 주위에 흩어놓은 분홍색, 파란색, 노란색 처방전을 어린아이같이 정성 들여 천천히 읽고 있는 것이죠. 희한한 말지기에게는 독서 외에는 다른 소일거리가 없었고, 처방전 말고는 읽을 책도 없었답니다.

바로 이웃에 살고는 있지만 사냥터지기와 말지기는 서로 왕래가 없습니다. 마주치는 것을 일부러 피할 정도니까요. 어느 날 사냥터지기에게 왜 말지기와 그렇게 사이가 좋지 않냐고 물었더니 사냥터지기는 심각하게 대답했습니다.

"의견 차이지요. 저 친구는 좌익이고 저는 우익이거든요."

그러니까 서로 가까워져야 할 정도로 고독한 이 사막 같은 고장에서 테오크리토스의 소몰이꾼들처럼 배운 것도 없고 순진하기만 한 두 사람이 정치적 신념이라는 황당한 이유로 서로 미워했던 것입니다. 일 년에 고작 한 번 시내에 나갈까 말까 하고, 아를의 작은 카페의 금박 장식이나 거울도 프톨레미의 궁전처럼 눈부시게 볼 사람들이 말입니다.

5
바카레스호수

카마르그에서 가장 경관이 빼어난 곳은 바카레스호수입니다. 나는 가끔 사냥을 포기하고 이 바다 호숫가에 나와 앉아 있곤 합니다. 커다란 바다의 조그만 조각 같은 호수로, 육지가 막고 있는 모습 자체가 내게는 매우 친밀하게 다가왔습니다. 보통 해안기는 척박하고 건조한 느낌을 주는데 바가레스호수의 높은 강둑에는 가늘고 은은한 향이 풍기는 잔디가 펼쳐져 있고, 특이하면서도 운치 있는 꽃들이 가득하답니다. 수레국화, 클로버, 용담과 날씨가 바뀌면 겨울에는 파란빛을 띠고 여름에는 붉은빛을 띠는 예쁜 야생화들이 계절의 변화에 따라 끝없이 꽃을 피우면서 자기 색들을 뽐낸답니다.

오후 다섯 시 해질 녘이면 시선을 방해할 배 한 척, 돛단배 한 척 없는 자그마한 호수의 풍경은 과히 극찬할 만합니다. 늪이나 운하는 조금만 밟아도 물이 배어나는 점토질 토양이 군데군데 있어 나름대로 친밀한 매력을 느낄 수 있지만, 이곳 호수는 넓고 탁 트였다는 느낌을 줍니다.

파도가 태양에 반짝이며 일렁이면 멀리서 검둥오리, 왜가리, 해오라기, 하얀 배에 분홍 날개를 자랑하는 홍학들이 떼 지어 날아옵니다. 강둑을 따라 물고기를 잡기 위해 늘어선 모습이 갖가지 색깔을 일부러 맞춘 느낌이지요. 그리고 따오기, 진짜 이집트산 따오기가 강렬한 햇빛 아래 조용한 풍경에 묻혀 제집처럼 편안히 거닙니다. 내가 앉아 있는 곳에서도 물결이 출렁이는 소리와 흩어진 말을 불러들이는 말지기의 목소리만 들려올 뿐입니다. 말들의 이름이 모두 대단하더군요.

"시퍼(루시퍼)! 에스텔로! 에스투르넬로!"

자기 이름이 들리자 말들이 갈기를 바람에 날리며 말지기에게 달려와 귀리를 먹어댔습니다.

더 멀리에는 수많은 소 무리가 말들과 마찬가지로 자유롭게 풀을 뜯고 있었습니다. 가끔 위성류 덤불 위로 소의 굽은 등과 조금씩 자라는 뿔이 보일 때가 있답니다. 카마르그에서 기르는 소는 대부분 마을 축제 때 쓰입니다. 몇 마리는 벌써 프로방스와 랑그독 투우장에서도 유명해졌답니다. 옆에 있었던 소 무리

가운데서도 로맹이라는 싸움소는 매우 사나워서 벌써 아를과 님, 타라스콩에서 얼마나 많은 남자와 경기마를 받았는지 모릅니다. 소 무리에서도 이 소를 대장으로 삼았지요. 희한하게 동물들 사이에도 서로 지배하려는 습성이 있어서 가장 나이 많은 황소를 지도자로 삼아 살아간답니다. 카마르그의 대평원에 폭풍우가 몰아칠 때 황소들의 모습을 봐야 합니다. 폭풍우를 피할 수도, 멈출 수도 없는 평원에서 소들은 지도자 뒤로 집합해서 힘이 집약된 넓은 이마를 숙인 채 바람이 불어오는 방향으로 서 있답니다. 프로방스의 목동들은 이 동작을 '뿔로 바람맞기'라고 부릅니다. 똑같이 따라하지 않는 소들에게는 큰일이 일어나는데, 비 때문에 앞도 못 보고 폭풍우에 이리저리 휘말리다 보면 겁을 집어먹어 길을 잃고 흩어지게 되죠. 폭풍우를 피하려고 뛰어나간 소들은 길을 잃고 론강이나 바카레스호수, 아니면 아예 바다로 뛰어든답니다.

향수

오늘 아침, 여명이 밝아오기 시작할 무렵, 갑작스런 북소리에 나는 화들짝 놀라 잠에서 깼습니다. 따라라라! 따라라라!

이런 시각에 내 소나무 숲에 와서 북을 치다니! 이렇게 희한한 일이 있나.

나는 허둥지둥 침대에서 내려와 달려나갔습니다.

그런데 밖에는 아무도 없지 뭡니까! 북소리도 그쳤습니다. 이슬에 젖은 머루나무 사이에서 도요새 두세 마리가 날개를 퍼덕이며 날아갔습니다. 바람이 가볍게 불어 나뭇가지들이 흔들리고요. 동쪽 알피유산 봉우리에는 천천히 떠오르는 태양이 황금빛 먼지를 일으키고 있었습니다. 햇빛이 벌써 방앗간 지붕까지 비쳐왔습니다. 그때 보이지 않는 북소리가 들판 쪽 나무그늘 밑에서 들려왔습니다. 따라라… 따라라… 따라라라라!

이런 제기랄! 잊어버리고 있었는데. 대체 이 새벽에 숲속에 들어와 북을 치는 야만인이 누구야? 둘러보아도 소용없었습니다. 아무것도 보이지 않았으니까요. 라벤더 덤불과 길가까지 뻗어내려가는 소나무들밖에는요. 덤불 속에 장난꾸러기 요정이 숨어서 나를 골탕 먹이고 있는지도 모르지요. 요정 아리엘이나 장난꾸러기 퍽일지도 모르고요. 퍽 요정이 풍차 방앗간을 지나가다 갑자기 생각이 났나 보죠.

"그 파리 사람이 저 안에서 아주 편하게 자고 있네. 시끄럽게 음악소리나 들려줘야지."

그래서 큰북을 메고 따라라라! 따라라라! 하면서 북을 쳐댄 것일지도 모릅니다. 조용히 못하겠니, 퍽! 내 매미들을 다 깨울 작정이야!

범인은 퍽이 아니었습니다. 범인은 다름 아닌 피스톨레라고도 하는 구게 프랑스와로, 제31연대의 고수병으로, 장기 휴가를 나온 참이었습니다. 고향에서 피스톨레는 지겹게 지냈습니다. 군대로 돌아가고 싶어 했지요. 마을에서 북을 빌려주면 우울한 기분으로 숲속에 들어가 프랑스 으젠느 연대를 그리워하며 북을 쳐대는 것이었습니다.

그리고 오늘 군대를 그리워할 장소로 나의 작은 언덕이 뽑혔던 것입니다. 피스톨레는 소나무에 기대서 북을 다리 사이에 받치고 신나게 두들겨대고 있었습니다. 자고새 새끼가 놀라

바로 앞에서 날아가는데도 피스톨레는 전혀 눈치채지 못하더군요. 꽃향기가 듬뿍 났는데도 느끼지 못하더라니까요

나뭇가지에서 햇빛을 받고 하늘거리는 거미집도, 북에 부딪히는 소나무의 가는 잎사귀도 알아채지 못했답니다. 자기만의 꿈과 음악에 온통 빠져들어 북치는 막대가 튕겨 나가는 것을 사랑스럽게 지켜보았지요. 북소리가 날 때마다 피스톨레의 크고 우둔해 보이는 얼굴에는 기쁨이 넘쳐흘렀어요.

따라라라! 따라라라!

"우리 막사가 얼마나 근사했는데. 마당에는 큰 타일이 깔려 있고, 가지런히 늘어선 창문에 모자를 눌러쓴 군인들, 그릇 부딪히는 소리가 울려 퍼지는 낮은 아케이드!"

따라라라! 따라라라!

"아! 북적대는 계단과 하얗게 칠한 복도, 냄새나는 내무반, 반짝반짝 윤을 낸 혁대, 빵 자르는 도마, 왁스통, 철제 침대에 회색 담요, 무기통에서 반짝이는 총들!"

따라라라! 따라라라!

"아! 호위병들이 보내는 즐거운 하루, 손가락에 끈적끈적 달라붙는 카드, 펜으로 긁적긁적대 더러워진 스페이드 여왕패, 야전 침대 위에 굴러다니던, 책장이 다 떨어져나간 피고-르브렁의 책!"

따라라라! 따라라라!

"아! 관청 앞에서 보초를 서던 기나긴 밤들, 비가 들이쳐 발이 시렵던 낡은 초소! 진창을 밟으면서 파티에 참석하러 가는 마차들! 아! 추가 노역과 영창에서 보낸 날들, 냄새나는 변기통에 딱딱한 목침, 비오는 날 아침에 들려오는 기상나팔, 가스등이 켜질 시각에 안개 속으로 들려오는 귀영 나팔, 귀영 시간에 맞추어 숨차게 달려온 추억들!"

따라라라! 따라라라!

"아! 뱅센 숲, 하얀 면장갑, 요새에서의 산책…. 아! 사관학교의 울타리, 군인을 상대하는 여자들, 살롱 드 마르스의 트럼펫, 음악홀에서 마셔대던 술, 딸꾹질을 하면서 털어놨던 속 얘기들, 총처럼 뽑아들었던 라이터, 가슴에 손을 얹고 불러댔던 아름다운 로맨스!"

꿈이 꼬리에 꼬리를 물었습니다. 애처롭기도 하지! 내가 자네를 막을 수는 없지. 힘껏 북을 치게나. 팔에 온 힘을 주어서 말이야. 자네를 우습다고 비웃을 권리는 없는 것 같네.

군대가 그렇게 그럽나? 그렇다면 나는 어떻겠는가?

내가 지내던 파리의 모습이 자네의 군대처럼 이곳까지 나를 찾아와 추억에 잠기게 만든다네. 자네는 소나무 밑에서 북을 치게나! 나는 같은 곳에서 글을 쓰지. 아! 우리 두 사람 다 훌륭한 프로방스 사람이구먼! 저기 파리에서는 이곳의 푸른 알피유산과 라벤더 향기를 그리워했었지. 그런데 이제는 프로방스 한복판에 앉아서 파리를 그리워하고, 파리를 떠올리는 모든 것을 소중히 생각하고 있으니!

　마을의 시계종이 여덟 시를 알렸습니다. 피스톨레는 북을 계속 치면서 집으로 돌아가려 길을 나섰습니다. 계속 북을 치면서 소나무 숲을 내려가는 소리가 들려왔습니다. 그런데 내가 잔디에 누워 향수병에 젖어버렸지 뭡니까. 멀어지는 북소리를 듣고 있자니 소나무 숲 사이로 파리의 모습이 눈에 선하게 비치더군요.

　아! 파리… 파리! 잊을 수 없는 파리!

타르타랭의 신기한 모험

첫 번째 이야기
-타라스콩에서

1
바오바브나무 정원

타라스콩의 타르타랭을 처음 만난 날, 그날을 나는 평생 잊지 못할 겁니다. 그를 만난 지 어느덧 십이 년인가 십오 년이 흘렀는데도, 그날의 일들이 바로 엊그제처럼 아직도 생생합니다. 용감무쌍한 타르타랭은 도시 입구에 살고 있었습니다. 아비뇽으로 향하는 길목 왼편에 우두커니 서 있는 세 번째 집이 바로 그의 보금자리였지요. 작고 아담한 타라스콩의 전통 양식으로 앞에는 정원이, 뒤에는 발코니가 있었고, 새하얀 벽과 초록색 차양이 예쁘게 어우러져 있었습니다. 문 앞에서는 굴뚝 청소부 몇몇이 비사치기를 하거나 따사로운 햇살을 이불 삼아 왁스 상자를 베고 낮잠을 자곤 했지요.

한마디로 겉으로 봐서는 이렇다 할 것이 없는 평범한 집이었어요.

누가 이 집을 영웅의 집이라 생각이나 하겠습니까. 하지만 일단 발을 들여놓으면… 와, 이럴 수가!

지하실에서 다락 창고까지 온 집안이, 심지어는 정원에서도 영웅의 풍모가 넘쳐흐른답니다!

오! 타르타랭의 정원! 이런 정원은 유럽에서는 다시 보기 힘들 겁니다. 이 정원에서는 프랑스에서 난 것이라고는 나무 한 포기, 꽃 한 송이 찾아볼 수 없습니다. 모두 이국에서 가져온 식물들뿐이지요. 고무나무, 호리병박, 목화나무, 야자나무, 망고나무, 바나나나무, 종려나무, 바오바브나무를 비롯해 온갖 선인장들에 둘러싸여 있으면 마치 타라스콩에서 수만 킬로미터 떨어진 중앙아프리카 한가운데에 있는 듯한 착각에 빠질 정도랍니다. 물론 이 식물들이 자연 상태로 자라고 있는 것은 아니었습니다. 야자나무는 순무 크기밖에 안되었고, 바오바브나무도 물푸레나무 화분 정도면 충분했지요. 하지만 어떻습니까! 타라스콩에서 이만한 정원이면 아주 근사한 것이거든요. 매주 일요일, 타라스콩의 유일한 바오바브나무를 구경하는 영광을 누리게 된 사람들은 정원을 나올 때면 한결같이 입을 다물지 못할 정도였다니까요.

그날, 이 경이로운 정원을 구경하면서 내가 얼마나 감동받았을지 생각해보세요! 더구나 우리들의 영웅이 쓰는 방에 들어갔을 때는 또 다른 감동에 사로잡혔습니다.

타라스콩의 명물 중 하나인 이 방은 정원 구석에 있었고, 유리로 된 문을 통해서는 바오바브나무가 서 있는 모습이 보였지요.

바닥에서 천장까지 총기와 칼로 도배된 커다란 방을 한번 상상해보세요. 이 방에는 세계 각국에서 수집한 온갖 종류의 무기가 한자리에 모여 있있습니다. 기병총, 소총, 기동, 코르시카칼, 카탈로니아칼, 칼 달린 권총, 사냥칼, 단검, 카리브화살, 부싯돌로 만든 화살, 도끼, 곤봉, 아프리카 호텐토트의 몽둥이, 멕시코의 올가미 등등!

게다가 칼날과 총의 개머리판이 눈부신 햇살에 반사되면 온몸에 소름이 돋는 것 같았어요. 그래도 무기들을 깨끗하고 질서정연하게 정리해놓은 것을 보니 조금 안심이 되었습니다. 모든 것이 제자리에 놓여 있고, 정성 들여 깨끗하게 닦아놓은 데다가 라벨까지 붙여놓은 것을 보니 마치 약국의 진열장 같더군요. 작은 나무판자에는 친절하게도 이렇게 씌어 있었습니다.

독화살, 만지지 마시오! 혹은 주의! 장전되어 있음.

이 나무판자들이 없었다면 나는 들어갈 엄두도 내지 못했을 겁니다. 방 한가운데에는 외발 탁자가 놓여 있었고, 그 위에는 럼주병과 터키 담배쌈지, 쿡크 선장의 《여행기》, 쿠퍼와 귀스타브 에마르의 소설, 곰사냥, 매사냥, 코끼리 사냥에 관한 책들이 즐비했습니다.

그리고 탁자 앞에는 한 남자가 앉아 있었죠. 마흔이나 마흔다섯 살쯤 되어 보이는 작고 뚱뚱한 남자로, 붉은 혈색이 돌았고 플란넬 속바지에 셔츠 바람이었어요. 짧고 진한 턱수염에 눈빛은 이글이글 타는 듯했고요. 한 손에는 책을, 다른 한 손에는 쇠뚜껑이 달린 커다란 파이프 담배를 들고 있었답니다. 어느 사냥꾼의 이야기를 읽고 있는지는 모르겠지만, 남자는 아랫입술을 내밀고는 오만상을 하고 있더군요. 이 퇴직한 사내의 표정에서는 집 안 전체에 흐르던 호인의 위풍당당함이 풍겨 나왔습니다.

그렇습니다. 이 사람이 바로 타르타랭, 타라스콩의 타르타랭입니다. 용감무쌍하고 위대한, 감히 누구도 대적할 수 없는 타라스콩의 타르타랭입지요.

2
타라스콩 살펴보기 1
모자 사냥꾼

그때는 타라스콩의 타르타랭이 요즘 같지 않았습니다. 프랑스 남부 전역에서 칭송을 한몸에 받았던 이 위대한 타라스콩의 타르타랭이 아니었다는 말이죠. 물론 그 시절에도 그가 타라스콩에서는 왕과 같은 존재였다는 것은 말할 필요도 없습니다.

왜 왕과 같다는지 이제 살펴볼까요?

여러분도 잘 아시겠지만, 이 지방에선 어른 아이 막론하고 누구나 다 사냥꾼이랍니다. 타라스콩의 늪지대에서 난동을 피우는 이무기를 마을 사람들이 물리쳤다는 전설이 존재하던 시절부터 사냥은 타라스콩 사람들의 일상생활이 되었습죠. 그러니까 아주 오래전부터라는 것을 아시겠지요?

어쨌든 일요일 아침마다 타라스콩은 무기를 챙긴 가방을 메고, 총을 어깨에 걸치고 집을 나섰습니다. 사냥개 짖는 소리와 사냥 나팔소리가 왁자지껄하게 울려 퍼졌지요. 보기에도 아주 위풍당당한 모습이었습니다. 하지만 불행히도 사냥감은 부족해도 너무 부족했습죠.

동물들이 아무리 머리가 나빠도 그렇지, 사냥꾼들을 조심하지 않았겠습니까?

타라스콩 사방으로 이십 킬로미터 안쪽에 있는 땅굴과 새집은 모두 텅텅 비어버렸지요. 티티새 한 마리, 메추라기 한 마리 찾아볼 수 없었고, 어린 토끼나 배가 흰 새들도 씨가 말라버렸습니다.

하지만 동물들도 타라스콩의 예쁜 언덕들을 쉽사리 뿌리치지는 못했습니다. 도금양, 라벤더, 로즈메리 향이 사방 가득했고 론강을 따라 나 있는 포도는 잔뜩 여물어 단맛이 가득 밴 것이 기가 막힐 정도였지요. 하지만 타라스콩이지 않습니까. 산속 동물들과 새들의 나라에서는 타라스콩을 상당히 못마땅하게 여겼습니다.

철새들조차 자기들의 지도 위에 커다랗게 십자가 표시를 해놓을 정도였습니다. 야생 오리들이 편대를 이루며 카마르그를 향해 날아갈 때도 멀리서라도 타라스콩의 종탑이 보일라치면 맨 앞에 가던 새가 크게 소리를 질러 알려줍니다.

"타라스콩이다! 타라스콩!"

그러면 오리떼 전체가 급커브를 틀었습니다.

결국 타라스콩에 사냥감이라고는 늙은 능구렁이 토끼 한 마리밖에 없었습니다. 토끼는 타라스콩의 동물 대학살 작전에도 용케 살아남아 이곳에서 살겠다고 고집을 피우고 있었지요. 타라스콩에서 이 토끼를 모르는 사람은 없었습니다. 이름도 지어줄 정도였지요. 날쌘돌이라고요. 토끼가 봉파르 씨의 땅에다 굴을 파고 산다는 것은 다들 알고 있었지만, 토끼를 잡을 방도는 아무도 몰랐습니다. 우리끼리 얘기지만 토끼 때문에 봉파르 씨의 땅값은 두 배, 아니 세 배 정도 뛰었다니까요.

지금까지도 토끼를 잡겠다고 벼르고 있는 사냥꾼이 있답니다. 물론 두세 명밖에 안되지만 말이에요.

나머지 사냥꾼들은 모두 단념해버렸죠. 날쌘돌이는 오래전부터 이 지방의 미신 같은 존재가 되어버렸어요. 타라스콩 사람들은 원래 미신을 잘 믿지 않는 성격인데도 말입니다. 오죽하면 제비를 잡아서 스튜를 만들어 먹겠습니까.

아니! 타라스콩에 사냥감이 그렇게 줄어들었다면 대체 타라스콩의 사냥꾼들은 일요일마다 무얼 할까요? 궁금하시죠?

사냥꾼들이 하는 일이 뭐냐고요? 뭐긴 뭡니까! 사냥꾼들은 타라스콩에서 십 킬로미터 정도 떨어진 벌판으로 나간답니다. 대여섯 명씩 짝을 지어 우물이나 낡은 벽, 올리브나무 그늘에 편안히 누워 망태기에서 쇠고기 찜과 양파, 소시지, 엔쵸비를 꺼내 점심 식사를 하느라 시간 가는 줄 모른답니다. 맛좋은 론 지방의 포도주를 곁들여 먹으면서 웃고 떠들며, 노래도 부르지요.

그러다 배가 두둑해지면 자리를 털고 일어나 휘파람을 불어 사냥개를 부르고 총에 장전을 한 후 사냥에 나섭니다. 그 사냥이라고 하는 것이 무어냐면, 그러니까 사냥꾼들이 각자 모자를 꺼내 있는 힘껏 공중에 던진 후 날아가는 모자에 총을 쏘는 것이랍니다. 미리 약속을 정하고 오연발, 육연발, 혹은 이연발총으로 쏘는 것이지요.

그렇게 해서 모자를 가장 많이 맞힌 사람이 그날의 사냥 왕으로 뽑히고, 왕은 저녁이 되면 구멍 뚫린 모자를 총 끝에 걸고 사냥개 짖는 소리와 팡파르소리가 울려 퍼지는 가운데 의기양양하게 타라스콩으로 입성합니다.

그러니 타라스콩에서 사냥 모자 장사가 엄청나게 잘된다는 것은 두말하면 잔소리지요. 심지어 어설픈 사냥꾼들을 위해 미리 구멍을 내고 찢어놓은 모자를 파는 장사치도 생겨났답니다. 그래도 그런 모자를 사는 사람은 약사인 베쥐케밖에 없었습니다. 창피한 노릇 아닙니까!

모자 사냥꾼으로서는 타라스콩의 타르타랭을 따를 자가 없었습니다. 일요일 아침이면 타르타랭은 새 모자를 들고 집을 나섰다가 저녁이 되면 넝마 조각을 들고 귀가했다니까요. 바오바브나무가 자랑스럽게 서 있는 타르타랭의 작은 집 다락 창고에는 영광스러운 트로피가 잔뜩 전시되어 있었지요. 타라스콩 사람들도 타르타랭을 달인으로 인정해주었습니다. 타르타랭은 사냥법도 통달했습니다. 그가 모자 사냥뿐만 아니라 버마의 호랑이 사냥까지 사냥에 관한 것은 모두 읽었기 때문에 타라스콩 사냥꾼들은 그를 사냥 심판관으로 삼아 어떤 문제가 생기면 그에게 중재를 부탁하기까지 했다니까요.

매일 오후 세 시부터 네 시까지는 코스트칼드 무기 상점에서 파이프를 입에 물고 초록색 가죽 소파에 앉아 심각한 표정을 하고 있는 뚱뚱한 남자를 볼 수 있답니다. 상점 안은 모자 사냥꾼들이 서서 서로 실랑이를 벌이느라 북새통을 이루고 있지요. 이 가운데 앉아 있는 남자가 바로 사냥의 신 넴로드와 지혜의 왕 솔로몬을 합친 것 같은 심판관, 타라스콩의 타르타랭이랍니다.

3
타라스콩 살펴보기 2
"안 돼잉! 안 돼잉! 안 돼잉!"

사냥에 대한 열정 외에 타라스콩 사람들이 가지고 있는 또다른 열정이 있습니다. 바로 노래죠. 이 작은 고장에서 불리는 노래는 과히 상상을 초월합니다. 낡아빠진 상자에서 누렇게 변해가고 있던 감상적인 노래들이 타라스콩에만 오면 젊음을 되찾고 한창 빛을 발한답니다. 오래된 노래란 노래는 타라스콩에 총집합해 있지요. 게다가 집집마다 한 곡조씩 자기 가족 노래를 가지고 있어 동네 사람들끼리도 서로 다 알고 있답니다. 예를 들면, 약사 베쥐케의 노래는 이렇습니다.

너, 나의 사랑, 하얀 별…

코스트칼드 무기상의 노래를 들어볼까요?

오두막집의 나라로 와주겠니?

등기소 소장의 노래는 이렇답니다.

내가 만약 투명인간이라면 아무도 나를 못 볼 텐데.

(재미있는 노래)

이렇게 타라스콩 사람들 모두 자기 노래를 가지고 있습니다. 일주일에 두세 번 한 집에 모여 서로 자기의 노래를 들려주곤 합니다. 특이한 것은 항상 같은 노래를 부른다는 것입죠. 같은 노래를 부른 것이 하도 오래되어서 타라스콩 사람들은 노래를 바꿀 마음이 아예 없답니다. 집집마다 자자손손 노래를 대물림해주었고, 노래를 바꾸는 사람은 아무도 없었습니다. 신성한 것이었기 때문이지요. 다른 사람에게 빌려주지도 않았습니다. 예를 들어, 코스트칼드 집에서 베쥐케 집 노래를 부른다거나 반대로 베쥐케 집에서 코스트칼드 노래를 부르는 것은 생각조차 할 수 없는 일이었습니다. 서로 노래를 부른 지 40년이 넘었으니 다른 집 노래도 다 알아 따라 부를 것이라 생각하시겠지만 웬걸요! 각 집마다 자기 노래를 지켰고, 여기에 불만을 가진 사람은 아무도 없었습니다.

모사 사냥처럼 노래에서도 타라스콩에서 제일가는 사람은 단연 타르타랭이었습니다. 왜 타르타랭이 마을 사람들보다 월등한 것일까요? 그 이유는 바로 타르타랭에게는 자기 노래가 없었기 때문입니다. 그러니 다른 사람들의 노래가 모두 자기 것이 되었던 것이지요.

다른 사람들 노래 전부 말입니다!

하지만 타르타랭에게 노래를 부르게 하는 일은 여간 어려운 일이 아니었습니다. 사교모임을 성공적으로 마치고 일찍 귀가하면 타라스콩의 영웅 타르타랭은 사냥에 관한 책을 읽거나 클럽에서 저녁을 보내고 싶어 하지, 타라스콩의 촛불 사이에 놓인 님의 피아노 앞에서 으스대고 싶어 하지는 않았습니다. 뽐내기 노래자랑은 그에겐 하찮게 보일 뿐이었으니까요. 그래도 가끔 베쥐케의 약국에 우연치 않게 들렀다가 사람들이 간절히

청하는 바람에 베쥐케의 어머니와 〈악마 로베르〉를 듀엣으로 부른 일이 있었답니다. 이 노래를 들어보지 못했다면 어디 가서 명함도 못 내밀 것입니다. 내가 앞으로 백 살까지 산다면 죽는 날까지 위대한 타르타랭이 엄숙한 모습으로 피아노에 다가가던 그 모습을 평생 잊지 못할 것입니다. 그는 피아노에 팔꿈치를 괴고 예의 그 뿌루퉁한 입술을 해가지고, 약국 진열장에 전시된 약병들이 퍼렇게 반사되는 빛을 받으며 그 착한 얼굴에 악마 로베르의 무섭고 끔찍한 표정을 지어보였답니다.

타르타랭이 자세를 잡자마자 사람들은 몸을 떨기 시작했습니다. 무엇인가 대단한 일이 벌어지리라는 것을 느꼈기 때문이겠지요. 침묵이 흐른 후, 베쥐케의 어머니는 피아노를 치며 노래를 부르기 시작했습니다.

로베르, 내 사랑

내 믿음을 가져간 사람

나의 두려움을 보았니(후렴),

너에게 은총이 있기를

그리고 나에게도 은총이 있기를.

그러고는 부인이 속삭였습니다.

"당신 차례예요, 타르타랭."

그러면 타르타랭은 주먹을 불끈 쥐고 팔을 벌리며, 콧구멍까지 벌름거리면서 멋진 목소리로 세 번 외쳤습니다. 마치 피아노의 내장을 다 뒤흔들어놓는 듯한 천둥 같은 소리였지요.

"안 돼! 안 돼! 안 돼!"

그런데 이 구절을 타르타랭은 남부 사투리로 이렇게 발음했습니다.

"안 돼잉! 안 돼잉! 안 돼잉!

이어서 베쥐케 부인은 다시 한 번 후렴구를 반복했습니다.

너에게 은총이 있기를
그리고 나에게도 은총이 있기를.

"안 돼잉! 안 돼잉! 안 돼잉!"

타르타랭은 더욱더 크게 소리를 질러댔습니다. 이렇게 노래는 끝이 났지요. 보다시피 긴 노래는 아닙니다. 하지만 너무나 정확한 음정과 기가 막히게 잘 표현한 악마의 표정 때문에 약국 안에는 공포의 전율이 흘렀고, 이어서 사람들은 타르타랭이 "안 돼잉! 안 돼잉! 안 돼잉!"을 네다섯 번 더 외치도록 앙코르를 청했습니다.

노래를 마친 타르타랭은 이마를 훔친 후 여자들에게는 미소로, 남자들에게는 윙크로 인사를 건넨 뒤 당당히 약국을 나섰습니다. 그러곤 클럽에 와서는 거만한 태도로 말했지요.

"베쥐케네 집에서 〈악마 로베르〉를 듀엣으로 멋지게 부르고 왔다니까!"

더 대단한 것은 사람들이 그가 노래를 불렀다고 진짜로 믿는다는 것이지요!

4
그놈들!!!

이처럼 타라스콩의 타르타랭은 여러 재주로 명성을 얻었습니다. 어쨌든 이 희한한 사람이 사람들을 휘어잡을 수 있었다는 것은 좋은 일 아닐까요.

타라스콩에서는 군대마저도 타르타랭을 위해 존재했습니다. 퇴역한 군복 담당 대위인 브라비다 지휘관은 타르타랭을 가리켜 이렇게 말했지요.

"토끼 같은 사람이야!"

지휘관이 그렇게 많은 군복을 관리했으니 토끼에 대해서는 일가견이 있을지도 모르겠습니다.

재판소도 타르타랭을 위해 존재했어요. 재판이 한창일 때 늙은 라드베즈 재판장은 타르타랭에 대해 이렇게 말한 적이 몇 번 있었습니다.

"성격 참 대단하지!"

그리고 타라스콩 사람들도 타르타랭이라면 깜박 죽었다니까요. 타르타랭의 몸집과 발걸음, 어떤 것에도 두려워하지 않는 당당한 모습과 풍모, 어디서 얻은 것인지는 모르지만 영웅으로서의 유명세, 문 앞에 진을 치고 있는 구두닦이들에게 큰돈을 쥐어주거나 따귀를 몇 번 때려준 것 때문에 타르타랭은 타라스콩의 세무르 경, 중앙 시장의 왕과 같은 존재가 되었습니다. 일요일 저녁, 타르타랭이 마직 윗도리에 단단히 동여맨 총 끝에 모자를 매달아 사냥에서 돌아올 때면 론강 둑 위의 인부들은 존경해 마지않는다는 듯 한껏 몸을 숙여 인사했고, 타르타랭의 팔뚝에 보이는 엄청난 근육을 훔쳐보며 자기들끼리 감탄하며 속삭였답니다.

"아주 힘센 분이구먼! 근육이 두 겹이야!"

근육이 두 겹이라!

이런 표현을 쓰는 곳은 아마 타라스콩밖에는 없을 겁니다!

하지만 수많은 재주와 두 겹짜리 근육, 하늘을 찌르는 인기와 충직한 브라비다 퇴역 장교의 값진 존경에도 불구하고 타르타랭은 행복하지 않았습니다. 작은 도시에서의 생활이 그의 숨통을 조여왔기 때문이지요. 타라스콩의 위대한 남자는 지겨운 하루하루를 보내고 있었답니다. 사실인즉, 타르타랭과 같은 영웅의 피를 타고난 사람, 전쟁과 대평원에서 벌이는 말 경주, 대규모 사냥, 사막의 모래, 폭풍우만을 동경하는 모험심만 가득한 영혼에게 일요일마다 모자를 벌집 내고 나머지 시간에는 코스트칼드 무기 상점에서 심판이나 보는 것은 정말 보잘것없는 일 아니겠습니까. 불쌍한 타르타랭! 결국에는 그도 기진맥진해 죽어버릴지도 모릅니다.

시야를 넓히겠다는 생각에 클럽과 시장 광장을 얼마간 떠올리지 않으려고 했지만 모두 허사였습니다. 바오바브나무와 아프리카 나무들 틈에 섞여 있어도, 무기를 쌓고 쌓아도, 말레이 단검을 쌓고 쌓아도 허사였지요. 불멸의 돈키호테처럼 가차 없는 현실의 올가미에서 벗어나 소설을 읽으며 꿈을 꾸어보려 해

도 모두 무용지물이었습니다.

쯧쯧! 모험에 대한 욕망을 잠재우려 할수록 욕망은 더욱 꿈틀댈 뿐이었지요. 가지고 있는 무기들을 보는 것마저도 타르타랭은 화와 흥분이 샘솟았습니다. 소형 총, 화살, 올가미 들이 "싸우자! 싸우자!"라고 자꾸만 부추겼습니다. 또 바오바브나무 가지 사이로 불어오는 바람은 멀리 여행을 떠나라고 타르타랭을 꾀어댔습니다. 귀스타브 에마르와 페니모어 쿠퍼의 소설도 장작불에 기름을 끼얹는 격이었지요.

아! 푹푹 찌는 여름 오후, 무기들 가운데 혼자 앉아서 책을 읽을 때 얼마나 자주 소리를 지르며 자리에서 벌떡 일어났던지요! 읽던 책을 던져버리고 무기를 집으러 얼마나 자주 벽 쪽으로 달려갔던지요!

가엾은 타르타랭은 자신이 타라스콩의 집에 들어앉아 머리띠를 하고 속옷 바지를 입고 있다는 사실을 잊은 것입니다. 그는 소리 내어 책을 읽다가 자기 목소리에 자기가 흥분해 도끼나 북미 인디언들이 쓰는 큰 도끼를 쳐들고 소리를 질러댔답니다.

"그놈들, 오기만 해봐라!"

그놈들이라니? 누구 말일까요? 대체 그놈들이라니요?

타르타랭조차도 그놈들이 누구인지 몰랐습니다. 그놈들이

란 공격하고 싸우고, 물어뜯고, 따귀를 때리고, 머리 가죽을 벗기고, 소리를 지르고, 포효하는 모든 것이었지요. 그놈들! 그놈들이란 포로로 잡힌 불쌍한 백인을 묶어놓은 기둥 주위에서 춤을 추고 있는 북미 인디언 수족이기도 했고요.

그놈들이란, 여기저기 어슬렁거리며 피가 뚝뚝 떨어지는 혀로 몸을 핥고 있는 바위산의 회색 곰이기도 했습니다. 또 사하라사막의 투아레그족, 말레이의 약탈꾼, 아브뤼즈의 도적 떼였고요. 결국 그놈들이란⋯ 그놈들이었지요. 그러니까 전쟁, 여행, 모험, 영광이었습니다.

하지만 어쩌겠어요! 용감무쌍한 타르타랭이 그놈들을 불러봤자, 그놈들에게 도전해봤자 헛수고인 것을요. 그놈들은 결코 나타나지 않았으니까요. 하긴! 그놈들이 타라스콩에 올 이유가 있을 리가요!

하지만 타르타랭은 항상 그놈들을 기다렸습니다. 특히 저녁에 클럽으로 가는 길에 말입니다.

5
클럽으로 가는 길에

배신자가 자신을 포위하고 있는데도 나가기로 결심하는 성당기사, 싸울 태세를 갖춘 중국 호랑이, 전쟁터로 들어가는 코만치족 전사, 이 모든 것은 귀영 나팔소리가 울린 후 한 시간이 지난 밤 아홉 시, 클럽에 가기 위해 매일 밤 머리 위부터 발끝까지 무장하는 타라스공의 타르타랭에 비하면 새발의 피라고나 할까요.

해병이 쓰는 말로 그야말로 전투 준비!

타르타랭은 왼손에는 쇠도끼를, 오른손에는 지팡이 검을 쥐어들었습니다. 그것도 모자라 왼쪽 주머니에는 곤봉을, 오른쪽 주머니에는 권총을 넣었고요. 가슴에는 옷 사이로 말레이 단검을 끼워넣었답니다. 하지만 절대 독화살은 사용하지 않았지요. 불명예스러운 무기니까요!

집을 나서기 전 타르타랭은 조용하고 어두운 방 안에서 잠시 연습을 했습니다. 검을 쓰는 자세도 취해보고, 벽에 총을 쏘는 시늉도 했으며 근육을 움직여보기도 했습니다. 그러고 나서야 만능열쇠를 쥐어들고 나와 천천히 정원을 가로질렀습니다. 영국 군대식으로 서서 말입니다, 영국 군대식으로 서서! 정말 대단한 용기 아닙니까. 타르타랭은 정원 끝에 있는 무거운 철문을 열었습니다. 너무 힘을 주어 세차게 열어젖히는 바람에 문짝이 바깥 벽에 부딪힐 정도였습니다. 만약 그놈들이 뒤에 있었다면 아마 떡이 됐을 텐데! 안타깝게도 그놈들은 없었지만요.

타르타랭은 문을 열고 나가자마자 재빠르게 눈을 굴리며 좌우를 살핀 후 문을 꼭 걸어잠갔습니다. 그리고 출발했지요.

아비뇽으로 가는 길목에는 쥐 한 마리 얼씬거리지 않았습니다. 집집마다 문을 다 걸어잠갔고 창은 불빛 없이 컴컴했습니다. 사방은 온통 짙은 어둠뿐이었지요. 저 멀리서 가로등 하나가 론강에서 올라오는 안개에 쌓인 채 반짝거리고 있을 뿐….

멋지고 차분한 타라스콩의 타르타랭은 이렇게 밤길을 걸었습니다. 박자를 맞추어 구둣발소리가 났고 지팡이 끝이 길바닥에 부딪쳐 불꽃이 일었습니다. 큰길을 지나든 작은 골목길을 지나든 타르타랭은 항상 길 한가운데로 걸어가도록 신경을 썼답니다. 생길지도 모를 위험한 일을 미리 대비할 수 있는 최상의 방법이었지요. 특히 저녁 무렵 타라스콩의 길거리에서는 창문에서 뭔가 떨어지는 일이 잦았기에 이를 피하려면 이보다 좋은 방법이 없었습니다. 이렇게 조심하는 것을 보고 타르타랭이 겁이 많다고 생각하지는 마세요. 절대 그렇지 않답니다! 그저 조심하는 것뿐이라니까요.

타르타랭이 겁쟁이가 아님을 여실히 증명해주는 것은 그가 클럽에 가기 위해 재판소 앞을 거치지 않고 도시를 빙 둘러서 가는 길을 택했다는 점입니다. 그 길은 가장 길고도 가장 어두운 길로 작은 골목길이 엉기성기 얽혀 있고, 길 끝에는 론강이 음산하게 일렁거리고 있었지요. 타르타랭은 이 위험한 골목길을 돌면서 그놈들이 어둠 속에서 튀어나와 뒤를 덮치기만을 기대했습니다. 그렸다면 그놈들이 확실하게 딩 했을 게 뻔했는데…. 하지만 이 무슨 운명의 장난일까요! 타르타랭은 단 한 번도 그놈들과 마주치지 못했습니다. 심지어 개 한 마리, 술주정뱅이 한 명도 만나지 못했어요! 아무도 말입니다!

그런데 타르타랭이 간혹 착각을 일으키는 경우가 있었습니다. 발소리가 들리고 숨죽인 목소리가 들리기라도 하면… 타르타랭은 생각했지요.

'앗, 조심!'

그러고는 그 자리에 서서 어둠 속을 살폈습니다. 바람의 방향을 살펴보고 인디언들처럼 땅에다 귀를 대보면서 말입니다. 발소리가 점점 가깝게 들려옵니다. 목소리도 점점 더 분명해집니다. 틀림없습니다! 그놈들입니다. 그놈들이 왔습니다. 눈에는 불을 뿜고 숨을 가삐 쉬며 타르타랭은 표범처럼 몸을 구부립니다. 전사의 고함을 지르며 뛰쳐나갈 태세를 갖춘 것이지요. 그런데 갑자기 어둠 속에서 타라스콩 사람들의 목소리가 조용히 그의 이름을 부릅니다.

"아이고 깜짝이야! 타르타랭이잖아. 잘 가시게, 타르타랭!"

재수가 없군! 약사 베쥐케가 가족들을 데리고 코스트칼드네 집에서 자기 가족 노래를 뽑고 돌아오는 길이었더군요.

"잘 가시오, 잘 가!"

자신의 실수에 화가 난 타르타랭은 웅얼거리며 인사를 했습니다. 그러고는 성을 못 이겨 지팡이를 높이 치켜들고 어둠 속으로 사라지는 것이죠.

클럽이 있는 거리에 도착한 타르타랭은 곧장 들어가지 않고 문 앞에서 한동안 주위를 서성거립니다. 결국엔 그놈들을 기다리기에도 지쳐 오늘도 나타나지 않을 게 틀림없다는 생각이 들면, 마지막으로 어둠을 향해 의심의 눈 화살을 보낸 후 화가 난 말투로 중얼거렸지요.

"아무도 없어! 아무도! 항상 아무도 없다고!"

타르타랭은 지휘관과 카드놀이를 하러 클럽으로 들어갔습니다.

6
두 명의 타르타랭

타르타랭은 모험에 대한 갈망과 진한 감동을 느끼고 싶은 욕구가 솟구쳤습니다. 여행과 경마에도 미쳐 있었지요. 그런데 대관절 우리의 타르타랭은 어떤 이유로 타라스콩을 한 번도 벗어나보지 못했을까요?

정말 그렇습니다. 마흔다섯 살이 될 때까지 용감무쌍한 타르타랭은 단 하루도 타라스콩을 벗어나 지낸 적이 없답니다. 프로방스 사람이라면 누구나 성인이 된 기념으로 마르세유 여행을 떠나는데, 타르타랭은 그마저도 해보지 못했지요. 고작해야 보케르에 가보았을 뿐인데, 그건 타라스콩에서 멀지 않기 때문이었죠. 다리 하나만 건너면 되거든요. 그런데 이놈의 다리라는 것이 바람에 무너져버리기가 일쑤였답니다. 너무 긴 데다가 약해빠졌고, 론강의 폭도 워낙 넓어서 말이지요. 타라스콩의 타르타랭은 단단한 땅을 더 좋아했습니다.

여러분에게 솔직히 털어놓자면, 우리의 영웅은 아주 다른 두 가지 성격을 동시에 지니고 있습니다.

"내 안에 두 사람이 있는 것 같소."

어느 성당 신부가 이렇게 말했다지요. 타르타랭도 마찬가지입니다. 돈키호테의 영혼을 가지고 있어 기사도 정신에 불타고, 영웅을 숭배하고, 공상과 위대함을 광적으로 좇습니다. 하지만 안타깝게도 타르타랭은 그 유명한 스페인 귀족의 날렵한 몸매를 갖지는 못했답니다. 물질적 편안함에 유혹되지 않는, 뼈만 앙상하게 남은 몸, 철갑옷을 벗지 않고 스무 밤이나 보낼 수 있고, 쌀 한 줌만으로도 마흔여덟 시간을 버틸 수 있는 그런 몸 말입니다. 하지만 타르타랭은 맷집은 좋았지요. 뚱뚱하고 무거워 보이는 데다 아주 육감적이고 폭신폭신한 몸매의 소유자이니까요. 게다가 불평도 많고 부르주아적인 취향이 넘쳐흐르는 데다가 집안일에도 욕심이 많은 사람이었습니다. 불룩한 배에 짧은 다리며 그야말로 딱 산초의 몸매였달까요.

돈키호테와 산초가 한 남자의 몸 안에 함께 들어 있다니! 한 몸뚱이 안에서 이 둘이 얼마나 싸워야 했는지 짐작이 가지요? 얼마나 심하게 다투었는지! 얼마나 티격태격했는지 모른답니다! 오! 두 사람 간의 싸움은 루시엥이나 비평가 생뜨브르몽에 보내도 될 만큼 대단한 설욕전이랍니다. 두 명의 타르타랭, 그러니까 돈키호테 타르타랭과 산초 타르타랭 사이의 말다툼이지요! 예를 들어, 귀스타브 에마르의 모험 이야기에 흥분한 돈키호테 타르타랭은 소리칩니다.

"떠나자!"

그러면 온통 관절염 걱정뿐인 산초 타르타랭이 말하죠.

"난 집에 있을 거야."

돈키호테 타르타랭 (매우 흥분하여)

타르타랭, 영광을 입어라.

산초 타르타랭 (매우 침착하게)

타르타랭, 속옷을 입어라.

돈키호테 타르타랭 (점점 더 흥분하여)

오! 대단하군, 이연발 권총! 오! 단검이여, 올가미여, 가죽신
이여!

산초 타르타랭 (점점 더 침착하게)

오! 대단하군, 털실 조끼! 오! 따뜻한 무릎 덮개여, 귀 덮개
모자여!

돈키호테 타르타랭 (정신이 나간 상태로)

도끼! 도끼를 다오!

산초 타르타랭 *(하인을 부르며)*

자네트, 코코아를 다오.

그러면 자네트가 출렁거리는 따뜻하고 향긋한 코코아와 맛깔스러운 아니스 열매 구이를 들고 나타난답니다. 이 모습에 산초 타르타랭은 입이 떡 벌어져 함박웃음을 짓고, 돈키호테 타르타랭의 외침은 묻혀버리고 마는 것이지요.

바로 이런 사정 때문에 타르타랭은 타라스콩에서 한 발짝도 떼보지 못했던 것입니다.

7
상하이에 사는 유럽인들
고급 무역. 타타르인들
타라스콩의 타르타랭은 사기꾼일까?
신기루

한번은 타르타랭도 먼 여행길에 오를 뻔한 적이 있었습니다.

상하이에 살고 있는 타라스콩 출신의 가르시오 카뮈 삼형제가 그곳 회사의 사장 자리를 부탁했던 것입니다. 그야말로 타르타랭에게 걸맞은 일이었지요. 사업 규모도 크고 관리할 직원들도 많았으며 러시아, 페르시아, 터키와 교류를 할 수 있었으니, 그야말로 고급 무역이었습니다.

고급 무역이라는 단어가 타르타랭의 입에서 나오니 얼마나 고급스럽던지!

더군다나 마음에 들었던 것은 가르시오 카뮈 형제의 집에 가끔 타타르인이 방문하기도 한다는 점이었지요. 그러면 재빨리 문을 걸어 잠근답니다. 직원 모두 무기를 하나씩 들고 깃발을 올린 채 빵! 빵!, 타타르인을 향해 창문으로 총을 쏘아댄답니다.

돈키호테 타르타랭이 얼마나 기뻐하며 이 제안을 받아들이려 했는지 굳이 말하지 않아도 아시겠지요? 하지만 산초 타르타랭은 고집불통이었습니다. 게다가 산초 타르타랭이 더 힘이 셌으니 문제는 해결될 기미가 보이지 않았지요. 마을에서도 이 문제 때문에 시끌벅적했어요. 떠날 수 있을까요, 아니면 수포로 돌아갈까요? 떠나는 데 내기를 걸까요, 남아 있는 데 내기를 걸까요? 마을에서는 큰 사건이었습니다. 결국 타르타랭은 떠나지 않았습니다. 하지만 이 사건으로 타르타랭의 명예는 더 치솟았답니다. 상하이에 갈 뻔한 것이나 상하이에 갔다온 것이나 다를 바가 없었으니까요. 타르타랭이 상하이로 갈지도 모른다는 말을 너무도 많이 한 나머지 사람들은 그가 상하이 여행을 마치고 돌아왔다는 착각에 빠지고 말았습니다. 저녁이 되면 클럽에 모인 사람들은 타르타랭에게 상하이에서의 생활과 중국인들의 풍습, 그곳의 기후, 아편과 고급 무역에 대해 자세히 묻곤 했지요.

상하이에 대해서 자세히 알고 있었던 타르타랭은 마지못한 척 일일이 대답해주었고, 결국 본인 자신도 상하이에 다녀왔는지 아닌지를 가늠하지 못하는 지경에 이르렀답니다. 타타르인들의 공격에 대해 백 번째로 설명을 해줄 때에는 이런 말이 아주 자연스럽게 나오더군요.

"그래서, 내 부하 직원들에게 무기를 들게 했지. 나는 깃발을 세웠고 '빵! 빵!' 창문을 통해 타타르인들을 쏴버렸지."

이 말에 클럽 전체가 동요했어요.

"아니, 당신이 말하는 그 타르타랭이라는 사람, 순 사기꾼 아니오?"

"아닙니다! 절대 그렇지 않습니다! 타르타랭은 거짓말쟁이가 아닙니다."

"그렇다면 자기가 상하이에 가지 않았다는 것을 잘 알고 있을 것 아니오!"

"물론이죠. 알고 있었습지요. 다만⋯."

다만, 내 실명을 잘 들어보십시오. 프랑스 북쪽 사람들은 항상 남쪽 사람들을 거짓말쟁이라고 생각하는데, 이런 편견은 이젠 그만 뿌리 뽑아야 할 때입니다. 프랑스 남부 사람 중 거짓말쟁이는 한 사람도 없습니다. 마르세유에도, 님에도, 툴루즈에도, 타라스콩에도 말이에요. 남부 사람들은 거짓말을 하는 것이 아닙니다. 단지 착각을 하는 것뿐이지요. 항상 진실을 말하는 것은 아니지만, 자기가 진실을 말하고 있다고 착각하고 있는 것뿐이랍니다. 남부 사람이 하는 거짓말은 사실은 거짓말이 아니라 일종의 신기루 같은 것이니까요.

예, 신기루 말이에요! 내 말이 무슨 뜻인지 알고 싶다면 프랑스 남부에 한번 가보십시오. 이 지역에서는 태양 때문에 모든 것이 변하고, 모든 것이 원래보다 훨씬 더 크게 보인다는 것을 느끼게 될 겁니다. 프로방스의 작은 언덕도 사실은 몽마르트 언덕만큼 엄청나게 크게 보인답니다. 님의 소중한 보물인 메종카레 성당도 파리의 노트르담 성당처럼 거대하게 보이지요. 한번 와보세요. 아! 프랑스 남부에 거짓말쟁이가 있다면 그것은 바로 태양일 겁니다. 태양 빛이 닿기만 하면 모든 것이 부풀려진다니까요! 그 옛날 영광을 누리던 스파르타는 결국 무엇이었나요? 작은 마을이었을 뿐입니다. 아테네는 또 어떻고요? 고작해야 작은 군에 지나지 않았지요. 하지만 역사상 이 두 도시는 가장 위대한 도시로 남아 있습니다. 바로 태양이 두 도시를 그렇게 만들어 준 것이지요.

그러니 타라스콩에 내리쬐는 햇빛이 퇴역한 브라비다 군복 담당 대위를 충직한 브라비다 지휘관으로 만들고, 순무를 바오바브나무로, 상하이에 갈 뻔한 사람을 상하이에 다녀온 사람으로 만들었다는 것이 하나도 놀랍지 않답니다.

8

미렌느 서커스단
아틀라스의 사자, 타라스콩에 나타나다!
무서운 맞대결

지금까지는 타라스콩에 사는 타르타랭의 개인사에 대해 말씀드렸습니다. 이마에 영광의 입맞춤을 받고 백 년 묵은 월계관을 쓰기 전이었지요. 평범한 환경 속에서 타르타랭이 어떻게 영웅다운 삶을 살았는지, 그의 기쁨이 무엇인지, 그의 고통이 무엇인지, 그의 꿈과 희망이 무엇인지를 보여드렸으니, 이제는 영웅의 전성기로 들어가봅시다. 특이한 운명을 타고난 타르타랭에게 도약의 계기가 되었던 신기한 사건으로 여러분을 안내합죠.

어느 날 저녁이었습니다. 코스트칼드 무기 상점에서 타르타랭은 무기 애호가 몇 명에게 새로 나온 총의 조작법을 설명해주고 있었지요. 그러던 중 난데없이 문이 활짝 열리더니 모자사냥꾼 한 명이 겁에 잔뜩 질린 채 가게 안으로 뛰어들어와 소리를 지르지 뭡니까.

"사자다! 사자!"

가게 안은 온통 경악과 공포, 동요와 소란으로 난리법석이었습니다. 타르타랭은 당장 총검을 휘둘렀고 코스트칼드는 문을 잠그러 뛰어갔지요. 사람들은 사냥꾼을 둘러싼 채 도대체 무슨 일인지 물어보느라 정신이 없었습니다. 그래서 다음과 같은 일을 알아냈지요.

미텐느 서커스단은 보케르 장에서 공연을 마치고 돌아오는 길에 타라스콩에서 며칠 지내기로 했습니다. 그래서 보아뱀과 바다표범, 악어, 그리고 멋진 아틀라스의 사자 한 마리와 함께 샤토 광장에 짐을 풀었습죠.

타라스콩에 아틀라스의 사자가 나타나다니! 타라스콩의 역사상 이런 일은 처음이었습니다. 모자 사냥꾼들이 얼마나 자랑스럽게 생각했는지 모른답니다! 사냥꾼들의 남성다운 얼굴은 금방 환해졌고, 또 코스트칼드 상점 안에서는 모두 묵묵히 악수를 나누었습니다. 너무나 기쁘고 갑작스럽게 생긴 일이라 아무도 입을 뗄 수가 없었지요.

타르타랭조차도 말입니다. 총을 쥐고 있던 타르타랭은 창백해진 채, 몸을 부들부들 떨며 계산대 앞에 서서 생각에 잠겼습니다. 아틀라스의 사자가 바로 여기에, 넘어지면 코 닿을 곳에 있다니! 사자! 가장 용맹하고 사납다는 동물의 왕, 타르타랭이 꿈꾸던 바로 그 사냥감. 타르타랭의 상상 속에서 멋진 비극을 공연하던 연극단이 가장 많이 다룰 만한 동물이었지요.

사자라니, 세상에 이럴 수가!

게다가 아틀라스의 사자라니! 위대한 타르타랭도 감당하기 힘들 만큼 대단한 일이었습니다.

갑자기 타르타랭의 얼굴은 빨갛게 달아올랐습니다.

눈은 이글이글 타올랐고요. 타르타랭은 갑자기 어깨에 총을 둘러메고 충직한 브라비다 지휘관을 돌아보더니 천둥 같은 우렁찬 소리로 외쳤습니다.

"가보자구, 지휘관."

"에… 에… 내 총! 내 총을 가지고 가다니…."

매사에 신중하기로 소문난 코스트칼드가 조심스럽게 말했습니다. 하지만 타르타랭은 벌써 길모퉁이를 돌아섰고, 그 뒤를 모자 사냥꾼들이 씩씩하게 따라가고 있었습니다.

서커스단에 도착해보니 벌써 구경꾼들이 많이 와 있었습니다. 용감무쌍한 호걸의 피를 타고난 타르타랭은 오래도록 이런 구경을 한 적이 없었기에 미텐느 서커스단으로 헐레벌떡 뛰어들어갔답니다. 뚱뚱한 미텐느 부인이 꽤나 좋아했지요. 알제리 전통 의상을 입은 그녀는 목과 팔을 훤히 드러내놓고 있었고, 발목에는 쇠발찌를 차고 있었습니다. 유명한 미텐느 부인은 한 손에는 채찍을, 다른 한 손에는 털을 다 뽑아놓은 꿈틀거리는 닭을 들고 동물원에 구경 나온 타라스콩 사람들을 맞이하였습니다. 그녀의 팔 또한 두 겹 근육이어서 부인의 인기는 조련사들 못지않았지요.

어깨에 총을 둘러멘 타르타랭의 등장으로 주위는 갑자기 찬물을 끼얹은 듯 조용해졌습니다.

그때까지 타라스콩 사람들은 아무 의심 없이, 위험하다는 생각은 조금도 하지 않은 채 무기도 갖추지 않고 우리 사이를 한가로이 거닐고 있었습니다. 그런데 위대한 타르타랭이 엄청난 전쟁 무기를 들고 동물원에 나타나자, 그의 등장엔 어느 정도 익숙한 사람들조차 흠칫 놀랐습니다. 어찌 됐건 무엇인가 두려워할 만한 것이 있다는 뜻이니까요. 타르타랭, 그 위대한 영웅의 등장이기도 하고요. 눈 깜짝할 사이에 우리 앞은 텅텅 비었습니다. 아이들은 무서워 소리를 질렀고 부인들은 문 쪽을 쳐다보았지요. 약사 베쥐케는 총을 가져오겠다면서 뛰쳐나갔습니다.

하지만 타르타랭의 태도를 보고 사람들은 다시 용기를 되찾았지요. 침착한 태도로 고개를 치켜든 채, 용감무쌍한 타르타랭은 천천히 서커스단을 한 바퀴 돌아보았습니다. 바다표범의 풀장은 그냥 지나쳤고, 산 닭을 통째로 잡아먹어 소화시키고 있는 보아뱀이 든 상자에 거만한 눈길을 한 번 주더니 마침내 그는 사자 우리 앞에 멈춰 섰습니다.

무서우면서도 엄숙한 맞대결이었지요! 타라스콩의 사자와 아틀라스의 사자가 정면으로 만나다니…. 한편에는 타르타랭이 총에 두 팔을 얹고 한쪽 무릎을 구부린 채 서 있었고, 다른 한편에는 어마어마하게 큰 사자 한 마리가 짚단이 깔린 바닥에 누워 눈을 깜빡거리고 있었답니다. 노란 가발 같은 갈기로 덮인 커다란 얼굴을 앞발 위에 얹고 멍한 모습으로 말이지요. 둘 다 조용히 서로를 쳐다보았습니다.

그런데 이게 웬일입니까! 총을 보고 놀란 것인지 아니면 적의 냄새를 맡은 것인지, 그때까지 타라스콩 사람들을 철저히 무시하며 사람들이 보는 앞에서 늘어지게 하품만 해대던 사자가 화가 난 듯 갑자기 움직이는 것이 아닙니까.

처음에는 킁킁내며 냄새를 맡더니 나직이 으르렁대고, 이윽고 발톱을 벌리며 발을 뻗는 것이었습니다. 그러더니 일어나 머리를 쳐들고 갈기를 마구 휘저으며 그 커다란 입을 벌린 채 타르타랭을 향해 엄청나게 포효를 해대는 거예요.

사람들은 무서워 비명을 질러댔습니다. 겁에 질린 사람들은 문 쪽으로 달려나갔지요. 부인들, 어린이들, 인부들, 모자 사냥꾼들, 그리고 충직한 브라비다 지휘관마저요. 하지만 타르타랭은 꿈쩍도 하지 않았어요. 당당히 우리 앞에 서서 뭔가 결심한 태도로 눈에는 불을 뿜고 타라스콩에서도 그렇게 유명했던 무서운 표정을 지어보였습니다. 얼마 후 타르타랭의 태도에 어느 정도 안심하고 철장도 튼튼하다고 생각한 모자 사냥꾼들이 대장 타르타랭에게 다가갔지요. 사람들은 그때 타르타랭이 사자를 바라보며 중얼거리는 소리를 들었답니다.

"그렇지. 이게 바로 사냥이야."

그날 타르타랭은 더 이상 말이 없었습니다.

9
이상한 신기루의 효과

그날 타르타랭은 더 이상 아무 말도 하지 않았습니다. 하지만 이미 너무 많은 말을 해버렸지요.

다음 날 마을에는 온통 타르타랭이 알제리로 사자 사냥을 떠날 것이라는 소문이 나돌았습니다. 하지만 독자 여러분도 보셨지요. 타르타랭은 아무 말도 하지 않았다는 거요. 하지만 어쩌겠습니까, 신기루가 또 그만….

어쨌든 타라스콩 사람들은 타르타랭이 떠난다는 것에만 관심을 쏟았습니다. 큰길에서든, 클럽에서든, 코스트칼드 상점에서든, 사람들은 솔깃해하며 말을 주고받았지요.

"그러니까… 그 소식은 들으셨겠지요?"

"그러니까… 새로운 소식이 있나요? 타르타랭이 떠난다는 소식이겠지요?"

타라스콩 사람들은 항상 '그러니까'라는 말로 시작해서 '겠지요'라는 말로 끝낸답니다. 게다가 발음도 '그러니까앙', '겠지요옹'이라고 하지요. 그날엔 유독 '그러니까앙'과 '겠지요옹'이 창문을 흔들 정도로 울려 퍼졌답니다.

아프리카 여행 소식을 듣고 가장 놀란 사람은 다름 아닌 타르타랭 바로 그 자신이었습니다. 원, 사람의 허영이 어디까지 갈 수 있는지 모르겠습니다! 여행을 떠나지 않는다고만 대답하면 될 것을, 타르타랭은 여행에 대해 물어보는 사람들에게 처음에는 슬쩍 넘어가듯 이렇게 대답했지요.

"아! 그러니까… 그게… 말하고 싶지 않은데요."

두 번째에는 자신도 여행을 떠난다는 소문에 익숙해져서인지 이렇게 답해버렸어요.

"그럴지도 모릅니다."

그리고 마지막에는 이렇게 답했지요.

"확실히 떠납니다!"

결국 그날 저녁, 타르타랭은 클럽과 코스트칼드의 집에서 술과 사람들의 환호와 눈부신 조명에 이끌려, 그리고 낮에 자신의 여행 소식이 마을 사람들에게 불러일으킨 반응에 취해, 이제 모자 사냥은 이력이 났으니 곧 아틀라스의 사자들을 잡으러 떠나겠다고 공식적으로 발표해버리고 말았습니다.

사람들은 만세를 불렀습니다. 다시 술을 따르고, 악수가 오가고, 포옹을 했지요. 바오바브나무가 서 있는 작은 집 앞에서는 자정까지 음악이 연주되었고요.

여기서 불만을 가진 사람이 하나 있었으니 바로 산초 타르타랭이었습니다! 아프리카 여행과 사자 사냥은 생각만 해도 온몸에 소름이 돋을 정도였지요. 창문 밑에서 연주되는 음악소리를 들으며 집으로 들어오던 길에 돈키호테 타르타랭과 얼마나 큰 싸움을 했는지 모릅니다. 미친 녀석, 망상가, 경솔한 놈, 아주 바보 같은 놈이라고 욕설을 퍼부었지요. 게다가 조난, 관절염, 열병, 이질, 흑사병, 상피병 등등 여행에서 닥쳐올 재앙들을 낱낱이 알려주었습니다.

돈키호테 타르타랭이 항상 조심하겠노라고, 옷도 따뜻하게 입고 다니고 필요한 것은 모두 가져갈 것이라고 설득해도 소용없었습니다. 산초 타르타랭은 아무 말도 들으려 하지 않았습니다. 산초 타르타랭은 벌써 사자들이 자기 몸을 갈기갈기 뜯어먹는 상상, 사막의 모래 함정에 빠져들어가는 상상을 했지요. 돈키호테 타르타랭은 곧바로 여행을 떠나는 것이 아니다, 서두를 것 없고 아직 여행을 떠난 것도 아니지 않느냐는 말로 겨우 산초 타르타랭을 진정시킬 수 있었습니다.

물론 아무런 준비 없이 그런 먼 여행을 할 수는 없겠지요. 목적지가 어디인지도 알아야 하고, 무작정 새처럼 홀연히 떠날 수도 없는 노릇이니까요.

타르타랭은 우선 책, 즉 파크, 카이에, 리빙스턴 박사, 앙리 뒤베이리에 등 유명한 아프리카 여행자들의 여행기를 읽고 싶었습니다.

여행기 속에서 타르타랭은 용감한 여행자들이 먼 여행을 떠나기 전에 배고픔과 갈증, 걷는 고통, 그밖에 모든 부족한 것을 견디기 위해 오랜 시간 준비해왔음을 배웠습니다. 타르타랭은 그들을 따라하기로 결심하고 당장 그날부터 삶은 물만 먹기로 했답니다. 참고로 타라스콩에서 삶은 물이라고 부르는 것은 빵 조각을 따뜻한 물에 불린 후 마늘과 백리향, 월계수 잎을 조금 넣은 것입니다. 식사 조절은 매우 힘들었습니다. 불쌍한 산초 타르타랭이 얼마나 고통스러워했을지 짐작하시겠지요?

타르타랭은 삶은 물 먹기 연습뿐만 아니라 도움이 될 만한 다른 연습도 했습니다. 오래 걷는 데 익숙해지기 위해 매일 아침 도시를 일고여덟 바퀴씩 돌았고 빠른 걸음으로 걷기도 하고 천천히 걷기도 했습니다. 옛날 방식으로 팔꿈치를 몸에 바짝 붙이고 입에는 하얀 작은 자갈돌 두 개를 물고 말이지요.

게다가 밤의 쌀쌀한 공기나 안개, 이슬에 대비하기 위해 매일 저녁 정원에 나가 열 시, 열한 시까지 버텼습니다. 총을 들고 바오바브나무 뒤에 혼자 숨어서 말이지요.

미텐느 서커스단이 타라스콩에 머무는 동안, 코스트칼드 상점에서 늦게까지 있다 나온 모자 사냥꾼들은 샤토 광장을 지날 때 어둠 속에서 이상한 남자가 서커스단 주위를 어슬렁거리는 광경을 목격하였습니다.

그 사람은 바로 타르타랭이었지요. 어두운 밤, 사자들이 포효하는 소리에 떨지 않으려고 연습을 하는 중이었답니다.

10
출발을 앞두고

타르타랭이 이렇게 과감한 방법들을 동원해 훈련하는 동안 타라스콩 사람들의 관심은 온통 그에게 쏠려 있었습니다. 다른 일은 모두 제쳐두었지요. 모자 사냥도 시들해졌고 노래 부르기도 중단되었습니다. 베쥐케의 약국에 있는 피아노는 초록색 덮개를 덮은 채 졸고 있었고, 그 위엔 죽은 파리들이 몸을 뒤집은 채 말라갔습니다. 타르타랭의 여행 때문에 모든 것이 중지되었지요.

살롱에서 타르타랭의 인기가 얼마나 치솟았는지 모릅니다. 그를 잡아당기고 서로 데려가려고 실랑이를 벌이고 여기서 빌려가면 저기서 훔쳐오고 했답니다. 부인들에게는 타르타랭의 팔을 잡고 미텐느 서커스단에 구경 가는 것보다 더 큰 영광은 없었답니다. 타르타랭이 사사 우리 앞에서 사자처럼 큰 동물은 어떻게 사냥해야 하는지, 어디를 겨누어야 하는지, 몇 발자국 떨어져 쏴야 하는지, 사고는 많이 일어나는지 등을 설명해주는 것은 더없는 영광이었지요.

타르타랭은 묻는 말에는 모두 답을 해주었습니다. 쥘 제라르의 책을 읽은 덕분에 사자 사냥이라면 손바닥 들여다보듯 훤히 알고 있었거든요. 자신이 직접 사냥을 해본 듯 말입니다. 그래서 아주 능수능란하게 설명을 해줄 수 있었습죠.

타르타랭이 가장 빛을 발했던 것은 라드베즈 법관이나 충직한 브라비다 지휘관의 집에 저녁 초대를 받았을 때였습니다. 식사가 끝나고 커피를 마실 무렵 사람들은 의자를 당겨 앉으며 타르타랭에게 앞으로의 사냥 계획을 물어보았습니다.

그러면 타르타랭은 식탁 위에 팔꿈치를 올리고, 모카커피 잔에 코를 들이민 채 자신을 기다리고 있을 위험에 대해 떨리는 목소리로 이야기하기 시작했습니다. 달도 뜨지 않은 컴컴한 밤의 기나긴 잠복, 악취가 코를 찌르는 늪, 협죽도 잎에서 퍼진 독으로 못 먹게 되어버린 강물, 눈, 불타는 태양, 전갈, 메뚜기떼에 대해서 말이지요. 그뿐만 아니라 아틀라스 사자들의 습관이나 싸우는 방식, 발정기 때 내뿜는 엄청난 힘과 사나움에 대해서도 일장연설을 늘어놓았습니다.

그러다가 자기 이야기에 자기가 흥분해 의자에서 벌떡 일어나 식당 한가운데로 뛰어나간답니다. 타르타랭은 사자의 울음소리며, '팡! 팡!' 하는 총소리, '퓽! 퓽!' 하는 총알이 날아가는 소리를 흉내 내는가 하면, 이리저리 뛰어다니며 비명을 질러대고 의자를 넘어뜨리지요.

그러면, 식탁 주위에 앉아 있던 사람들은 모두 얼굴이 창백해진답니다. 남자들은 고개를 끄덕이며 서로 쳐다보고, 여자들은 겁에 질려 조그맣게 소리를 지르며 눈을 감습니다. 노인들은 싸울 듯이 긴 지팡이를 휘둘러대고, 옆방에서 일찍 잠자리에 들었던 아이들은 비명소리와 총소리에 깜짝 놀라 깨어납니다. 무섭다고, 불을 켜달라고 울어대지요.

그러면서도 타르타랭은 여행을 떠나지 않았습니다.

11

"칼을 뽑으시오, 칼을! 핀을 뽑지 말고!"

타르타랭은 정말 떠날 생각이었을까요? 참 어려운 문제였습니다. 이 글을 쓰고 있는 나도 대답하기 힘이 드네요.

미텐느 서커스단이 타라스콩을 떠난 지 어언 삼 개월이 지났는데도 사자 사냥꾼은 움직일 생각을 하지 않았어요. 어쩌면 신기루에 다시 눈이 멀어 사신이 벌써 알제리에 나녀왔다고 굳게 믿고 있는지도 모르고요. 앞으로 떠날 여행에 대해 너무 많이 얘기하다 보니, 이미 여행을 다녀온 것으로 착각한 것일지도 모릅니다. 상하이에서 깃발을 꽂고 타타르인들에게 '빵! 빵!' 총을 쏘았다고 믿었던 것처럼 말이지요.

안타까운 것은 타르타랭이 신기루에 또다시 휘말린 데 반해, 타라스콩 사람들은 그렇지 않았다는 것입니다. 삼 개월이 지났는데도 사냥꾼이 가방 하나조차 싸지 않는 것을 보고 사람들은 수군거리기 시작했어요.

"상하이 꼴이 나고 말 게야!"

코스트칼드는 미소를 띠며 말했습니다. 그리고 이 무기 상인의 말은 곧 도시에서 유행어가 되어버렸지요. 타르타랭을 믿는 사람이 아무도 없었으니까요.

순진한 사람들, 나약한 사람들, 빈대 한 마리만 봐도 줄행랑을 치고, 제대로 총 한 방 쏘지 못하는 베쥐케 같은 사람들의 비판이 가장 신랄했습니다. 클럽에서든, 광장에서든 사람들은 하나같이 빈정대는 투로 불쌍한 타르타랭을 대했답니다.

"그러니까앙. 여행은 언제쯤이나…."

코스트칼드 가게에서도 타르타랭의 의견은 더 이상 중요하지 않았습니다. 모자 사냥꾼들도 대장을 인정하지 않았고요!

타르타랭을 비웃는 풍자시도 한몫했습니다. 라드베즈 재판장은 시간이 나면 프로방스의 음악의 여신에게 추파를 던지듯 프로방스어로 노래를 지었답니다. 사람들은 이 노래를 매우 좋아했습니다. 노래의 내용은, 제르베라는 위대한 사냥꾼이 무서운 사냥총으로 아프리카에 있는 사자를 모조리 없앤다는 것이었습니다. 그런데 이놈의 총이 정말 이상하게 생겨 먹었지 뭡니까. 장전을 하는데도 총알이 떠나질 않는 것입니다.

떠나질 않는다! 무엇을 암시하는 말인지 여러분도 짐작하시지요?

이 노래는 순식간에 유명해졌고, 타르타랭이 길을 갈 때면 강독에 나와 있던 인부들이나 집 앞에 있던 굴뚝 청소부들이 아예 합창을 했답니다.

제르베의 총은

언제나 장전되어 있지, 언제나 장전되어 있지.
제르베의 총은
언제나 장전되어 있지만 총알은 떠날 생각을 안 한다네.

다만 타르타랭의 두 겹 근육이 두려워 사람들은 멀리서만 노래를 부를 뿐이었습니다.

오, 타라스콩 사람들의 변덕이여!

위대한 타르타랭은 귀를 막고 눈을 감을 뿐이었습니다. 하지만 악의가 가득 찬 이 작은 암투 때문에 타르타랭은 매우 지쳐 갔습니다. 그는 타라스콩이 그에게서 멀어져가고 자신이 누리던 인기가 이제는 다른 사람에게 향한다고 느껴 매우 가슴이 아팠습니다.

아! 인기라는 진수성찬이 얼마나 덧없는 것인지. 앞에 앉을 때는 좋지만 상이 엎어지기라도 하면 얼마나 뜨거운 맛을 보게 되는지!

마음은 아프지만 타르타랭은 아무 일 없었다는 듯 얼굴에는 미소를 띠고, 예전처럼 생활했습니다.

자존심 때문에 걱정 없는 표정을 마스크처럼 쓰고 다녔지만, 가끔은 이 마스크가 홀렁 벗겨지는 때도 있었지요. 그럴 때면 타르타랭의 얼굴에는 웃음 대신 분노와 고통이 번졌답니다.

어느 날 아침, 굴뚝 청소부들이 창문 아래에서 노래를 불렀습니다.

"제르베의 총은…."

고약한 청소부들의 노랫소리가 거울 앞에서 면도를 하고 있던 가여운 타르타랭의 귀에까지 들렸습니다(타르타랭은 턱수염을 기르고 있었는데 너무 빨리 자라는 바람에 항상 조심해야 했답니다).

그러면 갑자기 창문이 벌컥 열리고 셔츠 바람에 머리띠를 두른 타르타랭이 나타납니다. 하얀 비누 거품을 잔뜩 묻히고 면도기와 비누를 쥔 손을 뻗으면서 우렁찬 목소리로 고함을 쳐 댔지요.

"차라리 칼을 뽑으시오, 칼을! 핀을 뽑지 말고!"

겨우 왁스통만 한 자존심에 칼 한 자루도 쥐지 못할 소인배들에게는 해주기도 아까운 명언이었지요.

12
작은 바오바브나무 집에서의 회담

타라스콩 사람들이 모두 타르타랭을 외면했어도 군대만은

타르타랭을 계속 지지했습니다.

충직한 브라비다 지휘관은 타르타랭을 여느 때와 같이 존경했지요.

"토끼 같은 사람이야!"

브라비다는 타르타랭에 대해 이렇게 평가하기를 고집했고, 이 말은 약사 베쥐케의 말만큼 효력이 있었던 것 같습니다. 충직한 지휘관은 단 한 번도 아프리카 여행에 대해 말하지 않았습니다. 하지만 사람들의 불만이 커져가자 입을 열기로 결심했지요.

어느 날 저녁, 불쌍한 타르타랭은 방에 홀로 앉아 여러 슬픈 일을 생각하고 있었습니다. 그때, 검은 장갑을 끼고, 제복 단추도 목까지 채워 잠근 지휘관이 심각한 표정으로 들어섰습니다.

"타르타랭!"

퇴역 지휘관은 엄숙한 목소리로 말을 꺼냈지요.

"타르타랭, 떠나시오!"

이렇게 말하고 지휘관은 문간에 서 있었습니다. 그 모습이 참으로 엄격하면서도 위대해 보였지요.

'타르타랭, 떠나시오!'라는 말만으로도 타르타랭은 지휘관이 무슨 말을 하려는지 알아차렸습니다.

얼굴이 창백해진 타르타랭은 자리에서 일어나 서글픈 눈으로 주위를 둘러보았습니다. 따뜻함과 부드러운 햇살로 가득한 아늑한 방, 너무나 편안했던 긴 소파, 책, 양탄자, 창문에 내려진 하얀 블라인드, 그 너머로 보이는 작은 정원의 가는 나뭇가지들을 보았어요. 그러고는 충직한 지휘관에게 다가가 손을 잡고 힘을 주었습니다. 눈물을 삼키는 듯한, 그러나 냉엄한 목소리로 타르타랭은 말했지요.

"떠나겠소, 브라비다!"

그리고 그가 말했듯 떠났습니다. 다만 곧바로 떠난 것은 아니었어요. 장비를 갖출 시간이 필요했으니까요.

우선 타르타랭은 봉파르에서 구리테를 두른 커다란 여행 가방 두 개를 주문했습니다. 그러고는 가방 앞쪽에 긴 팻말을 달았지요.

타라스콩의 타르타랭

무기 상자

가방에 테를 두르고 팻말을 다는 데는 상당한 시간이 걸렸습니다. 타스타뱅에서는 일기와 여행 기록을 적기 위한 멋진 여행록을 주문했지요. 사자를 잡으러 가는 것이지만, 잡으러 가는 도중에 머리를 쉬는 것은 아니니까요.

마르세유에서는 식료품 통조림이며 수프로 끓여 먹는 페미컨(육류와 야채를 볶아 냉동시킨 것), 바로 세웠다가 접을 수 있는 최신형 텐트, 장화, 우산 두 개, 레인코트, 안질을 예방하기 위한 파란 안경 등을 주문했습니다. 약사 베쥐케는 반창고, 아르니카, 장뇌유, 페스트 예방약을 꽉꽉 채운 작은 휴대용 약통을 준비해주었고요.

불쌍한 타르타랭 같으니! 이 모든 준비는 자신을 위한 것이 아니었습니다. 이렇게 조심하고 세심하게 신경을 쓰면 산초 타르타랭의 노여움이 조금이나마 가라앉을까 해서였답니다. 산초 타르타랭은 여행을 떠나기로 결정한 후 좀처럼 화가 가라앉지 않았거든요.

13
출발

마침내 그날이 오고야 말았습니다.

새벽부터 타라스콩 전체가 깨어나 아비뇽으로 가는 길목과 바오바브나무 집 근처를 가득 메웠습니다.

창문 밑과 지붕 위, 나무 위까지 사람들로 북새통을 이루었지요. 론강의 뱃사공, 하역인부들, 굴뚝 청소부들, 시민들, 실

짜는 여직공들, 호박단 짜는 여인네들, 클럽 사람들 등등, 여하
튼 도시 사람 전체가 모였습니다. 그뿐만 아니라 다리를 건너
온 보케르 사람들, 근교의 야채 장수들, 커다란 방수포를 단 짐
수레들, 리본과 방울, 매듭, 작은 종으로 요란하게 치장한 탐스
러운 암노새를 탄 포도농장 일꾼들, 머리에는 파란색 리본을
두르고 애인이 모는 카마르그의 진회색 말을 타고 온 아를의
아리따운 아가씨들도 있었습니다.

이 모든 사람이 타르타랭의 집 앞에 몰려들어 서로 밀쳐대
고 있었습니다. 사자를 잡으러 동양으로 떠날 타르타랭을 보려
고 말이지요.

타라스콩 사람들은 알제리와 아프리카, 그리스, 페르시아,
터키, 메소포타미아 모두가 그저 커다란 하나의, 전설적인 나
라인 줄로만 알고 있었습니다. 그래서 뭉
뚱그려 동양인들의 나라라고 부르고
있었지요.

군중 속에서 모
자 사냥꾼들은 왔
다 갔다 하며 대장
의 자랑스러운 결
정에 으쓱해했습니
다. 마치 영광의 흔

적이라도 남기려는 듯 말이지요.

바오바브나무 앞에는 커다란 짐마차가 두 대 서 있었습니다. 이따금씩 현관문이 열리면서 작은 정원에서 심각한 표정으로 거니는 사람들의 모습이 보였지요. 일꾼들은 여행 가방과 상자, 침낭을 짐마차에 실었습니다.

짐이 하나씩 나올 때마다 모여든 사람들은 흥분했습니다. 큰 소리로 나오는 물건의 이름을 외쳐댔지요.

"저건 텐트로군, 저건 통조림이고, 약통에, 무기 상자에…."

그러면 모자 사냥꾼들은 물건에 대해 설명해주었답니다.

열 시경 갑자기 사람들이 동요하기 시작했습니다. 정원의 문이 삐거덕하며 활짝 열렸던 것입니다.

"나왔다! 나왔다!"

사람들이 소리를 질렀지요.

마침내 그가 나온 것이었습니다.

그가 문간에 나서자 놀란 사람들은 두 번 소리를 질렀습니다.

"동양 사람이다!"

"안경을 썼다!"

다름 아니라 타르타랭은 알제리로 여행을 떠나는 만큼 그곳

324

전통 의상을 입는 것이 의무라고 여겼습니다. 그래서 하얀 천으로 된 불룩하고 통이 넓은 바지와 금속 단추가 번쩍이는 딱 달라붙는 작은 윗도리를 입고 허리에는 붉은 띠를 둘렀지요. 깃도 없는 윗옷에 앞머리도 짧게 자르고, 길게 늘어진 파란 술 장식이 달린 커다란 붉은 셰샤(챙 없는 붉은 모자)도 썼고요! 거기에다 양쪽 어깨에는 커다란 총을 멨고 허리띠에는 큰 사냥칼을 찼습니다. 배에는 탄총을 둘렀고, 그의 허리에서는 권총을 넣은 가죽지갑이 흔들리고 있었습니다. 이것이 바로 그의 모습이었습니다.

아! 안경을 잊을 뻔했군요. 죄송합니다. 약간 지나치게 포악해 보이는 우리의 타르타랭의 모습을 적당히 완화시켜주는 엄청나게 큰 파란색 안경을 깜빡했네요!

"타르타랭 만세! 타르타랭 만세!"

사람들이 외쳤습니다. 우리의 위대한 타르타랭은 미소를 지어보였습니다. 하지만 손을 들어 인사를 하지는 못했지요. 총 때문에 움직일 수가 없었거든요. 어쨌든 타르타랭은 이제 인기의 덧없음에 대해 잘 알고 있었습니다. 어쩌면 마음속으로는 무서운 고향 사람들을 저주하고 있었는지도 몰라요. 이 사람들 때문에 여행을 가야 하고 하얀 벽과 초록 차양이 예쁘게 어우러진 자기 집을 떠나야 했으니까요. 하지만 그런 마음을 겉으로 드러내지는 않았습니다.

약간 창백하긴 했어도 침착함과 자신감을 보이던 타르타랭은 길로 나와 짐마차들을 둘러보았습니다. 모든 것이 제대로 준비된 것을 보고 그는 드디어 용감하게 역으로 향했지요. 단 한 번도 자신의 바오바브나무 집을 돌아보지 않았습니다. 그 뒤를 충직한 브라비다 지휘관과 라드베즈 재판장, 코스트칼드 무기상, 그리고 모자 사냥꾼 모두가 따랐습니다. 또 그 뒤로 짐마차가, 또 그 뒤를 사람들이 따라갔지요.

플랫폼에는 역장이 타르타랭을 기다리고 있었습니다. 역장은 아프리카 출신의 노인으로, 몇 번이고 다정하게 타르타랭의 손을 잡아주었지요.

파리-마르세유 급행열차는 아직 도착하지 않았습니다. 타르타랭과 그의 작전 참모는 대기실로 들어갔지요. 사람들이 몰려드는 것을 막기 위해 두 사람이 들어가고 나자 역장은 철창문을 굳게 닫아버렸습니다.

십오 분간 타르타랭은 대기실 안에서 모자 사냥꾼들 틈을 서성거렸습니다. 그러면서 여행에 대해 말하기도 하고 사냥에 대해 말하기도 하면서 가죽을 보내주겠노라고 약속했지요. 사람들은 타르타랭의 수첩에 춤출 순서를 적듯 가죽을 얻으려고 이름을 적었습니다.

독약을 마실 때의 소크라테스처럼 조용하면서도 부드러워진 용감무쌍한 타르타랭은 일일이 사람들에게 인사하고 모두에게 웃어보였습니다. 그러고는 상냥한 태도로 간단히 말했습니다.

떠나기 전, 자신의 매력과 자신에 대한 그리움, 좋은 추억들을 잔뜩 남기고 싶어 하는 사람처럼 말이지요. 대장이 말하는 모습을 보고 모자 사냥꾼들은 눈시울을 적셨습니다. 개중에는 라드베즈 재판장이나 약사 베쥐케와 같이 잘못을 뉘우치는 사람들도 있었지요.

팀원들은 대기실 구석에서 흐느꼈습니다. 밖에서는 철창으로 지켜보던 사람들이 외쳤지요.

"타르타랭 만세!"

드디어 출발 종소리가 울렸습니다. 무겁게 기차 바퀴가 돌아갔고 귀를 찌르는 경적이 역 천장을 흔들었습니다. 빨리 타시오! 빨리 타!

"잘 가시오, 타르타랭! 잘 가시오, 타르타랭!"

"안녕히 계시오, 여러분!"

위대한 타르타랭은 중얼거렸습니다. 그리고 소중한 타라스콩 사람들을 대신해 충직한 브라비다 지휘관의 뺨에 작별 키스를 했습니다.

그러곤 곧바로 달려나가 파리 사람들로 붐비는 기차에 몸을 실었지요. 파리 사람들은 총을 잔뜩 멘 이상한 사나이가 기차에 오르는 것을 보고 잔뜩 겁을 집어먹었습니다.

14
마르세유항구

승선! 승선!

186x년 12월 1일 정오. 프로방스의 겨울 햇살이 빛나는 청명한 날씨 속에 마르세유 사람들은 번화가인 칸비에르 거리에 동양 사람 하나가 나타난 것을 보고 겁에 질렸습니다. 오, 동양 사람이라! 마르세유에 그렇게 동양 사람이 차고 넘쳐도 이렇게 생긴 이는 난생처음이었지요.

여러분께 설명드리지 않아도 되겠지요? 그 동양 사람은 바로 타르타랭이었답니다. 위대한 타라스콩의 타르타랭은 부두 위를 걷고 있었고, 그 뒤를 무기 상자와 약상자, 통조림 행렬이 따르고 있었지요. 타르타랭은 투아슈항만의 선착장을 찾아 르주아브 여객선을 타고 먼 곳으로 출발할 예정이었습니다.

타라스콩 사람들의 박수갈채가 아직도 귓전에 맴돌고 있었고, 햇빛과 바다 내음에 취한 타르타랭은 당당하게 걸었습니다. 총을 어깨에 멘 채, 얼굴을 꼿꼿이 들고 난생처음으로 구경하는 멋진 마르세유항구를 감탄하며 구경했지요. 순진한 타르타랭은 마치 꿈을 꾸는 듯했습니다. 자신이 신드바드이

고, 천일야화에 나오는 신기한 도시를 거닐고 있다는 착각에 빠졌지요.

항구에는 얼기설기 엮인 돛과 활대가 끝도 없이 펼쳐져 있었습니다. 러시아, 그리스, 스웨덴, 튀니지, 미국 같은 온 세계의 국기가 다 모여 있었고요. 선착장에는 배들이 정박해 있었고 제방을 향해 다가오는 배들의 큰 돛은 마치 총검을 늘어놓은 듯했습니다. 그 아래로는 물의 요정, 여신, 동정녀, 그리고 나무 조각상들의 이름이 배에 새겨져 있었습니다. 모두 바닷물에 씻기고 흥건히 젖어 이끼가 껴 있었어요. 가끔 배 사이로 보이는 바닷물은 기름이 묻어 번질거리는 커다란 물결무늬 천 조각 같았습니다. 이리저리 얽힌 돛대 사이로는 갈매기떼가 날아다니며 푸른 하늘에 예쁜 무늬를 만들고, 어린 선원들은 여러 나라 말로 서로를 불러댔습니다.

부두에는 비누공장에서 흘러나온, 기름과 소다가 섞여 거무죽죽하게 오염된 퍼렇고 걸쭉한 도랑물이 흘렀고, 그 주위로 세관원들, 중개상인들, 코르시카산 말이 끄는 이륜마차를 몰고온 하역 인부들이 모여 있었습니다.

이상한 옷을 파는 가게들도 보였고, 가건물에서는 선원들이 요리를 하는지 김이 피어올랐지요. 파이프 장수들, 원숭이, 앵

무새, 밧줄, 범포를 파는 사람들도 눈에 띄었고, 낡은 장포와 커다란 금색 램프, 낡은 도르래와 이 빠진 닻, 낡은 밧줄과 메가폰, 17세기 장 바르 선장과 뒤게-트루앵 선장 시대에 유행했던 선원들의 안경 등이 뒤섞여 있는 희한한 골동품들도 보였습니다. 홍합과 조개를 파는 여인들은 웅크리고 앉아 조잘댔고, 선원들은 타르 그릇이나 김이 나는 뜨거운 솥, 분수대의 희뿌연 물에다 씻을 낙지를 가득 담은 바구니를 들고 지나갔습니다.

어디를 둘러봐도 비난, 광석, 뗏목, 납덩어리, 천, 설탕, 개롭, 유채, 감초, 사탕수수 등 갖가지 물건이 사방에 넘쳐났습니다. 마치 동양과 서양이 한곳에 모여 있는 것 같았어요. 산더미처럼 쌓인 네덜란드 치즈 조각에 제노바 사람들이 손으로 빨간 칠을 하고 있었으니까요.

저쪽에는 밀을 하역하는 부두가 있었습니다. 인부들이 높이 쌓아올린 밀 포대를 제방으로 내리자 밀은 금물결 같은 노란 연기를 일으키면서 쏟아졌습니다. 붉은 터키모자를 쓴 남자들은 밀이 쏟아지는 대로 커다란 당나귀 가죽 체로 쳐서 수레에 실었습니다. 밀을 다 실으면 수레는 떠났고, 그 뒤를 여자들과 아이들이 작은 빗자루와 이삭 바구니를 들고 따라갔지요. 더 뒤쪽에는 배 밑바닥을 청소하는 곳이 있었습니다. 큰 배들을 옆으로 뉘고는 덤불에 불을 붙여 문지르며 해초를 털어내는 곳이었지요. 활대는 바닷물에 잠겨 있고 송진 냄새가 잔뜩 풍긴답니다. 목수들이 커다란 구리판으로 선체를 덧댈 때는 그 소리가 귀가 멍멍할 정도로 크게 울려 퍼집니다.

빽빽이 늘어선 돛대 사이가 벌어지기도 했는데, 타르타랭은 그 사이로 항구 입구와 배들이 들어왔다 나갔다 하는 모습을 볼 수 있었습니다. 몰타로 떠나는 말쑥하고 깨끗한 영국 군함에는 노란 장갑을 낀 장교들이 타고 있었지요. 마르세유의 작은 범선은 사람들이 질러대는 소리와 욕지거리 속에서 닻을 올렸습니다. 배 뒤에서는 코트를 걸치고 비단 모자를 쓴 뚱뚱한 선장이 프로방스어로 선원들을 지휘하고 있었습니다. 돛을 모두 올린 채 빠른 속도로 빠져나가는 배들도 있었고, 저 뒤쪽으로 천천히 들어오는 배들은 햇빛 때문에 공중에 떠 있는 것처럼 보였지요.

그러는 동안 내내 시끌벅적한 항구의 소음은 끊이지 않았습니다. 수레 굴러가는 소리, 선원들이 "영차!" 하며 닻을 올리는 소리, 노랫소리, 증기선의 기적소리, 북소리, 성 요한 요새와 성 니콜라스 요새에서 들려오는 나팔소리, 마조르 성당과 아쿨르 성당, 성 빅토르 성당의 종소리도 울려 퍼졌습니다. 이 모든 소리를 한꺼번에 휘어잡은 북동풍은 소리를 굴리고 흔들기도 하면서 바람소리와 섞어보며 야성적이면서도 영웅적인 광란의 음악을 만들어냈지요. 마치 그 소리는 여행을 알리는 팡파르소리 같았습니다. 떠나고 싶은, 멀리 가고 싶은, 날개를 달고 싶은 마음을 부추기는 팡파르소리 말입니다.

이 우렁찬 팡파르소리에 맞추어 용감무쌍한 타라스콩의 타르타랭은 사자의 나라로 출발하기 위해 드디어 배에 올랐습니다!

두 번째 이야기
-터키에서

1
횡단. 셰샤의 다섯 가지 모습
셋째 날 저녁
자비

독자 여러분, 저는 화가, 그것도 위대한 화가가 되고 싶습니다. 주아브 연락선을 타고 프랑스에서 알제리까지 지중해를 횡단하는 사흘 동안 타르타랭이 쓰고 있던 셰샤가 시시각각 어떤 상태로 변하는지 여러분에게 그려보이면서 두 번째 이야기를 시작하고 싶거든요.

첫 번째 모습은 부두에서 출발할 때입니다. 멋지고 용감해 보이는 모자는 타르타랭의 머리를 감싸는 후광처럼 보였죠. 두 번째 모습은 항구를 나설 때입니다. 주아브 연락선이 힘차게 파도를 헤치며 나아가기 시작할 때, 셰샤는 놀라 몸을 떨며 마치 뱃멀미를 시작할 기미를 보였지요.

세 번째는 지중해 연안에서의 모습이에요. 먼바다로 나가 파도가 거세질수록 모자는 영웅의 머리 위에서 겁에 질려 잔뜩 얼어 있었습니다. 모자에 달린 커다란 파란 양모 술도 바다 안개와 세찬 바람에 곤두섰고요.

네 번째 모습은 어떨까요? 서녁 여섯 시경 멀리 코르시카섬 해안이 보일 때였습니다. 박복한 우리의 셰샤는 난간을 굽어보며 처량한 모습으로 바다를 살폈지요. 마지막으로 다섯 번째 모습입니다. 좁아터진 선실 구석에 책상 서랍만 한 작은 침대가 놓여 있고, 그 안에 형체를 알 수 없는, 불쌍해 보이는 무언가가 베개 위에서 신음하며 굴러다니고 있었어요. 바로 셰샤였습니다. 출발할 때 그렇게 당당해 보이던 셰샤. 이제는 구깃구깃한 취침용 모자가 되어 파리한 얼굴로 경련하는 뱃멀미 환자의 머리에 꾹꾹 눌려 있었습니다.

아! 타라스콩 사람들이 이런 타르타랭의 모습을 보았다면! 현창으로 비치는 희미하고 서글픈 빛 아래, 그들의 위대한 타르타랭이 책상 서랍 같은 좁은 침대에 누워 미지근한 음식과 젖은 나무의 역겨운 냄새를 맡고 있는 모습을 본다면 타라스콩 사람들은 어땠을까요. 배의 스크루가 돌아갈 때마다 투덜대고, 오 분이 멀다하고 차를 가져오라고 하고, 차를 가져다준 점원에게 여행을 떠난 책임을 묻는 양 어린애 같은 목소리로 욕지기를 퍼붓는 모습을 본다면 또 어땠을까요. 쯧쯧! 타르타랭의 모습은 측은하기 그지없었답니다. 갑자기 뱃멀미가 난 타르타랭은 한심하게도 허리띠를 풀 용기도, 무기를 벗어놓을 용기도 없었습니다. 두꺼운 사냥칼은 가슴을 짓눌렀고 권총 자루 가죽도 다리를 마비시켰지요. 게다가 산초 타르타랭의 불평은 한시도 끊이질 않았습니다.

"바보 같은 놈! 내가 뭐라고 하든? 아! 그렇게 아프리카에 가고 싶어 하더니…. 그래, 봐라. 이게 아프리카야. 어때?"

더욱 잔인했던 것은 선실 구석에서 신음하고 있던 처량한 타르타랭의 귀에 커다란 홀에 모여 웃고, 먹고, 노래하고, 카드놀이를 하는 사람들의 흥겨운 소리가 들려온 것입니다. 주아브 연락선에는 많은 사교계 인물이 타고 있었고 그만큼 모임도 흥겨웠지요. 개중에는 군대로 복귀하는 장교, 마르세유 알카자르 뮤직홀의 여인들, 뜨내기 연극배우들, 메카에서 돌아오는 길인 이슬람 갑부, 라벨과 질 페레스의 흉내를 내던 매우 짓궂은 유고슬라비아 몬테네그로의 왕자도 있었습니다. 이들 중에 뱃멀미를 하는 사람은 아무도 없었어요. 그저 하는 일이라곤 주아브 연락선의 선장과 샴페인을 마시며 한가로이 시간을 보내는 것이 고작이었죠. 선장은 뚱뚱하고 활달한 전형적인 마르세유 사람으로, 알제와 마르세유에 각각 현지처를 두고 있었으며 바르바쑤라는 유쾌한 이름을 가지고 있었습니다.

타르타랭은 이 몹쓸 인간들을 원망했답니다. 이들이 즐거워하면 할수록 그의 멀미는 더 심해졌거든요.

어쨌든 삼일째 되던 날 오후. 갑자기 배가 쿵 하고 움직이는 바람에 우리의 주인공은 기나긴 혼수상태에서 정신을 차렸지요. 곧이어 배 앞머리에서 종소리가 울렸습니다. 또 갑판 위를 달려가는 선원들의 상화소리노 들렸고요.

"선체 앞으로! 선체 뒤로!"

바르바쑤 선장이 쉰 목소리로 외쳤습니다.

"선체 정지!"

갑자기 배가 멈추며 한 번 크게 흔들리더니 삽시간에 모든 것이 조용해졌습니다. 배만 조용히 좌우로 흔들거리는 모습이 마치 공중에 떠다니는 풍선 같았지요.

이상한 침묵이 흐르자 타르타랭은 겁을 집어먹었습니다.

"신의 자비를! 침몰한다!"

타르타랭은 숨넘어갈 듯 이렇게 외치더니 어디서 힘이 났는지 침대에서 벌떡 일어나 무기를 모두 챙겨들고 갑판으로 뛰어나갔습니다.

2
무기를 들어라!

하지만 배가 침몰하는 것이 아니었습니다. 도착한 것이었죠.

주아브 연락선은 깊고 검푸른 바닷물이 아름답게 펼쳐진 정박지에 닻을 내렸습니다. 조용하고 우울한, 인적 없는 정박지였지요. 정면에 우뚝 선 언덕의 알제가 한눈에 들어왔습니다. 자그마한 하얀 집들이 옹기종기 모여 산 위에서 해안까지 늘어서 있었고, 뫼동 언덕은 널어놓은 빨랫감으로 온통 하얗게 물들었지요. 그 위로 끝없이 펼쳐진 새파란 하늘! 오! 눈부시게 파란 하늘!

겁을 잔뜩 집어먹었던 타르타랭은 어느 정도 정신을 차리고 주변 풍경을 둘러보았습니다. 몬테네그로 왕자가 옆에 서서 카스바, 달동네, 바바준 거리 등 도시의 여러 장소를 가리키며 설명해주자 이를 정중히 듣고 있었지요. 왕자는 예의도 바른 데다가 알제리 통이었고 아랍어도 유창하게 구사했답니다. 타르타랭은 왕자를 잘 알아두어야겠다고 생각했어요. 타르타랭은 문득, 기대고 있던 난간에 검은 손들이 매달리는 것을 보았습니다. 거의 동시에 짧은 고수머리를 한 흑인의 얼굴이 면전에 나타났고, 타르타랭이 입을 열 틈도 없이 웃통을 다 벗어 던진 징그럽고 흉악한 흑인, 황인 해적 백여 명이 순식간에 갑판으로 뛰어들었습니다.

이 해적들이 누구인지 타르타랭은 잘 알고 있었지요. 바로 그놈들이었거든요. 타라스콩의 밤거리에서 그렇게 찾아 헤매던 바로 그놈들. 마침내 그놈들이 들이닥친 것입니다.

처음에는 타르타랭도 놀라서 그 자리에서 꿈쩍하지 못했어요. 해적들이 자기 짐을 놓아둔 장소로 뛰어가 짐을 덮고 있던 포장을 벗겨버리고, 또 배를 도적질하려고 하자 영웅은 마침내 정신을 차리고 칼을 꺼내 들었습니다.

"무기를 들어라, 무기를!"

그는 승객들에게 소리를 지르고 서슴없이 해적들에게 달려들었습니다.

"무슨 일이오? 왜 그러시오?"

그때 바르바쑤 선장이 중갑판에서 나오며 물었습니다.

"아! 선장님, 마침 잘 오셨소! 어서어서, 선원들에게 무기를 주시오."

"아니, 도대체 왜요?"

"보고도 모르시겠소?"

"무엇을요?"

"여길 보시오. 해적들이…."

바르바쑤 선장은 어처구니없다는 듯 타르타랭을 쳐다보았

습니다. 그때, 덩치 큰 흑인 놈이 두 사람 앞을 뛰어가는데 등에는 타르타랭의 약 상자를 이고 있었습니다.

"나쁜 놈! 기다려라!"

타르타랭은 소리를 질렀습니다. 그는 단검을 휘두르며 달려 나갔지요.

이렇게 뛰어가려는 타르타랭을 바르바쑤 선장이 허리를 움켜잡으며 저지했습니다.

"제발 진정하시오! 이 사람들은 해적이 아니오. 해적이 사라진 지가 언젠데⋯ . 이 사람들은 하역인부들이라오."

"하역인부!"

"아, 그렇다니까. 짐을 배에서 내리는 인부들 말이오. 어여 칼일랑은 집어넣고 표나 주시오. 그리고 이 흑인 청년을 따라 가시오. 육지로 데려다줄 거요. 원한다면 호텔까지도 안내해줄 거고요!"

어리둥절해진 타르타랭은 표를 낸 뒤 흑인 청년을 따라 난간 줄을 잡고 연락선 옆에 둥실둥실 떠 있는 큰 배로 옮겨 탔습니다. 여행 가방과 무기 상자, 통조림 등 그의 짐은 벌써 배에 모두 옮겨져 있었습니다. 배가 짐으로 꽉 차서 다른 승객은 더 태울 수가 없었습니다. 곧장 흑인 청년은 가방 위로 올라가 원숭이처럼 손을 무릎에 얹은 채 쭈그리고 앉았고 다른 흑인 한 명이 노를 잡았습니다. 두 사람 모두 타르타랭을 보며 허연 이를 드러내 웃어보였지요.

배 뒷머리에 선 타르타랭은 고향 사람들이 그토록 무서워했던 뾰루퉁한 표정을 짓고 칼자루를 신경질적으로 만지작거렸습니다. 바르바쑤 선장의 말을 듣긴 했지만 선량한 타라스콩의 하역인부들과는 사뭇 다르게 생긴 새까만 피부의 이곳 인부들을 믿을 수는 없었으니까요.

오 분 후 배는 육지에 도착했고 드디어 타르타랭은 바르바리아의 작은 항구에 발을 내디뎠습니다. 이곳에서 삼백 년 전 미겔 데 세르반테스라는 스페인 죄수가 알제리 갤리선에서 노를 저으며 훌륭한 소설을 준비했었죠. 그 소설이 바로⋯《돈키호테》였습니다!

3
세르반테스를 떠올리며, 하선
동양인들은 어디 있을까?
흔적조차 찾아볼 수 없는 그들
환상이 깨지다

오, 미겔 데 세르반테스 사아베드라. 사람들은 위인들이 머물렀던 자리에는 위인들의 그 무엇인가가 남아 언제까지나 그 자리에 떠돈다고 하더군요. 그 말이 사실이라면 세르반테스, 당신에게 남아 있는 그 무엇인가가 타라스콩의 타르타랭이 이 바르바리아 해안에 도착한 것을 보고 얼마나 기뻐했을까요. 프랑스 남부에서 온 이 멋진 사나이 안에는 당신이 만들어낸 두 인물, 돈키호테와 산초가 동시에 들어 있으니까요.

그날은 무척 더웠습니다. 햇볕이 쩅쨍 내리쬐는 부두에는 세관원 대여섯 명과 알제리인들이 프랑스의 소식을 기다리고 있었고, 무어인들은 쭈그리고 앉아 긴 파이프 담배를 힘껏 빨아대고 있었습니다. 말트 선원들은 수천 마리의 정어리가 작은 은조각처럼 반짝이는 커다란 그물을 걷어오고 있었지요.

그런데 타르타랭이 육지에 내려서자마자 부두의 분위기는 갑자기 확 바뀌었습니다. 배에서 보았던 해적보다 더 징그럽게 생긴 야만인들이 부두의 자갈밭 사이에서 나타나더니 배에서 내린 타르타랭에게 달려들지 뭡니까. 알몸에 양모 이불만 걸친 키 큰 아랍인들, 누더기를 입은 작은 무어인들, 흑인들, 튀니지인들, 마혼인들, 므잡인들, 흰 앞치마를 두른 호텔보이들, 모두가 소리를 고래고래 지르며 타르타랭의 옷을 잡고 늘어지고, 가방을 서로 뺏고 난리였습니다. 이쪽에서 통조림을 가져가면 저쪽에서 약상자를 가져가고, 이런 황당한 소란 속에서도 타르타랭을 향해 희한한 호텔 이름을 외쳐댔지요.

소란 통에 정신이 나간 타르타랭은 왔다 갔다 하며 화를 냈고 욕설을 퍼붓는가 하면 날뛰며 가방 뒤를 쫓았습니다. 이 야만인들에게 어떻게 자기 뜻을 전해야 할지 난감해 프랑스어, 프로방스어, 심지어 푸르소냑이 사용하는 라틴어까지, 하여간 그가 아는 모든 언어를 동원해 일장 연설을 늘어놓았지요. 하지만 헛수고였습니다. 아무도 타르타랭의 말을 듣지 않았어요. 그때 마침 노란 깃이 달린 긴 옷을 입은 키 작은 사나이가 기다란 지팡이를 들고 호메로스의 신처럼 나타나 일격에 사람들을 모두 흩어지게 했습니다. 알제의 순경이었지요. 그는 매우 공손한 태도로 타르타랭에게 유럽 호텔을 추천하고 호텔 보이들에게 타르타랭을 부탁했습니다. 보이들은 손수레를 이용해서 짐을 호텔까지 옮겼어요.

시내에 들어서자마자 타르타랭의 눈이 휘둥그레졌습니다.

이곳에 오기 전까지는 알제를 동양의 신비감이 넘쳐흐르는 콘스탄티노플이나 잔지바르와 같은 곳으로 생각했는데… . 그런데 이건 마치 타라스콩 한가운데에 떨어진 것 같지 뭡니까. 카페, 레스토랑, 넓게 뚫린 길, 오 층짜리 집들, 자갈로 포장한 작은 광장에서 오펜바흐의 폴카를 연주하는 음악가들, 과자 안주를 곁들여 맥주를 마시고 있는 남자들, 여자들, 고급 창녀 몇 명, 그리고 군인들…. 그런데 동양인은 단 한 명도 없다니! 동양인이라곤 타르타랭 혼자였습니다. 그러다 보니 광장을 지나갈 때 맘이 편치 않았지요. 사람들이 모두 그만 쳐다보고 있었으니까요. 음악가들도 연주를 멈췄고 오펜바흐의 폴카에 맞춰 춤추던 사람들도 다리를 든 채 그대로 멈춰 섰습니다.

타르타랭은 어깨에는 총 두 자루를 얹고, 허리에는 권총을 차고, 로빈슨 크루소처럼 용맹스럽고 위엄 있는 모습으로 사람들 사이를 근엄하게 걸어갔지요. 하지만 호텔에 도착하자 남아 있던 힘이 모두 빠져버렸답니다.

타라스콩에서의 출발과 마르세유항구, 지중해 횡단, 몬테네그로 왕자, 해적들, 이 모든 기억이 머릿속에서 윙윙거렸습니다. 결국 호텔에서는 그를 방까지 업고 올라가 무기를 모두 풀어놓고 옷까지 벗겨주어야 했지요. 의사를 불러야 하지 않느냐는 사람도 있었습니다. 하지만 베개에 머리가 닿자마자 타르타랭은 코를 골기 시작했지요. 코 고는 소리가 어찌나 우렁차고

편안해 보이던지 호텔 주인은 의학의 힘을 빌릴 필요가 없다고
생각했고, 그러자 모두 살금살금 방을 나갔답니다.

4
첫 번째 매복

타르타랭이 잠에서 깨어났을 때 청사 건물의 시계탑이 세
시를 알리고 있었습니다. 타르타랭은 아침나절 내내 자고, 밤
내내, 그리고 다시 오전까지 자고 오후 늦게야 깬 것입니다. 사
흘 전부터 셰샤가 죽도록 고생한 것은 말할 필요도 없겠지요!

우리의 주인공이 눈을 뜨자마자 한 생각은 무엇일까요?

'드디어 사자의 나라에 왔다!'

솔직히 말하면, 타르타랭은 사자가 아주 가까이, 코 닿을 곳
에 있어 손에 잡은 것이나 마찬가지라고 생각하고, 가서 싸워
야 한다는 생각이 들자 부르르! 갑자기 몸이 싸늘해지는 것을
느꼈습니다. 그래서 아주 용감하게… 이불 속으로 몸을 파묻고
말았지요.

하지만 시간이 조금 지나자 밖에서 전해져오는 즐거운 분위

기와 새파란 하늘, 방 안으로 찬란하게 퍼져오는 햇살, 침대까지 가져다주는 먹음직스러운 아침 식사, 활짝 열린 창문으로 내다보이는 푸른 바다, 거기다 맛이 기가 막히게 훌륭한 크레시아 포도주까지 곁들이니 곧바로 예전의 혈기를 되찾을 수 있었습니다.

"사자야, 기다려라! 기다려!"

타르타랭은 이불을 걷어차며 소리를 지른 후 서둘러 옷을 챙겨 입었습니다.

그의 계획은 이랬습니다. 우선 아무에게도 알리지 않고 도시를 빠져나와 사막 한가운데로 들어갑니다. 밤이 되기를 기다렸다가 잠복한 후 사자가 지나가면 그냥 빵! 빵! 그리고 다음 날 유럽 호텔에서 식사를 하고 알제리인들의 축하 인사를 받은 후 사자를 가져가기 위한 수레를 빌리는 것이었지요.

타르타랭은 서둘러 옷을 주워 입고 머리 위로 발 하나 크기만큼 삐죽 올라오는 텐트를 등에 지고 말뚝처럼 뻣뻣한 몸으로 길을 내려왔습니다. 계획이 들통날까 봐 아무에게도 길을 묻지 않은 채, 그냥 오른쪽으로 돌아 바바준 거리 끝까지 걸어갔습니다. 컴컴한 상점 안에서는 거미처럼 매복하고 있던 알제리의 유태인들이 타르타랭이 지나가는 모습을 지켜보고 있었지요. 타르타랭은 테아트르 광장을 지나 변두리로 나가 먼지가 흩날리는 무스타파 거리로 들어섰습니다.

무스타파 거리는 꽉 막혀 있었습니다. 옴니버스, 삯마차, 기차의 화물 운송차, 소가 끄는 커다란 여물 수레, 아프리카 사냥대, 아주 조그만 당나귀 무리, 크레프를 파는 흑인 소녀들, 알자스 이민자들의 자동차, 붉은 망토를 입은 흑인 기병, 이 모두가 먼지 회오리 속에 길을 가고 있었습니다. 사람들의 외침과 노랫소리, 나팔소리가 섞여 들려왔고, 초라한 가옥 울타리에는 몸집이 큰 마흔 여인들이 문 앞에서 머리를 빗고 있었습니다. 군인들이 득실거리는 카바레와 정육점, 각재 전문 가게들도 있었지요.

'도대체 동양이 어디 있다는 거지?'

타르타랭은 생각했어요.

'마르세유보다도 동양인들이 없잖아?'

그때 타르타랭은 기다란 다리를 뽐내며 옆을 지나가는 멋진 낙타 한 마리를 보았습니다. 타르타랭의 가슴이 콩당콩당 뛰기 시작했어요.

벌써 낙타를 보게 되다니! 그렇다면 사자도 가까이 있겠군. 아니나 다를까 곧이어 총을 어깨에 멘 사자 사냥꾼들이 다가왔습니다.

'겁쟁이들!'

옆으로 지나쳐가는 사냥꾼들을 보며 타르타랭은 이렇게 생각했습니다.

'겁쟁이들! 사자를 잡으러 무리를 지어 가다니, 개들까지 데리고 말이야!'

타르타랭은 알제리에서 사자 외에는 사냥할 것이 없다고 생각했지요. 어쨌든 타르타랭은 사냥꾼들이 워낙 넉살 좋은 퇴직한 상인들의 모습을 하고 있었고, 사냥개를 데리고 사냥 망태기까지 써가며 사자를 잡는 방법이 너무 순진해서 썩 내키지는 않아도 어떻게든 접근해봐야겠다고 생각했습니다.

"그러니까~앙, 사냥은 잘 하셨소, 친구?"

"그럭저럭요."

사냥꾼은 타라스콩의 전사가 들고 있는 어마어마한 무기에 기가 질린 표정으로 대답했습니다.

"많이 좀 잡았소?"

"물론이죠. 꽤 많이요. 한번 보시구려."

알제리인 사냥꾼은 토끼와 도요새가 잔뜩 들어 있어 부풀 대로 부푼 사냥 망태기를 들어보였습니다.

"이럴 수가! 당신 망태기요? 당신 망태기에 넣어둔 거요?"

"그럼 어디다 넣겠소?"

"아니, 이건… 이렇게 쬐그만 것들을….."

"작은 놈들도 있고 큰 놈들도 있지요."

사냥꾼이 대답했습니다. 하지만 집에 돌아가고 싶은 마음이 굴뚝 같은 사냥꾼은 큰 걸음으로 동료들을 따라가버렸습니다.

용감무쌍한 타르타랭은 놀란 채 길 한가운데에 서 있었습니다. 그러곤 잠시 머리를 굴렸지요.

'쳇! 허풍쟁이들이겠지. 죽이긴 뭘 죽여….'

그러곤 다시 길을 갔습니다.

이제는 집들도 드문드문 떨어져 있었고 거리도 한적했습니다. 밤이 되니 사물을 분간하기도 힘들어졌지요. 타라스콩의 타르타랭은 삼십 분을 더 걸었습니다. 그러곤 드디어 걸음을 멈추었지요. 캄캄한 밤이었습니다. 달은 뜨지 않고 별만 가득한 밤이었지요. 인적도 찾아볼 수 없었습니다. 다르다랭은 사자가 합승마차를 타고 오지 않을 것이고 일부러 큰길로 다니지도 않을 것이라고 생각했습니다. 그래서 들판으로 뛰어들었지요. 한 발짝 디딜 때마다 구덩이나 나무뿌리, 가시덤불에 채이기 일쑤였습니다. 하지만 무슨 상관입니까! 타르타랭은 계속 걸었습니다. 그러다 갑자기, 멈춰!

'이 근처에서 사자 냄새가 나는데….'

우리의 주인공은 이렇게 생각하며 코를 킁킁거리면서 냄새를 맡기 시작했습니다.

5
빵! 빵!

그곳은 이상한 나무와 풀이 쑥쑥 뻗어 있는 황량한 사막이었습니다. 무서운 짐승처럼 생긴 동양의 식물들이 자라고 있었지요. 희미한 별빛 아래 땅에 비치는 나무와 풀의 그림자는 점점 커지면서 사방으로 뻗어갔습니다. 오른쪽으로는 육중한 산 그림자가 어렴풋이 보였고요. 앗, 어쩌면 아틀라스산일지도!

왼쪽으로는 보이지는 않지만 바다가 조용히 물결치고 있었습니다. 야수들을 끌어들이기에 안성맞춤인 장소였지요.

타르타랭은 총 한 자루는 앞에 놓고, 다른 한 자루는 손에 쥔채 땅에 무릎을 꿇고 기다렸습니다. 한 시간이 가고, 두 시간이가고…. 하지만 아무것도 나타나지 않지 뭡니까!

그제야 타르타랭은 위대한 사자 사냥꾼들은 사냥에 나설 때항상 새끼 염소 한 마리를 가져갔다는 것을 떠올렸습니다. 사자 사냥꾼들은 새끼 염소를 몇 발자국 앞에 묶어놓고 끈으로발을 잡아당겨서 염소가 울음소리를 내도록 했지요. 새끼 염소를 준비하지 못한 타르타랭은 결국 염소 울음소리를 흉내 내기로 작정했습니다.

"매~! 매~."

목소리를 떨며 염소소리를 흉내 내기 시작했어요.

처음에는 아주 조그맣게 울었습니다. 마음속으로는 그래도 사자가 울음소리를 들을까 봐 조금 겁이 났던 게지요. 그러다가 아무것도 나타나지 않자, 더 크게 울기 시작했습니다.

"매애~! 매애~!"

그런데 아무것도 나타나지 않기는 마찬가지였죠! 조바심이 난 타르타랭은 더 크게 여러 번 울었습니다.

"매애~! 매애~! 매애~!"

얼마나 크게 울어냈던지 나중엔 새끼 염소가 황소가 된 것 같았다니까요.

그때 갑자기 타르타랭 앞에 무언가 시커멓고 커다란 것이 나타났습니다. 타르타랭은 숨을 죽였죠. 그것은 몸을 숙여 땅에 대고 냄새를 맡는가 하면 펄쩍 뛰기도 하고 몸을 굴리기도 했습니다. 힘차게 내달리다가 다시 돌아와서 갑자기 멈춰서기도 했지요. 틀림없이 사자였습니다! 이제는 사자의 짧은 다리와 멋진 갈기, 두 눈, 어둠 속에서 번득이는 커다란 두 눈이 확실히 보였습니다. 거총! 발사! 빵! 빵! 드디어 끝났습니다. 타르타랭은 곧바로 뒤로 펄쩍 뛰어서 사냥칼을 손에 쥐어 들었지요.

타르타랭이 총을 쏘자 끔찍한 울음소리가 들려왔습니다.

"맞았다!"

신이 난 타르타랭은 소리쳤지요. 튼튼한 다리에 몸을 지탱하고 이제 사자를 맞이할 준비를 했습니다. 하지만 매운 맛을 톡톡히 본 사자는 으르렁거리며 있는 힘을 다해 달아나버렸습니다. 타르타랭은 사자를 쫓아가지 않았습니다. 암놈을 기다릴 심산이었지요. 책에 나와 있는 대로 말이죠!

실망스럽게도 암놈은 나타나지 않았습니다. 두세 시간 정도 흐르자 타르타랭도 지쳐버렸어요. 땅도 축축했고 밤공기도 너무 싸늘했습니다. 바닷바람도 살을 에일 정도로 매서웠지요.

'눈이라도 좀 부치면서 날이 밝기를 기다릴까?'

관절염이 도지지 않도록 타르타랭은 텐트를 치기로 했습니다. 그런데 이게 웬일입니까! 텐트가 너무 최신식이어서 아무리 해도 열리지 않는 것 아니겠습니까. 한 시간 동안 땀을 뻘뻘 흘리며 실랑이를 벌여도 빌어먹을 텐트는 열리지 않았습니다. 비가 억수같이 쏟아질 때 펼쳐지지 않아서 애를 먹이는 우산처럼 말이죠. 싸우다 지쳐버린 타르타랭은 텐트를 바닥에 내동댕이치고는 아예 깔고 누워 프로방스 사람답게 욕을 늘어놓았어요.

'빰빠라빰! 빰빰빰!'

"앗, 이게 뭐지?"

잠을 자던 타르타랭이 벌떡 일어나며 외쳤습니다. 그 소리는 아프리카 사냥대의 나팔수들이 무스타파 야영지에서 나팔을 부는 소리였습니다. 깜짝 놀란 사자 사냥꾼 타르타랭은 눈을 비볐습니다. 분명히 사막 한가운데라고 생각했는데…. 그가 어디에 있었는지 아십니까? 바로 아티초크 밭 한복판이었답니다. 옆에는 꽃양배추 밭과 순무 밭이 있었고요.

타르타랭의 사하라사막에는 채소들이 무성히 자라고 있었던 것이지요. 바로 옆에는 새하얀 알제리식 집들이 모여 있고, 온통 초록으로 뒤덮인 아름다운 무스타파 언덕이 아침 이슬에 젖어 빛나고 있었습니다. 마치 작은 별장들이 예쁘게 늘어서 있는 마르세유 근교에 와 있다는 착각이 들 정도였어요.

평화롭게 잠든 채소밭의 정돈된 모습 때문에 가여운 타르타랭은 충격을 받았습니다. 당연히 기분이 매우 언짢아졌지요.

'미친 사람들 아니야?'

타르타랭은 생각했습니다.

'사자가 우글거리는 곳에 아티초크를 심을 생각을 하다니. 어쨌든 내가 꿈을 꾼 것은 아니로군. 여기까지 사자들이 내려오다니…. 이 두 눈으로 똑똑히 확인했으니….'

그가 확인한 것은 사자가 도망치면서 흘린 핏자국이었습니다. 권총을 손에 쥐고 날카로운 눈으로 주위를 감시하며 용감한 타르타랭은 선명한 핏자국을 따라갔습니다. 아티초크를 하나씩 하나씩 넘으며 이윽고 귀리 밭에 이르렀지요. 풀이 젖혀진 곳에는 피가 흥건히 배어 있었습니다. 그리고 그 위에는 머리에 커다란 상처가 난 채 옆으로 누워 있는 한 마리의…. 한번 맞혀보세요!

"사자!"

아닙니다! 당나귀였습니다. 알제리에서 흔히 볼 수 있고 '부리코'라고 부르는 몸집이 작은 당나귀였지요.

6

암놈의 출현, 치열한 싸움
토끼들의 모임

불쌍한 희생양을 본 타르타랭의 첫 반응은 원통함이었습니다. 사실 당나귀는 사자와는 거리가 멀죠! 하지만 다음 반응은 동정 그 자체였습니다. 가엾은 당나귀는 너무나 예뻤습니다. 매우 탐스러워 보였지요! 아직 따뜻한 옆구리는 숨쉴 때마나 파도처럼 넘실거렸습니다. 타르타랭은 무릎을 꿇고 붉은 허리띠 끝을 잡아 죽어가는 당나귀의 피를 멈춰보려 했습니다. 몸집 큰 사나이가 조그만 당나귀를 돌보고 있는 모습은 그야말로 감동의 한 장면이었지요.

부드러운 허리띠가 몸에 닿자 실낱같은 목숨이 아직 붙어 있던 당나귀는 커다란 회색 눈을 뜨고 기다란 귀를 두세 번 움직여 이렇게 말하는 듯했습니다.

"고맙습니다! 고맙습니다!"

곧이어 머리끝부터 발끝까지 최후의 경련을 일으키더니 더 이상 움직이지 않았어요.

"누와로! 누와로!"

그때 갑자기 고통에 목이 메인 소리가 들려왔습니다. 동시에 옆에 있던 풀숲에서 나뭇가지들이 흔들리기 시작했어요. 타르타랭은 간신히 몸을 일으켜 경계 자세를 취했답니다. 암놈이었지요!

무섭게 포효하는 암놈은 머리수건을 동여맨 알자스 지방의 할머니 모습을 하고 나타났습니다. 커다란 빨간 우산으로 무장하고 무스타파 사방으로 당나귀를 찾으러 다닌 것이지요. 이 고약한 할멈보다 차라리 화가 난 암사자를 상대하는 편이 타르타랭에게는 더 나았을 것입니다. 난처해진 타르타랭은 할멈에게 사정을 설명해보았지만 소용없었습니다. 누와로를 사자로 착각했다고 말했건만…. 할멈은 자신을 놀린다고 생각하고는 욕지거리를 퍼부으며 타르타랭에게 우산 세례를 주었답니다. 얼떨떨해진 타르타랭은 최대한 막아보려 했습니다. 총으로 우산을 막아보기도 하고 땀을 흘리고 숨을 헐떡이며 펄쩍펄쩍 뛰었지요.

"아이고, 할머니…, 아이고 할머니…."

시끄럽다! 할멈은 귀가 어두웠어요. 화를 가라앉히지 않는 것을 보니 틀림없었습니다.

다행히도 때마침 제삼자가 격렬한 전쟁터에 등장했습니다. 할멈의 남편이었지요. 남편도 알자스 지방 출신으로 카바레 주인에 능력 있는 회계사였답니다. 남편은 타르타랭이 어떤 사람인지 짐작했고, 범인이 희생된 당나귀에 대해 변상을 하겠다고 하자 부인의 무기를 뺏어 들고 합의를 보았습니다.

타르타랭은 이백 프랑을 냈어요. 하지만 당나귀는 천 프랑은 족히 됩니다. 아랍 시장에서 보통 그 가격 정도 하지요. 그리고 누와로를 무화과나무 아래에 묻어주었답니다. 타르타랭이 준 돈을 보자 기분이 좋아진 주인은 타르타랭에게 카바레에서 요기라도 하라고 권했습니다. 카바레는 그리 멀지 않은 대로변에 있었습니다.

알제리의 사냥꾼들은 매주 일요일 그곳으로 식사를 하러 온답니다. 근처 평원에는 사냥감도 많았고, 도시 주변 팔 킬로미터 내외에는 토끼 사냥에 이곳보다 적격인 곳이 없었거든요.

"사자는요?"

타르타랭이 물었습니다.

주인은 타르타랭을 놀란 표정으로 쳐다보았어요.

"사자라니?"

"예…, 사자요. 가끔 보셨습니까?"

약간 자신감을 잃은 타르타랭이 주저하며 물었습니다.

주인은 웃음을 터뜨렸지요.

"하하! 아, 알겠소. 사자라…. 뭐하시려고?"

"알제리에는 사자가 없는 거로군요?"

"하핫! 한 번도 본 적이 없는데…. 시골에 산 지도 어언 이십 년째인데 말이오. 어렴풋이 얘기를 들은 것도 같은데…. 신문에서 말이오. 하지만 더 내려가야 할 거요, 남쪽으로 말이오."

그러는 사이, 두 사람은 카바레에 도착했습니다. 방브나 팡텡에서 흔히 볼 수 있는 변두리 카바레로 출입문 위에는 색 바랜 나무판자가 걸려 있고 벽에는 당구봉이 그려져 있었습니다. 간판에는 이렇게 적혀 있었지요.

〈토끼들의 모임〉

토끼들의 모임이라! 오, 브라비다, 정말 그리운 추억이구려!

7
옴니버스에서 생긴 일
무어 여인과 재스민꽃 염주

첫 번째 시도가 실패로 돌아가면 많은 사람은 그냥 포기하고 말 것입니다. 하지만 타르타랭처럼 강인한 사람은 쉽게 주저앉지 않는 법.

'남쪽에 사자들이 있단 말이지.'

타르타랭은 생각했습니다.

'좋아! 그럼 남쪽으로 갈 수밖에.'

식사를 마치자마자 타르타랭은 자리를 털고 일어나 주인에게 인사를 건네고 할멈에게도 조금 전의 일은 잊은 채 작별의 키스를 해주었습니다. 박복한 누와로를 위해 마지막으로 눈물을 삼키며 타르타랭은 곧장 알제로 돌아가려 했습니다. 속히 여행 가방을 챙겨 당장 남쪽으로 떠나기로 굳게 마음을 먹었던 것이지요.

속상하게도 무스타파 거리는 어제보다 더 길어진 듯했습니다. 햇볕은 쨍쨍 내리쬐고 먼지는 또 얼마나 나던지! 텐트는 또 얼마나 무겁던지! 타르타랭은 도저히 걸어서 시내까지 갈 엄두가 나지 않았습니다. 옴니버스가 지나가는 것을 보자마자 손짓을 해 덥석 올라타버렸지요.

아! 불쌍한 타라스콩의 타르타랭! 자신의 명성과 영광을 위해 이 운명의 고물 마차에 올라타지 않았더라면 좋았을 것을! 찌는 듯한 더위에 숨이 막히거나, 텐트와 이연발이 너무 무거워서 쓰러지는 한이 있더라도 계속 걸어가야 했는데….

타르타랭이 올라서자 옴니버스는 만원이 되었습니다. 버스 구석에는 시커먼 턱수염을 기른 알제의 보좌 신부가 성무 일과 서에 코를 박고 앉아 있었습니다. 맞은편에는 젊은 무어 상인이 굵직한 담배를 물고 있었고요. 말트인 선원도 있었고, 하얀 천으로 얼굴을 가리는 바람에 눈밖에 안 보이는 무어 여인도 네다섯 명 있었습니다. 여인들은 아브델카데르 묘지에 들러 기도를 하고 오는 길이었답니다. 하지만 무덤에 다녀온 사람들치고는 그리 슬퍼 보이지 않았지요. 여인들은 깔깔대며 웃고 과자를 깨물어 먹으며 가린 천 밑으로 재잘거리고 있었거든요.

타르타랭은 여인들이 자꾸 자신을 쳐다본다는 것을 눈치챘습니다. 그중 특히 한 여인, 바로 맞은편에 앉아 있던 여인은 타르타랭의 눈을 똑바로 쳐다보며 버스가 달리는 내내 눈을 떼지 않았습니다. 얼굴을 천으로 가렸지만 화장으로 길게 그린 커다란 검은 눈에는 생기가 넘쳐흘렀고, 베일 속으로 잠깐잠깐 보이는 금팔찌를 찬 손목은 가늘고도 아름다웠습니다. 모든 것, 그녀의 음성이나 우아하면서도 어린아이처럼 흔드는 머리 모두 젊고 예쁘고 사랑스러운 여인이라는 것을 말해주었습니다.

359

당황한 타르타랭은 어디로든 숨어버리고 싶었답니다. 동양 여인의 아름다운 눈이 조용히 자신을 더듬고 있다고 생각하자 어쩔 줄 모르게 들떠 미쳐버릴 것 같았습니다. 온몸이 뜨거워 졌다가 차가워지기를 반복했지요.

게다가 여인의 신발도 한몫했습니다. 타르타랭은 여인의 귀여운 빨간 신발이 작은 생쥐처럼 자신의 커다란 사냥 장화 위를 달리고 깡총깡총 뛰는 모습을 상상했지요. 어떡하죠? 여인의 시선에, 끈질긴 시선에 응답해야 하나요! 예, 하지만 그 결과는 어떻게 감당하지요?

동양에서 불륜은 정말 무시무시한 대가를 치르지요! 상상력이 풍부한 남부 사람의 기질을 가진 순진한 타르타랭은 환관들의 손에 넘어가 목이 잘리거나, 가죽 자루에 들어가 잘린 머리를 몸 옆에 두고 바다 위를 둥실둥실 떠다니는 상상을 먼저 떠올렸습니다. 그러자 마음이 좀 가라앉았어요. 하지만 여인의 작은 신발이 계속 유혹해왔고 여인의 눈도 두 개의 검은 꽃처럼 점점 더 크게 벌어졌습니다. 마치 이렇게 말하는 듯했지요.

"꺾어보아요!"

그때 옴니버스가 멈춰 섰습니다. 바바준 거리 입구에 있는 테아트르 광장에 도착한 것이지요. 통 넓은 바지를 불편해하며 베일을 아무렇게나 하지만 나름대로 우아하게 온몸에 휘감으며 무어 여인들은 한 사람씩 버스에서 내렸습니다. 타르타랭의 여인은 맨 마지막으로 일어났습니다. 자리에서 일어나는 여인의 얼굴이 타르타랭에게 너무 가까이 다가오는 바람에 우리의 주인공은 여인의 숨결을 느낄 수 있었지요. 젊음과 재스민, 사향과 과자향이 절묘하게 어우러져 풍겨왔습니다.

타르타랭은 유혹을 뿌리칠 수 없었어요. 사랑에 빠져 어떤 대가라도 치를 마음이 생긴 타르타랭은 무어 여인을 쫓아 내려버리고 말았습니다. 타르타랭의 무기가 흔들리는 소리에 여인은 뒤를 돌아보고 '쉿!' 하고 조용히 하라는 듯 손가락을 입술에 대었어요. 그리고 다른 한 손으로는 재스민으로 만든 작은 묵주를 던져주었습니다. 타르타랭은 묵주를 주우려고 몸을 숙였지요. 그런데 워낙 몸이 무거운 데다가 무기도 잔뜩 메고 있어서 줍는 데 한참 걸렸답니다.

타르타랭이 재스민 묵주를 가슴에 품고 몸을 일으켰지만, 아이고, 안타깝게도 무어 여인은 벌써 사라지고 없었습니다.

8
아틀라스의 사자여, 안심하고 주무소서!

아틀라스의 사자여, 안심하고 주무소서! 당신의 보금자리 안에서, 알로에와 야생 선인장 가운데서 편히 주무소서. 당분간 타라스콩의 타르타랭이 나타나 당신을 처치하지 않을 테니. 그의 전투 무기, 그러니까 무기 상자와 약상자, 텐트, 통조림은 모두 편안하게 포장된 채 유럽 호텔 36호 방 한구석에서 세월 좋게 쉬고 있답니다.

무서워 말고 주무십시오, 붉은 갈기의 사자들이여! 타라스콩 사람은 무어 여인을 찾느라 정신이 없답니다. 옴니버스 사건 이후, 가엾은 타르타랭은 아직도 자신의 발 위에, 사냥꾼의 그 큰 발 위에 자그맣고 빨간 생쥐가 팔짝팔짝 뛰어다니는 것을 느끼고 있었습니다. 타르타랭의 입술을 간질이는 바닷바람에는 항상, 타르타랭이 무슨 일을 하고 있든, 과자와 아니스 열매의 달콤한 향내가 배어나왔지요.

무어 여인을 꼭 찾아야 했습니다!

하지만 쉬운 일이 아니었지요. 인구가 십만 명이나 되는 도시에서 입김과 신발, 눈 색깔만 가지고 사람을 찾다니, 이런 터무니없는 일을 할 사람은 사랑에 빠진 타르타랭밖에 없었습니다.

무엇보다 난감했던 것은 하얀 천으로 얼굴을 가린 무어 여인들이 하나같이 비슷하게 생겼다는 점입니다. 게다가 여인들은 외출하는 일이 드물었고, 여인들을 보려면 달동네로 가야 했죠. 아랍인들, 그러니까 동양인들의 동네였거든요.

달동네는 정말 험악한 곳이었습니다. 좁아빠진 어두컴컴한 골목길이 수도 없이 많았고 양쪽으로 늘어선 이상한 분위기의 집 사이로 가파른 길을 따라 올라가야 했습니다. 집 사이로는 지붕이 맞닿아 터널을 이루고 있었어요.

문은 얕았고 창문은 매우 조그맣고 표정 없이 슬픈 데다 철망으로 쳐 있었습니다. 어두컴컴한 상점에는 해적같이 험상궂게 생긴 동양인들이 하얀 눈알을 굴리고 이를 번뜩이며 기다란 파이프 담배를 피우고 있었습니다. 낮은 목소리로 수군거리는 것이 꼭 무슨 작당을 하는 듯했지요.

타르타랭이 아무런 감정 없이 이 희한한 동네를 지나쳤다면 거짓말이겠지요. 사실 타르타랭은 매우 흥분한 상태였습니다. 불룩한 배가 다 차지해버리는 어두운 골목길을 타르타랭은 살금살금 걸어갔습니다. 눈으로는 경계를 늦추지 않고, 손가락은 방아쇠에 걸어놓았지요. 바로 타라스콩에서 클럽으로 갈 때의 그 모습이었습니다. 언제라도 환관들이나 터키 근위병들이 뒤에서 공격해올 것 같았지만, 무어 여인을 만나야겠다는 마음 때문에 그는 용기와 거인의 힘을 얻을 수 있었습니다.

용감무쌍한 타르타랭은 일주일 동안이나 달동네를 떠나지 않았습니다. 동네 사람들은 가끔씩 터키탕 앞에서 여인들이 몸을 떨거나 비누 냄새를 풍기며 떼지어 나오는 시간을 기다리느라 꼼짝 않고 서 있는 타르타랭의 모습을 보게 되었지요. 혹은 회교 사원 앞에서 사원에 들어가려고 웅크려 앉아 땀을 뻘뻘 흘리고 숨차하면서 커다란 장화를 벗고 있는 그를 보기도 했고요.

해질 무렵 역시나 사원과 터키탕에서 허탕을 치고 돌아서던 타르타랭은 어느 집에선가 흘러나오는 단조로운 노랫소리를 듣는 날도 있었습니다. 둔한 기타소리와 북소리, 자그맣게 들려오는 여인네들의 웃음소리는 타르타랭의 가슴을 쿵당쿵당 뛰게 했죠.

'그녀가 여기 있을지도 몰라!'

타르타랭은 이렇게 생각했어요.

길거리에 아무도 없을 때면 타르타랭은 집으로 다가가 키 작은 문에 달린 무거운 쇠를 들어 조심스럽게 두드립니다. 그와 동시에 갑자기 노랫소리도, 웃음소리도 멈추지요. 곧이어 벽 너머에서 알아들을 수 없는 작은 수군거림이 잠든 돛단배처럼 아득하게 들려옵니다.

'정신 차리자!'

타르타랭은 생각합니다.

'큰일이 벌어질 게 틀림없어!'

하지만 주로 벌어지는 일은 머리에 찬물을 한 바가지 뒤집어쓴다든가, 오렌지 껍질이나 선인장 열매 껍질을 뒤집어쓰는 것이 고작이었지요. 그보다 더 큰일은 벌어지지 않았습니다.

아틀라스의 사자여, 주무소서!

9
몬테네그로의 그레고리 왕자

타르타랭이 무어 여인을 찾아 헤맨 지도 어느덧 이주일이 흘렀습니다. 사랑의 신이 몬테네그로의 멋진 신사의 모습으로 찾아와 그를 도와주지 않았다면 타르타랭은 아직도 여인을 찾아 헤매고 있었을 것입니다. 과연, 어떻게 된 사연일까요?

겨울이면 매주 토요일 저녁, 파리의 오페라 극장 격인 알제 대극장에서는 가면무도회가 열린답니다. 지루하고 재미없는 시골의 가면무도회지요. 무도회장에는 사람도 별로 없고, 뷜리에 카지노의 몇몇 패거리, 군인들을 따라다니는 경박한 처녀들, 한물 간 제비들, 어리둥절한 하역인부들이 있었습니다. 세탁 일을 하던 대여섯 명의 마흔인 처녀들도 튀어보겠다고 나섰지만 얌전했던 시절의 마늘과 사프란 향을 아직도 흩뿌리고 있었지요. 하지만 진정한 구경거리는 이곳이 아니었습니다. 가면무도회를 위해 임시로 꾸며놓은 도박장이 가관이었지요.

요란하게 치장한 사람들이 들뜬 마음으로 길게 깔린 초록 양탄자 주위에서 서로 밀쳐대느라 부산했습니다. 휴가 나온 알세리 군인들은 급료 전부를 걸었고 달동네에서 장사를 하는 무어인들, 흑인들, 말트인들도 노름을 했지요. 알제리에 거주하던 프랑스인들도 백육십 킬로미터나 달려와 주사위 하나에 쟁기를 판 돈이나 소 두 마리 몫의 돈을 걸었습니다. 온몸을 떨며 창백해진 낯빛으로 이를 꽉 다문 사람들은 모두 노름꾼 특유의 눈빛을 띠었지요. 불안하고 초점이 약간 비스듬한 것이, 같은 카드만 내내 쳐다보느라 사시가 되어버렸답니다.

다른 쪽에서는 알제리의 유태인들이 가족 단위로 모여 있었습니다. 남자들은 파란 하의와는 전혀 어울리지 않는 전통 의상에 비로드 모자를 쓰고 있었습니다. 창백하고 부어터진 여자들은 몸에 꽉 끼는 금박 상의를 입고 완전히 뻣뻣하게 굳은 채

서 있었지요. 유태인들은 여러 탁자에 무리 지어 앉아 투덜대거나 협상을 하고 손가락으로 셈을 하느라 놀이는 별로 하지 않았습니다. 이렇게 긴 협상이 이어지다가 가끔씩 허연 수염을 기른 늙은 가장이 일어나 가족의 돈을 몽땅 겁니다. 그러면 놀이가 계속되는 동안 유태인들의 반짝거리는 눈은 모두 탁자로 향하지요. 검은 자석 같은 눈으로 뚫어져라 쳐다보느라 탁자 위에 있던 금화들이 팔짝팔짝 튀어오르고 실로 잡아당긴 듯 미끄러져갑니다.

그러면 말다툼과 싸움이 일어나고 온갖 나라 말로 튀어나오는 욕설과 비명으로 난장판이 되어버립니다. 결국 칼까지 꺼내들고, 경비가 올라오고, 돈은 온데간데없고요!

어느 날 저녁, 바로 이런 소란 통에 타르타랭은 시름을 잊고 마음의 평화를 찾기 위해 이곳에 들렀지요.

우리의 영웅은 사람들 틈 속에서 홀로 무어 여인에 대한 생각에 잠겨 있었습니다. 그때, 금화소리가 짤랑이던 노름 테이블 위로 두 사람의 성난 목소리가 들려왔습니다.

"여보쇼, 이십 프랑이 모자라다고 하지 않소!"

"여보쇼!"

"뭐요? 여보쇼!"

"감히 누구한테 대드는 거요!"

"별꼴이구먼!"

"나는 몬테네그로의 그레고리 왕자요."

이 이름을 듣자 놀란 타르타랭은 사람들을 밀치고 앞으로 나왔습니다. 왕자를 다시 만나 기쁘기도 하고 자랑스럽기도 했지요. 연락선에서 조금 알게 된 너무나 예의 바르던 몬테네그로 왕자였으니까요.

그런데 순진한 타라스콩 사람을 그토록 황홀경에 빠지게 했던 전하라는 존칭이 왕자와 싸우고 있던 사냥대 장교에게는 아무런 감동도 주지 않았던 모양입니다.

"아주 꼴좋구먼…."

장교는 비웃으면서 사람들을 돌아보며 말했지요.

"몬테네그로의 그레고리라…. 들어본 적 있소? 봐요, 아무도 없다는데!"

분노한 타르타랭은 앞으로 나섰습니다.

"이보시오. 내가 왕좌~아님을 알고 있소이다!"

타르타랭은 타라스콩의 억양을 더욱 두드러지게 발음하며 단호한 목소리로 말했습니다.

사냥대 장교는 잠시 타르타랭을 똑바로 쳐다보더니 어깨를 으쓱하고 말았지요.

"쳇! 할 수 없군. 없어진 이십 프랑이나 나눠 가지시오. 더 이상 말을 맙시다."

장교는 돌아서서 사람들을 헤치고 가버렸습니다.

격분한 타르타랭은 장교를 쫓아가 혼내주려 했지만 왕자가 그를 붙잡았습니다.

"놔두시오. 이 일은 내 몫이오."

왕자는 타르타랭에게 팔짱을 낀 후 빨리 바깥으로 데리고 나갔습니다.

광장에 들어서자 몬테네그로의 그레고리 왕자는 모자를 벗고 우리의 영웅에게 악수를 청했지요. 어렴풋이 타르타랭의 이름을 기억해낸 왕자는 떨리는 목소리로 말했습니다.

"바르바랭 씨⋯."

"타르타랭입니다!"

타르타랭은 부끄러운 듯 나직이 속삭였습니다.

"타르타랭이든 바르바랭이든! 이제 우리는 살아도 한 몸, 죽어도 한 몸이오!"

몬테네그로 왕자는 타르타랭의 손을 엄청나게 세게 흔들어 댔습니다. 타르타랭이 얼마나 기뻐했는지 아시겠죠?

"왕좌~아님! 왕좌~아님!"

타르타랭은 취한 사람처럼 반복해서 왕자를 불러댔어요.

얼마 후 두 사람은 플라타너스 식당에 자리했습니다. 바다가 굽어보이는 테라스가 있는 분위기 좋은 레스토랑에서 크레시아 포도주를 가미한 러시안 샐러드를 앞에 두고 두 사람은 다시 인연을 이어갔습니다.

몬테네그로 왕자는 그 누구보다도 매력적이었어요. 날씬하고 세련미 넘치며 고데로 만 곱슬곱슬한 머리와 깨끗하게 면도한 얼굴은 매우 말끔했습니다. 갖가지 이상한 훈장을 수도 없이 단 데다가 눈은 꽤 맑아 보였고, 몸동작도 살살 녹았지요. 이탈리아 억양이 약간 섞인 것이 수염만 없을 뿐 마자린과 닮은 구석이 있었지요. 라틴어 계열의 언어에 매우 능통하고 타키루스, 호라티우스를 줄줄이 인용하곤 했습니다.

전통 있는 왕가의 자손인 그의 형제들은 왕자의 자유분방한 행동 때문에 왕자가 열 살 되던 해 귀양을 보내버렸고, 그 후로 왕자는 전 세계를 돌아다니며 철학하는 왕자로서 교양도 쌓고 기쁨도 누렸다고 합니다. 그런데 세상에, 이런 우연의 일치가 있을 수 있을까요! 왕자는 타라스콩에서 삼 년 정도 생활을 한 적이 있다는 것이었습니다. 타르타랭이 클럽이나 광장에서 단 한 번도 왕자를 본 적이 없다며 놀라자 왕자는 머뭇거리며 말했지요.

"외출을 삼갔지요."

타르타랭도 예의상 더 캐물을 수가 없었습니다. 아, 위대한 사람들은 어딘가 신비한 구석이 있지 않습니까!

어쨌든 그레고리 왕자는 훌륭한 사람이었습니다. 크레시아 포도주를 홀짝홀짝 마시며 왕자는 타르타랭이 무어 여인에 대해 쏟아내는 말을 다 들어주었습니다. 더 고마운 일은 여자들을 잘 알고 있으니 무어 여인을 바로 찾아주겠다고 한 것입니다.

두 사람은 오랫동안 안주도 없이 술만 마셨습니다.

"알제의 여인들을 위하여! 몬테네그로의 자유를 위하여!"

두 사람은 이렇게 외치며 건배했지요.

테라스 아래로는 바다가 일렁이고 있었습니다. 어둠 속에서 해안까지 밀려오는 파도소리는 젖은 담요를 터는 소리 같았지요. 공기는 따스했고 하늘에는 별이 가득했답니다.

플라타너스 사이로는 꾀꼬리가 지저귀고 있었고요.

결국 음식값을 치른 것은 타르타랭이었습니다.

10
"아버지의 이름을 내게 말해주오.
이 꽃의 이름을 말해주겠소."

메추라기를 재빨리 쫓아버리려면 몬테네그로 왕자의 이름을 대보십시오.

플라타너스 식당에서 저녁을 보낸 후 다음 날 새벽부터 그레고리 왕자는 타르타랭의 방에 와 있었습니다.

"어서, 어서, 옷을 입게. 그 여인을 찾았네. 이름이 바이아라고 하더군. 스무 살에 아주 어여쁘다는데…. 그 나이에 벌써 청상과부가 되었다는군."

"청상과부! 잘됐네요!"

동양의 남편들을 무서워하던 타르타랭이 신나서 말했습니다.

"그렇네. 하지만 동생이 늘 감시하고 있어."

"오! 저런!"

"오를레앙 시장에서 파이프를 파는 아주 험악한 놈이지."

여기서 갑자기 침묵이 흐릅니다.

"헤헴!"

왕자가 다시 말을 이었습니다.

"겨우 이 정도로 겁을 먹을 자네가 아니지. 게다가 파이프 몇 개만 팔아주면 그 해적 같은 놈과는 해결을 보는 거 아닌가. 자, 어서 옷을 입게나, 살맛 난 바람둥이 친구야!"

사랑의 감정으로 가슴이 벅차오른 타르타랭은 창백해진 채 침대에서 뛰어나와 서둘러 넓은 플란넬 바지 단추를 채웠습니다.

"어떻게 해야 하죠?"

"여인에게 편지를 보내서 만나달라고 하면 되지!"

"프랑스어를 할 줄 아나 보죠?"

동양을 동경하던 순진한 타르타랭은 실망한 듯 물었습니다.

"한마디도 할 줄 모른다네."

왕자는 표정 하나 변하지 않고 대답했지요.

"편지를 읽어주면 내가 되는 대로 통역을 해주겠소."

"오, 왕자님, 정말 인자하십니다!"

타르타랭은 말없이 정신을 가다듬으며 방 안을 성큼성큼 걸어다니기 시작했습니다.

무어 여인에게 편지를 쓰는 건데 보케르의 바람난 여직공에게 쓰듯 할 수는 없지 않습니까. 너무나 다행인 것은 우리의 주인공이 그동안 책을 많이 읽어 귀스타브 에마르의 소설에 나오는 아파치 인디언들의 수사법과 라마르틴의 《동양 여행기》, 그리고 어렴풋이 기억나는 신약성서의 마가복음을 짬뽕하여 가장 동양적인 편지를 쓸 수 있었다는 것입니다. 편지는 이렇게 시작하지요.

'사막의 타조처럼….'

그리고 이렇게 끝난답니다.

'아버지의 이름을 말해주시오, 그러면 이 꽃의 이름을 말해주겠소.'

로맨틱한 타르타랭은 편지에 곁들여 동양식으로 의미 있는 꽃다발을 보내고 싶었습니다. 그런데 그레고리 왕자는 여인의 동생에게 파이프를 팔아주는 편이 더 나을 것이라고 했지요. 그러면 험악한 동생의 성질을 조금이나마 누그러뜨리고 담배를 많이 피는 여인도 틀림없이 매우 기뻐할 거라면서 말이지요.

"어서 파이프를 사러 갑시다!"

타르타랭은 힘차게 말했습니다.

"아니! 안 돼! 나 혼자 가지. 나 혼자 가면 더 싸게 살 수 있을 거야."

"예? 왕자님이 직접…. 오, 왕좌~아님…, 왕좌~아님…."

어쩔 줄 몰라 하던 타르타랭은 맘 넓은 왕자에게 지갑을 내밀며 여인이 만족할 수 있도록 모든 배려를 해줄 것을 부탁했습니다.

하지만 그럴싸하게 시작됐던 일은 그렇게 쉽게 풀리지 않았지요. 타르타랭의 언변에 매우 감동한 무어 여인은 일단 거의 마음이 빼앗긴 것이나 다름없다면서 타르타랭을 만나고 싶다는 뜻을 전해왔습니다. 다만 도덕적으로 이 일을 내켜하지 않는 동생을 설득하려면 커다란 파이프 한 다스는 사줘야 한다는 것이 포함되었지요.

"도대체 바이아가 그 많은 파이프를 어쩌겠다는 걸까?"

가엾은 타르타랭은 이렇게 자문하곤 했지요. 하지만 군소리 없이 값을 치렀습니다.

결국 파이프를 산더미처럼 사들이고 동양풍의 시를 물처럼 쏟아낸 후에야 겨우 약속을 얻어낼 수 있었습니다.

그렇게 준비를 하는 동안 타르타랭의 가슴이 얼마나 쿵쾅쿵쾅 뛰었는지, 얼마나 두근거리는 가슴으로 모자 사냥꾼으로서 기른 거친 턱수염을 다듬고 빛을 내고 향을 뿌렸는지 모릅니다. 물론 만반의 준비를 갖추기 위해, 곤봉과 권총 두세 자루를 주머니 속에 넣는 것도 잊지 않았지요.

늘 그렇듯이 아량 넓은 왕자는 통역을 해주기 위해 첫 만남에 동행해주었습니다. 여인은 달동네에 살고 있었습니다. 집 앞에는 열세 살이나 열네 살쯤 되어 보이는 무어 소년이 담배를 피우고 있었지요. 바로 여인의 동생 알리였습니다. 손님 두 사람이 도착하자 소년은 문을 두 번 두드리더니 조용히 사라졌습니다.

이윽고 문이 열렸습니다. 흑인 여인이 나타나더니 말 한 마디 없이 손님들을 좁은 안마당으로 안내하고, 이어서 여인이 기다리고 있는 산뜻한 작은 방으로 모셨습니다. 여인은 낮은 침대 위에 걸터앉아 있었지요. 여인의 첫인상은 옴니버스에서 봤던 여인보다 몸집이 더 작고 더 강해 보였습니다. 이 여인이 그 여인일까요? 하지만 타르타랭의 의심은 번개처럼 잠깐 나타났다가 사라져버렸습니다.

맨발을 드러내고 포동포동한 손가락에 여러 개의 반지를 낀 여인은 매우 아름다웠습니다. 발갛게 상기된 얼굴에 세련된 모습이었지요. 금박을 입힌 가슴장식과 꽃무늬가 화려하게 들어간 드레스를 입은 상냥한 여인의 몸은 약간 통통하게 살이 오른 것이, 적당하게 탐스러워 보이는 것이, 온몸이 토실토실해 보였답니다. 물담배통에 연결된 호박 파이프를 입에 물고 있는 여인의 주위는 온통 노란 담배연기투성이였습니다.

방 안에 들어서자 타르타랭은 손을 가슴에 얹고 가장 무어인다운 태도로 고개 숙여 인사했습니다. 상기된 큰 눈을 연신 굴려대면서 말이지요. 바이아는 아무 말 없이 타르타랭을 바라보았습니다. 잠시 후 그녀는 담배 파이프를 내려놓더니 뒤로 몸을 젖혔습니다. 그러고는 얼굴로 손을 가리며 갑자기 실성한 듯 웃어대기 시작하는 거예요. 그러자 진주를 가득 넣은 자루가 넘실대듯 출렁거리는 그녀의 허연 목이 드러났지요.

11
시디 타르트리 벤 타르트리

저녁 시간쯤 여러분이 알제의 달동네 카페에 들르게 되면 그곳에서 무어인들이 눈을 찡긋거리고 자기들끼리 웃으며 몇 년 전에 바이아라는 본토 여인과 달동네에서 살았던 선량하고 돈 많은 시디 타르트리 벤 타르트리라는 사람에 대해 말하는 것을 아직까지도 들을 수 있을 것입니다.

카스바 거리에 그토록 재미있는 인상을 남긴 이 시디 타르트리는 누구일까요? 예, 바로 우리의 타르타랭이랍니다.

안타까워도 어쩌겠습니까? 성인과 영웅의 삶에도 사리를 분별하지 못하는 혼란과 부족함의 시기가 있게 마련일 것요. 타라스콩의 명물도 단점이 없는 것은 아니었어요. 두 달 동안이나 사자와 영광에 대해 망각한 타르타랭은 동양 여인에 대한 사랑에 취해, 한니발이 카푸아에 머물렀듯 감미로운 알제의 분위기 속에서 잠이 들어버린 것이지요.

순진한 타르타랭은 알제 중심가에 예쁜 본토식 집을 한 채 얻었습니다. 안마당이 있고 바나나나무와 시원한 회랑, 그리고

분수대가 있는 아담한 집이었지요. 타르타랭은 그곳에서 무어 여인과 함께 세상과 동떨어진 채 지냈습니다. 자신도 발끝부터 머리끝까지 무어인처럼 옷을 입고 온종일 물담배를 입에 문 채 사향 잼을 먹으며 지냈지요.

타르타랭 앞에 놓인 긴 소파에 누워 있던 여인은 기타를 손에 들고 단조로운 선율을 콧노래로 흥얼거리곤 했습니다. 때로는 주인님의 여흥을 돋우기 위해 배꼽춤을 흉내 내기도 했지요. 손에는 작은 거울을 들고 하얀 이를 비춰보거나 교태를 부려보면서 말입니다.

여인은 프랑스어를 한 마디도 알아듣지 못했고, 타르타랭도 아랍어를 못 했기 때문에 두 사람 간의 대화는 따분하기도 했습니다. 수다 떨기를 좋아하던 타르타랭은 베쥐케의 약국이나 코스트칼드의 무기 상점에서 쏟아부었던 폭언에 대한 대가를 치르고 있었지요.

하지만 이렇게 벌을 받는 것도 그럭저럭 재미있었습니다. 온종일 말없이 물담배가 부글부글거리는 소리를 듣고 있거나 어렴풋한 기타소리, 모자이크 무늬가 새겨진 마당에서 쏟아지는 가벼운 분수소리를 듣고 있는 것도 달콤 쌉싸름했거든요.

물담배와 목욕, 사랑이 타르타랭의 생활을 온통 지배했습니다. 바깥 출입도 드물었어요. 가끔 여인을 암노새에 태우고 근교에 마련한 작은 정원에 나가 석류를 까먹곤 했을 뿐…. 하지만 절대, 단 한 번도 유럽인들이 사는 시가지에는 내려오지 않았답니다. 곤드레만드레 취해 있는 알제리 보병들과 장교들로 북새통인 댄스홀들, 거리에서 항상 들려오는 칼소리, 이런 알제의 모습을 타르타랭은 유럽의 근위대 모습만큼이나 혐오했습니다.

어쨌든 타르타랭은 매우 행복했습니다. 특히 동양 과자라면 사족을 못 쓰는 산초 타르타랭은 새로운 삶에 더없이 만족했지요. 하지만 돈키호테 타르타랭은 고향 사람들에게 가져다주기로 약속한 사자 가죽을 떠올릴 때마다 상념에 사로잡혔습니다. 하지만 후회도 오래가지는 않았어요. 바이아가 한 번 쳐다만 봐도, 시르세의 묘약처럼 도저히 뿌리칠 수 없는 향과 맛을 내는 잼 한 숟갈만 먹으면, 슬픈 생각들은 순식간에 사라져버렸거든요.

저녁이 되면 그레고리 왕자가 찾아와 해방된 몬테네그로에 대한 얘기를 들려주곤 했습니다. 언제나 상냥한 왕자는 통역사 역할을 톡톡히 해주었지요. 어떤 때는 하인들을 위해서까지 통역을 해주었는데 아무런 대가도 바라지 않고 그저 즐거운 마음이었답니다. 왕자를 제외하고 타르타랭은 오로지 동양인들만 만났습니다. 예전에는 컴컴한 상점 구석에 앉아 해적같이 사나운 얼굴을 하고 있어 그렇게 무섭더니만, 한번 사귀고 나니 모두 선량한 상인들이었습니다. 그들은 자수 놓는 사람, 향신료 장사치, 담배 파이프 선반공들로, 모두 예의 바르고 겸손하며 어리숙하기까지 한 데다가 조신하고 차 끓이는 데도 일등이었습니다. 이들은 일주일에 사오일은 시디 타르트리의 집에서 저녁 시간을 보내며 돈을 얻어가고 잼도 얻어먹은 후, 열 시를 알리는 시계 종소리가 울리면 구원자에게 감사의 인사를 올리고 조용히 사라진답니다.

상인들이 모두 돌아가고 나면 시디 타르트리와 그의 정숙한 부인은 테라스에 나와 남은 저녁 시간을 보냈습니다. 지붕 역할을 하는 커다랗고 하얀 테라스에서는 도시 전체가 내려다보였답니다. 주위에는 수천 개의 하얀 테라스가 밝은 달빛 아래 한가로이 빛나며 언덕을 따라 해안까지 뻗어 있었지요. 그리고 바닷바람을 타고 잔잔한 기타소리가 들려오곤 했답니다.

그렇게 있다 보면 갑자기 한 다발의 별처럼 선명한 멜로디가 청명한 밤하늘에 부드럽게 흩뿌려집니다. 이웃 회교 사원의 첨탑 위에 잘생긴 승려가 짙푸른 밤하늘에 하얀 그림자처럼 나타나 기도 시간을 알린 뒤 지평선까지 닿을 황홀한 목소리로 알라신의 영광을 찬양하는 노래를 부르는 소리였지요.

동시에 바이아는 기타를 놓았고, 승려를 바라보는 그녀의 커다란 눈망울은 승려의 노랫소리를 달콤하게 받아 마시는 듯했습니다. 노래가 계속되는 동안 바이아는 동양의 테레사 수녀처럼 온몸을 떨며 도취해 있었지요. 타르타랭은 기도하는 바이아의 모습을 감동에 젖어 바라보았습니다. 그리고 이렇게 강하고 아름다운 종교가 있을까, 이렇게 독실한 믿음을 가지게 하는 종교가 있을까 하고 생각했지요.

타라스콩이여, 얼굴을 가려라! 타르타랭이 너를 배신하려 한단다.

12
"타라스콩에서 온 편지"

어느 화창한 오후, 파란 하늘 아래 따스한 바람이 불고 있을 때, 시디 타르트리는 암노새에 걸터앉아 홀로 정원으로 돌아오는 길이었습니다.

시트론과 수박을 가득 넣어 부푼 에스파르트 방석 때문에 다리를 쫙 벌린 채, 커다란 등자소리를 자장가 삼아, 휘청휘청 넘어가는 머리에 온몸까지 흔들어대며 우리의 타르타랭은 아름다운 경치 속을 지나가고 있었습니다. 두 손을 마주 잡아 배에 얹은 타르타랭은 편안한 데다 더운 날씨 탓에 반쯤 잠이 든 상태였지요.

시내에 들어서자 갑자기 큰 목소리가 그를 깨웠습니다.

"여보시오! 이럴 수가! 타르타랭 씨 아니십니까."

자신의 이름과 프랑스 남부 지방의 강한 억양을 듣고 타르타랭은 고개를 들었습니다. 그런데 바로 앞에 주아브 연락선의 선장이었던 바르바쑤의 검게 그은 얼굴이 보이지 않겠습니까. 조그만 카페 앞에서 파이프 담배를 피며 술을 마시고 있더군요.

"여어! 안녕하시오, 바르바쑤."

타르타랭은 노새를 세우며 말했습니다.

바르바쑤는 타르타랭에게 바로 대답하지 못하고 눈만 크게 뜬 채 그를 바라보기만 했습니다. 그러더니 갑자기 웃음을 터뜨렸지요. 너무 웃어대는 바람에 수박을 깔고 앉은 시디 타르트리는 당황하지 않을 수 없었습니다.

"웬 터번이오, 타르타랭 양반! 당신이 동양 사람이 다 되었다고 하더니, 그 말이 사실이었군요? 참, 바이아는 여전히 아름다운 마르코를 부릅니까?"

"아름다운 마르코라니!"

화가 난 타르타랭이 말했습니다.

"잘 알아두시오, 선장. 당신이 말하는 사람은 정숙한 무어 여인이오. 프랑스어는 단 한 마디도 할 줄 모르오."

"바이아가 프랑스어를 할 줄 모른다고요? 도대체 정신이 있소?"

선장은 더 크게 웃어대기 시작했습니다.

시디 타르트리의 얼굴이 시무룩해지는 것을 보자 선장도 웃음을 그쳤지요.

"혹시 같은 사람이 아닐지도⋯. 내가 착각한 모양이오. 하지만 알제리의 무어 여인이나 몬테네그로의 왕자라고 하면 한 번쯤 의심해봐야 할 거요!"

타르타랭은 뾰루퉁한 표정을 지으며 등자를 밟고 일어섰습니다.

"왕자는 나의 친구요, 선장."

"알았소! 알았다고요! 싸우지는 맙시다. 술 한잔하지 않겠소? 싫소? 타라스콩에 전할 말은? 없다고요. 그럼, 잘 가시오! 그건 그렇고, 내게 프랑스에서 가져온 아주 좋은 담배가 있는데, 조금 가져가고 싶다면⋯. 자, 자, 가져가시오! 기분이 좀 나아질 거요. 생각이 혼미해지는 담배라오."

선장은 다시 술을 마시기 시작했고, 생각에 잠긴 타르타랭은 터벅터벅 집으로 향했습니다. 선량한 타르타랭은 선장의 말을 하나도 믿고 싶지 않았지만, 그가 넌지시 던진 말 때문에 기분이 우울해졌습니다. 게다가 고향의 억양과 욕설을 들으니 타르타랭도 어렴풋이 후회가 되었지요.

집에는 아무도 없었습니다. 바이아는 목욕을 하러 갔지요. 흑인 여자 하인은 그날따라 왜 그렇게 추해 보이던지, 집은 또 왜 그리 우울해 보이던지…. 알 수 없는 우울함에 젖어 타르타 랭은 분수대 옆에 앉아 바르바쑤가 건네준 담배를 파이프에 담 았습니다. 담배는 찢긴 〈신호기〉 신문 종이에 싸여 있었습니다.

종이를 펼쳐보니 고향의 이름이 선명하게 눈에 들어왔습 니다.

타라스콩에서 온 편지 :

타라스콩은 걱정에 휩싸여 있다. 사자 사냥꾼 타르타랭이 아프리 카로 사자 사냥을 떠난 후 소식을 끊은 지 벌써 여러 달이 흘렀기 때문이다. 우리의 영웅은 어떻게 된 것일까? 그의 고집과 용기, 모 험심을 아는 사람이면 이런 질문을 던지는 것도 조심스럽다. 다른 사람들과 마찬가지로 사막의 모래에 갇혀버린 것일까? 아니면 타 라스콩 사람들에게 가죽을 바치겠다고 맹세하고는 아틀라스 사 자의 이빨에 목숨을 잃은 것일까? 알 수 없으니 더욱 답답한 노 릇! 보케르의 장터에 들렀던 흑인 상인들이 사막 한가운데에서 만 났다는 유럽인의 모습이 타르타랭의 인상착의와 비슷하다. 그 유 럽인은 통북투로 향하고 있었다는데…. 타르타랭에게 신의 가호 가 있기를!

기사를 읽고 난 타르타랭은 얼굴이 붉어졌다가 창백해지더 니 이내 온몸을 떨었습니다. 타라스콩에 대한 모든 기억이 다시 떠오른 것이죠. 클럽, 모자 사냥꾼들, 코스트칼드 무기상점의 초록 소파, 그 뒤에 날개를 펼친 독수리처럼 서 있던 충직한 브라비다 지휘관의 멋진 콧수염.

타라스콩 사람들은 자신이 사자를 잡으러 갔다고 믿고 있는데 자신은 이런 곳에서 돗자리 위에 겁쟁이처럼 쭈그리고 앉아 있다고 생각하니 너무 창피해 울음이 터지고 말았습니다.

우리의 영웅은 갑자기 벌떡 일어났습니다.

"사자를 잡으러 가자! 사자를!"

그러곤 구석에 치워두었던, 잔뜩 먼지가 낀 텐트와 약상자, 통조림, 그리고 무기상자를 마당 한가운데로 끌어냈습니다.

산초 타르타랭은 이제 사라져버렸습니다. 이제 남은 것은 돈키호테 타르타랭뿐이었습니다.

타르타랭은 장비를 살펴보고 무기를 챙긴 후, 커다란 장화를 신고 바이아를 부탁하는 편지를 왕자에게 남겼습니다. 눈물 젖은 지폐 몇 장을 봉투에 넣어두고 타르타랭은 블리다를 향하여 합승마차에 몸을 실었습니다. 회랑 밑에 처참하게 뒹구는 물담배와 터번, 가죽신, 시디 타르트리가 가지고 있던 모든 이슬람교도의 물건들을 보고 깜짝 놀라 어리둥절해하는 흑인 여자 하인을 뒤로한 채 말입니다.

세 번째 이야기
-사자의 나라에서

1
강제 이주된 합승마차

마차는 낡을 대로 낡아빠진 아주 오래된 것이었습니다. 파랗고 두꺼운 천을 이용해 옛날식으로 포장을 쳤지만 색은 거의 바랬고, 꺼칠꺼칠한 큰 양모 술 장식이 붙어 있어 몇 시간 동안 마차를 타고 가다 보면 마치 안마를 받은 듯 등이 얼얼하지요. 타르타랭은 합승마차 뒤칸에 자리했습니다. 아프리카 사자들에게서 풍겨 나오는 사향 냄새를 맡으러 가기 위해서는 최대한 편안한 자세로 앉아 오래된 합승마차의 지독한 냄새를 견뎌야만 했지요. 남자 냄새, 말 냄새, 여자 냄새, 가죽 냄새, 음식 냄새, 짚단의 곰팡이 냄새 등 온갖 냄새가 뒤섞인 이상한 냄새를…

마차 뒤 칸에는 별의별 사람이 다 있었습니다. 트라피스트 수도사, 유태인 상인들, 제3기병대를 쫓아가는 경박한 처녀 두 명, 오를레앙빌에서 온 사진사 등등…. 그런데 함께 탄 사람들이 아무리 흥미롭고 다양해도 타르타랭은 수다를 떨 기분이 아니었습니다. 가죽 손잡이에 팔을 걸치고 무릎 사이에 총을 낀 채 골똘히 상념에 잠겼지요. 서둘러 출발했던 여행, 바이아의 검은 눈동자, 앞으로 벌어질 무서운 사냥, 이 모든 것 때문에 골치가 아팠습니다. 게다가 아프리카 한가운데에서 타고 있는 유럽식 합승마차는 매우 오래되고 소박한 것이어서 타르타랭은 젊은 시절의 타라스콩이 떠올랐습니다. 교외에서 벌였던 경마와 론강 가에서 나누었던 흥겹던 저녁 식사 등 많은 추억이 밀려왔지요.

조금씩 어둠이 내려앉았습니다. 마부는 램프를 밝혔지요. 마차의 녹슨 바퀴는 덜컹거릴 때마다 끼익 끼익 소리를 냈습니다. 말은 따가닥 따가닥 달렸고, 방울소리는 땡그랑 땡그랑 울렸습니다. 저 위쪽 마차 지붕에서는 이따금씩 쇠붙이소리가 시끄럽게 들려왔습니다. 바로 전투에 가지고 나갈 무기였지요.

눈꺼풀이 무거워진 타르타랭은 마차가 흔들릴 때마다 재미있게 흔들리는 승객들을 잠시 바라보았습니다. 희미한 그림자처럼 춤을 추는 듯했지요. 하지만 곧 타르타랭의 시야는 어두워졌고 상념도 흩어졌답니다. 이제는 마차 바퀴의 굴대가 신음하듯 끽끽대는 소리와 마차 옆부분이 불평하듯 덜컹거리는 소리만 희미하게 들려왔답니다.

그러다 갑자기 어떤 목소리가 들려왔습니다. 목이 쉬어 갈라진 늙은 요정 같은 목소리가 타르타랭의 이름을 부르는 것이었습니다.

"타르타랭님! 타르타랭님!"

"누구야?"

"접니다, 타르타랭 님. 저를 모르시나요? 이십 년 전에 님에서 타라스콩까지 다녔던 늙은 합승마차랍니다. 종키에르나 벨가르드로 모자 사냥을 가실 때마다 친구분들과 함께 선생님을 얼마나 많이 모셔다드렸습니까! 동양인 모자를 쓰시고 복장도 그래서 처음에는 못 알아뵀습지요. 차 안에서 흔들리는 모습을 뵈자, '이런 우연이 있나!' 하며 선생님을 바로 알아보았습니다."

"알았네! 알았어!"

타르타랭은 조금 언짢았습니다. 하지만 곧 기분을 풀고 물었지요.

"그래, 합승마차야, 이곳엔 웬일인가?"

"아! 타르타랭 님, 전 이곳에 오고 싶어서 온 것이 아니에요. 정말이에요. 보케르 철도가 놓이자마자 사람들은 저를 무용지

물로 생각하고 아프리카로 보내버렸습죠. 저 혼자만이 아닙니다! 프랑스에서 일하던 거의 모든 합승마차가 저와 같이 강제로 이주되고 말았습니다. 우리가 너무 구시대적이라나요. 결국 여기서 지옥 같은 생활을 견디고 있는 거죠. 프랑스에서 알제리의 기차라고 부르는 그런 생활 말입니다."

합승마차 할멈은 긴 한숨을 내뱉더니 푸념을 계속했습니다.

"아! 타르타랭 선생님, 고향 타라스콩이 얼마나 그리운지 모릅니다! 정말 좋았던 청춘 시절이었죠! 아침에는 시원한 물로 샤워를 한 후 새로 칠한 바퀴를 달고, 태양 같은 램프 두 개를 걸고, 항상 기름으로 반짝반짝 닦아놓은 포장을 쓴 채 멋지게 길을 나서는 제 모습을 보셨어야 하는데! 그때가 참 좋았어요. 마부가 채찍을 휘두르며 '라가디가두, 이무기! 이무기!'라고 노래를 부르기도 하고, 나팔을 둘러메고, 자수를 놓은 모자를 머리에 쓰고, 항상 들떠 있는 개를 한 팔로 마차 지붕 위로 던지고는 '출발! 출발!' 하고 외치며 자신도 마차 위로 뛰어오르기도 했지요. 저를 끄는 말 네 마리도 방울소리와 개 짖는 소리, 팡파르소리에 움직이기 시작합니다. 그러면 창문이 모두 열리고 타라스콩 주민 전체가 대로 위를 질주하는 제 모습을 자랑스럽게 바라보았지요.

길도 참 훌륭했습니다, 타르타랭 선생님. 넓고 정비도 잘 되어 있었습죠. 푯돌도 있었고 길 옆에 돌도 가지런히 놓여 있었

고요. 주변에는 올리브나무 밭과 포도밭이 아름답게 펼쳐져 있었답니다. 열 걸음만 가면 여인숙이었고, 오 분만 가면 간이역이 나왔습죠. 제가 모시던 승객들도 참으로 대단한 분들이었답니다! 군수나 주교를 만나러 님까지 가는 시장과 사제들도 제가 모셨고, 물건을 팔고 마제에서 돌아오는 정직한 비단 장수들도 제가 태웠지요. 방학을 맞은 학생들, 아침에 깔끔하게 면도하고 자수를 넣은 셔츠를 깨끗이 차려입은 농부들도 태웠고요. 지붕 위 좌석에 모셨던 모자 사냥꾼 여러분은 항상 유쾌한 기분이었고, 해 질 녘 돌아오는 길에는 별빛을 벗 삼아 저마다 노래를 구성지게 불렀지요!

그런데 지금 제 생활은 완전히 딴판이랍니다. 제가 태우는 사람들이라고는! 어디 출신인지도 모를 이교도인들이라 제 안

은 온통 천한 것들로 가득했어요. 흑인들, 베두인들, 난폭한 용병들, 각지에서 몰려든 탐험꾼들, 담배를 뻑뻑 피워대는 누더기를 걸친 프랑스 이민자들…. 게다가 그들은 하느님도 알아듣지 못할 말들만 해댔지요. 저를 얼마나 심하게 다룬다고요! 한 번도 닦아주거나 솔질을 해준 적이 없어요. 바퀴 굴대에 기름은 또 얼마나 꼈는지…. 예전에 저를 끌어주었던 맘씨 좋은 말들은 온데간데없고 이젠 난폭한 아랍 말들에게 맡겨진 신세지요. 서로 치고받고 싸우고, 물어뜯고, 염소처럼 펄쩍펄쩍 뛰고, 발길질을 해대서 제 연결봉을 부러뜨리곤 한다니까요. 에고고! 에고고! 보세요! 또 시작이에요. 길도 엉망이지요! 이곳은 그래도 좀 나은 편입니다. 정부 건물 근처거든요. 하지만 좀 더 가면 아무것도 없답니다. 길 자체가 없지요. 되는 대로 산도 넘고 밭도 건너가는 겁니다. 키 작은 야자수 밭도 지나고, 유향나무 밭 사이로 들어가고…. 정해진 간이역이라고는 한 군데도 없지요. 그저 마부가 기분 내키는 대로 쉰답니다. 이 농장도 좋고 저 농장도 좋은 거지요.

어떤 때에는 친구 집에 들른다고 팔 킬로미터나 돌아가기도 한답니다. 고작해야 술을 마시거나 술을 탄 커피를 마시려고요. 그러고 나면, 채찍을 돌려라, 마부야! 잃어버린 시간을 따라잡아야지요. 햇빛은 이글거리죠, 먼지는 따갑죠. 그리고 채찍질은 계속된답니다! 빈치기도 하고 뒤집어지기도 하지요! 그래도 채찍질은 더 심해집니다! 헤엄쳐 강을 건너고 지독한 독감에 걸리지요. 온몸이 젖거나 물에 빠져 죽기도 하고요. 그래도 다시 채찍! 채찍! 채찍! 저녁이 되면 온몸이 젖어 있습니다. 상인들의 숙소 마당에서 바람막이 하나 없이 별을 벗 삼아 잠을 청해야 한다니까요. 가뜩이나 관절염을 앓고 있는데 이게 웬 말입니까! 게다가 밤이 되면 자칼이나 하이에나가 기어 내려와 짐 상자에 코를 들이대고 냄새를 맡는답니다. 아침 이슬을 맞기 싫은 도둑놈들도 제 안에 들어와 추위를 피하고요. 저는 이렇게 비참한 생활을 한답니다, 타르타랭님. 언젠가 뜨거운 햇살에 타버리고, 밤의 습한 공기에 썩어 문드러져 어느 험한 길을 가다 더 이상 참을 수 없어 쓰러질 때까지 이 생활을 계속하겠지요. 아니면 아랍인들이 쿠스쿠스를 끓여먹겠다고 제 앙상한 뼈를 잘라 땔감으로 쓸 때까지요."

"블리다! 블리다!"

그때 마부가 마차 문을 열며 외쳤습니다.

2
의문의 신사

하얗게 김이 서린 유리창밖으로 예쁜 도청 건물 앞 광장이 타르타랭의 시야에 들어왔습니다. 회랑과 오렌지나무가 늘어서 있는 가지런한 광장으로, 중앙에는 맑은 아침 안개 속에서 장난감 병정들이 훈련을 하고 있었습니다. 카페는 겉창문을 활짝 열어젖혔고, 광장 한구석에는 야채 시장이 섰습니다. 매우 정겨운 모습이었지요. 하지만 아직 사자 냄새가 나려면 멀었습니다.

"남쪽으로! 더 남쪽으로!"

타르타랭은 이렇게 중얼거리며 자리에 몸을 더욱 파묻었습니다.

그때, 마차 문이 열렸습니다. 신선한 공기가 오렌지 꽃향기를 신고 마차 안으로 들어왔지요. 신선한 공기와 함께 들어온 것은 바로 밤색 프록코트를 입은 작은 신사였습니다. 나이가 지긋하고 깡말랐으며, 주름이 잔뜩 졌고 깐깐해 보였지요. 얼굴은 주먹만 했고 십 센티미터 정도 되는 검은 실크 넥타이를 하고 있었습니다. 가죽 가방과 우산을 들었더군요. 전형적인 마을 공증인 같은 모습이었습니다.

맞은편에 자리를 잡은 이 노신사는 타르타랭의 사냥 무기를 보더니 흠칫 놀라며 타르타랭을 뚫어져라 쳐다보았습니다.

합승마차는 마구를 풀었다가 다시 말을 맨 후 출발했습니다. 노신사는 타르타랭을 여전히 쳐다보고 있었습니다. 결국 타르타랭은 벌컥 화를 내고 말았습니다.

"놀라셨소?"

타르타랭은 노신사를 정면으로 쳐다보며 물었습니다.

"아니오! 불편하오."

노신사는 매우 침착하게 대답했습니다. 그러고 보니 텐트, 총, 권총과 케이스, 사냥칼, 거기다가 그 거대한 몸집 때문에 타르타랭은 자리를 많이 차지하고 있었지요.

노신사의 대답에 타르타랭은 더욱 화가 치밀었습니다.

"설마 댁의 우산을 가지고 사자를 잡으러 가라는 말은 아니 겠지요?"

타르타랭은 으스대며 말했습니다.

노신사는 우산을 바라보더니 조그맣게 미소를 짓고는 예의 그 침착한 태도로 말했습니다.

"실례지만 존함이?"

"사자 사냥꾼 타르타랭이오!"

이렇게 대답하며 용감무쌍한 타르타랭은 셰샤의 술 장식을 사자의 갈기처럼 흔들어보였습니다.

마차에 타고 있던 사람들 모두 흠칫 놀랐지요.

수도사는 성호를 긋고 경박한 처녀들은 짧은 비명을 질렀습니다. 오를레앙빌의 사진사는 사자 사냥꾼의 사진을 찍을 특별한 영광을 입어보겠다는 듯 타르타랭 가까이 다가앉았습니다.

하지만 노신사는 꿈쩍도 하지 않았지요.

"타르타랭 씨, 사자를 많이 죽여보셨소?"

노신사는 아무렇지도 않은 듯 물었습니다.

타르타랭은 넉살 좋게 대답했지요.

"많이 죽여봤냐고요! 댁의 머리카락 수가 그만큼이라도 됐으면 좋겠구려."

승객들은 모두 노신사의 머리통 위에 삐죽이 서 있는 금발 머리 세 가닥을 바라보며 박장대소했습니다.

이때 오를레앙빌의 사진사가 나섰지요.

"타르타랭 선생님, 정말 위험한 직업을 가지셨군요! 힘든 때도 가끔 있지요? 그래서 가엾은 봉보넬 선생님은…"

"아! 표범 사냥꾼 말씀이로군⋯."

타르타랭은 약간 거만하게 말했습니다.

"그분을 아십니까?"

노신사가 물었습니다.

"하하! 그분을 아느냐고요. 우리가 함께 사냥한 게 스무 번도 넘습니다."

노신사는 미소를 띠었습니다.

"그렇다면 표범도 사냥하시는 거로군요, 타르타랭 씨?"

"가끔요, 시간 때우기로⋯."

성난 타르타랭은 받아쳤습니다.

그러고는 호걸다운 동작으로 머리를 들어올렸지요. 그 모습에 처녀들의 가슴은 콩당콩당 뛰었답니다.

"사자에 비하면 어림없지!"

"하긴, 표범은 큰 고양이 새끼나 다름없지요."

오를레앙빌의 사진사가 거들었습니다.

"그렇지!"

봉보넬의 명성을 조금 깎아내리는 것, 그것도 여자들 앞이라는 이유로 타르타랭은 맞장구를 쳤습니다.

이때 합승마차가 멈췄고 마부가 문을 열어주며 노신사에게 말했습니다.

"도착했습니다, 선생님."

마부의 말투는 매우 정중했습니다.

노신사는 자리에서 일어나 마차에서 내리고는 문을 닫기 전에 그러더군요.

"제가 충고 한마디 해도 될까요, 타르타랭 씨?"

"무슨 충고 말이오?"

"허허! 정직한 양반 같은데, 사정을 말해드리리다. 타라스콩으로 하루 속히 돌아가시오, 타르타랭 씨! 여기서는 괜한 시간만 낭비하는 거요. 시골에 가면 표범 몇 마리는 남아 있겠죠. 하지만 쯧쯧! 당신 성에는 차지 않을 테니…. 사자는 이제 모두 사라졌다오. 알제리엔 단 한 마리도 남아 있지 않아요. 친구인 샤쌩이 얼마 전 마지막 남은 사자를 잡았다오."

이 말을 남긴 노신사는 인사를 건넨 후 문을 닫았습니다. 그러고는 가방과 지팡이를 들고 웃으며 멀어져갔지요.

"마부 양반!"

타르타랭은 뾰루퉁한 말투로 물었습니다.

"저 신사, 대체 누구요?"

"아니! 저분을 모르시오? 봉보넬 씨 아닙니까."

3
사자 수도원

타르타랭은 빌리아나에서 내렸고 합승마차는 계속해서 남쪽으로 달려갔습니다.

타르타랭은 심하게 덜컹거리며 달리는 마차를 타고 이틀 내내 밖으로 보이는 밭 사이에서 사자의 멋진 그림자를 보게 되진 않을까 하고 뜬눈으로 밤을 새웠습니다. 그렇게 잠을 이루지 못했으니 이제 몇 시간 동안 휴식을 취할 만했지요. 게다가 무시무시한 무기와 무서운 표정을 짓고 있었건만 그래도 양심이 있는 타르타랭은 봉보넬 사건 이후, 오를레앙빌의 사진사와 제3기병대를 쫓아가는 경박한 처녀들 앞에서 얼굴을 들지 못했습니다.

타르타랭은 아름다운 나무와 분수대가 가득한 밀리아나의 대로를 지나가고 있었습니다. 마음에 드는 호텔을 찾으면서도 타르타랭은 내내 봉보넬 선생의 말을 잊을 수가 없었답니다.

그의 말이 사실이라면 어떻게 하지요? 만약 알제리에 사자가 단 한 마리도 없다면? 이렇게 몸을 축내가며 달려와봤자 무슨 소용입니까?

그런데 길을 돌아서던 우리의 주인공은 갑자기 누군가와 마주치게 되었습니다. 누구였을까요? 한번 맞혀보세요. 그것은 바로 멋진 사자였습니다. 멋진 사자 한 마리가 카페 문 앞에서 엉덩이를 당당하게 땅에 붙이고 황갈색 갈기를 눈부신 햇살에 휘날리며 앉아 있었답니다.

"도대체 무슨 말을 했던 거야? 사자가 한 마리도 남아 있지 않다면서?"

타르타랭은 펄쩍 뛰며 소리를 질렀습니다. 소리를 들은 사자는 고개를 숙이고 발 앞에 놓여 있던 나무 쪽박을 입에 물고는 놀라서 꿈쩍도 하지 않는 타르타랭에게 수치스러운 모습으로 쪽박을 내밀었습니다. 그때 마침 길을 지나던 아랍인이 큰 동전 한 닢을 쪽박에 던져주었지요. 사자는 꼬리를 흔들어 답례를 했습니다. 그제야 타르타랭은 상황을 파악했지요. 처음에는 너무 흥분해서 깨닫지 못했었는데 길들여진 장님 사자 주위로 사람들이 몰려 있었고, 굴뚝 청소부가 청소통을 들고 다니듯 키 큰 흑인 두 명이 곤봉을 들고 사자를 시내에서 몰고 다녔던 것입니다.

타르타랭은 화가 머리끝까지 치밀었습니다.

"몹쓸 놈들, 고결한 동물을 이렇게 경시하다니!"

타르타랭은 우레 같은 목소리로 호통을 쳤지요. 곧바로 사자에게 달려들려고 그 멋진 입에 물려 있는 보잘것없는 쪽박을 낚아챘습니다. 타르타랭을 도둑이라고 착각한 흑인들은 곤봉을 쳐들고 곧바로 타르타랭에게 달려들었지요. 일대 난장판이었습니다. 흑인들은 때리고 여자들은 빽빽 소리를 지르고, 아이들은 깔깔대고 웃었습니다. 그때 늙은 유태인 구두장이가 상점 안에서 소리를 질렀지요.

"치안판사! 치안판사!"

앞이 깜깜한 사자도 울부짖으려 애썼고, 필사적인 싸움이 끝난 후 타르타랭은 큰 동전과 쓰레기 사이에서 나뒹굴었습니다.

그때, 한 남자가 사람들 사이를 가르고 나타났습니다. 그의 말 한마디에 흑인들은 물러났고, 손짓 하나에 여자들과 아이들도 비켜섰습니다. 그는 헐떡거리는 타르타랭을 일으켜 세우며 먼지를 털어주고는 길가에 앉혔습니다.

"아니! 왕좌~아님, 당신입니까?"

타르타랭은 갈비뼈를 문지르며 말했지요.

"그렇네, 용감한 친구. 날세. 자네 편지를 받자마자 바이아를 그녀의 동생에게 부탁했네. 곧바로 역마차 한 자리를 얻어타고 이백 킬로미터를 전속력으로 달렸지. 때마침 도착해 자네를 이 촌놈들의 무례한 행동에서 구해냈군. 이런 일을 당하다니 대체 자네, 무슨 짓을 한 겐가!"

"어쩌겠습니까, 왕좌~아님? 저 불쌍한 사자가 입에는 쪽박을 문 채 사람들에게 모욕을 당하면서 이 몹쓸 이슬람교도들에게 웃음거리 망신거리가 되어 있는 걸 보니 그만…."

"그건 오해일세, 이 친구야. 자네 생각과는 달리 이곳 사람들에게 사자는 존경과 애정의 대상이지. 삼백 년 전에 마호메트 벤 아우다가 세운 사자들의 대사원에 속해 있는 신성한 동물이라네. 그 사원은 포효소리와 맹수의 냄새가 가득한 멋지고 용맹스러운 트라피스트 수도원 같은 곳이지. 수도사들은 사자를 몇백 마리나 길들인 후 성금을 모금하는 형제들과 함께 북아프리카 전역으로 사자를 보낸다네. 형제들이 모은 헌금은 수도원과 사원을 유지하는 데 쓰이지. 조금 전 흑인 두 명이 그렇게 흥분했던 것은 그들의 잘못으로 동전을 한 닢이라도 도둑맞거나 잃어버리면 데리고 다니던 사자가 금방 잡아먹고 말기 때문이라네."

이 믿기지 않으면서도 그럴싸한 이야기를 타르타랭은 이내 이해하고는 요란하게 코를 훌쩍거렸습니다.

그리고 나름대로 결론을 짓듯 말했지요.

"어쨌든 다행인 것은 봉보넬에게는 미안하지만 알제리에 아직 사자가 남아 있다는 것이지요!"

"있다마다!"

왕자는 들떠 맞장구를 쳤습니다.

"내일부터 당장 셸리프평원에 가서 무찌르자고, 암~!"

"아니! 왕자님. 왕자님도 사냥을 하시려고요?"

"뭐라고! 아니, 그러면 자네 혼자 아프리카 한가운데서 사냥을 하도록 내가 그냥 둘 줄 알았나? 자네가 언어도 관습도 모르는 야만인들 틈에서 어찌…. 아니! 안 되지! 타르타랭, 더 이상 자네를 혼자 두지 않겠네. 자네가 있는 곳이라면 어디든 함께 하겠네."

"오! 왕좌~아님, 왕좌~아님…."

타르타랭은 기쁜 나머지 그레고리 왕자를 꽉 껴안았습니다. 쥘 제라르와 봉보넬, 그리고 나머지 유명한 사자 사냥꾼들처럼 그도 외국 왕자를 사냥에 함께 데려갈 수 있어서 매우 자랑스러웠지요.

4
여행단의 출발

다음날 새벽부터 용감무쌍한 타르타랭과 그에 못지않은 그레고리 왕자는 여섯 명의 흑인 인부를 이끌고 밀리아나를 빠져나가 셸리프평원으로 내려갔습니다. 재스민과 측백나무, 캐롭나무, 야생 올리브나무가 우거져 시원한 그늘을 만들고 있는 비탈길을 내려가 알제리 특유의 작은 정원 울타리와 바위 사이로 졸졸 흐르는 시냇물을 벗 삼아 걸었지요. 레바논과 같은 풍경이었습니다.

타르타랭 못지않게 무장한 그레고리 왕자는 금장식이 화려하게 박힌, 멋지면서도 특이한 군모를 희한하게 눌러쓰고 등장했습니다. 떡갈나무 잎이 은실로 수놓인 군모를 쓰니 왕자는 멕시코 장군이나 다뉴브강 가를 순찰하는 순찰대 대장 같아 보였습니다.

이놈의 군모 때문에 타르타랭은 마음이 무척 뒤숭숭해졌습니다. 타르타랭이 조심스럽게 무슨 모자냐고 왕자에게 물었더니 왕자가 대답해주더군요.

"아프리카 여행에는 필수품이지."

왕자는 제법 점잖게 말했어요. 손으로 모자챙을 만져 햇빛에 반사시키면서 왕자는 순진한 타르타랭에게 군모가 아랍 사람들을 다루는 데 얼마나 중요한 역할을 하는지를 설명해주었습니다. 군대라는 표시 하나만으로 아랍 사람들에게 얼마나 큰 두려움을 심어줄 수 있는지를 말이지요. 그래서 민간 행정부에서도 도로 인부에서부터 등기소 소장에 이르기까지 공무원들에게 모두 군모를 쓰도록 의무화했다는군요. 이것은 순전히 왕자의 말인데, 알제리를 통치하기 위해서는 험상궂은 얼굴이 필요한 게 아니라고 하더군요. 아니, 아예 얼굴이 없어도 그만이라나요. 군모 하나면 충분하다는 것입니다. 제슬러의 챙 없는 모자처럼 곤봉 끝에라도 금박 장식으로 반짝반짝 빛나는 멋진 군모 하나만 달아놓으면 만사 해결이라는 것이지요.

이렇게 말을 주고받으며, 철학적인 문제를 논하며 여행단은 계속해서 길을 갔습니다. 맨발의 인부들은 원숭이 같은 소리를 지르며 바위 위를 껑충껑충 뛰어갔습니다. 무기 상자에서는 시끄러운 소리가 났고 권총은 열을 받아 늘어졌지요. 옆을 지나치던 아랍 원주민들은 마술처럼 효력 만점인 군모 앞에 엎드려 절했고요. 저 위쪽, 밀리아나 성벽에서는 아랍 사무국 국장이 부인과 함께 시원하게 산책을 하고 있었습니다. 그런데 이상한 소리가 들리고 나뭇가지 사이로 번뜩이는 무기들이 보이자 국장은 기습을 당한 것이라고 생각하고는 도개교를 내리게 하고 비상 신호를 보내도록 했지 뭡니까. 또한 도시 전체에 곧바로 계엄령을 내렸지요.

처음부터 시작되는 꼴이라고는!

설상가상으로 저녁이 오기도 전에 일이 틀어졌습니다. 짐을 나르던 흑인 인부들 중 한 명이 약상자에서 반창고를 꺼내 뜯어먹는 바람에 심한 복통을 일으켰습니다. 다른 흑인 한 명은 장뇌를 넣은 증류수를 마시고 취해 기절하다시피 길가에 쓰러졌고, 여행 앨범을 짊어지고 가던 인부는 잠금쇠의 금박 장식에 눈이 휘둥그레져 메카의 보물을 훔칠 수 있다고 착각하고는 걸음아 날 살려라 짐을 지고 자카르로 도망가버렸습니다. 이쯤에서 상황을 정리해야 했습니다. 여행단은 길을 멈추고 늙은 무화과나무 그늘에 앉아 회의를 했지요.

"내 생각에…."

왕자는 삼중 바닥 냄비에 페미컨을 풀려고 애쓰다가 결국 풀지 못한 채 말을 꺼냈습니다.

"내 생각에 오늘 저녁부로 흑인 인부들을 포기해야 할 것 같네. 가까운 곳에 아랍 시장이 있으니, 그곳에 잠시 들러 당나귀 몇 마리를 사자고. 그게 가장 좋은 방법일 것 같네…."

"아니! 안 됩니다! 당나귀는 안 돼요!"

누와로에 대한 기억이 떠오르자 얼굴이 새빨개진 타르타랭은 결사반대했습니다.

위선적이게도 타르타랭은 이렇게 덧붙였죠.

"그렇게 조그만 동물이 어떻게 우리 짐을 모두 지고 갈 수 있겠습니까?"

왕자는 미소를 지었습니다.

"그건 아닐세, 친구. 아무리 마르고 약해 보여도 알제리 당나귀의 허리는 아주 튼튼하다네. 당나귀가 당하고 있는 일을 모두 이겨내려면 당연한 일이지. 아랍인들에게 물어보게나. 이 식민지가 어떻게 돌아가고 있는지 그 사람들이 말해줄 걸세. 맨 위에는 총독 나으리가 커다란 곤봉으로 참모를 때린다네. 참모는 분풀이로 군인을 때리고 군인은 프랑스 이주민을, 프랑스 이주민들은 아랍인을, 아랍인은 흑인을, 흑인은 유태인을, 그리고 유태인은 당나귀를 때리지. 아무도 때릴 사람이 없는 가엾은 당나귀는 등에 힘을 주어 모든 것을 견뎌내고. 그러니 자네 짐도 거뜬히 들 수 있다네."

"어쨌든."

타르타랭은 말했습니다.

"여행단 체면도 있고, 당나귀는 어울리지 않는 것 같습니다. 좀더 동양적인 것이었으면 좋겠어요. 예를 들어 낙타라든가…."

"좋을 대로 하게."

왕자는 찬성했고 다들 아랍 시장으로 향했습니다.

시장은 몇 킬로미터 떨어진 셸리프평원의 가장자리에 있었습니다. 그곳에는 누더기를 걸친 아랍인들 오륙천 명이 햇빛 아래 우글우글했습니다. 다들 검은 올리브 열매 단지와 꿀단지, 향료 자루, 시가 더미를 놓고 시끄럽게 흥정을 벌이고 있었지요. 큰 장작불 위에서는 버터를 발라 번들거리는 양들이 통째로 구워지고 있었고, 야외 정육점에서는 옷도 제대로 걸치지 않은 흑인들이 피가 흥건한 바닥에 발을 담근 채 팔에는 온통 피를 묻혀가며 작은 칼로 새끼 염소의 배를 갈라 막대기에 걸어놓고 있었습니다.

수천 개의 천 조각으로 기운 텐트 아래에서는 무어인 서기 한 명이 안경을 쓰고 커다란 책을 들고 구석에 앉아 있었습니다. 다른 쪽에서는 여러 명이 모여 화가 났는지 소리를 지르고 있었고요. 밀을 재는 되 위에 만들어놓은 룰렛 놀이를 하면서요. 또 주위에서는 카빌리아 사람들이 서로 배를 가르고 있었습니다. 저쪽에서는 발을 구르는 소리, 기뻐하는 소리, 웃음소리가 들렸습니다. 셸리프에서 허우적대고 있는 유태인 상인과 그의 노새를 보고 사람들이 웃고 있었던 게지요. 그리고 전갈이며, 개, 까마귀투성이였습니다. 게다가 파리들! 그놈의 파리들!

그런데 이게 웬일입니까. 시장에 낙타가 없는 것이었습니다. 하지만 끝내 므잡인들이 처분하려던 낙타 한 마리를 간신히 찾아낼 수 있었습니다. 진짜 사막의 낙타였지요. 머리털도 없고

슬픈 표정에 베두인 같은 긴 얼굴, 너무 오래 굶어서 물렁물렁해진 혹이 처량하게 옆으로 처진 전형적인 낙타였습니다.

하지만 타르타랭의 눈에 낙타는 멋져 보였습니다. 여행단 전체가 낙타 등에 올라탔으면 했지요. 동양에 홀딱 반한 타르타랭이 어디 가겠습니까!

낙타는 웅크리고 앉았고 두 사람은 낙타에 짐을 끈으로 묶어 실었습니다.

왕자는 낙타의 목에 걸터앉았고, 타르타랭은 훨씬 멋져 보이려고 무기 상자를 사이에 두고 혹 맨 위에 앉았지요. 편안히 자리 잡고 앉아 의기양양해진 타르타랭은 몰려든 시장 사람들에게 우아하게 인사를 한 후 출발 신호를 내렸습니다. 우와! 이 모습을 타라스콩 사람들이 볼 수 있다면!

낙타는 몸을 일으켜 긴 다리를 편 후 달리기 시작했어요.

아, 놀라워라! 낙타가 몇 걸음 가자마자 타르타랭은 창백해지는 것을 느꼈고, 용감한 세샤도 주아브 연락선에서 보였던 여러 모습을 차례차례로 다시 보여주었습니다. 망할 놈의 낙타가 군함처럼 흔들거렸거든요.

"왕좌~아님, 왕좌~아님."

새파랗게 질린 타르타랭은 말라비틀어진 혹에 매달리며 기어들어가는 목소리로 왕자를 불렀습니다.

"왕좌~아님, 내리십시다. 제가…, 제가…. 제가 프랑스를 욕되게 할 것 같아요."

꿈도 꾸지 말아야지! 낙타는 이미 출발했고 그 무엇도 낙타를 막을 수는 없었습니다. 사천 명의 아랍인들은 맨발로 뒤쫓아왔고 온몸을 움직이며 마치 실성한 사람들처럼 웃고 있었습니다. 육십만 개나 되는 허연 이가 햇빛에 반사되어 반짝였지요.

위대한 타르타렝도 포기해야 했습니다. 할 수 없이 낙타 혹에 다시 털썩 주저앉고 말았지요. 세샤는 갖가지 모습을 보였고요. 결국 프랑스는 욕을 보고 말았답니다.

5
협죽도 숲에서 보낸 하루 저녁의 잠복

새로 장만한 낙타가 매우 정겹기는 했지만 세샤를 생각해서 우리의 사자 사냥꾼들은 결국 낙타에서 내려올 수밖에 없었답니다. 두 사람은 예전처럼 걸어서 길을 갔고 이리하여 여행단은 천천히 남쪽으로 내려갔습니다. 타르타렝이 선두에, 몬테네그로의 왕자가 뒤편에 섰고 중간에는 무기상자를 인 낙타가 있었지요.

여행은 한 달 가까이 계속되었습니다.

고집 센 타르타랭은 한 달 동안 보이지 않는 사자를 찾으러 광량한 셸리프평원에서 천막촌을 하나하나 거치면서 떠돌았습니다. 오래된 동양의 냄새가 술과 야영 막사의 지독한 냄새와 섞여 풍겨 나오는, 놀라우면서도 희한한 프랑스의 식민지 알제리를 누비며 말입니다. 에이브러햄과 쥬쥬가 섞여 있고, 동화 같으면서도 순진할 정도로 익살스러운 알제리의 모습은 라 하메 중사나 피두 하사가 읽어주는 구약성서의 한 페이지 같았지요. 예리한 사람들에게는 참으로 희한한 광경일 것입니다. 무지몽매한 민족을 우리는 개화시키겠다고 나섰지만 우리의 악함도 그들에게 함께 전해주고 있었으니까요. 통제 불능의 무서운 권위만을 내세우는 알제리 장교들은 레지옹 도뇌르 훈장의 긴 줄에다 코를 풀고 까닭 없이 사람들을 붙잡아 발바닥에 곤봉질을 해댑니다. 커다란 안경을 걸친 회교도 재판관들은 코란과 법률을 이용한 사이비들로 승천과 훈장 표창으로 승진할 기회만 엿보고, 에서가 장자권을 팔았던 것처럼 콩 한 그릇이나 설탕 넣은 쿠스쿠스 한 사발에 판결권을 팔아넘깁니다. 유수프 뭔가 하는 장군의 졸병 노릇을 하던 이슬람교의 방탕한 지방관은 항상 술에 찌들어 마혼 처녀들과 놀아나며 샴페인을 마셔대고 양을 구워 파티를 벌입니다. 바로 그 앞에서는 같은 종족들이 굶어 죽어가고 술파티에서 남은 찌꺼기를 얻어보겠다고 사냥개처럼 싸우고 있는데도 말입니다.

그리고 주위를 둘러보면 개간하지 않은 평원들, 다 타버린 풀들, 벌거숭이가 된 나무들, 선인장과 유향나무 숲만 보입니다. 프랑스의 곳간이지요! 하지만 정말 안타깝게도 밀알은 없고 대신 자칼과 빈대만 득실대는 곳간입니다. 천막촌은 버려졌고, 공포에 떠는 사람들은 배고픔을 피해 기약도 없이 길을 떠납니다. 그들이 떠난 길에는 시체만 널브러져 있고요. 저 멀리에는 프랑스 마을이 있습니다. 하지만 집들은 다 허물어져가고 밭도 돌보지 않은 채죠. 창문에 걸린 커튼까지 다 먹어치우는 사나운 메뚜기떼는 또 어떻고요. 알제리에 이주한 프랑스인들은 카페에 앉아 술을 마시면서 개혁안과 헌법에 대해 말하고 있었습니다.

타르타랭이 조금만 주의를 기울였다면 충분히 볼 수 있었던 모습이지요. 하지만 사자 사냥에 온통 홀려 있었던 타르타랭은 좌우를 살피지 않고 나타나지도 않는 상상 속 동물만 생각하며 앞으로만 나아갔답니다.

텐트도 아무리 애써보았자 열리지 않았고, 페미컨도 물에 녹을 생각을 하지 않아서 여행단은 아침저녁으로 아랍인들의 거처에 들러야 했습니다. 들르는 곳이면 어디서나 그레고리 왕자의 군모 덕택에 우리의 사냥꾼들은 대환영을 받았지요. 그 덕분에 지휘관들의 집에 머물 수 있었습니다. 창문도 없는 하얀 벽을 가진 커다란 농장인 이상한 성에는 물담배통과 마호가니 서랍장, 스미른의 양탄자, 램프 조절기, 터키 금화가 가득 든 삼나무 금고, 루이 필립 풍의 탁상시계 장식 등이 어지럽게 널려 있었지요. 어디서든 타르타랭은 훌륭한 파티와 귀빈에게 해주는 초대연, 아랍 기병들의 기예 공연에 초대되었습니다. 타르타랭을 위해 아랍인 부대원 전체가 무기를 들고 나왔는데, 그들이 입은 두건 달린 외투는 햇빛을 받아 반짝였습니다. 총 쏘기가 끝나면 지방관이 다가와 계산서를 내밉니다. 이것이 바로 아랍인들의 손님 대접법이랍니다.

어쨌든 사자는 구경조차 할 수 없었습니다. 파리의 퐁네프만큼이나 이곳에서도 사자를 볼 수 없었지요!

하지만 타르타랭은 용기를 잃지 않았습니다. 남쪽으로 깊숙이 내려가면서 종일토록 관목을 쳐내고 키 작은 종려나무 사이를 총 끝으로 쑤셔보기 일쑤였습니다. 나무 사이를 벌릴 때마다 '스륵! 스륵!' 소리가 났지요. 그리고 매일 저녁 잠자리에 들기 전에 두세 시간 정도는 반드시 잠복을 했답니다. 하지만 무슨 소용입니까! 사자는 코빼기도 보이지 않는 것을.

그런데 어느 날 저녁, 여행단이 온통 보라색으로 물든 유향나무 숲을 지나던 여섯 시 무렵이었습니다. 숲속에서는 더운 열기 때문에 커다란 자갈들이 풀 위로 탁탁 튀어 올랐어요. 그 사이에서 타르타랭은 타라스콩에 있을 때 미텐느 서커스단에서 그토록 많이 들었던 울음소리를 들은 듯했습니다. 그 소리는 너무 멀리서 들려와 분명치 않았고 그나마도 산들바람에 흩어져버렸지요.

처음에 타르타랭은 자신이 꿈을 꾸고 있다고 생각했습니다. 그런데 잠시 후 여전히 멀리서 나긴 했지만 아까보다는 조금 더 분명하게 울음소리가 다시 들려오더군요. 그리고 이번에는 사방에서 천막촌 개들이 짖었습니다. 겁에 질려 낙타의 혹도 부르르 떨렸고 통조림과 무기상자도 덩달아 덜컹거렸습니다.

틀림없습니다. 사자였지요. 빨리빨리 잠복을! 단 일 초도 허비해서는 안 되지요.

거기서 아주 가까운 곳에는 오래된 성자의 묘가 있었습니다. 천장은 하얗고 둥글었으며 묘 현관 위에는 고인이 신던 커다란 노란색 신발이 놓여 있었습니다. 봉납물이 어지럽게 흩어져 있었고 외투 자락, 금실, 붉은 머리털들이 벽에 걸려 있었습니다. 타르타랭은 왕자와 낙타를 이곳에 두고 잠복을 하러 갔습니다. 그레고리 왕자는 타르타랭을 따라오려 했지만 타르타랭이 거절했습니다. 사자를 혼자서 대적하고 싶었던 것입니다. 그래도 타르타랭은 왕자에게 멀리 가지 말아달라고 부탁하고 혹시 모르니까 지갑을 왕자에게 맡겼습니다. 귀중한 서류와 지폐 뭉치가 들어 있는 두꺼운 지갑이 사자의 발톱에 상할까 걱정되었던 것이지요. 모든 것이 정리되자 타르타랭은 숨을 장소를 찾았습니다.

성자의 무덤에서 한 백 발짝 떨어진 곳에는 작은 협죽도 숲이 황혼에 흔들리고 있었고, 그 옆에는 거의 말라버린 시냇물이 있었습니다. 타르타랭은 이곳에서 잠복하기로 했지요. 책에서 본 대로 무릎을 꿇고 총을 쥐고 사냥칼은 자기 앞 모래 위에 자신만만하게 꽂아놓았습니다.

이윽고 밤이 되었습니다. 분홍빛으로 물들었던 주위 경관은 차츰 보랏빛으로 변하더니 결국 검푸른 색이 되었지요. 아래쪽 시냇물 아래 깔린 자갈돌 사이에는 작은 물웅덩이가 손거울처럼 반짝이고 있었습니다. 이곳이 바로 짐승들이 물을 마시러 오는 곳이었어요. 언덕길에는 하얀 오솔길이 희미하게 보였고 유향나무 사이로 짐승의 커다란 발자국이 보였습니다. 신비한 언덕을 바라보노라면 무서워 온몸이 부르르 떨렸지요. 게다가 아프리카의 밤은 분명치 않은 소리들로 가득 찬답니다. 나뭇잎 스치는 소리, 어슬렁거리는 동물들의 발소리, 자칼의 가느다란 울음소리 등등. 그리고 백 미터, 이백 미터 상공에서는 두루미 떼가 지나가며 목 졸리는 아이의 비명 같은 울음소리를 낸답니다. 정말 무서울 만하지요?

타르타랭도 무서웠답니다. 아주 무서웠지요. 이가 딱딱 부딪힐 정도였답니다. 불쌍한 양반 같으니! 땅에 꽂아놓은 사냥칼

위에 닿은 총부리는 캐스터네츠처럼 딱딱거렸지요. 어쩌겠습니까! 컨디션이 영 아닌 날도 있고, 또 게다가 영웅이 전혀 겁이 없다면 영웅의 가치도 없는 것 아니겠습니까.

예, 그렇습니다! 타르타랭은 겁이 났습니다. 처음부터 계속 무서웠습니다. 한 시간, 두 시간은 참았지만 영웅의 호기도 한계가 있는 것입니다. 그런데 갑자기 마른 시냇물에서 발소리와 자갈 구르는 소리가 들렸습니다. 이번에 정말 겁을 집어먹은 타르타랭은 자리에서 벌떡 일어났습니다. 어둠 속에서 보지도 않고 총 두 방을 쏘았지요. 그러고 나서는 성인의 묘 쪽으로 걸음아 날 살려라 도망쳤습니다. 타르타랭의 사냥칼은 메두사를 길들인 영웅이 느꼈던, 두려움을 기리는 십자가처럼 모래 위에 그대로 꽂혀 있었습니다.

"내가 잡았습니다, 왕좌~아님…. 사자를요!"

그러나 침묵만이 흘렀지요.

"왕좌~아님, 왕좌~아님, 어디 계십니까?"

왕자는 사라졌답니다. 남은 것이라곤 밝은 달빛에 비치어 묘의 하얀 벽에 선명하게 나타난 낙타 혹의 이상한 그림자뿐이었습니다. 그레고리 왕자는 지갑과 지폐 뭉치를 들고 날라버린 것입니다. 한 달 전부터 왕자는 이 순간만을 손꼽아 기다렸던 것이지요.

6
"드디어!"

비극적인 사건이 일어난 밤이 지나고 다음 날 새벽, 우리의 주인공은 잠에서 깨어났습니다. 왕자와 자신의 재산이 정말로 사라졌다는 것, 이제는 돌이킬 수 없다는 것을 타르타랭은 실감했지요. 배신당하고, 도둑까지 맞은 후 알제리 한복판에서, 그것도 이 초라하기 짝이 없는 하얀 묘에 혼자 남아, 단봉낙타와 단돈 몇 푼밖에 없는 자신의 처지를 생각하자, 처음으로 타르타랭은 의심을 품었습니다. 몬테네그로의 왕자를 의심했고, 우정과 영광을 의심했지요. 심지어 사자까지도 의심했습니다. 겟세마네의 예수처럼 우리의 영웅은 비참하게 울기 시작했습니다.

타르타랭은 묘 앞에 턱을 괴고, 무릎 사이에는 총을 끼고 앉아 생각에 잠겼습니다. 낙타는 그런 타르타랭을 쳐다보고 있었지요. 그런데 갑자기 정면에 있던 풀숲이 양 갈래로 벌어지더니 바로 열 걸음 정도 앞에 거대한 사자 한 마리가 나타나는 게 아닙니까. 놀란 타르타랭 앞에 사자는 머리를 쳐들고 봉납물이 걸려 있는 묘의 벽과 문 위에 놓인 성인의 신발까지 떨릴 정도로 크게 울부짖으며 앞으로 어슬렁어슬렁 걸어 나왔습니다.

타르타랭은 혼자였지만 떨지 않았습니다.

"드디어!"

그는 어깨에 총을 메고 펄쩍 뛰며 소리를 질렀습니다. 빵! 빵! 퓽! 퓽! 드디어 잡았습니다. 사자는 머리에 총 두 발을 맞았지요. 일 분 동안 아프리카의 시뻘건 하늘을 배경으로 끔찍한 광경이 벌어졌습니다. 뇌는 사방으로 튀었고 아직 뜨거운 피에서는 김이 모락모락 났으며 사자의 붉은 털도 사방으로 흩어졌습니다. 모든 것이 진정되자 타르타랭은 보았습니다. 흑인 두 명이 곤봉을 쳐들고 자신에게 달려드는 것을. 밀리아나에서 보았던 바로 그 흑인들 말입니다!

오, 이럴 수가! 타르타랭의 총에 맞아 쓰러진 것은 바로 사람들에게 길들여졌던 마호메트 수도원의 불쌍한 장님 사자였던 것입니다.

하지만 타르타랭은 천만다행으로 가까스로 위기를 모면할 수 있었습니다. 기독교의 하느님이 수호천사를 보내주지 않았더라면 광신적으로 분노한 흑인들은 타르타랭을 갈기갈기 찢어놓았을 게 틀림없었습니다. 그 수호천사는 다름 아닌 오를레앙빌의 전원 감시인이었죠. 그는 팔짱에 검을 낀 채 좁은 오솔

417

길을 걸어오고 있었답니다.

군모를 보자 흑인들의 화는 곧바로 누그러졌지요. 침착하고
위엄 있는 감시인은 사건의 조서를 꾸미고 사자에게 남아 있는
부분을 모두 낙타 등에 싣도록 한 후 고소인과 범죄자에게 자
신을 따라오라고 명령하고 오를레앙빌로 향했습니다. 오를레
앙빌에서는 사건이 서기관에게 접수되었고요.

재판은 길고도 힘들었습니다!

지금까지 보아온 원주민들의 알제리 외에 타르타랭은 또 다
른 알제리의 모습을 본 것입니다. 소송을 좋아하고 엉터리 변
호사가 들끓는 도시 알제리의 모습도 이상하고 희한했습니다.
타르타랭이 경험한 것은 카페 구석에서 은밀히 거래하는 수상
한 재판인들과 법조인들의 방탕함, 술 냄새 풍기는 서류, 술 탄
커피 자국이 얼룩진 하얀 넥타이였습니다. 또 집달리와 소송대
리인, 변호사 등 인지가 붙어 있는 서류에 달려드는 메뚜기떼
같은 사람들도 경험했습니다. 굶주려 말라빠진 이 메뚜기떼는
프랑스인들의 장화까지 먹어치우고 옥수수처럼 한 잎씩 한 잎
씩 벗겨 먹는 무리였지요.

제일 문제가 되었던 것은 사자를 죽인 장소가 민간지였는지
군용지였는지를 알아내는 것이었습니다. 민간지였다면 사건
은 상공재판소 관할이고, 군용지였다면 타르타랭은 군법재판
소에 회부한다는 것이었지요. 군법재판이라는 말에 평소 감수

성이 예민한 타르타랭은 성벽에서 사살당하거나 지하 격납고 한구석에 시체가 되어 누워 있는 자신의 모습을 상상했습니다.

골치 아픈 것은 민간지와 군용지의 구분이 알제리에서는 참 애매모호하다는 사실이었습니다. 결국 아랍 사무국 마당의 땡볕 아래서 한 달 동안이나 밀고 당기는 우여곡절 끝에 결정이 났습니다. 결정인즉 사자가 죽은 것은 군용지였지만 타르타랭이 총을 쏘았던 장소는 민간지였다는 것이지요. 마침내 사건은 민사로 넘어갔고, 우리의 영웅은 변호 비용을 면제하고 이천오백 프랑의 손해배상 판결을 받았습니다.

이 돈을 어디서 구하지요? 왕자가 도둑질을 해간 후 겨우 남아 있던 돈은 법률 서류를 꾸미고 재판인들에게 술을 대접하느라 모두 써버린 지 오래였는데요.

불쌍한 사자 사냥꾼은 결국 무기 상자에서 총을 한 자루씩 꺼내 내다팔 수밖에 없었답니다. 단도와 말레이 단검, 곤봉 등을 팔았지요. 식료품 가게 주인은 통조림을 사주었습니다. 약국에서는 남아 있는 반창고를 사주었고요. 커다란 장화도 만물상 주인에게 팔아버린 최신식 텐트의 전철을 밟았지요. 만물상 주인은 물건들을 코친차이나의 진기한 물건으로 취급했답니다. 손해배상을 다 하고 나자 타르타랭에게 남은 것이라곤 사자 가죽과 낙타뿐이었습니다. 사자 가죽은 정성스럽게 싸서 타라스콩의 충직한 브라비다 지휘관 앞으로 보냈습니다

(이 훌륭한 사자 가죽에 어떤 일이 일어나는지는 잠시 후에 봅시다).
낙타는 알제에 돌아가기 위해 쓰기로 했습니다. 낙타를 타고
가려는 것이 아니라 낙타를 팔아서 합승마차 삯을 마련하려는
것이었지요. 아무래도 낙타보다는 편할 테니까요. 하지만 낙
타에 돈을 투자하는 것을 모두 꺼려해 아무도 사려 들지 않았
답니다.

타르타랭은 어떻게든 알제까지 가려고 했습니다. 어서 빨리
바이아의 파란 옷과 자신의 아담한 집, 분수를 보고 싶었고, 작
은 담벼락의 꽃장식 속에서 쉬면서 프랑스에서 돈이 도착하기
를 기다리고 싶었지요. 타르타랭은 주저하지 않았습니다. 유감
스럽지만, 자포자기하지 않고, 가진 돈이 없어도 조금씩 걸어
가기로 한 것이지요.

이번에는 낙타가 그의 곁을 떠나지 않았습니다. 이상하게도
낙타는 주인에게 알 수 없는 애정을 보였고 타르타랭이 오를
레앙빌을 나서는 것을 보자 그 뒤를 엄숙하게 따라 걷기 시작
했습니다. 주인님의 걸음걸이에 속도를 맞추며 바짝 뒤쫓았답
니다.

처음에는 타르타랭도 이런 낙타가 마냥 기특했지요. 주인에
대한 충직함과 어떠한 시련에도 참고 견디는 낙타의 헌신에 감
동을 받은 거예요. 게다가 낙타는 참 편한 동물이었고 거의 먹
지도 않았습니다. 하지만 며칠이 지나자 타르타랭은 항상 자기

뒤에서 그동안에 있었던 나쁜 일들을 모두 상기시켜주는 우울한 동반자가 쫓아온다고 생각하자 갑자기 낙타가 지겨워지기 시작했습니다. 그러다 보니 낙타를 원망하는 마음이 생겨났지요. 낙타의 슬픈 표정이나 혹, 주름진 거위 같은 모습, 전부 다 보기 싫어졌습니다. 결국 타르타랭은 혐오스러운 낙타를 어떻게든 처치하고 싶었습니다. 하지만 낙타도 지지 않았지요. 타르타랭이 낙타를 따돌리려 하면 낙타는 꼭 주인님을 찾아냈답니다. 타르타랭이 뛰면 낙타는 더 빨리 쫓아왔지요. 타르타랭이 돌을 던지며 "꺼져버려!"라고 소리를 지른 적도 있습니다. 처음에는 낙타도 걸음을 멈추고 주인님을 슬픈 눈으로 바라보았지요. 하지만 그것도 잠시, 낙타는 다시 걸어와 타르타랭 뒤에 선답니다. 이쯤 되면 타르타랭도 포기할 수밖에요.

이렇게 꼬박 걷기만 한 지 일주일이 지난 어느 날, 먼지투성이에 녹초가 된 타르타랭은 멀리서 알제의 하얀 테라스가 푸른 숲 사이로 반짝거리는 것을 보았습니다. 도시 입구에 다다라 시끌벅적한 무스타파 거리에 이르렀을 때였어요. 아랍 병사들과 비스크라 사람들, 마혼 여자들 모두 타르타랭 주위에서 우글대며 낙타와 함께 지나가는 그를 쳐다보았습니다. 갑자기 타르타랭은 참을 수가 없었습니다.

"안 돼! 안 돼! 이럴 수는 없어. 이런 동물을 데리고 알제에 들어갈 수는 없어!"

길 위에 마차들이 꽉꽉 들어찬 틈을 타 그는 갑자기 밭 쪽으로 방향을 틀었습니다. 그러곤 구덩이 속으로 몸을 던져버렸답니다!

잠시 후 도로 위로 머리를 살짝 들어보니 낙타는 걱정스러운 듯 목을 길게 빼고 큰 걸음으로 달려가고 있더군요.

큰 짐을 벗었다는 생각에 한숨 돌린 타르타랭은 구덩이에서 빠져나와 집으로 통하는 샛길을 따라 시내로 들어왔습니다.

7
설상가상

집에 도착한 타르타랭은 놀라 발걸음을 멈추었습니다. 날은 저물었고 거리에도 인적이 드물었지요. 흑인 여자 하인이 깜박 잊고 열어놓은 키 작은 아치문으로는 웃음소리와 술잔 부딪는 소리, 샴페인 터지는 소리가 들려왔습니다. 그리고 이 시끌벅적한 소리를 뚫고 밝고 명랑한 여인의 노래하는 목소리가 울려 퍼졌지요.

아름다운 마르코, 너는 좋아하니

꽃이 만발한 홀에서 춤추는 것을….

"이럴 수가!"

타르타랭은 창백해지며 소리를 질렀지요. 그러곤 곧바로 마당으로 뛰어들어갔습니다.

불쌍한 타르타랭! 얼마나 끔찍한 장면이 그를 기다리고 있었는지…. 둥근 천장 밑에는 술병과 과자, 여기저기 흩어진 쿠션, 담배 파이프, 북, 기타가 어지러이 널려 있었고 그 한가운데 가슴받이도, 조끼도 걸치지 않고 오로지 얇은 은빛 블라우스와 얇은 분홍빛 바지만 입고, 머리에는 해군 장교모를 쓴 바이아가 서서 아름다운 마르코를 부르고 있는 게 아닙니까. 바이아의 발밑에는 사랑과 잼을 듬뿍 먹은 바르바쑤, 그 망할 놈의 선장이 돗자리에 앉아 바이아의 노래를 들으며 웃음보를 터뜨리고 있었고요.

먼지투성이에 핏기 하나 없이, 지친 기색이 역력한 타르타랭이 이글거리는 눈에 꼿꼿이 선 셰샤를 쓰고 나타나자 기분 좋은 동서양의 대향연은 종지부를 찍고 말았습니다. 바이아는 겁을 먹고 짧은 비명을 지르며 집 안으로 도망쳤습니다. 바르바쑤 선장은 아무렇지도 않다는 듯 더 크게 웃어댔지요.

"아! 타르타랭 씨, 어떻습니까? 이제는 바이아가 프랑스어를 할 줄 안다는 것을 믿으시겠습니까?"

타르타랭은 화를 내며 앞으로 나섰습니다.

"선장!"

"Digo-li qué vengué, moun bon!"

바이아는 이 층 복도에서 몸을 숙이면서 불량스럽게 외쳤지요. 아연실색한 타르타랭은 가엾게도 북 위에 주저앉고 말았답니다. 바이아는 마르세유어까지 할 수 있었던 겁니다!

"알제리 여자를 조심하라고 하지 않았소!"

바르비쑤 선장은 꾸중하듯 말했습니다.

"몬테네그로의 왕자와 같은 꼴이지."

타르타랭은 얼굴을 쳐들었습니다.

"왕자가 어디 있는지 아시오?"

"아! 가까이 있다오. 무스타파의 감옥에서 오 년 동안 살아야 한다오. 바보 같은 놈이 가방을 빼앗겼지. 하긴 그놈을 감옥에 처넣은 것도 처음은 아니지만. 왕자가 어느 감옥에선가 삼 년 동안이나 썩었다고 하던데…, 아! 맞다! 타라스콩이 틀림없소."

"타라스콩!"

갑자기 모든 것을 깨달은 타르타랭이 외쳤습니다.

"그래서 타라스콩을 조금밖에 모르고 있었군."

"하핫! 그럴 겁니다. 감옥에서 본 타라스콩이라… 아! 이보시오, 가엾은 양반, 이 나라에서는 눈을 크게 떠야 한다오. 그렇지 않으면 언제 나쁜 일이 닥칠지 모른답니다. 그리고 승려 일도….”

“무슨 일? 어떤 승려 말이오?”

“허허! 참. 바이아에게 치근댔던 이웃 사원의 승려 말입니다. 지난번 아크바르가 그 일에 대해 떠벌리고 다녀 알제 전체가 아직도 그 일로 수군대고 있지요. 그 웃긴 놈의 승려가 탑에 올라가 노래로 기도를 하면서 당신이 보는 앞에서 바이아 고것에게 사랑 고백을 하지 않았답니까. 알라신의 이름을 들먹이면서 만나자고 졸라댔지요.”

“도대체 이 나라에는 사기꾼들밖에는 없소?”

처참해진 타르타랭은 울부짖었습니다.

바르바쑤 선장은 사색가처럼 대답했지요.

“타르타랭 씨, 신생국들이 어떤지 아시잖소. 그건 그렇고! 내 말을 믿거들랑 어서 타라스콩으로 돌아가시오.”

“돌아가라. 말이야 쉽지요. 무슨 돈으로요? 사막에서 어떻게 나를 홀딱 벗겨먹었는지 모르시오?”

“상관없소!”

선장은 웃으며 말했습니다.

“주아브 연락선이 내일 출발한다오. 원한다면 내가 고향으로 데려다드리리다. 그러면 되겠소, 친구? 그럼 좋소. 이제 할 일은 단 하나요. 아직 샴페인이 몇 병 남아 있고 파이도 반이나 남았으니…. 자, 앉으시오. 모든 것을 다 잊읍시다!"

자존심이 남아 있어 잠시 주저했지만 타르타랭은 단호히 결정을 내렸습니다. 그는 자리에 앉아 술잔을 기울였지요. 바이아는 술잔소리에 다시 내려와 아름다운 마르코를 마저 끝냈고 파티는 밤까지 계속되었습니다.

새벽 세 시, 가벼운 머리와 무거운 발을 이끌고 타르타랭은 선장 친구를 배웅했습니다. 그런데 회교 사원을 지나갈 때 승려가 한 짓이 떠올라 웃음이 났지요. 갑자기 복수할 만한 좋은 생각이 머리를 스쳤습니다. 사원의 문은 열려 있더군요. 타르타랭은 안으로 들어가 돗자리가 깔린 긴 복도를 따라갔습니다. 계단을 올라 작은 기도실에 이르렀지요. 천장에는 철제 램프가 매달려 흔들리고 있었고 벽에 이상한 그림자가 비치고 있었습니다.

문제의 승려가 거기 있었습니다. 머리에 커다란 두건을 두르고 하얀 망토를 걸친 채 모스타가넴 파이프를 물고는 긴 의자에 앉아 있더군요. 앞에 놓인 커다란 술잔을 경건하게 두드리며 신도들을 불러야 할 예배 시간을 기다리고 있던 것입니다. 그런데 타르타랭을 본 승려는 너무 놀라 그만 파이프를 떨어뜨렸습니다.

"입 다물어라."

생각이 있었던 타르타랭이 말했습니다.

"어서, 두건과 망토를 내놔!"

온몸을 부들부들 떨며 승려는 두건과 망토, 하여간 타르타랭이 원하는 건 무엇이든 주었습니다. 타르타랭은 되는 대로 걸쳐 입고 첨탑의 테라스로 엄숙한 발걸음을 옮겼습니다.

멀리서는 바다가 일렁이고 있었지요. 달빛을 받은 하얀 지붕은 반짝이고 있었고요. 불어오는 바닷바람에는 어디선가 늦게까지 튕기고 있는 기타소리가 간간이 묻어왔습니다. 승려로 변장한 타르타랭은 잠시 정신을 가다듬더니 이윽고 팔을 들어올린 후 날카로운 목소리로 기도를 읊기 시작했습니다.

"알라 알라. 마호메트는 늙은 사기꾼. 동양이고 코란이고, 알제리 장교들이고, 사자, 무어 여인들 모두 다 쓸모없으니! 동양인은 코빼기도 보이지 않고 사기꾼밖에 없도다. 타라스콩 만세!"

아랍어와 프로방스어가 섞인 이상야릇한 말을 하면서 타르타랭은 동서남북 사방에, 바다에, 도시에, 평야에, 산에, 타라스콩 특유의 통쾌한 저주를 퍼부었습니다. 다른 승려들이 맑고 낮게 깔리는 소리로 응답하는 소리가 첨탑 사이로 퍼져갔고, 마지막으로 기도를 들은 달동네 신도들은 경건하게 가슴을 쳤습니다.

8
타라스콩! 타라스콩!

때는 정오. 주아브 연락선이 시동을 걸고 곧 출발할 것입니다. 저 위쪽에 있는 발랑텡 카페의 발코니에는 장교들이 망원경을 이고 대령이 이끄는 행렬에 계급 순으로 서서 프랑스로 출발하는 작은 연락선을 구경하고 있었습니다. 군대의 커다란 오락거리였으니까요. 아래쪽 정박지는 햇빛에 빛나고 있었지요. 부두에 일렬로 묻어놓은 오래된 터키 대포들은 이글이글 타오르고 있었습니다. 배를 타려는 사람들은 발걸음을 재촉했지요. 비스크라 사람들과 마혼 사람들은 보트에 짐을 실었습니다.

타르타랭은 짐이 아무것도 없었습니다. 바나나와 수박이 가득한 시장을 지나 마린느 거리를 내려오는 타르타랭은 친구 바르바쑤 선장과 함께였습니다. 무어강 가에 무기 상자와 환상을 남기고 이제 타라스콩으로 떠나는 배에 몸을 실을 준비가 된 가엾은 타르타랭은 빈손이었지요. 선장의 큰 보트에 올라탄 순간이었습니다. 갑자기 숨을 헐떡이며 위쪽 광장에서 타르타랭을 향해 달려 내려오는 동물 한 마리가 보였지요. 바로 낙타였습니다. 충직한 낙타는 전날부터 알제에서 주인님을 찾아 헤맸던 것입니다.

낙타를 보자 타르타랭의 얼굴빛은 변했고 그는 애써 낙타를 알아보지 못하는 척했습니다. 하지만 낙타는 막무가내였답니다. 부두에서 껑충껑충 뛰기도 했고 주인님을 부르며 애원하듯 쳐다보았으니까요.

"나를 데려가세요."

낙타의 슬픈 눈은 이렇게 말하는 듯했습니다.

"배에 태워서 멀리 데려가주세요. 이 허울 좋은 아랍에서, 기관차와 합승마차투성이인 우스꽝스러운 동양에서 아주 멀리요. 쓸모없는 단봉낙타 신세로 앞으로 어떻게 될지 모르는 이 나라에서 아주 멀리 말이에요. 당신은 마지막 동양인이고 나는 마지막 낙타잖아요. 우리 헤어지지 말아요, 오, 타르타랭님!"

"당신 낙타입니까?"

선장이 물었습니다.

"무슨 소리!"

이 우스꽝스런 동물을 데리고 타라스콩에 갈 생각을 하니 얼마나 치가 떨리던지 다르다랭은 딱 잡아뗐습니다. 자신의 불행을 함께했던 동료를 뻔뻔스럽게 부정하면서 타르타랭은 알제리 땅을 발로 밀어 보트를 출발시켰지요. 낙타는 물에 코를 대고 냄새를 맡더니 목을 길게 늘어뜨리면서 사지를 쭉 뻗은 후 힘껏 배를 향해 몸을 내던졌습니다. 그리고 주아브 연락선을 향해 호리병처럼 둥둥 떠가는 혹을 등에 이고 고대 로마선의 뱃머리처럼 물 위로 목을 꼿꼿이 세운 채 헤엄쳐 나갔습니다.

배와 낙타는 함께 연락선 측면까지 왔지요.

"참 가여운 낙타로군!"

감동을 받은 바르바쑤 선장은 감탄을 연발했습니다.

"내 배에 태워야겠습니다. 마르세유에 도착하면 동물원에 기증이나 하죠, 뭐."

도르래와 닻줄을 이용해 물을 잔뜩 먹어 무거워진 낙타를 배에 올린 후 주아브 연락선은 드디어 출발했습니다.

바다를 가로지르는 이틀 동안 타르타랭은 혼자 선실에 틀어박혀 지냈습니다. 파도가 심하고 셰샤가 고통스러워하기도 했지만 그것 때문만은 아니었습니다. 그놈의 낙타가 주인님이 갑판에 나타나기만 하면 창피할 정도로 달려들기 때문이지요. 낙타가 그렇게 사람을 좋아하는 것은 난생처음입니다!

가끔 선실 현창을 내다보던 타르타랭은 시간이 지날수록 알제리의 파란 하늘빛이 옅어지는 것을 느꼈습니다. 그러던 어느 날 아침, 뿌옇게 낀 안개 사이로 마침내 마르세유의 종소리가 반갑게 들려왔지요. 드디어 도착한 것입니다. 주아브 연락선은 닻을 내렸습니다.

짐도 없었던 우리의 타르타랭은 아무 말도 없이 배에서 내려 마르세유를 서둘러 지났습니다. 낙타가 쫓아올까 봐 계속 겁이 났던 타르타랭은 싸구려 기차간에 몸을 싣고 나서야 숨을 돌릴 수 있었습니다. 기차는 타라스콩을 향해 힘차게 달렸지요. 하지만 안전하다고 믿은 것은 큰 착각이었습니다! 마르세유를 벗어나 겨우 팔 킬로미터 정도 가자 승객 전원이 창밖을 내다보는 게 아닙니까. 사람들은 놀라며 소리를 질렀습니다. 타르타랭도 밖을 내다보았지요. 그런데… 그가 무엇을 보았을까요? 바로 낙타였습니다. 끈질긴 낙타는 자갈밭 한가운데에서 기찻길을 따라 달려오고 있었습니다. 화가 난 타르타랭은 눈을 감으며 구석에 웅크리고 말았지요.

사냥에 실패한 타르타랭은 아무도 몰래 귀향하려 했습니다. 그런데 이 네발 달린 짐승의 출현으로 상황은 걷잡을 수 없었지요. 어떻게 타라스콩으로 들어가야 할까요! 돈 한 푼 없고 잡은 사자도 없이…. 겨우 낙타 한 마리라니!

"타라스콩! 타라스콩!"

이제 내려야 할 때였습니다.

그런데 이게 웬일입니까! 타르타랭의 세샤가 기차 문에 보이자마자 사람들이 외치는 소리가 들려왔습니다.

"타르타랭 만세!"

쩌렁쩌렁한 만세소리로 역의 유리 천장이 울릴 정도였지요.

"타르타랭 만세! 사자 사냥꾼 만세!"

팡파르소리와 남성 합창단들의 노랫소리가 우렁차게 울려 퍼졌습니다. 타르타랭은 죽을 것만 같았습니다. 사람들이 자신을 놀리려는 줄로만 알았거든요. 하지만 아니었습니다! 타라스콩 사람들 모두가 나와 모자를 공중으로 던지며 자신을 환영해주는 것이었습니다. 충직한 브라비다 지휘관과 코스트칼드 무기상, 재판장, 약사 모두 그 자리에 있었고, 대장 주위로 모여든 모자 사냥꾼들도 타르타랭을 떠받들어 계단을 내려왔지요.

신기루의 이상한 효과지요! 브라비다에게 보냈던 장님 사자의 가죽이 이렇게 사람들의 대환영을 받는 이유가 되었답니다. 클럽에 전시된 보잘것없는 사자 가죽 하나로 타라스콩 사람들과 프랑스 남부 전체가 으쓱해진 것이지요. 〈신호기〉에서도 기사를 다루었습니다. 사건을 극적으로 꾸민 것이지요. 타르타랭은 사자 한 마리가 아니라 열 마리, 아니 스무 마리, 수없이 많은 사자를 죽인 영웅입니다! 마르세유에 도착했을 때도 타르타랭은 몰랐지만 이미 그의 명성은 대단했습니다. 마르세유에서 기쁜 소식이 전신으로 보내져 타르타랭이 고향에 도착하기 두 시간 전에 소식이 퍼졌던 것이지요.

그런데 사람들이 더욱 기뻐했던 것은 먼지와 땀으로 얼룩진 신기한 동물이 우리의 주인공 뒤에서 나타나 역 계단을 한 발로 내려오는 것을 보았을 때였습니다. 타라스콩 사람들은 처음에 이무기가 다시 나타난 줄 알았지요.

타르타랭은 고향 사람들을 안심시켰습니다.

"내 낙타입니다."

타라스콩의 태양, 악의 없는 거짓말을 하게 만드는 뜨거운 태양의 영향 때문에 타르타랭은 낙타의 혹을 쓸어내리며 덧붙였지요.

"숭고한 동물이지요! 내가 사자들을 죽이는 것을 다 목격했답니다."

타르타랭은 너무 좋아 얼굴까지 붉어진 충직한 지휘관의 팔
을 잡았습니다. 그는 낙타를 데리고 모자 사냥꾼들에게 둘러싸
인 채 사람들의 환호를 받으며 바오바브나무 집으로 향했지요.
집으로 걸어가며 타르타랭은 대단한 사냥 이야기를 해주기 시
작했어요.

"그러니까 어느 날 저녁 사하라사막 한복판에서…"

알퐁스 도데

알퐁스 도데는 1840년 프랑스 남부의 님에서 태어났다. 형 앙리와 에르네스트, 여동생 안나가 있었다. 도데의 집안은 전형적인 가톨릭 부르주아 계통이었다. 그의 아버지는 견직물 공장을 운영했으나 점점 가세가 기울어, 1837년 아예 공장 문을 닫고 말았다. 1849년 도데의 가족은 모두 리옹으로 이사했고, 그 후 온 가족이 뿔뿔이 흩어졌다.

알퐁스 도데는 1856년 학업을 중단하는데, 이때의 경험은 후에 〈꼬마 철학자〉(1868년)의 바탕이 된다. 그 후 중학교에서 보조교사로 일하다가 작가가 될 꿈을 품고 이듬해 형 에르네스트가 있는 파리로 상경한다. 이때부터 도데는 살롱에 드나들고 문인들과 자주 왕래하며 사교계과 문학계에서 이름을 알렸다. 〈사포〉(1884년)의 모델이 된 마리 리유를 알게 된 것도 이때였다. 도데는 〈사랑에 빠진 연인들〉(1858년)이라는 시집을 발표하고 이를 마리에게 바쳤다. 1859년부터는 〈르 피가로〉에도 고정적으로 산문과 시를 기고하였다.

1860년 알퐁스 도데는 모르니 공작을 만난다. 그 당시 권세 있던 공작의 비서로 일하게 된 도데는 생활에 여유가 생기자 활발한 작품 활동을 펼쳤다. 또한 알제리와 코르시카, 프로방스 지방을 여행할 수 있었는데 이는 사실 파리에 올라오자마자 매독에 걸린 도데가 1861년부터 초기 증상을 겪게 되어 알제리로 요양을 떠난 것이었다. 프로방스에서는 프레데리크 미스트랄과 여행했고, 이때 〈풍차 방앗간 편지〉(1869년)의 배경이 된 방앗간도 보게 되었다.

1865년 모르니 공작이 세상을 떠나자 알퐁스 도데는 직장을 잃었다. 어려운 시기였으나 도데는 1867년 쥘리아 알라르와 결혼했다. 그해 말 장남 레옹이 태어나면서 도데는 비교적 안정을 찾을 수 있었다. 샹프로제에 정착한 1868년 〈꼬마 철학자〉가 출간된다. 그가 30세 되던 1870년 보불전쟁이 발발하자 육군으로 입대했다.

1872년 알퐁스 도데는 〈타르타랭의 신기한 모험〉을 발표했지만, 프로방스의 독특한 지방색에 익숙하지 않았던 파리 사람들에게 외면당했고, 같은 해 발표한 희곡 〈아를르의 여인〉도 실패하고 말았다. 그가 대중적으로 크게 성공한 작품은 〈프로몽과 리즐레르〉(1874년)로, 이 작품으로 프랑스의 권위 있는 아카데미 프랑세즈상을 받았다. 시적(詩的) 사실주의 작가로 평가받던 도데는 당대 플로베르나 공쿠르, 졸라보다 대중적인 취향에 어필했던 듯하다.

알퐁스 도데는 연이어 여러 작품을 발표한다. 〈쟈크〉(1876년), 모르니 공작의 사생활을 담아 인기를 모은 〈나바브〉(1878년), 〈유배당한 왕들〉(1879년), 〈누마 루메스탕〉(1881년)이 세상의 빛을 보았다.

같은 시기 개인적으로도 변화가 많았다. 1875년에는 부친이 사망했고, 1878년에는 차남 루시앙이 태어났으며, 이듬해에는 장인이 사망했다. 도데는 매독으로 호흡 곤란 증세에 각혈까지 일으켜 알바르, 르와이야, 네리-레-뱅에서 요양 치료를 받았다. 투병 중에도 그의 대중적 인기는 그칠 줄 몰랐는데, 〈풍차 방앗간 편지〉는 초등학교 학생들의 받아쓰기 교재로 쓰일 정도가 되었다.

알퐁스 도데는 윤리적 성격이 강한 소설을 계속 발표하였는데, 〈전도사〉(1883년), 〈사포〉(1884년), 〈불멸〉(1888년), 〈로즈와 니네트〉(1892년), 〈소교구〉(1895년) 등이다. 그가 살아생전 마지막으로 성공한 작품은 〈아를라탕의 보물〉(1897년)로 타르타랭을 주인공으로 한 시리즈 〈알프스의 타르타랭〉(1885년), 〈타라스콩 항구〉(1890년)에서와는 달리 우울하고 고통받는 프랑스 남부 지방의 모습을 그리고 있다.

알퐁스 도데는 1885년부터 지병이 악화되자 이때부터 1890년까지 계속해서 라말루-레-뱅으로 요양을 갔다. 1886년에는 딸 에드메가 태어났고, 1891년에는 장남 레옹이 빅토르 위고의 손녀딸 쟌느 위고와 결혼했다.

1897년 12월 16일 〈소교구〉를 각색 중이던 알퐁스 도데는 가족들과 함께 식탁에 둘러앉아 있다가 갑자기 호흡 곤란 증세를 일으켜 사망했다. 졸라에 의해 사실주의, 자연주의적 작가로 불린 알퐁스 도데를 15년간 고통 속에 살게 했던 매독에 대한 기록은 1931년 발표된 〈라 둘루〉에 잘 나타나 있다.

잠들기 전에 읽는 알퐁스 도데

초판 1쇄 인쇄 | 2023년 11월 10일
초판 1쇄 발행 | 2023년 11월 20일

지은이 | 알퐁스 도데
옮긴이 | 이진
펴낸이 | 박찬욱
펴낸곳 | 오렌지연필
주　소 | (10550) 경기도 고양시 덕양구 삼원로 73 한일윈스타 1422호
전　화 | 031-994-7249
팩　스 | 0504-241-7259
메　일 | orangepencilbook@naver.com
본　문 | 미토스
표　지 | ㉾

ⓒ 오렌지연필

ISBN 979-11-89922-44-3 (03860)

※ 잘못 만들어진 책은 구입처에서 교환 가능합니다.